Evi

W0192061

06/2500

Über 40 Jahre
Heyne Science Fiction
& Fantasy
2500 Bände
Das Gesamt-Programm

Fantasy

Herausgegeben von Friedel Wahren

Von **Robert Jordan** erschienen in der Reihe
HEYNE SCIENCE FICTION & FANTASY:

Im CONAN-Zyklus:
Conan der Verteidiger · 06/4163
Conan der Unbesiegbare · 06/4172
Conan der Unüberwindliche · 06/4203
Conan der Siegreiche · 06/4232
Conan der Prächtige · 06/4344
Conan der Glorreiche · 06/4345
Sonderausgabe: 06/4163, 4172, 4203
zusammen in einem Band unter dem Titel
›Conan der Große‹ · 06/5460

Das Rad der Zeit:

Weitere Bände in Vorbereitung

Robert Jordan & Teresa Patterson:
Die Welt von Robert Jordans »Das Rad der Zeit«
(illustriertes Sachbuch) · 06/9000

ROBERT JORDAN

DIE SCHALE
DER WINDE

Das Rad der Zeit

Zwanzigster Roman

Deutsche Erstausgabe

WILHELM HEYNE VERLAG
MÜNCHEN

HEYNE SCIENCE FICTION & FANTASY
Band 06/5528

Titel der Originalausgabe
A CROWN OF SWORDS
4
Übersetzung aus dem amerikanischen Englisch von
Karin König
Das Umschlagbild malte Attila Boros/Agentur Kohlstedt
Die Innenillustrationen zeichnete Johann Peterka
Die Karte auf Seite 8/9 zeichnete Erhard Ringer

> *Umwelthinweis:*
> Dieses Buch wurde auf chlor- und
> säurefreiem Papier gedruckt.

Redaktion: Ralf Oliver Dürr
Copyright © 1996 by Robert Jordan
Erstausgabe bei Tom Doherty Associates (TOR BOOKS), New York
Copyright © 1999 der deutschen Ausgabe und der Übersetzung
by Wilhelm Heyne Verlag GmbH & Co. KG, München
http://www.heyne.de
Printed in Germany 1999
Umschlaggestaltung: Atelier Ingrid Schütz, München
Technische Betreuung: M. Spinola
Satz: Schaber Satz- und Datentechnik, Wels
Druck und Bindung: Elsnerdruck, Berlin

ISBN 3-453-14036-2

INHALT

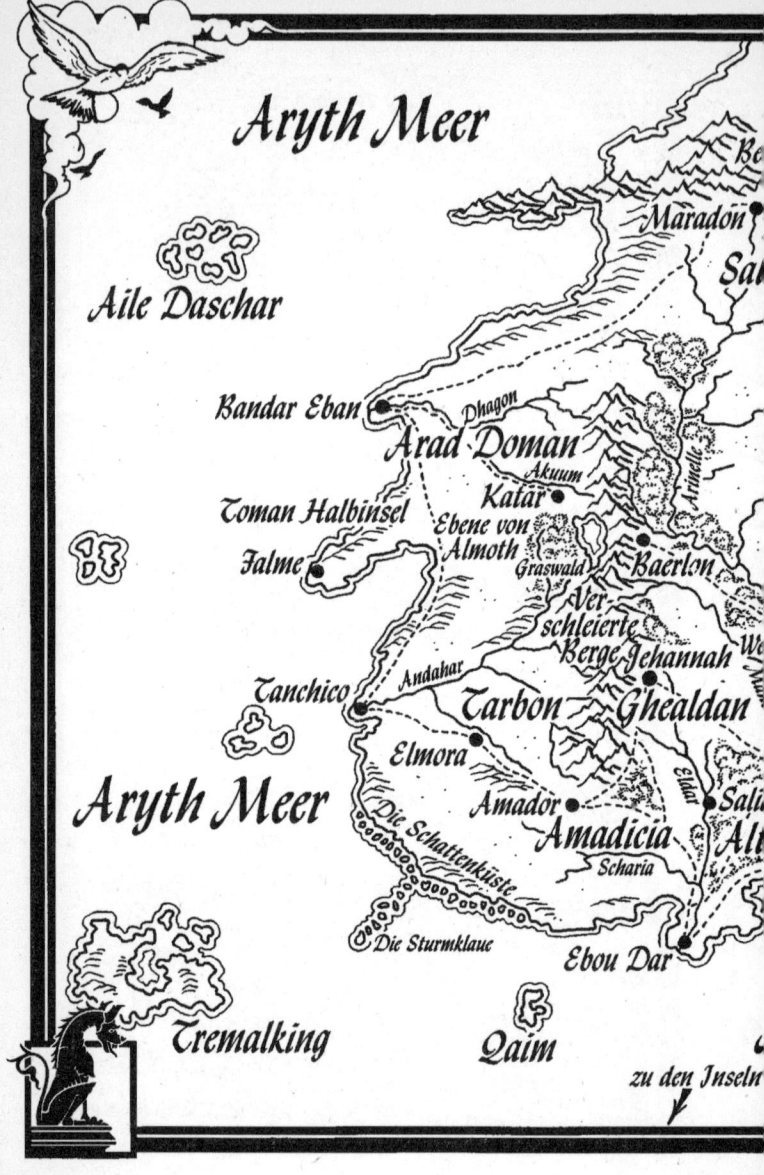

Aryth Meer

Aile Daschar

Bandar Eban

Toman Halbinsel

Jalme

Tanchico

Aryth Meer

Tremalking

Maradon

Dhagon

Arad Doman

Akuum

Katar

Ebene von
Almoth

Graswald

Ver-
schleierte
Berge

Andahar

Tarbon

Elmora

Amador

Amadicia

Scharia

Baerlon

Jehannah

Ghealdan

Qaim

Die Schattenküste

Die Sturmklaue

Ebou Dar

zu den Inseln

Große Fäule

Das Verdorbene Land

es Verderbens Schayol Ghul Tarwin Paß

Chachin Schol Arbela Fal Dara

rbene Niamh Paß

Kandor Arafel Fal Moran

Schienar

Aiel Wüste

Schwarze Hügel

Tar Valon Brudermörders Dolch

Drachenberg Gaelin Jangai Paß

nach Rhuidean

lain Steppe Cairhien

Alguenya Cairhien

Braem Wald Rückgrat

ndor Caemlyn der

ke Vier Könige Aringill

Storn Welt

Lugard Hügel von Kintara Iralell

Murandy Haddon Mirk Stedding Schangtai

Cary Tar Madding

Ebenen von Maredo Tear

Illian Die Drachenfinger Tear Godan

Illian Mayenne

eer der Stürme Cindaking

Meerleute

KAPITEL 1

Ein Bad

Die Tage erschienen Rand endlos, seit er Perrin fortgeschickt hatte, und die Nächte noch endloser. Er zog sich in seine Räume zurück und wies die Töchter des Speers an, niemanden zu ihm zu lassen. Nur Nandera durfte die Türen mit den vergoldeten Sonnen passieren, um ihm seine Mahlzeiten zu bringen. Die kräftige Tochter des Speers stellte dann ein abgedecktes Tablett ab, nannte jene, die ihn aufsuchen wollten, und sah ihn anklagend an, wenn er wiederholte, daß er niemanden empfangen wolle. Er hörte häufig mißbilligende Kommentare der Töchter des Speers im Gang, bevor Nandera die Tür hinter sich schloß. Er sollte sie hören, sonst hätten sie die Zeichensprache benutzt. Aber wenn sie ihn zermürben wollten, indem sie behaupteten, er schmolle … Die Töchter des Speers verstanden nicht und würden es vielleicht auch dann nicht verstehen, wenn er es ihnen erklärte. Sofern er sich dazu hätte überwinden können.

Er stocherte ohne Appetit in seinem Essen herum und versuchte dann zu lesen, aber selbst seine Lieblingsbücher konnten ihn nur einige Seiten lang ablenken. Mindestens einmal an jedem Tag hob er, obwohl er sich selbst versprochen hatte, es nicht zu tun, den schweren Kleiderschrank aus poliertem Schwarzholz und Elfenbein in seinem Schlafraum auf Stränge von Luft, ließ ihn beiseite gleiten und löste vorsichtig die Fallen, die er aufgestellt hatte, und die Spiegelmaske, welche eine glatte Wand vorgetäuscht hatte. Dort, in einer mit der Macht ausgehöhlten Nische, standen zwei kleine, ungefähr einen Fuß hohe Statuen aus weißem Stein, eine Frau und ein Mann, beide in fließenden Gewändern und mit einem über den Kopf gehaltenen Kristallspeer in der Hand. In jener Nacht, in der er das Heer nach Illian marschieren ließ, war er allein nach Rhuidean gegangen, um diese *Ter'angreale* zu holen: Wenn er sie brauchte, blieb ihm vielleicht nicht mehr viel Zeit, hatte er sich gesagt. Seine Hand würde sich nach dem bärtigen Mann ausstrecken – der einzigen Figur des Paars, die ein Mann benutzen konnte – und dann zitternd innehalten. Ein Finger würde die Statuette berühren, und mehr von der Einen Macht, als er sich vorstellen konnte, würde ihm zur Verfügung stehen. Damit konnte ihn niemand besiegen, niemand ihm widerstehen. Mit dieser Macht, hatte Lanfear einst gesagt, konnte er den Schöpfer herausfordern.

»Sie gehört rechtmäßig mir«, murmelte er stets, wenn seine Hand kurz vor der Figur zitternd innehielt. »Mir! Ich bin der Wiedergeborene Drache!«

Und er zwang sich jedesmal, sich wieder zurückzuziehen, wob die Spiegelmaske neu und die unsichtbaren Fallen, die jedermann zu Asche verbrennen würden, der sie ohne das dazugehörige Paßwort zu überwinden versuchte. Der riesige Kleiderschrank bewegte sich leicht wie eine Feder wieder auf seinen Platz. Er war der Wiedergeborene Drache. Aber genügte das? Es würde genügen müssen.

»Ich bin der Wiedergeborene Drache«, flüsterte er den Wänden manchmal zu, und manchmal schrie er sie an: »Ich bin der Wiedergeborene Drache!« Er wütete leise und laut gegen jene, die sich ihm entgegenstellten, die blinden Narren, die nicht sehen konnten und sich aus Ehrgeiz oder Habsucht oder Angst auch weigerten zu sehen. Er war der Wiedergeborene Drache, die einzige Hoffnung der Welt gegen den Dunklen König. Das Licht möge der Welt dabei helfen.

Aber sein Wüten und seine Gedanken daran, das *Ter'angreal* zu benutzen, waren nur Versuche, anderem zu entkommen, und das wußte er. Allein stocherte er in seinem Essen herum, wenn auch jeden Tag lustloser, und versuchte zu lesen, wenn auch selten, und Schlaf zu finden. Er schlief im Verlauf der Zeit häufiger, wobei es ihn nicht kümmerte, ob die Sonne tief oder hoch stand. Der Schlaf kam in unregelmäßigen Abständen, und was seine wachen Gedanken quälte, schlich sich auch in seine Träume ein und ließ ihn zu bald aufschrecken, um erholt zu sein. Kein noch so sorgfältiges Abschirmen konnte fernhalten, was bereits hineingelangt war. Er mußte sich den Verlorenen und früher oder später auch dem Dunklen König selbst stellen. Er mußte sich Narren stellen, die ihn bekämpften oder davonliefen, obwohl ihre einzige Hoffnung darin bestand, sich hinter ihn zu stellen. Warum ließen ihn seine Träume nicht in Ruhe? Er erwachte stets ruckartig aus einem Traum, noch bevor er recht begonnen hatte, um dann von Abscheu gegen sich selbst erfüllt und durch den mangelnden Schlaf verwirrt dazuliegen, aber die anderen… Er wußte, daß er sie alle verdiente.

Colavaere stellte sich ihm im Traum entgegen, ihr Gesicht schwarz und das Halstuch, mit dem sie sich erhängt hatte, noch immer im geschwollenen Fleisch ihres Halses eingesunken. Colavaere, schweigsam und anklagend, und all die Töchter des Speers, die für ihn gestorben waren, reihten sich hinter ihr auf, alle Frauen, die meinetwegen gestorben waren. Er kannte jedes einzelne Gesicht so gut wie sein eigenes und wußte auch alle Namen außer einem. Er erwachte schluchzend aus diesen Träumen.

Hundertmal schleuderte er Perrin durch die Große Halle der Sonne, und hundertmal wurde er von lodernder Angst und Zorn überwältigt. Hundertmal tötete er Perrin in seinen Träumen und wachte von seinen eigenen Schreien auf. Warum hatte der Mann die Aes Sedai-Gefangenen als Gegenstand ihres Streits erwählt? Rand wollte nicht über sie nachdenken. Er hatte sein Bestes getan, ihre Existenz von Anfang an zu ignorieren. Sie waren zu gefährlich, um sie lange als Gefangene zu halten, und er hatte keine Ahnung, was er mit ihnen tun sollte. Sie ängstigten ihn. Manchmal träumte er, wieder in der Kiste gefesselt zu sein, daß Galina und Erian und Katerine und die anderen ihn daraus hervorholten und schlugen, und erwachte wimmernd, selbst nachdem er sich davon überzeugt hatte, daß seine Augen geöffnet und er längst aus der Kiste befreit war. Sie ängstigten ihn, weil er befürchtete, er könnte seiner Angst und seinem Zorn nachgeben und dann … Er versuchte, nicht daran zu denken, was er dann tun würde, aber manchmal träumte er es und wachte schweißgebadet auf. Er würde es nicht tun. Was auch immer er bisher getan hatte – das würde er nicht tun.

In Träumen versammelte er die Asha'man, um die Weiße Burg anzugreifen und Elaida zu bestrafen. Er sprang aus einem von gerechtem Zorn und *Saidin* erfüllten Wegetor – und erfuhr, daß Alviarins Brief eine Lüge gewesen war, er sah sie neben Elaida stehen, sah auch Egwene neben ihr und Nynaeve und sogar Elayne, alle mit Aes Sedai-Gesichtern, weil er zu gefährlich war, um ihn frei herumlaufen zu lassen. Er beobachtete, wie die Asha'man von Frauen vernichtet wurden, die Jahre des Studiums der Einen Macht hinter sich gebracht hatten – nicht nur wenige Monate unvollständiger Ausbildung –, und aus diesen Träumen erwachte er niemals, bevor nicht jeder Mann in

einer schwarzen Jacke tot war und er der Macht der Aes Sedai allein gegenüberstand. Allein.

Cadsuane äußerte immer wieder diese Worte über Verrückte, die Stimmen hörten, bis er darunter zusammenfuhr wie unter Peitschenhieben, in seinem Schlaf zusammenzuckte, wenn sie erschien. In Träumen und im Wachen rief er Lews Therin, schrie ihn an, doch nur Schweigen antwortete. Allein. Diese wenigen Empfindungen und Gefühle in seinem Hinterkopf, das Spüren von Alannas Fast-Berührung, wurde allmählich zum Trost. Und das ängstigte ihn auf vielerlei Art am allermeisten.

Am vierten Morgen erwachte er benommen aus einem Traum von der Weißen Burg und hob hastig eine Hand, um seine brennenden Augen vor dem abzuschirmen, was er für das Aufflammen eines mit *Saidar* entfachten Feuers hielt. Staub tanzte durch das Fenster bis zu seinem Bett, dessen wuchtige, kantige Schwarzholz-Pfosten mit keilförmigen Elfenbeinverzierungen versehen waren, im strömenden Sonnenlicht. Alle Möbelstücke im Raum bestanden aus poliertem Schwarzholz und Elfenbein, kantig und ausreichend schwer, daß sie zu seiner Stimmung paßten. Er lag einen Moment da, aber wenn der Schlaf zurückkehrte, würde er nur einen weiteren Traum bringen.

Bist du da, Lews Therin? dachte er ohne Hoffnung auf eine Antwort, stand müde auf und zog seine zerknitterte Jacke zurecht. Er hatte seine Kleider seit seinem Rückzug nicht mehr gewechselt.

Als er in den Vorraum taumelte, dachte er zuerst, er träume wieder jenen Traum, der ihn stets augenblicklich voller Scham und Schuld und Abscheu aufwachen ließ, aber Min schaute von einem der hohen, vergoldeten Stühle zu ihm hoch, ein in Leder gebundenes Buch auf den Knien, und er erwachte nicht. Dunkle Locken umrahmten ihr Gesicht, und große dunkle

Augen blickten so angespannt, daß er fast ihre Berührung spüren konnte. Ihre Hose aus brokatdurchwirkter grüner Seide saß wie eine zweite Haut, und die dazu passende Seidenjacke war geöffnet, so daß er ihre cremefarbene, sich mit jedem Atemzug hebende und senkende Bluse sehen konnte. Er betete darum aufzuwachen. Nicht Angst oder Zorn oder Schuld wegen Colavaere oder Lews Therins Verschwinden hatten ihn dazu getrieben, sich zurückzuziehen.

»In vier Tagen findet ein Fest statt«, sagte sie heiter, »bei Halbmond. ›Tag der Reue‹ nennen sie es aus einem unbestimmten Grund, aber in dieser Nacht wird getanzt. Gesittete Tänze, wie ich hörte, aber jeder Tanz ist besser als gar keiner.« Sie legte vorsichtig einen dünnen Lederstreifen in das Buch und legte es auf den Boden neben sich. »Wenn ich die Näherin heute beauftrage, reicht die Zeit gerade noch, ein neues Kleid anfertigen zu lassen. Das heißt, wenn du mit mir tanzen willst.«

Er riß den Blick von ihr los und bemerkte ein mit einem Tuch abgedecktes Tablett neben den hohen Türen. Schon der Gedanke an Essen war ihm unangenehm. Die verdammte Nandera sollte niemanden hereinlassen! Und am wenigsten Min. Er hatte ihren Namen nicht erwähnt, hatte aber gesagt niemand!
»Min, ich … Ich weiß nicht, was ich sagen soll. Ich …«

»Schafhirte, du siehst aus wie durch die Mangel gedreht. Jetzt verstehe ich, warum Alanna so außer sich war, auch wenn ich nicht begreife, woher sie es wußte. Sie hat mich geradezu angefleht, mit dir zu sprechen, nachdem die Töchter des Speers sie ungefähr zum fünften Mal abgewiesen hatten. Nandera hätte sogar *mich* nicht hineingelassen, wenn sie nicht in Sorge gewesen wäre, weil du nicht ißt, und selbst dann mußte ich noch ein wenig betteln. Du schuldest mir etwas, Bauernjunge.«

Rand zuckte zusammen. Bilder von ihm selbst blitzten in seinem Kopf auf – wie er an ihren Kleidern zerrte und sich Min wie ein geistloses Tier aufzwang. Er schuldete ihr mehr, als er jemals wiedergutmachen konnte. Er fuhr sich mit einer Hand durchs Haar und zwang sich dann, sich zu ihr umzuwenden. Sie hatte die Füße hochgezogen, so daß sie jetzt im Schneidersitz auf dem Stuhl saß, und hatte die Fäuste auf die Knie gestützt. Wie konnte sie ihn so ruhig ansehen? »Min, es gibt keine Entschuldigung für das, was ich getan habe. Wenn es Gerechtigkeit gäbe, würde ich an den Galgen wandern. Wenn ich es könnte, würde ich mir den Strick selbst um den Hals legen. Ich schwöre, daß ich es tun würde.« Die Worte schmeckten bitter. Er war der Wiedergeborene Drache, und sie würde bis zur Letzten Schlacht auf Gerechtigkeit warten müssen. Welch ein Narr er gewesen war, daß er über Tarmon Gai'don hinaus hatte leben wollen. Er verdiente es nicht.

»Wovon sprichst du, Schafhirte?« fragte sie zögernd.

»Ich spreche von dem, was ich dir angetan habe«, stöhnte er. Wie hatte er ausgerechnet ihr das antun können? »Min, ich weiß, wie schwer es für dich ist, mit mir im gleichen Raum zu sein.« Wie konnte er sich so an ihre Weichheit erinnern, an die Seidigkeit ihrer Haut, nachdem er ihr die Kleider vom Leib gerissen hatte? »Ich hätte niemals geglaubt, daß ich ein Tier wäre, ein Ungeheuer.« Aber er war es. Er verabscheute sich für das, was er getan hatte, und er verabscheute sich noch mehr, weil er es erneut tun wollte. »Die einzige Entschuldigung, die ich vorbringen kann, ist Wahnsinn. Cadsuane hatte recht. Ich habe Stimmen gehört. Lews Therins Stimme, dachte ich. Kannst du…? Nein. Nein, ich habe kein Recht, dich zu bitten, mir zu vergeben. Aber du sollst wissen, wie leid es mir tut, Min.« Es tat ihm leid, doch seine Hände sehnten sich verzweifelt danach, ihren bloßen Rücken hinab zu gleiten und über ihre Hüften. Er *war* ein Ungeheuer. »Es tut mir schrecklich leid. Das sollst du zumindest wissen.«

Sie saß regungslos da und sah ihn an, als hätte sie niemals zuvor jemanden wie ihn gesehen. Jetzt konnte sie aufhören, etwas vorzugeben. Jetzt konnte sie sagen, wie sie wirklich über ihn dachte, und wie abscheulich auch immer es wäre – es wäre nicht halbwegs ausreichend abscheulich.

»Darum hast du mich also von dir ferngehalten«, sagte sie schließlich. »Hör mir zu, du Einfaltspinsel. Ich hätte mich beinahe zu Tode geheult, weil ich einen Tod zuviel erlebt habe, und du, du hättest beinahe aus demselben Grund das gleiche getan. Was wir getan haben, mein unschuldiges Lamm, war, einander Trost zu spenden. Freunde trösten einander in solchen Zeiten. Mach den Mund zu, du Strohkopf.«

Das tat er, aber nur, um zu schlucken. Er dachte, ihm würden die Augen aus dem Kopf fallen. Er verhaspelte sich fast beim Sprechen. »Min, wenn wir vor dem Frauenzirkel zu Hause das, was wir getan haben, als Trost bezeichneten, würden sie sich darum drängen, uns zu häuten.«

»Zumindest heißt es jetzt ›wir‹ anstatt ›ich‹«, sagte sie grimmig. Sie erhob sich behende und kam auf ihn zu, während sie zornig mit dem Finger auf ihn zeigte. »Hältst du mich für eine Puppe, Bauernjunge? Glaubst du, ich wäre zu dämlich, es dich wissen zu lassen, wenn ich nicht wollte, daß du mich berührst? Glaubst du, ich könnte es dir nicht unmißverständlich klarmachen?« Sie zog einen Dolch unter ihrer Jacke hervor, schwang ihn und steckte ihn zurück, ohne an Schnelligkeit verloren zu haben. »Ich erinnere mich daran, daß ich dir das Hemd vom Leib gerissen habe, weil du es dir nicht schnell genug über den Kopf ziehen konntest, um mir zu folgen. So wenig wollte ich deine Arme um mich spüren! Ich habe mit dir getan, was ich noch niemals mit einem anderen Mann getan habe – und glaube nicht, ich sei niemals in Versuchung gewesen! –, und du sagst, es sei alles deine Schuld! Als wäre ich nicht einmal dabeigewesen!«

Er stieß mit den Waden gegen einen Stuhl und erkannte, daß er vor ihr zurückgewichen war. Sie sah stirnrunzelnd zu ihm hoch und murrte: »Ich glaube nicht, daß es mir *gefällt*, wie du gerade jetzt auf mich herabblickst.« Sie trat ihn jäh fest vors Schienbein und stemmte beide Hände gegen seine Brust. Er fiel so hart auf den Stuhl, daß dieser fast umkippte. Ihre Locken schwangen, als sie den Kopf zurückwarf und ihre brokatdurchwirkte Jacke richtete.

»Vielleicht war es so, Min, aber ...«

»So *war es*, Schafhirte«, unterbrach sie ihn energisch, »und wenn du wieder etwas anderes behaupten willst, solltest du lieber die Töchter des Speers rufen und die Macht lenken, so gut du es vermagst, weil ich dich dann durch diesen Raum prügeln werde, bis du um Gnade flehst. Und jetzt brauchst du eine Rasur und ein Bad.«

Rand atmete tief ein. Perrin führte eine solch heitere Ehe, mit einer lächelnden, sanften Frau. Warum fühlte er selbst sich stets zu Frauen hingezogen, die ihn vollkommen verwirrten? Wenn er nur über ein Zehntel von Mats Wissen über Frauen verfügte, hätte er gewußt, was er zu alledem sagen sollte, aber so konnte er nur weiter herumdrucksen. »Auf jeden Fall«, sagte er vorsichtig, »kann ich nur eines tun.«

»Und was könnte das sein?« Sie verschränkte die Arme fest unter ihren Brüsten und tippte unheilvoll mit dem Fuß auf, aber er wußte, daß es das richtige war.

»Dich fortschicken.« Genauso wie er Elayne und

Aviendha fortgeschickt hatte. »Wenn ich mich nur irgendwie beherrschen könnte, hätte ich nicht...« Ihr Fuß tippte schneller auf. Vielleicht sollte er das lieber lassen. Getröstet? Licht! »Min, jedermann, der sich in meiner Nähe aufhält, ist in Gefahr. Die Verlorenen sind nicht die einzigen, die jedem in meiner Umgebung auf die bloße Möglichkeit hin Schaden zufügen würden, daß es auch mir schaden könnte. Und auch ich bin eine Gefahr. Ich kann meine Stimmungen nicht mehr kontrollieren. Min, ich hätte Perrin beinahe getötet! Cadsuane hatte recht. Ich werde wahnsinnig oder bin es bereits. Ich muß dich fortschicken, damit du in Sicherheit bist.«

»Wer ist diese Cadsuane?« fragte sie so ruhig, daß er zusammenzuckte, als er bemerkte, daß sie noch immer mit dem Fuß auftippte. »Alanna hat diesen Namen betont, als wäre sie die Schwester des Schöpfers. Nein, sage es mir nicht. Es ist mir gleichgültig.« Nicht daß sie ihm auch nur die kleinste Möglichkeit ließ, ihr zu widersprechen. »Auch Perrin kümmert mich nicht. Du würdest mich genauso wenig verletzen wie ihn. Ich glaube, daß dein großer öffentlicher Kampf ein Schwindel war. Mich kümmern deine Stimmungen nicht, und es ist mir auch egal, ob du wahnsinnig bist. Du kannst nicht wahnsinnig sein, sonst würdest du dich nicht so darüber sorgen. Aber mich kümmert...«

Sie beugte sich herab, bis jene sehr großen, sehr dunklen Augen auf gleicher Höhe mit seinen und ganz nah waren, und plötzlich funkelte ein solches Licht darin, daß er *Saidin* ergriff, bereit, sich zu verteidigen. »Mich fortschicken, damit ich in Sicherheit bin?« grollte sie. »Wie kannst du es wagen? Du hast kein Recht, mich überhaupt irgendwohin zu schicken! Du brauchst mich, Rand al'Thor! Wenn ich dir auch nur von der Hälfte der Visionen erzählen würde, die ich von dir gehabt habe, würden dir die Haare zu

Berge stehen! Wage es! Du hast zugelassen, daß sich die Töchter des Speers jedem Risiko gestellt haben, dem sie sich stellen wollten, und du willst mich wie ein Kind fortschicken?«

»Ich liebe die Töchter des Speers nicht.« Tief im unbewegten Nichts treibend, hörte er diese Worte seinem Munde entströmen, und das Entsetzen zerschmetterte die Leere und vertrieb *Saidin*.

»Nun«, sagte Min und richtete sich auf. Ein kleines Lächeln verlieh ihren Lippen mehr Schwung. »Es kommt nicht in Frage.« Und sie setzte sich auf seinen Schoß.

Sie hatte gesagt, er würde sie genauso wenig verletzen wie Perrin, aber jetzt mußte es sein. Er mußte es tun, zu ihrem eigenen Besten. »Ich liebe auch Elayne«, sagte er grob. »Und Aviendha. Siehst du, was ich bin?« Aus einem unbestimmten Grund schien sie dies nicht im geringsten zu stören.

»Rhuarc liebt auch mehr als eine Frau«, entgegnete sie. »Wie auch Bael, und ich habe an beiden niemals Trolloc-Hörner bemerkt. Nein, Rand, du liebst mich, und du kannst dich dem nicht widersetzen. Ich sollte dich nach allem, was du mich hast durchmachen lassen, eigentlich auf die Folter spannen, aber… Nur damit du es weißt, ich liebe dich auch.« Das Lächeln wich bei ihrem inneren Kampf einem Stirnrunzeln, und schließlich seufzte sie. »Das Leben wäre manchmal erheblich leichter, wenn meine Tanten mich nicht zur Aufrichtigkeit erzogen hätten«, murrte sie. »Und um aufrichtig zu sein, Rand, muß ich dir sagen, daß Elayne dich auch liebt. Und Aviendha ebenso. Wenn beide Frauen Mandelains *ihn* lieben können, dann mag es vermutlich auch drei Frauen gelingen, *dich* zu lieben. Aber ich bin hier, und wenn du versuchst, mich fortzuschicken, werde ich mich dir ans Bein binden.« Sie rümpfte die Nase. »Wenn du gebadet hast jedenfalls. Aber ich werde nicht gehen, egal was geschieht.«

In seinem Kopf drehte sich alles. »Du... *liebst* mich?« fragte er ungläubig. »Und woher weißt du, was Elayne empfindet? Woher weißt du etwas über Aviendha? Licht! Mandelain kann tun, was er will, Min. Ich bin kein Aiel.« Er runzelte die Stirn. »Was hast du damit gemeint, daß du mir nicht einmal die Hälfte von dem erzählst, was du siehst? Ich dachte, du erzählst mir alles. Ich muß dich in Sicherheit bringen. Und hör auf, die Nase zu rümpfen! Ich rieche nicht!« Er zog ruckartig die Hand unter seiner Jacke hervor, mit der er sich gekratzt hatte.

Ihre gewölbten Augenbrauen sprachen Bände, aber sie mußte ihre Gedanken dennoch aussprechen. »Du wagst es, diesen Ton anzuschlagen? Als würdest du es nicht glauben?« Ihre Stimme wurde plötzlich mit jedem Wort lauter, und sie bohrte ihm drohend einen Finger in die Brust. »Glaubst du, ich würde mit einem Mann *schlafen*, den ich nicht liebe? Glaubst du das? Oder denkst du vielleicht, du wärst es nicht wert, geliebt zu werden? Ist es das?« Sie gab einen Laut von sich wie eine gequälte Katze. »Also bin ich ein Betthäschen ohne Hirn im Kopf, weil ich mich in einen wertlosen Rüpel verliebt habe? Du sitzt da, stierst wie ein kranker Ochse vor dich hin und verleumdest meinen Verstand, meinen Geschmack, meine...«

»Wenn du dich nicht beruhigst und vernünftig redest«, grollte er, »dann schwöre ich, daß ich dir den Hintern versohlen werde!« Die Worte drangen aus dem Nichts hervor, aus schlaflosen Nächten und Verwirrung, aber bevor er auch nur eine Entschuldigung ersinnen konnte, lächelte sie. Die Frau lächelte!

»Zumindest schmollst du nicht mehr«, sagte sie. »Jammere niemals, Rand, denn du bist nicht gut darin. Nun denn. Du willst Vernünftiges hören? Ich liebe dich, und ich werde nicht gehen. Wenn du mich fort-schickst, werde ich den Töchtern des Speers erzählen, du hättest mich zugrunde gerichtet und beiseite ge-schoben. Ich werde es jedermann erzählen, der zu-hören wird. Ich werde …«

Er hob seine rechte Hand, betrachtete die Hand-fläche mit dem eingebrannten Reiher und sah dann Min an. Sie blickte argwöhnisch ebenfalls auf seine Hand, regte sich auf seinen Knien und ignorierte dann deutlich sichtbar alles andere außer seinem Gesicht.

»Ich werde nicht gehen, Rand«, sagte sie ruhig. »Du brauchst mich.«

»Wie machst du das?« seufzte er und sank auf dem Stuhl zurück. »Selbst wenn du mir den Kopf zu-rechtrückst, läßt du noch alle meine Sorgen schwin-den.«

Min rümpfte die Nase. »Man sollte dir häufiger den Kopf zurechtrücken. Erzähle von dieser Aviendha. Es besteht vermutlich keine Hoffnung, daß sie knochen-dürr und narbig wie Nandera ist.«

Er lachte wider Willen. Licht, wie lange hatte er nicht mehr vor Vergnügen gelacht? »Min, ich würde sagen, sie ist genauso hübsch wie du, aber wie kann man zwei Sonnenaufgänge vergleichen?«

Sie sah ihn einen Moment mit leisem Lächeln an, als könne sie sich nicht entscheiden, ob sie überrascht oder erfreut sein sollte. »Du bist ein sehr gefährlicher Mann, Rand al'Thor«, murmelte sie und beugte sich langsam vor. Er glaubte in ihren Augen zu versinken und verloren zu sein. All die Male zuvor, wenn sie auf seinem Schoß gesessen und ihn geküßt hatte, all die Male hatte er geglaubt, sie necke nur einen Bauernjun-gen, während er fast aus der Haut gefahren wäre, weil er sie *ständig* küssen wollte. Nun, wenn sie ihn jetzt er-neut küßte …

Er ergriff sie fest an den Armen, erhob sich und

stellte sie auf die Füße. Er liebte sie, und sie liebte ihn, aber er mußte daran denken, daß er auch Elayne ständig küssen wollte, wenn er an sie dachte, und Aviendha ebenfalls. Was immer Min über Rhuarc oder jeden anderen Aiel sagte, war sie doch an dem Tag, an dem sie sich in ihn verliebt hatte, schlecht beraten gewesen. »Du hast mir nicht einmal die Hälfte erzählt, Min«, sagte er ruhig. »Welche Visionen hast du mir vorenthalten?«

Sie sah zu ihm hoch, und Enttäuschung spiegelte sich auf ihrem Gesicht, aber das konnte nicht sein. »Du liebst den Wiedergeborenen Drachen, Min Farshaw«, murrte sie, »und solltest stets daran denken. Und du besser auch, Rand«, fügte sie hinzu und entzog sich ihm. Er ließ sie widerwillig und auch erleichtert los. Er wußte nicht, was von beidem eher zutraf. »Du bist schon eine halbe Woche wieder in Cairhien und hast noch immer nichts wegen des Meervolks unternommen. Berelain dachte, du könntest dich vielleicht dazu aufraffen. Sie hat mir einen Brief hinterlassen, in dem sie mich bittet, dich immer wieder daran zu erinnern, aber du hast es nicht zugelassen. Nun, es macht nichts. Berelain glaubt, das Meervolk wäre irgendwie wichtig für dich. Sie sagt, du seist die Erfüllung irgendeiner ihrer Prophezeiungen.«

»Ich weiß alles darüber, Min. Ich …« Er hatte erwogen, sich nicht auf das Meervolk einzulassen. Es wurde in den Prophezeiungen des Drachen, die er finden konnte, nicht erwähnt. Aber wenn er Min in seiner Nähe bleiben ließ, sie die Gefahren auf sich nehmen ließ … Er erkannte, daß sie gewonnen hatte. Er hatte Elayne mit bangem Herzen und Aviendha mit verkrampftem Magen fortgehen sehen. Er konnte es nicht noch einmal ertragen. Min stand abwartend da. »Ich werde sie noch heute auf ihrem Schiff aufsuchen. Das Meervolk soll vor dem Wiedergeborenen Drachen in all seinem Glanz niederknien. Vermutlich bestand niemals Hoffnung auf etwas anderes. Entweder gehören sie zu meinen Leuten, oder sie sind meine Feinde. So ist es anscheinend immer. Wirst du mir jetzt von deinen Visionen erzählen?«

»Rand, du solltest um ihre Eigenheiten wissen, bevor du ...«

»Die Visionen?«

Sie verschränkte die Arme und blickte stirnrunzelnd zu ihm hoch. Sie schüttelte den Kopf und murrte leise etwas. Schließlich sagte sie: »In Wirklichkeit gibt es nur eine Vision. Ich habe übertrieben. Ich sah dich und einen anderen Mann. Ich konnte eure beiden Gesichter nicht erkennen, aber ich wußte, daß du einer der Männer warst. Ihr berührtet euch und schient ineinander zu verschmelzen und ...« Sie preßte besorgt die Lippen zusammen und fuhr dann sehr bedrückt fort. »Ich weiß nicht, was es bedeutet, Rand, nur daß einer von euch stirbt und einer überlebt. Ich... Warum grinst du? Das ist kein Scherz, Rand. Ich weiß nicht, wer von euch stirbt.«

»Ich grinse, weil du mir damit sehr gute Nachrichten überbracht hast«, sagte er und berührte ihre Wange. Der andere Mann mußte Lews Therin sein. *Ich bin nicht einfach wahnsinnig und höre Stimmen*, dachte er frohlockend. Einer lebte und einer starb, aber er hatte schon lange gewußt, daß er sterben würde. Zumindest war er nicht wahnsinnig. Oder bei weitem nicht so wahnsinnig, wie er befürchtet hatte, obwohl er seine Launen noch immer kaum beherrschen konnte. »Verstehst du, ich ...«

Plötzlich erkannte er, daß er ihr Gesicht nicht mehr nur berührte, sondern es mit beiden Händen umfaßte. Er ließ sie los, als hätte er sich verbrannt. Min schürzte die Lippen und sah ihn tadelnd an, aber er würde sie nicht zu seinem Vorteil benutzen. Es wäre ihr gegenüber ungerecht. Glücklicherweise begann sein Magen laut zu knurren.

»Ich muß etwas essen, wenn ich das Meervolk aufsuchen soll. Ich habe ein Tablett gesehen…«

Min schnaubte, als er sich abwandte, aber im nächsten Moment eilte sie auf die hohen Türen zu. »Du brauchst ein Bad, wenn *wir* das Meervolk aufsuchen.«

Nandera freute sich über die Wendung, nickte begeistert und verteilte Aufträge an die Töchter des Speers. Sie beugte sich nahe zu Min und sagte: »Ich hätte Euch schon am ersten Tag zu ihm lassen sollen. Ich wollte ihn am liebsten treten, aber den *Car'a'carn* darf man nicht treten.« Ihrem Tonfall nach hätte man es dennoch tun sollen. Sie sprach leise, aber doch nicht so leise, daß er sie nicht hören konnte. Er war sich sicher, daß dies wohlüberlegt geschah. Sie sah ihn zu scharf an, als daß es anders sein konnte.

Töchter des Speers schleppten eigenhändig die große Kupferwanne herein, verständigten sich in der Zeichensprache, sobald sie abgestellt war, lachend und zu aufgeregt, um die Palastdiener ihre Arbeit tun oder sie auch nur den beständigen Strom von Eimern mit heißem Wasser hereinbringen zu lassen. Rand hatte Mühe, sich seiner Kleidung selbst zu entledigen. Und er hatte Mühe, sich selbst waschen zu dürfen, und konnte auch der sein Haar einschäumenden Nandera nicht entkommen. Die flachshaarige Somera und die rothaarige Enaila bestanden darauf, ihn zu rasieren, als er brusttief in der Wanne saß, und konzentrierten sich dabei so sehr, als befürchteten sie, ihm die Kehle durchzuschneiden. Er war von anderen Gelegenheiten daran gewöhnt, als man es ihm verweigert hatte, Bürste oder Rasierklinge selbst handzuhaben. Er war daran gewöhnt, daß Töchter des Speers ihn umstanden und ihm beim Baden zusahen, ihm anboten, ihm Rücken oder Füße zu schrubben, wobei sie sich in der Zeichensprache lautlos verständigten, und stets verwundert über einen Menschen waren, der im Wasser *saß*. Es gelang ihm dann meist, zumindest einige loszuwerden, indem er sie mit Aufträgen fortschickte.

Aber er war nicht an Min gewöhnt, die im Schneidersitz auf dem Bett saß, das Kinn auf die Hände gestützt, und das Ganze offensichtlich fasziniert beobachtete. Er hatte sie in der Menge der Töchter des Speers erst bemerkt, als er schon nackt war, und dann konnte er sich nur noch so schnell wie möglich hinsetzen, wobei das Wasser über die Seiten der Wanne hinweg schwappte. Die Frau wäre selbst eine sehr gute Tochter des Speers gewesen. Sie sprach mit den Töchtern des Speers recht offen über ihn – ohne auch nur zu erröten! Tatsächlich war er derjenige, der errötete.

»Ja, er ist sehr bescheiden«, sagte sie und stimmte darin mit Malindare überein, einer Frau, die rundlicher war als die meisten anderen Töchter des Speers, mit dem dunkelsten Haar, das Rand jemals bei einer Aiel gesehen hatte. »Bescheidenheit ziert einen Mann.« Malindare nickte ernst, aber Min grinste breit.

Und dann kam: »O nein, Domeille. Es wäre eine Schande, solch ein hübsches Gesicht durch eine Narbe zu verschandeln.« Domeille, die grauer und hagerer als Nandera war, beharrte mit vorgerecktem Kinn darauf, daß eine Narbe seine Schönheit nicht verschandeln könnte. Ihre Worte. Der Rest war schlimmer. Die Töchter des Speers hatten schon immer Spaß daran gehabt, ihn zum Erröten zu bringen. Für Min galt das sicherlich ebenfalls.

»Früher oder später mußt du dich abtrocknen, Rand«, sagte sie und hielt mit beiden Händen ein großes weißes Handtuch hoch. Sie stand gute drei Schritt von der Wanne entfernt, und die Töchter des Speers waren kreisförmig zurückgewichen und beobachteten sie. Min lächelte so unschuldig, daß jeder Richter sie allein schon deshalb für schuldig befunden hätte. »Komm und trockne dich ab, Rand.«

Er war noch niemals in seinem Leben so erleichtert gewesen, sich anziehen zu können.

Inzwischen waren seine Befehle ausgeführt worden, und alles war vorbereitet. Rand al'Thor war vielleicht in einer Badewanne herumkommandiert worden, aber der Wiedergeborene Drache würde dem Meervolk in einer Weise gegenübertreten, daß sie vor Ehrfurcht auf die Knie sinken würden.

KAPITEL 2

Ta'veren

Im Hof vor dem Palast war alles so vorbereitet worden, wie Rand es angeordnet hatte. Oder fast alles. Die Morgensonne warf lange Schatten, so daß nur zehn Schritte vor den hohen Bronzetoren im Licht der Sonne lagen. Dashiva und Flinn und Narishma, die drei Asha'man, die Rand zurückbehalten hatte, warteten neben ihren Pferden, wobei selbst Dashiva mit dem Silberschwert und dem rot-goldenen Drachen an seinem schwarzen Kragen strahlte, obwohl er das Schwert immer noch so betrachtete, als sei er ständig überrascht, es vorzufinden. Einhundert Mann von Dobraines Waffenträgern saßen mit zwei in der unbewegten Luft herabhängenden Bannern hinter Dobraine zu Pferde, ihre dunklen Rüstungen in der Sonne glänzend, und rote, weiße und schwarze Seidenwimpel waren unmittelbar unter den Spitzen um die Speere gebunden. Hochrufe erklangen, als Rand erschien, seinen Schwertgürtel mit der goldenen Drachenschließe um eine rote, goldverzierte Jacke gebunden.

»Al'Thor! Al'Thor! Al'Thor!« hallte es im Hof wider. Menschen, die sich auf den Ständen der Bogenschützen drängten, stimmten mit ein, Tairener und Cairhiener in Seide und Spitze, die Colavaere noch vor einer Woche zweifellos genauso laut zugejubelt hatten. Männer und Frauen, von denen einige gleichzeitig wünschten, er wäre niemals nach Cairhien zurückgekehrt, winkten und jubelten ihm zu. Er hob daraufhin das Drachenszepter an, und sie jubelten noch lauter.

Donnernder Trommelklang und Trompetenstöße stiegen durch die Hochrufe auf, von einem Dutzend weiterer Männer Dobraines hervorgebracht, die karmesinrote Wappenröcke mit der schwarz-weißen Scheibe auf der Brust trugen. Die Hälfte der Männer führte mit dem gleichen Stoff gekennzeichnete lange Trompeten und die andere Hälfte Kesselpauken mit sich, die, ebenfalls verziert, zu beiden Seiten der Pferde befestigt waren. Fünf Aes Sedai mit ihren Stolen kamen Rand entgegen, als er die breiten Stufen hinabstieg. Alanna gewährte ihm einen prüfenden Blick aus jenen großen, dunklen, durchdringenden Augen – das winzige Geflecht von Empfindungen in seinem Schädel vermittelte ihm, daß sie ruhiger und entspannter war, als er sie je erlebt hatte –, ein prüfender Blick, gefolgt von einer kaum merklichen Bewegung, woraufhin Min seinen Arm berührte und sich ein paar Schritte mit ihr entfernte. Bera und die anderen vollführten flüchtige Hofknickse und beugten leicht den Kopf, während hinter Rand Aiel aus dem Palast strömten. Nandera führte zweihundert Töchter des Speers an – sie würden nicht von den ›Eidbrechern‹ überstrahlt werden –, und Camar, ein schlanker Berghang-Daryne, der grauer als Nandera und einen halben Kopf größer als Rand war, führte zweihundert *Seia Doon* an, die nicht von den *Far Dareis Mai*, geschweige denn von den Cairhienern, überstrahlt würden. Sie zogen auf beiden Seiten an ihm vorbei, und die Aes Sedai bildeten einen Ring im Hof. Bera, die wie eine stolze Bauersfrau, und Alanna, die wie eine geheimnisvolle, wunderschöne Königin wirkte, und die rundliche Rafela, die in ihrem blauen Gewand geheimnisvoll aussah, beobachteten ihn besorgt. Faeldrin musterte ihn mit kühlem Blick, ebenfalls eine

Grüne, die ihre dünnen Zöpfe mit farbigen Perlen geschmückt hatte, und auch die schlanke Merana in ihrer grauen Kleidung, deren Stirnrunzeln Rafela wie das Bild der Aes Sedai-Gelassenheit erscheinen ließ. Fünf.

»Wo sind Kiruna und Verin?« verlangte Rand zu wissen. »Ich habe nach Euch allen verlangt.«

»In der Tat, mein Lord Drache«, antwortete Bera ruhig. Sie vollführte ebenfalls einen Hofknicks, nur eine leichte Verbeugung, aber es überraschte ihn dennoch. »Wir konnten Verin nicht finden. Sie ist nirgendwo bei den Aiel-Zelten. Sie befragt wahrscheinlich die…« Ihr ruhiger Tonfall schwankte einen Moment. »…die Gefangenen, um vielleicht zu erfahren, was geplant war, wenn sie Tar Valon erreicht hätten.« Wenn er Tar Valon erreicht hätte. Sie wußte genug, um damit nicht herauszuplatzen, wenn jedermann es hören konnte. »Und Kiruna… bespricht mit Sorilea eine Frage des Protokolls. Aber gewiß wird sie sich uns nur zu gern anschließen, wenn Ihr sie persönlich herbeiruft. Ich könnte selbst gehen, wenn Ihr…«

Er winkte ab. Fünf sollten genügen. Vielleicht konnte Verin etwas erfahren. Wollte er es wissen? Und Kiruna. Eine Frage des *Protokolls*? »Ich bin froh, daß Ihr mit den Weisen Frauen zurechtkommt«, begann Bera und schloß dann fest den Mund. Was auch immer Alanna gerade zu Min sagte, ließ Min zutiefst errötend das Kinn emporrecken, wenn sie auch seltsamerweise äußerst ruhig zu antworten schien. Er fragte sich, ob sie es ihm erzählen würde. Wenn es etwas gab, dessen er sich bei Frauen sicher war, dann war es die Tatsache, daß jede einzelne Geheimnisse im Herzen trug, die manchmal mit einer anderen Frau, aber niemals mit einem Mann geteilt wurden.

»Ich bin nicht hierhergekommen, um den ganzen Tag herumzustehen«, sagte er verärgert. Die Aes Sedai hatten sich mit Bera über die Führung geeinigt, während die anderen einen halben Schritt zurückblieben. Wenn sie es nicht gewesen wäre, wäre es Kiruna gewesen. Ihre Entscheidung, nicht seine. Es kümmerte ihn wirklich nicht, solange sie sich an ihre Eide hielten, und er hätte es vielleicht dabei belassen, wenn Min und Alanna nicht gewesen wären. »Merana wird von jetzt an für Euch sprechen, und Ihr werdet Eure Befehle von ihr entgegennehmen.«

Den plötzlich geweiteten Augen nach hätte man denken können, er hätte jede einzelne von ihnen geschlagen. Einschließlich Merana. Sogar Alanna wandte ruckartig den Kopf. Warum sollten sie bestürzt sein? Natürlich hatten seit den Brunnen von Dumai fast immer Bera oder Kiruna das Wort ergriffen, aber Merana war nach Caemlyn gesandt worden.

»Bist du bereit, Min?« fragte er und schritt auf den Hof, ohne eine Antwort abzuwarten. Der große, feurig blickende schwarze Wallach, den er seit den Brunnen von Dumai geritten hatte, war mit einem Sattel mit Goldverzierungen sowie einer karmesinroten, in jeder Ecke mit der schwarz-weißen Scheibe bestickten Satteldecke für ihn herangebracht worden. Das Geschirr paßte zu dem Tier und zu seinem Namen. Tai'daishar – in der Alten Sprache *Herr der Herrlichkeit*. Und Pferd und Geschirr paßten beide zum Wiedergeborenen Drachen.

Während Rand aufstieg, führte Min ihre mausgraue Stute heran und zog ihre eng anliegenden Reithandschuhe über, bevor sie aufstieg. »Seiera ist ein prächtiges Tier«, sagte sie und tätschelte der Stute den Hals. »Ich wünschte, sie gehörte mir. Ich mag auch ihren Namen. Eine um Baerlon vorkommende Blume, die im Frühling dort wächst, heißt Blauauge.«

»Sie gehört dir«, sagte Rand. Welcher Aes Sedai auch immer die Stute gehörte – sie würde es nicht ablehnen, sie ihm zu verkaufen. Er würde Kiruna tausend Kronen für Tai'daishar geben, dann konnte sie sich nicht beschweren. Selbst der beste Hengst aus tairenischer Zucht würde niemals auch nur ein Zehntel dieser Summe kosten. »Hattest du eine anregende Unterhaltung mit Alanna?«

»Nichts, was dich interessieren würde«, sagte sie beiläufig. Aber ihre Wangen waren leicht gerötet.

Er schnaubte leise und erhob dann die Stimme. »Lord Dobraine, ich denke, ich habe das Meervolk lange genug warten lassen.«

Die Prozession zog entlang der breiten Straßen Menschenmengen an, und auch in Fenstern und auf Dächern versammelten sich Menschen, als die Nachricht des Herannahens der Prozession vorauseilte. Zwanzig Speerträger Dobraines führten sie an, um den Weg freizumachen, zusammen mit dreißig Töchtern des Speers und ebenso vielen Schwarzaugen. Dann kamen die Trommler, die ihre Instrumente unaufhörlich dröhnen ließen, und die Trompeter verstärkten den Lärm noch mit Trompetenstößen. Rufe von Zuschauern erstickten die Trommeln und Trompeten fast gleichermaßen, ein wortloses Brüllen, das genausogut Wut wie Beifall hätte sein können. Die Banner blähten sich unmittelbar vor Dobraine und hinter Rand, das weiße Drachenbanner und das scharlachrote Banner des Lichts, und verschleierte Aiel liefen neben Speerträgern her, deren Wimpel ebenfalls im Wind wehten. Hin und wieder wurden Rand ein paar Blumen zugeworfen. Vielleicht haßten sie ihn nicht. Vielleicht fürchteten sie ihn nur. Das mußte genügen.

»Ein jedem König angemessener Zug«, sagte Merana laut, so daß man es hören konnte.

»Dann genügt er für den Wiedergeborenen Drachen«, erwiderte Rand scharf. »Bleibt Ihr zurück? Und du auch, Min.« Andere Dächer hatten Mörder beherbergt. Der für ihn bestimmte Pfeil würde heute keine Frau treffen.

Sie fielen hinter seinem großen Schwarzen zurück, immerhin drei Schritte, und dann waren sie sofort wieder neben ihm, und Min berichtete ihm, was Berelain über das Meervolk auf den Schiffen, über die Jendai-Prophezeiung und den Coramoor aufgeschrieben hatte, und Merana fügte hinzu, was sie über die Prophezeiung wußte, obwohl sie zugab, daß es nicht sehr viel war.

Rand behielt die Dächer im Auge und hörte nur mit halbem Ohr zu. Er hatte *Saidin* nicht umarmt, aber er konnte es bei Dashiva und den beiden anderen unmittelbar hinter ihm wahrnehmen. Er verspürte nicht das Kribbeln, das ihm vermitteln würde, daß die Aes Sedai die Quelle umarmten, aber er hatte ihnen auch befohlen, es nicht ohne seine Erlaubnis zu tun. Vielleicht sollte er das ändern. Sie hielten sich anscheinend an ihren Schwur. Wie konnten sie auch nicht? Sie waren Aes Sedai. Es wäre unglücklich, wenn die Klinge eines Mörders ihn erwischte, während eine der Schwestern zu entscheiden versuchte, ob zu dienen bedeutete, ihn zu retten, oder ob zu gehorchen bedeutete, die Macht nicht zu lenken.

»Warum lachst du?« wollte Min wissen. Seiera tänzelte näher heran, und Min sah lächelnd zu ihm hoch.

»Dies ist keine lächerliche Angelegenheit, mein Lord Drache«, sagte Merana auf seiner anderen Seite bissig. »Die Atha'an Miere können sehr eigen sein. Jedermann wird heikel, wenn es um ihre Prophezeiungen geht.«

»Die Welt ist eine lachhafte Angelegenheit«, belehrte er sie. Min lachte mit ihm, aber Merana rümpfte die Nase und kam sofort aufs Meervolk zurück, als er wieder schwieg.

Am Fluß verliefen die hohen Stadtmauern bis ans Wasser und flankierten graue Steindocks, die sich vom Kai hinaus erstreckten. Flußschiffe, Boote und Lastkähne aller Arten und Größen waren überall vertäut, die Mannschaften an Deck durch den Tumult aufmerksam geworden, und das Schiff, das Rand suchte, lag wartend da, an einem Dock vertäut, von dem bereits alle Arbeiter fortgeschickt worden waren. Man nannte es ein Großboot, ein niedriges, schmales Schiff ohne jegliche Masten, sondern mit nur einer Stange am Bug, vier Schritt hoch und am oberen Ende mit einer Laterne versehen, wie auch das Heck. Fast dreißig Meter lang und mit ebenso vielen Rudern bestückt, konnte es nicht die Lasten tragen, die ein Segelschiff derselben Größe befördern konnte, aber es war auch nicht vom Wind abhängig und konnte bei Niedrigwasser Tag und Nacht fahren, wobei die Ruderer in Schichten arbeiteten. Großboote wurden auf den Flüssen für wichtige und dringliche Ladungen eingesetzt, was angemessen schien.

Der Kapitän verbeugte sich wiederholt, als Rand mit Min am Arm und den Aes Sedai und Asha'man auf den Fersen die Laufplanke herabkam. Elver Shaene wirkte in seiner gelben Jacke in murandianischem Stil, die ihm bis auf die Knie hing, äußerst mager. »Es ist mir eine Ehre, Euch zu Diensten zu sein, mein Lord Drache«, murmelte er, während er sich mit einem großen Taschentuch den kahlen Schädel abwischte. »Es ist mir eine Ehre. Wirklich eine Ehre. Eine große Ehre.«

Der Mann hätte eindeutig lieber giftige Vipern mit seinem Schiff befördert. Er betrachtete blinzelnd die Stolen der Aes Sedai und ihre alterslosen Gesichter und leckte sich über die Lippen, während sein Blick unbehaglich von ihnen zu Rand flackerte. Beim Anblick der Asha'man sank sein Kinn herab, als er ihre schwarzen Jacken mit Gerüchten in Zusammenhang brachte, und er vermied es daraufhin, auch nur in ihre Richtung zu sehen. Shaene beobachtete, wie Dobraine die Männer mit den Bannern und die Trompeter und die Trommler, die ihre Instrumente schleppten, an Bord führte, und betrachtete dann die das Dock säumenden Reiter, als hege er den Verdacht, daß auch sie an Bord kommen wollten. Nandera mit zwanzig Töchtern des Speers und Camar mit zwanzig Schwarzaugen, alle mit der um den Kopf geschlungenen *Shoufa*, wenn auch unverschleiert, veranlaßten den Kapitän, schnell beiseite zu treten, um die Aes Sedai zwischen sich und sie zu bringen. Die Aiel blickten, wegen des Sekundenbruchteils, den sie verlieren würden, wenn sie sich verschleiern müßten, finster drein, aber das Meervolk wußte vielleicht, was ein Schleier bedeutete, und es wäre ihnen kaum nützlich, wenn sie sich angegriffen fühlten.

Das Großboot verließ das Dock, während die beiden Banner am Bug flatterten, die Trommeln dröhnten und die Trompeten schmetterten. Draußen auf dem Fluß erschienen Menschen auf den Decks und in der Takelage der Schiffe, um sie zu beobachten. Auch auf dem Meervolk-Schiff erschienen auffallend bunt gekleidete Menschen. Die *Meerschaum* war größer als die meisten anderen Schiffe, aber auch schnittiger, mit zwei hohen Masten, die kühn nach hinten geneigt waren, und rechtwinklig darüberliegenden Spieren, wo fast alle anderen Schiffe schräg verlaufende Spieren aufwiesen. Alles an diesem Schiff war anders, aber Rand wußte, daß die Atha'an Miere allen anderen zumindest in einem gleichen mußten: Sie konnten entweder aus eigenen Stücken zustimmen, ihm zu folgen, oder dazu gezwungen werden. Die Prophezeiungen besagten, daß er die Völker aller Länder vereinen würde – »er soll den Norden mit dem Osten verbinden, und der

Westen soll mit dem Süden verbunden werden«, hieß es –, und es durfte niemandem gestattet sein, sich ihm zu widersetzen.

Als er von seinem Badezuber aus Befehle erteilt hatte, konnte er nicht im einzelnen erklären, was er auf der *Meerschaum* zu erreichen beabsichtigte, so daß er es jetzt nachholte. Es bewirkte bei den Asha'man, wie erwartet, Grinsen – nun, Finn und Narishma grinsten, Dashiva blinzelte wie abwesend – und bei den Aiel, ebenfalls wie erwartet, Stirnrunzeln. Es gefiel ihnen nicht, zurückgelassen zu werden. Dobraine nickte nur. Aber die Reaktion der Aes Sedai hatte Rand nicht erwartet.

»Wie Ihr befehlt, mein Lord Drache«, sagte Merana und vollführte einen ihrer flüchtigen Hofknickse. Die anderen vier wechselten Blicke, aber sie vollführten unmittelbar nach ihr ebenfalls Hofknickse und murmelten ebenfalls »wie Ihr befehlt«. Kein Protest, kein Stirnrunzeln, kein überheblicher Blick oder Vortrag, warum es auf seine Art geschehen sollte. Konnte er ihnen allmählich vertrauen? Oder würden sie eine Möglichkeit finden, sich wie bei den Aes Sedai üblich um ihren Schwur zu drücken, sobald er ihnen den Rücken kehrte?

»Sie werden ihr Wort halten«, murmelte Min plötzlich, ganz so, als hätte sie seine Gedanken gelesen. Einen Arm bei ihm untergehakt, sprach sie so leise, daß nur er sie hören konnte. »Ich habe nur diese fünf in deiner Hand gesehen«, fügte sie hinzu, falls er nicht verstand. Er war sich nicht sicher, daß er sich darauf konzentrieren konnte, selbst wenn sie es in einer Vision gesehen hatte.

Er mußte nicht lange bitten. Das Großboot zog durchs Wasser und hielt ungefähr zwanzig Schritt vor der weitaus größeren *Meerschaum* an. Die Trommeln und Trompeten schwiegen. Rand lenkte die

Macht und bildete aus mit Feuer verwobener Luft eine Brücke von der Reling des Großboots zu der des Meervolk-Schiffes. Er betrat sie mit Min am Arm, wobei er für aller Augen außer denen der Asha'man über Nichts ging.

Er erwartete, zumindest zu Anfang, halbwegs, daß Min zögern würde, aber sie schritt einfach neben ihm aus, als befände sich Stein unter ihren Stiefeln.

»Ich vertraue dir«, sagte sie ruhig. Außerdem lächelte sie, teilweise tröstend und teilweise, wie er glaubte, weil es sie belustigte, erneut seine Gedanken gelesen zu haben.

Er fragte sich, wie sehr sie ihm vertrauen würde, wenn sie wüßte, daß er bestenfalls eine Brücke dieser Länge weben konnte. Ein Fuß weiter, und das Ganze hätte beim ersten Schritt nachgegeben. In diesem Punkt ähnelte dies dem Versuch, sich selbst mit der Macht anzuheben, was unmöglich war. Selbst die Verlorenen wußten genausowenig, wie man dies tat, wie sie wußten, warum eine Frau eine längere Brücke weben konnte als ein Mann, selbst wenn sie nicht so stark war wie er. Es war keine Frage des Gewichts. Jegliches Gewicht konnte jede Brücke überqueren.

Rand hielt kurz vor der Reling der *Meerschaum* mitten in der Luft inne. Trotz aller Beschreibungen Meranas erschrak er über den Anblick der ihn beobachtenden Menschen. Dunkle Frauen, Männer mit bloßem Oberkörper und bunten Schärpen, die bis zu den Knien hinabhingen, Gold- oder Silberketten um Hälse und Ringe in Ohren sowie bei einigen Frauen, die über ihren dunklen, bauschigen Hosen kunterbunte Blusen trugen, auch in der Nase. Alle Frauen zeigten geübt ausdruckslose Mienen. Vier von ihnen, die ebenso barfuß waren wie die übrigen, trugen bunte Seidenstoffe. Zwei von ihnen trugen Brokat und wiesen auch mehr Halsketten und Ohrringe auf als alle anderen, und von einem Ohrring zu einem Ring in einem Nasenflügel war eine Kette mit Goldmedaillons gespannt. Sie sagten nichts, sondern standen nur zusammen, beobachteten ihn und schnupperten an kleinen, durchbrochenen goldenen Dosen, die von Ketten um ihren Hals herabhingen. Er stellte sich ihnen vor.

»Ich bin der Wiedergeborene Drache. Ich bin der Coramoor.«

Ein vereintes Seufzen lief durch die Besatzung, das die vier Frauen jedoch nicht einschloß.

»Ich bin Harine din Togara Zwei Winde, Herrin der Wogen des Clans Shodein«, verkündete diejenige mit den meisten Ohrringen, eine hübsche Frau mit vollen Lippen in rotem Brokat, die fünf breite kleine Goldringe in jedem Ohr trug. Weiße Strähnen zeigten sich in ihrem glatten schwarzen Haar und feine Falten in ihren Augenwinkeln. Sie strahlte eine eindrucksvolle Würde aus. »Ich spreche für die Herrin der Schiffe. Der Coramoor mag an Bord kommen, wenn es dem Licht gefällt.« Sie zuckte aus einem unbestimmten Grund zusammen, ebenso wie die drei anderen, aber ihre Worte hatten dennoch wie eine Erlaubnis geklungen. Rand betrat mit Min am Arm das Deck und wünschte, er hätte nicht gewartet.

Er ließ die Brücke und auch *Saidin* los, spürte aber, daß sie augenblicklich durch eine neue Brücke ersetzt wurde. Kurz nacheinander gelangten die Asha'man und die Aes Sedai zu ihm, wobei die Schwestern nicht nervöser waren, als Min es gewesen war, obwohl vielleicht eine oder zwei ihre Röcke ein wenig ausgiebiger glätteten als nötig. Sie fühlten sich in Gegenwart der Asha'man noch immer nicht so wohl, wie sie vorgaben.

Die vier Meervolk-Frauen warfen einen Blick auf die Aes Sedai und schlossen sich dann sofort flüsternd zusammen. Harine und eine junge hübsche Frau in

grünem Brokat mit insgesamt acht Ohrringen sprachen eifrig, während die beiden Frauen in einfacher
Seide nur gelegentlich etwas einwarfen.

Merana hustete leise und flüsterte hinter vorgehaltener Hand: »Ich hörte, daß sie Euch den Coramoor
nannte. Die Atha'an Miere sind gute Unterhändler,
wie ich gehört habe, aber ich denke, sie hat damit
etwas verraten.« Rand nickte und schaute zu Min
hinab. Sie betrachtete die Meervolk-Frauen blinzelnd,
aber sobald sie seinen Blick bemerkte, schüttelte sie
wehmütig den Kopf. Sie sah noch nichts, was ihm helfen könnte.

Harine wandte sich so ruhig um, als hätte es
niemals eine eilige Besprechung gegeben. »Dies ist
Shalon din Togara Morgengezeiten, Windsucherin des
Clans Shodein«, sagte sie mit einer knappen Verbeugung in Richtung der Frau in grünem Brokat, »und
dies ist Derah din Selaan Steigende Woge, Segelherrin
der *Meerschaum*.« Beide Frauen verneigten sich bei
Nennung ihres Namens kurz und legten die Finger an
die Lippen.

Derah, eine hübsche Frau in mittlerem Alter, trug
einfaches Blau und ebenfalls acht Ohrringe, obwohl
ihr Nasenring und die Verbindungskette edler waren
als Harines oder Shalons. »Mein Schiff heißt Euch
willkommen«, sagte Derah, »und die Gnade des Lichts
soll Euch zuteil werden, bis ihr uns wieder verlaßt.«
Sie verbeugte sich kurz in Richtung der vierten Frau
in Gelb. »Dies ist Taval din Chanai Neun Möwen,
Windsucherin der *Meerschaum*.« Nur drei Ringe hingen von je einem Ohr Tavals, edel wie jene der Segelherrin. Sie wirkte jünger als Shalon, nicht älter als er
selbst.

Harine ergriff erneut das Wort und deutete auf das
erhobene Heck des Schiffes. »Wir werden uns in meiner Kabine unterhalten, wenn es Euch recht ist. Ein

Wogentänzer ist kein großes Schiff, Rand al'Thor, und die Kabine ist entsprechend klein. Wenn Ihr allein mitkommen wollt, garantieren alle anderen hier für Eure Sicherheit.« Vom Coramoor zum einfachen Rand al'Thor. Sie würde wenn möglich zurücknehmen, was sie gegeben hatte.

Er wollte gerade den Mund öffnen und zustimmen – er hätte alles getan, um dies hinter sich zu bringen; Harine ging bereits in die angegebene Richtung und bedeutete ihm noch immer, ihr zu folgen, während die anderen Frauen sie begleiteten –, als Merana sich räusperte.

»Die Windsucherinnen können die Macht lenken«, murmelte sie hastig hinter vorgehaltener Hand. »Ihr solltet zwei Schwestern mit Euch nehmen, sonst denken sie, sie hätten die Oberhand.«

Rand runzelte die Stirn. Die Oberhand? *Er* war immerhin der Wiedergeborene Drache. Dennoch … »Gern, Herrin der Wogen, aber Min geht überallhin mit.« Er tätschelte Mins Hand auf seinem Arm – sie hatte ihn keinen Moment losgelassen –, und Harine nickte. Taval hielt bereits die Tür auf, während Derah eine jener kleinen Verbeugungen vollführte und ihn aufforderte einzutreten.

»Und Dashiva natürlich.« Der Mann zuckte bei Nennung seines Namens zusammen, als hätte er geschlafen. Aber zumindest blickte er sich nicht mit geweiteten Augen an Deck um wie Flinn und Narishma. Zumindest starrte er nicht die Frauen an. Geschichten erzählten von der verlockenden Schönheit und Anmut der Meervolk-Frauen, und Rand konnte dies sicherlich bestätigen – sie gingen geschmeidig schwingend, als sollte der nächste Schritt ein Tanzschritt sein –, aber er hatte die Männer nicht zum Liebäugeln hierher gebracht. »Haltet die Augen offen!« befahl er ihnen barsch. Narishma errötete, richtete sich jäh auf und preßte eine Faust auf die Brust. Flinn nickte nur, aber beide schienen jetzt wachsamer. Min schaute aus einem unbestimmten Grund mit zaghaft verzerrtem Lächeln zu ihm auf.

Harine wirkte schon ein wenig ungeduldiger. Ein Mann in bauschiger grüner Seidenhose und einem hinter seiner Schärpe steckenden, mit einem Elfenbeinheft versehenen Dolch trat aus der Besatzung hervor. Weißhaariger als Harine trug auch er fünf breite kleine Ringe in jedem Ohr. Sie winkte ihn noch ungeduldiger zurück. »Wenn Ihr mir folgen wollt, Rand al'Thor«, sagte sie.

»Und natürlich«, fügte Rand wie als Nachgedanken hinzu, »brauche ich Merana und Rafela bei mir.« Er war sich nicht sicher, warum er Rafela erwählt hatte – vielleicht weil die rundliche tairenische Schwester die einzige außer Merana war, die nicht der Grünen Ajah angehörte –, aber zu seiner Überraschung lächelte Merana anerkennend. Und Bera nickte, wie auch Faeldrin und Alanna.

Harine gefiel dies offensichtlich nicht. Sie preßte unbewußt die Lippen zusammen. »Wie Ihr wollt«, sagte sie nicht mehr ganz so freundlich wie zuvor.

Als Rand die Heckkabine betrat, wo alles außer einigen messingbeschlagenen Kisten in die Wände eingebaut schien, kam ihm der Gedanke, daß die Frau erreicht hatte, was immer sie wollte, nur weil sie ihn hierher gebracht hatte. Er war gezwungen, vornübergebeugt zu stehen, selbst zwischen den Dachsparren oder wie auch immer sie auf einem Schiff genannt wurden. Er hatte mehrere Bücher über Schiffe gelesen, aber das wurde in keinem erwähnt. Der Stuhl, den man ihm am Kopfende eines schmalen Tisches anbot, ließ sich nicht hervorziehen, da er an den Planken befestigt war, und nachdem Min ihm gezeigt hatte, wie man die Stuhllehne löste und herausschwang, so daß man sich hinsetzen konnte, stieß er mit den Knien gegen die Unterseite des Tisches. Es gab nur acht Stühle. Harine saß am entgegengesetzten Ende, mit dem Rücken zu den mit roten Läden versehenen Fenstern der Kabine, ihre Windsucherin zu ihrer Linken, die Herrin der Segel zu ihrer Rechten und Taval daneben. Merana und Rafela nahmen die Plätze unterhalb Shalons ein, während sich Min zu Rands Linken setzte. Dashiva, für den kein Platz übriggeblieben war, stellte sich aufrecht neben die Tür, obwohl die Dachsparren fast seinen Kopf streiften. Eine junge Frau in einer hellblauen Bluse mit schmalen Ohrringen brachte große Becher mit schwarzem bitteren Tee.

»Wir sollten dies hinter uns bringen«, sagte Rand gereizt, sobald die Frau mit dem Tablett wieder verschwunden war. Er ließ seinen Becher nach einem Schluck auf dem Tisch stehen. Er konnte seine Beine nicht ausstrecken. Er haßte es, in seiner Bewegungsfreiheit eingeschränkt zu sein. Erinnerungen daran, gekrümmt in der Kiste zu sitzen, blitzten in seinem Kopf auf, und er konnte sich nur mühsam beherrschen. »Der Stein von Tear ist gefallen, die Aiel sind über die Drachenmauer gedrungen, alle Vorhersagen Eurer Jendai-Prophezeiung sind erfüllt. Ich bin der Coramoor.«

Harine lächelte über ihren Becher hinweg, ein kühles, kaum belustigtes Lächeln. »Vielleicht ist es so, wenn es dem Licht gefällt, aber ich glaube nicht …«

»Es *ist* so«, fauchte Rand trotz eines warnenden Blicks von Merana. Sie ging sogar so weit, ihn mit dem Fuß anzustoßen. Er ignorierte auch das. Die Kabinenwände schienen jetzt irgendwie enger. »*Was* glaubt Ihr nicht, Herrin der Wogen? Daß mir die Aes Sedai dienen? Rafela, Merana.« Er vollführte eine barsche Geste.

Er wollte von ihnen nur, daß sie zu ihm kamen und

es gesehen wurde, aber sie stellten ihre Becher ab, erhoben sich anmutig, traten zu beiden Seiten seines Stuhls – und knieten sich hin. Eine jede nahm eine seiner Hände in ihre und drückte ihre Lippen auf seinen Handrücken, genau auf den schimmernden, goldmähnigen Kopf des Drachen, der sich um seinen Unterarm wand. Es gelang Rand nur mühsam, seinen Schreck zu verbergen, während er den Blick nicht von Harine abwandte. Ihr Gesicht wurde ein wenig fahl.

»Aes Sedai dienen mir, und das Meervolk wird mir ebenfalls dienen.« Er bedeutete den Schwestern, sich wieder auf ihre Plätze zu begeben. Sie wirkten seltsamerweise leicht überrascht. »Das besagt die Jendai-Prophezeiung. Das Meervolk wird dem Coramoor dienen. *Ich* bin der Coramoor.«

»Ja, aber es geht doch um einen Handel.« Das Wort *Handel* wurde eindeutig betont. »Die Jendai-Prophezeiung besagt, daß Ihr uns den Ruhm bringen werdet und alle Meere der Welt uns gehören werden. So wie wir Euch etwas geben, müßt Ihr auch uns etwas geben. Wenn ich den Handel nicht erfolgreich abschließe, wird Nesta mich an den Knöcheln nackt in die Takelage hängen und die Ersten Zwölf des Clans Shodein auffordern, eine neue Herrin der Wogen zu benennen.« Ein Ausdruck äußersten Entsetzens stahl sich über ihr Gesicht, als diese Worte ihrem Mund entströmten, und ihre schwarzen Augen weiteten sich mit jedem Wort vor Unglauben mehr. Ihre Windsucherin starrte sie an, und Derah und Taval bemühten sich sehr, es ihr nicht gleichzutun, die Blicke starr auf den Tisch geheftet.

Und plötzlich verstand Rand. *Ta'veren*. Er hatte die Wirkung gesehen, die jähen Momente, wenn das am wenigsten Wahrscheinliche geschah, weil er in der Nähe war, aber er hatte niemals erkannt, was vor sich ging, bevor es vorbei war. Er lockerte seine Beine, so gut es ging, und stützte die Arme auf den Tisch. »Die Atha'an Miere werden mir dienen, Harine. So steht es geschrieben.«

»Ja, wir werden Euch dienen, aber ...« Harine erhob sich halbwegs von ihrem Stuhl und verschüttete ihren Tee. »Was tut Ihr mir an, Aes Sedai?« schrie sie zitternd. »Das ist kein fairer Handel!«

»Wir tun nichts«, erklärte Merana ruhig. Tatsächlich trank sie einen Schluck Tee, ohne zusammenzuzucken.

»Ihr befindet Euch in Gegenwart des Wiedergeborenen Drachen«, fügte Rafela hinzu. »Ich glaube, der Coramoor Eurer Prophezeiung fordert Euch auf, ihm zu dienen.« Sie legte einen Finger an eine rundliche Wange. »Ihr sagtet, Ihr sprächet für die Herrin der Schiffe. Bedeutet das, daß Euer Wort für die Atha'an Miere bindend ist?«

»Ja«, flüsterte Harine rauh und sank auf ihren Stuhl zurück. »Was ich sage, ist für alle Schiffe und für die Herrin der Schiffe selbst bindend.« Es war einer Meervolk-Frau unmöglich zu erblassen, und doch kam sie dem nahe, als sie Rand ansah.

Er lächelte Min zuversichtlich an. Zumindest ein Volk würde zu ihm kommen, ohne bei jedem Schritt zu kämpfen oder wie die Aiel zu zerfallen. Vielleicht dachte Min, er wollte ihre Hilfe, den Handel abzuschließen, aber vielleicht war es auch das *Ta'veren*. Sie beugte sich zur Herrin der Wogen. »Ihr werdet für das bestraft werden, was heute hier geschieht, Harine, aber nicht so hart, wie ihr vermutlich befürchtet. Zumindest werdet Ihr eines Tages die Herrin der Schiffe werden.«

Harine sah sie stirnrunzelnd an und schaute dann zu ihrer Windsucherin.

»Sie ist keine Aes Sedai«, sagte Shalon, und Harine schien zwischen Erleichterung und Enttäuschung zu schwanken. Bis Rafela das Wort ergriff.

»Vor mehreren Jahren hörte ich Berichte über eine Frau mit einer bemerkenswerten Fähigkeit, Dinge zu sehen. Seid Ihr diejenige, Min?«

Min blickte mit verzogenem Gesicht in ihren Becher und nickte dann widerwillig. Sie sagte stets, je mehr Menschen wüßten, was sie zu tun vermochte, desto weniger Gutes bewirke es. Sie schaute seufzend über den Tisch zu der Aes Sedai. Rafela nickte nur, aber Merana sah sie mit in einer Maske der Gelassenheit gierigen haselnußbraunen Augen an. Sie erwartete zweifellos, Min so bald wie möglich in Bedrängnis zu bringen und herauszufinden, was dieses Talent war und wie es funktionierte, und Min erwartete es zweifellos ebenfalls. Rand verspürte Verärgerung. Sie hätte wissen müssen, daß er sie davor beschützen würde, belästigt zu werden. Verärgerung und Begeisterung, daß er sie zumindest beschützen *konnte*.

»Ihr könnt Mins Worten vertrauen, Harine«, sagte Rafela. »Die Berichte, die ich hörte, besagten, daß ihre Visionen stets in Erfüllung gehen. Und auch wenn sie es vielleicht nicht erkennt, hat sie doch noch etwas anderes gesehen.« Ihr rundes Gesicht neigte sich zu einer Seite, und ein Lächeln umspielte ihren Mund. »Wenn Ihr für die Geschehnisse hier bestraft werdet, muß das bedeuten, daß Ihr dem zustimmt, was immer Euer Coramoor will.«

»Es sei denn, ich stimme nicht zu«, schimpfte Harine. »Wenn ich keinen Handel eingehe ...« Sie ballte ihre Hände auf dem Tisch zu Fäusten. Sie hatte bereits zuzugeben, daß sie den Handel abschließen mußte. Sie hatte eingeräumt, daß das Meervolk dienen würde.

»Ich verlange nichts Beschwerliches von Euch«, sagte Rand. Er hatte darüber nachgedacht, seit er zu kommen beschlossen hatte. »Wenn ich Männer oder Vorräte auf Schiffen transportieren will, wird das

Meervolk die Schiffe zur Verfügung stellen. Außerdem möchte ich wissen, was in Tarabon und Arad Doman und den umliegenden Ländern vor sich geht. Eure Schiffe können – und werden – in Erfahrung bringen, was ich wissen will. Sie legen in Tanchico und Bandar Eban und hundert dazwischenliegenden Fischerdörfern und Städtchen an. Sie können weiter aufs Meer hinaussegeln als die Schiffe aller anderen. Das Meervolk wird im Westen auf dem Aryth-Meer Wache halten. Es gibt ein Volk, die Seanchaner, die jenseits des Aryth-Meers leben und eines Tages kommen werden, um uns zu erobern. Das Meervolk wird es mich wissen lassen, wenn es soweit ist.«

»Ihr verlangt viel«, murrte Harine verbittert. »Wir wissen von diesen Seanchanern, die anscheinend von den Inseln der Toten kommen, von denen kein Schiff zurückkehrt. Einige unserer Schiffe sind ihren Schiffen begegnet. Sie benutzen die Eine Macht als Waffe. Ihr verlangt mehr, als Ihr wißt, Coramoor.« Dieses Mal hielt sie bei seinem Titel nicht inne. »Etwas Böses ist auf das Aryth-Meer herabgesunken. Seit vielen Monaten ist keines unserer Schiffe von dort zurückgekehrt. Schiffe, die gen Westen segeln, verschwinden.«

Rand verspürte ein Frösteln. Er drehte sein aus einem Teil eines seanchanischen Speers gefertigtes Drachenszepter in Händen. Konnten die Seanchaner bereits zurückgekehrt sein? Sie waren einst, in Falme, vertrieben worden. Die Speerspitze sollte ihn daran erinnern, daß es mehr Feinde auf der Welt gab als diejenigen, die er sehen konnte, aber er war überzeugt gewesen, daß die Seanchaner Jahre brauchen würden, um sich von ihrer Niederlage zu erholen, nachdem sie vom Wiedergeborenen Drachen und den durch das Horn von Valere zurückgerufenen toten Helden ins Meer getrieben worden waren. Befand sich das Horn

noch in der Weißen Burg? Er wußte, daß es dorthin gebracht worden war.

Plötzlich konnte er die Beschränkungen der Kabine nicht länger ertragen. Er machte sich mit der Verriegelung an der Armlehne seines Stuhls zu schaffen. Sie wollte nicht aufgehen. Er ergriff das glatte Holz und ließ es mit einem heftigen Ruck zersplittern. »Wir sind übereingekommen, daß mir das Meervolk dienen wird«, sagte er und stieß sich hoch. Die niedrige Decke bewirkte, daß er sich drohend über den Tisch beugte. Die Kabine fühlte sich jetzt noch kleiner an. »Wenn Euer Handel noch mehr umfaßt, werden Merana und Rafela mit Euch darüber sprechen.« Er wandte sich, ohne eine Antwort abzuwarten, rasch zur Tür.

Dort fing Merana ihn ab, ergriff seinen Ärmel und sprach schnell und leise auf ihn ein. »Mein Lord Drache, es wäre besser, wenn Ihr bleiben würdet. Ihr habt gesehen, was Euer *Ta'veren* bereits bewirkt hat. Wenn Ihr hierbleibt, wird sie sicherlich offenbaren, was sie zu verbergen versucht, und zustimmen, bevor wir etwas zugestehen.«

»Ihr gehört der Grauen Ajah an«, belehrte er sie barsch. »Verhandelt! Dashiva, kommt mit mir.«

Auf Deck atmete Rand tief durch. Der wolkenlose Himmel erstreckte sich frei über ihm. Frei.

Es dauerte einen Moment, ehe er Bera und die beiden anderen Schwestern bemerkte, die ihn erwartungsvoll ansahen. Flinn und Narishma taten, was von ihnen erwartet wurde, indem sie mit halbem Auge das Schiff und ansonsten die Ufer beobachteten, die Stadt auf der einen Seite und die erst zur Hälfte wieder aufgebauten Kornspeicher auf der anderen. Auf einem Schiff mitten auf dem Fluß war man angreifbar, wenn einer der Verlorenen zuzuschlagen beschloß. Andererseits war man überall in Gefahr.

Min ergriff seinen Arm, und er zuckte zusammen.

»Es tut mir leid«, sagte er. »Ich hätte dich nicht zurücklassen sollen.«

»Ist schon gut«, sagte sie lachend. »Merana hat sich bereits an die Arbeit gemacht. Ich glaube, sie will dir Harines beste Bluse besorgen, und ihre zweitbeste vielleicht auch noch. Die Herrin der Wogen wirkt wie ein zwischen zwei Frettchen gefangenes Kaninchen.«

Rand nickte. Das Meervolk gehörte ihm, oder beinahe. Welche Bedeutung hatte es, ob sich das Horn von Valere in der Weißen Burg befand? Er war *Ta'veren*. Er war der Wiedergeborene Drache und der Coramoor. Die goldene Sonne brannte noch immer kurz vor dem Zenit. »Der Tag ist noch jung, Min.« Er konnte alles tun. »Würdest du gern sehen, wie ich die Aufständischen niederschlage? Tausend Kronen gegen einen Kuß, daß sie vor Sonnenuntergang mir gehören.«

KAPITEL 3

In den Wäldern

Min saß im Schneidersitz auf Rands Bett und beobachtete ihn, wie er in Hemdsärmeln seine Jacken in dem großen, mit Elfenbein verzierten Schrank durchwühlte. Wie konnte er in diesem Raum mit all den schwarzen, wuchtigen Möbeln schlafen? Ein Teil ihrer Gedanken schweifte wie abwesend umher und ersetzte die Möbel durch einige geschnitzte, goldverzierte Stücke, die sie in Caemlyn gesehen hatte, sowie durch helle Vorhänge und Bettwäsche, die er als weniger bedrückend empfinden würde. Seltsam, sie hatte sich niemals zuvor in irgendeiner Weise um Möbel oder Bettwäsche gekümmert. Doch jener Wandteppich, der eine Schlacht darstellte, einen einsamen, von Feinden umgebenen Schwertkämpfer, der bald überwältigt würde – er mußte mit Bestimmtheit weichen. Aber hauptsächlich betrachtete sie Rand.

Seine morgenblauen Augen zeigten einen angespannten Ausdruck, und das schneeweiße Hemd lag eng an seinem breiten Rücken an, als er sich anschickte, tief ins Innere des Schranks vorzudringen. Er hatte sehr wohlgestaltete Beine und fabelhafte Waden, die in der dunklen, eng anliegenden Hose über den umgeschlagenen Stiefeln gut zu erkennen waren. Manchmal runzelte er die Stirn und fuhr sich mit den Fingern durch sein dunkles, rötlich schimmerndes Haar. Kein noch so häufiges Bürsten konnte es bändigen. Es lockte sich stets um die Ohren und im Nacken.

Sie war keine jener törichten Frauen, die einem Mann zusammen mit ihrem Herzen auch den Verstand zu Füßen legten. Es war nur so, daß ihr das Denken in seiner Nähe manchmal ein wenig schwerfiel.

Jacke um bestickte Seidenjacke wurde hervorgeholt und auf diejenige Jacke, die er auf dem Meervolk-Schiff getragen hatte, auf den Boden geworfen. Konnten die Verhandlungen ohne seine *Ta'veren*-Gegenwart auch nur halb so gut verlaufen? Wenn sie nur eine wirklich nützliche Vision des Meervolks hätte. Wie immer flackerten für sie sichtbar Bilder und farbige Auren um ihn herum, von denen die meisten zu schnell wieder schwanden, um sie zu erkennen, und alle außer einer im Moment für sie bedeutungslos waren. Diese eine Vision kam und ging hundertmal am Tag, und wann immer Mat oder Perrin zugegen waren, umschloß sie auch diese beiden und manchmal auch noch andere Menschen. Ein gewaltiger Schatten ragte drohend über ihm auf und verschluckte Tausende und Abertausende kleiner Lichter wie Glühwürmchen, die sich hinein warfen, um die Dunkelheit zu erfüllen. Heute schienen es zahllose Zehntausende von Glühwürmchen zu sein, aber der Schatten schien auch größer. Irgendwie repräsentierte diese Vision Rands Kampf mit dem Schatten, aber er wollte fast niemals wissen, wie es stand. Nicht daß sie es wirklich hätte sagen können, außer daß der Schatten anscheinend stets mehr oder weniger siegte. Sie seufzte erleichtert, als sie das Bild schwinden sah.

Ein leichtes Schuldgefühl ließ sie sich auf der Tagesdecke regen. Sie hatte nicht wirklich gelogen, als er sie gefragt hatte, welche Visionen sie für sich behalten hatte. Nicht wirklich. Was nützte es, ihm zu sagen, daß er ohne eine Frau, die bereits tot war, fast sicher versagen würde? Er wurde einfach zu schnell mutlos.

Sie mußte ihn geistig aufrecht halten, ihn ans Lachen erinnern. Nur daß ...

»Ich halte das für keine gute Idee, Rand.« Vielleicht war es ein Fehler, das zu sagen. Männer waren auf vielerlei Arten seltsame Wesen. In einem Moment nahmen sie einen vernünftigen Rat an, und im nächsten Augenblick war genau das Gegenteil der Fall. Anscheinend bewußt das Gegenteil. Aber aus einem unbestimmten Grund empfand sie einen Beschützerinstinkt gegenüber diesem hoch aufragenden Mann, der sie wahrscheinlich mit einer Hand hochheben konnte – ohne die Macht zu lenken.

»Es ist eine wundervolle Idee«, sagte er und warf eine blaue Jacke mit Silberstickerei hin. »Ich bin *Ta'veren*, und heute scheint dies eine Veränderung zu meinem Nutzen zu bewirken.« Eine grüne Jacke mit Goldstickerei wanderte zu Boden.

»Möchtest du mich nicht lieber wieder trösten?«

Er hielt jäh inne und sah sie mit einer vergessen über seinen Händen liegenden, silberverzierten roten Jacke an. Sie hoffte, daß sie nicht errötete. Trösten. Woher *kam* dieser Gedanke nur? fragte sie sich insgeheim. Die Tanten, die sie aufgezogen hatten, waren sanfte, freundliche Frauen, aber sie hatten strenge Vorstellungen von anständigem Benehmen. Es hatte ihnen mißfallen, wenn sie Hosen trug, wenn sie in den Ställen arbeitete – die Arbeit, die sie am liebsten verrichtete, da diese sie in die Nähe der Pferde brachte. Es bestand kein Zweifel, wie sie über das *Trösten* denken würden, von einem Mann, mit dem sie nicht verheiratet war. Wenn sie es jemals herausfänden, würden sie den ganzen Weg von Baerlon hierher reiten, nur um ihr das Fell über die Ohren zu ziehen. Und ihm natürlich auch.

»Ich ... ich muß weitermachen, solange ich sicher bin, daß es noch funktioniert«, sagte er zögernd und wandte sich dann schnell wieder dem Schrank zu. »Diese wird genügen«, rief er aus und zog eine einfache Jacke aus grünem Tuch hervor. »Ich wußte nicht, daß sie hier drinnen war.«

Es war die Jacke, die er getragen hatte, als sie von den Brunnen von Dumai zurückgekehrt waren, und sie konnte seine Hände bei der Erinnerung zittern sehen. Sie versuchte, sich ungezwungen zu geben, erhob sich, trat zu ihm, legte die Arme um ihn und zerknitterte die Jacke zwischen ihnen, als sie den Kopf an seine Brust lehnte.

»Ich liebe dich«, sagte sie nur. Sie spürte durch sein Hemd die runde, erst halbwegs verheilte Narbe an seiner linken Seite. Sie konnte sich daran erinnern, wie er sie sich zugezogen hatte, als sei es erst gestern gewesen. Es war das erste Mal gewesen, daß sie ihn jemals in den Armen gehalten hatte, während er bewußtlos und dem Tode nahe dalag.

Er preßte die Hände auf ihren Rücken, drückte sie fest an sich, nahm ihr den Atem, nahm die Hände dann aber zu ihrer Enttäuschung wieder fort. Sie glaubte, ihn leise etwas Ähnliches wie »nicht gerecht« murmeln zu hören. Dachte er ans Meervolk, während sie ihn umarmte? Er sollte es wirklich tun. Merana war eine Graue, aber es hieß, das Meervolk könnte sogar eine Domani zum Schwitzen bringen. Er sollte es tun, aber … Sie erwog, ihn zu treten. Er schob sie sanft von sich und zog die Jacke an.

»Rand«, sagte sie fest, »du kannst nicht sicher sein, daß es überhaupt wirkt, nur weil es bei Harine so war. Wenn dein *Ta'veren*-Sein immer etwas bewirkte, würde dir inzwischen jeder Herrscher zu Füßen liegen, und die Weißmäntel ebenfalls.«

»Ich bin der Wiedergeborene Drache«, erwiderte er hochmütig. »Und heute kann ich alles erreichen.« Er nahm seinen Schwertgürtel, der jetzt eine einfache

Messingschnalle aufwies, und band ihn sich um. Der vergoldete Drache lag auf der Tagesdecke auf dem Bett. Er zog Handschuhe aus dünnem schwarzen Leder über die Tätowierungen mit goldmähnigen Köpfen auf seinen Handrücken und die in seine Handflächen gebrannten Reiher. »Aber ich sehe nicht so aus wie er, nicht wahr?« Er breitete die Arme aus und lächelte. »Sie werden es erst erkennen, wenn es zu spät ist.«

Sie hätte beinahe ergeben die Hände gehoben. »Du siehst auch einem Narren nicht sehr ähnlich.« Und das sollte er so verstehen, wie er es verstehen wollte. Der Dummkopf sah sie fragend an, als sei er sich nicht sicher. »Rand, sobald sie die Aiel sehen, werden sie entweder davonlaufen oder kämpfen. Wenn du Aes Sedai mitnehmen willst, dann nimm zumindest auch diese Asha'man mit. Ein Pfeil, und du bist tot, ob du nun der Wiedergeborene Drache oder ein Ziegenhirte bist!«

»Aber ich *bin* der Wiedergeborene Drache, Min«, sagte er ernst. »Und ein *Ta'veren*. Wir gehen allein, nur du und ich. Das heißt, wenn du noch immer mitkommen willst.«

»Du gehst ohne mich nirgendwohin, Rand al'Thor.« Sie versagte es sich zu erwähnen, daß er über seine eigenen Füße fallen würde, wenn er es täte. Diese Euphorie war fast genauso schlimm wie die düstere Trostlosigkeit. »Nandera wird dies nicht gefallen.« Sie wußte nicht genau, was zwischen ihm und den Töchtern des Speers vorging – offenbar etwas sehr Eigenartiges, nach dem, was sie miterlebt hatte –, aber jegliche Hoffnung darauf, daß ihn das aufhalten könnte, verrann, als er wie ein kleiner Junge lächelte, der seiner Mutter ausweicht.

»Sie wird es nicht erfahren, Min.« Er zwinkerte sogar! »Ich tue dies stets, und sie erfahren es niemals.«

Er streckte eine behandschuhte Hand aus und erwartete, daß sie sprang, wenn er rief.

Sie konnte wirklich nichts anderes tun, als ihre grüne Jacke glattzustreichen, ihre Frisur im Standspiegel zu überprüfen – und seine Hand zu nehmen. Das Problem war, daß sie nur zu bereit *war* zu springen, wenn er auch nur einen Finger krümmte. Sie wollte dafür sorgen, daß er es niemals herausfand.

Im Vorraum bildete er auf der in den Boden eingelassenen, goldenen Aufgehenden Sonne ein Wegetor, und sie ließ sich von ihm hindurch auf einen hügeligen, mit totem Laub bedeckten Waldboden führen. Ein Vogel schoß mit aufleuchtenden roten Flügeln davon. Ein Eichhörnchen erschien auf einem Ast und beschimpfte sie, wobei es mit dem pelzbesetzten Schwanz mit der weißen Spitze schlug.

Dieser Wald ähnelte in keiner Weise den Wäldern, deren sie sich von Baerlon her erinnerte. Es gab nicht viele richtige Wälder in der Nähe der Stadt Cairhien. Die meisten Bäume standen vier oder fünf oder sogar zehn Schritte auseinander. Hohe Lederblattbäume oder Pinien und noch höhere Eichen und Bäume, die sie nicht kannte, zogen sich über die Fläche hin, auf der sie und Rand standen, und einen Hügel hinauf, der in nur kurzer Entfernung anzusteigen begann. Selbst das Unterholz schien dichter als zu Hause, Büsche und Ranken und Dornsträucher breiteten sich unter den Bäumen aus. Aber alles war braun und trocken. Sie zog ein spitzenbesetztes Taschentuch aus ihrem Ärmel und tupfte sich damit den Schweiß ab, der plötzlich ihr Gesicht benetzte.

»In welche Richtung gehen wir?« fragte sie. Dem Sonnenstand zufolge war über den Hügel hinweg Norden, die Richtung, die sie erwählen würde. Die Stadt sollte ungefähr sieben oder acht Meilen in dieser Richtung liegen. Mit etwas Glück könnten sie den ganzen Weg zurücklegen, ohne irgend jemandem zu begegnen. Oder noch besser: Rand könnte – von ihren hochhackigen Stiefeln und dem Boden sowie von der Hitze einmal abgesehen – beschließen, aufzugeben und ein weiteres Wegetor in den Sonnenpalast zurück zu eröffnen. Die Palasträume waren hiermit verglichen kühl.

Bevor er antworten konnte, verkündete knackendes Unterholz, daß sich jemand näherte. Der Reiter, der auf einem langbeinigen grauen Wallach mit reich geschmücktem Zaumzeug und Zügeln erschien, war eine Cairhienerin, klein und schlank in einem dunkelblauen, fast schwarzen, seidenen Reitgewand mit waagerechten roten, grünen und weißen Schlitzen vom Hals bis unterhalb der Knie. Der Schweiß auf ihrem Gesicht konnte ihre blasse Schönheit nicht schmälern oder ihre Augen weniger als große dunkle Teiche wirken lassen. Ein klarer grüner Stein hing an einer dünnen goldenen, in ihrem in Wellen bis auf die Schultern fallenden, schwarzen Haar befestigten Kette auf ihrer Stirn.

Min keuchte, jedoch nicht wegen der Armbrust, welche die Frau nachlässig mit einer grün behandschuhten Hand anhob. Sie war sich einen Moment sicher, daß es Moiraine war. Aber…

»Ich kann mich nicht erinnern, Euch im Lager gesehen zu haben«, sagte die Frau mit kehliger, fast hitziger Stimme. Moiraines Stimme war kristallklar gewesen. Die Armbrust wurde gesenkt, noch immer recht nachlässig, bis sie vollkommen ruhig auf Rands Brust zeigte.

Er achtete nicht darauf. »Ich dachte, es würde mir vielleicht gefallen, einen Blick auf Euer Lager zu werfen«, sagte er mit leichter Verbeugung. »Ihr seid vermutlich Lady Caraline Damodred?« Die schlanke Frau neigte den Kopf und bestätigte den Namen.

Min seufzte bedauernd, aber nicht so, als hätte sie wirklich erwartet, Moiraine würde lebendig auftauchen. Moiraine war die einzige ihrer Visionen, die niemals versagt hatte. Aber Caraline Damodred selbst, eine der Anführerinnen des Aufstands gegen Rand hier in Cairhien und eine Anwärterin auf den Sonnenthron ... Er mußte wirklich alle Fäden des Musters um sich herum zusammengezogen haben, daß sie erschienen war.

Lady Caraline hob die Armbrust langsam hoch. Die Sehne verursachte ein lautes Klicken, und der Pfeil mit der breiten Spitze wurde in die Luft geschossen.

»Ich bezweifle, daß jemand etwas gegen Euch ausrichten könnte«, sagte sie und trieb ihren Wallach langsam auf sie zu, »und ich möchte nicht, daß Ihr Euch von mir bedroht fühlt.« Sie sah Min an – nur ein Blick von Kopf bis Fuß, obwohl Min sich sicher war, daß alles an ihr registriert wurde –, aber abgesehen davon hielt Lady Caraline ihren Blick auf Rand gerichtet. Sie verhielt ihr Pferd drei Schritte vor ihnen, gerade weit genug entfernt, daß Rand sie zu Fuß nicht erreichen könnte, bevor sie ihrem Pferd die Sporen gegeben hätte. »Ich kann mir nur bei *einem* grauäugigen Mann Eurer Größe vorstellen, daß er plötzlich aus dem Nichts erscheint, es sei denn, Ihr seid womöglich ein verkleideter Aiel, aber vielleicht werdet Ihr so freundlich sein, Euren Namen zu nennen?«

»Ich bin der Wiedergeborene Drache«, sagte Rand genauso anmaßend, wie er es auch beim Meervolk gewesen war, aber wenn aus dem Muster hervorwirbelndes *Ta'veren* am Werke war, gab die Reiterin keinen Hinweis darauf.

Anstatt vom Pferd zu springen und auf die Knie zu sinken, nickte sie nur und schürzte die Lippen. »Ich habe viel über Euch gehört. Ich habe gehört, Ihr wärt zur Burg gegangen, um Euch dem Amyrlin-Sitz zu unterwerfen. Ich habe gehört, Ihr wolltet Elayne Trakand den Sonnenthron übergeben. Man erzählt auch, Ihr hättet Elayne getötet, und ihre Mutter.«

»Ich unterwerfe mich niemandem«, erwiderte Rand scharf. Er blickte so zornig zu ihr auf, daß sie schon dadurch hätte aus dem Sattel gerissen werden müssen. »Elayne befindet sich auf dem Weg nach Caemlyn, um den Thron von Andor einzunehmen, während wir miteinander sprechen. Danach wird sie auch den Thron von Cairhien besetzen.« Min zuckte zusammen. Mußte er so hochnäsig klingen? Sie hatte gehofft, er hätte sich nach dem Meervolk ein wenig beruhigt.

Lady Caraline legte die Armbrust vor sich über den Sattel und fuhr mit einer behandschuhten Hand darüber. Vielleicht bedauerte sie den abgeschossenen Pfeil? »Ich könnte meine junge Kusine auf dem Thron akzeptieren – zumindest eher sie als manche andere –, aber ...« Diese großen dunklen Augen, die so lebhaft funkelten, wurden plötzlich steinhart. »Aber ich bin mir nicht sicher, daß ich Euch in Cairhien dulden kann, und ich meine damit nicht nur Eure Änderungen der Gesetze und Bräuche. Ihr ... verändert das Schicksal durch Eure bloße Gegenwart. Seit Eurer Ankunft sterben Menschen bei so absonderlichen Unfällen, daß niemand es zu glauben vermag. So viele Ehemänner lassen ihre Frauen im Stich und auch Ehefrauen ihre Männer, daß niemand jetzt mehr etwas dabei findet. Ihr werdet Cairhien auseinanderreißen, indem Ihr einfach hierbleibt.«

»Ausgewogenheit«, fiel Min hastig ein. Rands Gesicht war so düster, daß er bereit schien zu explodieren. Vielleicht hatte er doch recht damit gehabt hierherzukommen. Aber es hatte sicherlich keinen Sinn, ihn dieses Treffen durch einen Wutanfall beenden zu lassen. Min ließ niemandem eine Gelegenheit zu sprechen. »Es gibt stets eine Ausgewogenheit von Gut und

Böse. So wirkt das Muster. Selbst er kann das nicht ändern. Wie die Nacht den Tag aufwiegt, wiegt auch das Gute das Böse auf. Seit er gekommen ist, gab es keine einzige Totgeburt mehr in der Stadt, und kein Kind wurde mehr entstellt geboren. Es finden an manchen Tagen mehr Hochzeiten statt als früher in einer Woche, und für jeden Mann, der an einer Feder erstickt, stürzt eine Frau drei Stockwerke tief die Treppen hinab und erhebt sich ohne Verletzungen, anstatt sich den Hals zu brechen. Benennt das Böse, und Ihr könnt auch auf das Gute deuten. Die Drehung des Rades fordert die Ausgewogenheit, und er vermehrt nur die Chancen dessen, was ohnehin auf natürlichem Wege geschähe.« Plötzlich errötete sie, als sie erkannte, daß beide sie ansahen. Oder eher anstarrten.

»Ausgewogenheit?« murmelte Rand mit gewölbten Augenbrauen.

»Ich habe einige der Bücher von Meister Fel gelesen«, sagte sie leise. Sie wollte nicht, daß jemand glaubte, sie spiele die Philosophin. Lady Caraline blickte lächelnd auf den Hals ihres Pferdes und spielte mit den Zügeln. Die Frau *lachte* über sie. Sie würde ihr schon zeigen, worüber sie lachen konnte!

Plötzlich drang ein großer schwarzer Wallach krachend durchs Unterholz, geritten von einem Mann mittleren Alters mit kurzgeschnittenem Haar und einem Spitzbart. Trotz seiner gelben tairenischen Jacke, deren dicke Ärmel mit Streifen grünen Satins besetzt waren, blickten bestürzend hübsche blaue Augen wie helle, polierte Saphire aus seinem feuchten, dunklen Gesicht. Er war kein besonders gutaussehender Mann, aber die Augen machten seine zu lange Nase wieder wett. Er trug eine Armbrust in einer mit einem Panzerhandschuh geschützten Hand und schwang mit der anderen drohend einen Pfeil mit breiter Spitze.

»Dieser Pfeil verfehlte mich nur um Haaresbreite, Caraline, und er trägt Eure Kennzeichnung! Nur weil kein Wild da ist, ist das noch lange kein Grund...« Erst da bemerkte er Rand und Min und senkte seine gespannte Armbrust in ihre Richtung. »Sind dies Verirrte, Caraline, oder habt Ihr Spione aus der Stadt erwischt? Ich hätte niemals geglaubt, daß al'Thor uns weiterhin ungehindert hier verbleiben lassen würde.«

Ein halbes Dutzend weiterer Reiter erschienen hinter ihm, schwitzende Männer in Jacken mit dicken Ärmeln mit Satinstreifen und schwitzende Frauen in Reitgewändern mit breiten, dichten Spitzenkragen, alle mit Armbrusten. Der letzte dieser Reiter hatte noch nicht angehalten, die Pferde stampften und warfen die Köpfe auf, als sich aus einer anderen Richtung doppelt so viele Reiter durch das Unterholz kämpften und ihre Pferde neben Caraline verhielten, schmächtige, blasse Männer und Frauen in dunkler Kleidung mit farbigen Streifen irgendwo unterhalb der Taille, auch sie alle mit Armbrusten. Diener kamen zu Fuß hinterher und mühten sich bei der Hitze keuchend ab – die Männer, die jegliches niedergestreckte Wild tragen und zubereiten würden. Es schien unwichtig, daß alle nur ein Häutungsmesser am Gürtel trugen. Min schluckte und tupfte ihre Wangen mit dem Taschentuch unbewußt ein wenig heftiger ab. Wenn auch nur ein Mensch Rand erkannte, bevor er es bemerkte...

Lady Caraline zögerte nicht. »Keine Spione, Darlin«, sagte sie und wandte ihr Pferd den tairenischen Neuankömmlingen zu. Der Hohe Herr Darlin Sisnera! Jetzt fehlte nur noch Lord Toram Riatin. Min wünschte, Rands *Ta'veren* würde etwas weniger vollkommen am Muster zerren. »Ein Cousin und seine Frau«, fuhr Caraline fort, »die von Andor gekommen sind, um mich zu besuchen. Darf ich Euch Tomas Trakand – von einem unbedeutenderen Zweig unseres Hauses – und seine Frau Jaisi vorstellen?« Min hätte sie beinahe angestarrt. Die einzige Jaisi, die sie jemals gekannt hatte, war bereits vor ihrem zwanzigsten Lebensjahr eine fade, verbitterte und abgrundtief schlecht gelaunte Versagerin gewesen.

Darlins Blick schweifte erneut über Rand und verweilte dann einen Moment auf Min. Er senkte seine Armbrust und verbeugte sich kaum merklich, wie es einem Hohen Herrn von Tear gegenüber einer untergeordneten Person geziemte. »Seid willkommen, Lord Tomas. Nur ein tapferer Mann würde sich uns unter den gegenwärtigen Umständen anschließen. Al'Thor könnte die Wilden jeden Tag auf uns loslassen.« Lady Caraline warf ihm einen verärgerten Blick zu, den er bewußt mißachtete.

Er bemerkte jedoch, daß Rands Verbeugung ebenso knapp ausfiel wie seine eigene. Er registrierte es und runzelte die Stirn. Eine dunkle hübsche Frau aus seinem Gefolge murrte leise zornig etwas – sie hatte ein längliches, hartes Gesicht, das Verärgerung gewohnt schien –, und ein stämmiger Bursche in einer grünen Jacke mit roten Streifen, der schwitzend die Stirn runzelte, trieb sein Pferd einige Schritt vorwärts, als wollte er Rand niederreiten.

»Das Rad webt, wie das Rad es wünscht«, sagte Rand kühl, als bemerke er nichts. Der Wiedergeborene Drache war einfach für fast jedermann, was er war: Anmaßung in Höchstform. »Nicht vieles geschieht, wie wir es erwarten. Ich hörte beispielsweise, Ihr wärt in Tear, in Haddon Mirk.«

Min wünschte, sie wagte es, das Wort zu ergreifen, ihm etwas Beschwichtigendes zu sagen. Sie beließ es dabei, seinen Arm zu streicheln. Beiläufig. Eine Ehefrau – jetzt ein Wort, das gut klang – eine Ehefrau, die müßig ihren Mann tätschelte. Noch ein gutes Wort. Licht, es war schwer, fair zu sein!

»Der Hohe Herr Darlin ist mit einigen engen Freunden erst kürzlich mit dem Großboot hierhergekommen, Tomas.« Caralines kehliger Tonfall änderte sich nicht, aber ihr Wallach tänzelte plötzlich, zweifellos nach einem harten Fersentritt, und sie wandte Darlin unter dem Vorwand, das Tier wieder unter Kontrolle bringen zu müssen, den Rücken zu, während sie Rand einen kurzen, warnenden Blick zuwarf. »Also belästige den Hohen Herrn nicht, Tomas.«

»Das macht mir nichts aus, Caraline«, sagte Darlin, während er die Armbrust an seinen Sattel hängte. Er ritt etwas näher heran und stützte einen Arm auf den Knauf seines Sattels. »Ein Mann sollte wissen, worauf er sich einläßt. Ihr habt die Geschichten über den zur Burg ziehenden al'Thor vielleicht gehört, Tomas. Ich bin gekommen, weil die Aes Sedai vor Monaten mit Vorschlägen an mich herangetreten sind, die möglicherweise durchgeführt werden, und Eure Cousine unterrichtete mich, daß sie die gleichen Vorschläge erhalten hat. Wir dachten, wir könnten sie auf den Sonnenthron bringen, bevor Colavaere ihn einnehmen kann. Nun, al'Thor ist kein Narr. Das darf man nicht glauben. Ich vermute, daß er die Burg bravourös getäuscht hat. Colavaere wurde gehängt, er sitzt sicher hinter cairhienischen Mauern – sicherlich ohne Aes Sedai-Halfter, ungeachtet der Gerüchte –, und bis wir eine Möglichkeit finden, uns herauszuwinden, sind wir bereits in seiner Hand und warten darauf, daß er sie zur Faust ballt.«

»Ein Schiff hat Euch hierhergebracht«, sagte Rand einfach. »Ein Schiff könnte Euch wieder fortbringen.« Min erkannte jäh, daß er sanft ihre Hand auf seinem Arm tätschelte und sie zu trösten versuchte!

Darlin warf verblüffenderweise den Kopf zurück

und lachte. Viele Frauen würden für diese Augen und das Lachen seine Nase vergessen. »Das ist wahr, Cousin, aber ich habe Eure Cousine gebeten, mich zu heiraten. Sie wird nicht ja oder nein sagen, aber ein Mann kann auch eine mögliche Ehefrau nicht der Gnade der Aiel überlassen, und sie wird nicht fortgehen.«

Caraline Damodred richtete sich im Sattel auf, mit einem kalten Ausdruck auf dem Gesicht, der eine Aes Sedai beschämt hätte, aber plötzlich flammten rote und weiße Auren rund um sie und Darlin auf, und Min erkannte es. Die Farben waren anscheinend ohne Bedeutung, aber sie wußte, daß sie heiraten würden – nachdem Caraline ihn fröhlich an der Nase herumgeführt hatte. Und mehr noch – vor ihren Augen erschien plötzlich eine Krone auf Darlins Kopf, ein einfaches goldenes Diadem mit einem leicht gebogenen Schwert seitlich über der Stirn. Die Königskrone, die er eines Tages tragen würde, obwohl sie nicht erkennen konnte, die Krone welchen Landes es war. Tear hatte Hohe Herren anstatt eines Königs.

Bild und Auren verschwanden, als Darlin sein Pferd wendete, um Caraline anzusehen. »Heute ist kein Wild aufzuspüren. Toram ist bereits zum Lager zurückgekehrt. Ich schlage vor, daß wir es ihm gleichtun.« Die blauen Augen schweiften schnell über die umliegenden Bäume. »Anscheinend haben Euer Cousin und seine Frau ihre Pferde verloren. Sie werden sich in einem unbedachten Moment verirren«, fügte er in freundlichem Tonfall an Rand gewandt hinzu. Er wußte sehr gut, daß sie keine Pferde hatten. »Aber gewiß werden Rovair und Ines ihre Pferde abgeben. Ein Spaziergang an der frischen Luft wird ihnen guttun.«

Der stämmige Mann in der mit roten Streifen versehenen Jacke schwang sich sofort mit einem kriecherischen Lächeln für Darlin und einem erheblich weniger herzlichen, wenn auch genauso schmierigen für Rand von seinem großen Kastanienbraunen. Die Frau mit dem ärgerlichen Gesichtsausdruck kletterte einen Moment später steif von ihrer silbergrauen Stute. Sie wirkte nicht erfreut.

Min auch nicht. »Du willst in ihr Lager gehen?« flüsterte sie, als Rand sie zu den Pferden führte. »Bist du verrückt?« fügte sie ohne nachzudenken hinzu.

»Noch nicht«, sagte er leise und berührte mit einer Fingerspitze ihre Nase. »Dank dir weiß ich das.« Und er hob sie schwungvoll auf die Stute, kletterte in den Sattel des Kastanienbraunen und führte das Tier dann neben Darlin.

Sie ließen Rovair und Ines, die sich einander verärgert ansahen, unter den Bäumen zurück, während sie nordwestlich über den Hügel ritten. Als sich die beiden hinter den Cairhienern auf den Weg machten, riefen ihnen die Tairener lachend Wünsche zu, daß sie den Spaziergang genießen sollten.

Min wäre neben Rand geritten, aber Caraline legte ihr eine Hand auf den Arm und hielt sie hinter den beiden Männern zurück. »Ich möchte sehen, was er tut«, erkundigte sich Caraline ruhig. Was wer tut? fragte sich Min. »Ihr seid seine Geliebte?« fragte Caraline.

»Ja«, erwiderte Min trotzig, sobald sie wieder zu Atem kam. Ihre Wangen brannten. Aber die Frau nickte nur, als wäre es das Natürlichste von der Welt. Vielleicht war es das in Cairhien auch.

Rand und Darlin ritten Knie an Knie unmittelbar vor ihnen, der jüngere Mann einen halben Kopf größer als der ältere, beide in eine Aura aus Stolz gehüllt. Aber sie unterhielten sich. Es war nicht leicht zuzuhören. Sie sprachen leise, und totes Laub raschelte unter den Pferdehufen, und herabgefallene Zweige knackten, was ihre Worte nur allzu häufig zusätzlich dämpfte. Auch der Schrei eines Falken über ihnen oder das Schnattern eines Eichhörnchens in einem Baum übertönten ihre Worte. Dennoch konnte Min einzelne Satzfetzen aufschnappen.

»Wenn ich das so sagen darf, Tomas«, sagte Darlin einmal, während sie den ersten Hügel hinabritten, »und ich will, unter dem Licht, nicht respektlos sein – Ihr habt das Glück, eine wunderschöne Frau zu haben. Wenn das Licht es will, werde ich selbst eine solch wunderschöne Frau haben.«

»Warum besprechen sie nichts Wichtiges?« murrte Caraline.

Min wandte den Kopf, um ein kleines Lächeln zu verbergen. Lady Caraline wirkte nicht halb so verstimmt, wie sie klang. Sie selbst hatte es nie gekümmert, ob jemand sie für hübsch hielt oder nicht. Nun, bis sie Rand begegnete. Vielleicht war Darlins Nase gar nicht so lang.

»Ich hätte ihn das Schwert Callandor dem Stein entnehmen lassen«, sagte Darlin etwas später, als sie einen spärlich bewachsenen Hang hinaufritten, »aber ich konnte nicht tatenlos zusehen, wie er Aiel-Eindringlinge nach Tear brachte.«

»Ich habe die Prophezeiungen des Drachen gelesen«, sagte Rand, beugte sich auf dem Hals des Kastanienbraunen vor und trieb das Tier vorwärts. Das Pferd wies edlen Glanz auf, aber nicht mehr Tiefgang als sein Reiter, vermutete Min. »Der Stein mußte fallen, bevor er Callandor an sich nehmen konnte«, fuhr Rand fort. »Wie ich gehört habe, folgen ihm andere tairenische Herren.«

Darlin schnaubte. »Sie katzbuckeln und lecken ihm die Stiefel! Ich hätte ihm folgen können, wenn er das gewollt hätte, wenn…« Er schüttelte seufzend den Kopf. »Zu viele offene Fragen, Tomas. Es gibt in Tear ein Sprichwort: ›Jeder Streit kann vergeben werden, aber Könige vergessen niemals.‹ Tear wurde seit Artur Falkenflügel von keinem König mehr regiert, aber ich glaube, daß der Wiedergeborene Drache einem König sehr ähnlich ist. Nein, er hat mich des Verrats bezichtigt, wie er es nennt, und ich muß weitermachen, wie ich angefangen habe. Wenn es dem Licht gefällt, werde ich Tear noch einmal auf seinem eigenen Land unumschränkt erleben, bevor ich sterbe.«

Es mußte das Werk des *Ta'veren* sein, erkannte Min. Der Mann hätte niemals so mit jemandem gesprochen, dem er zufällig begegnet war, auch wenn er vermutlich Caraline Damodreds Cousin war. Aber was dachte Rand? Sie konnte es kaum erwarten, ihm von der Krone zu erzählen.

Als sie den Hügelkamm erreichten, trafen sie plötzlich auf eine Ansammlung Speerträger, von denen einige verbeulte Brustharnische oder Helme trugen – die meisten aber ohne beides – und sich verbeugten, sobald sie der Gesellschaft ansichtig wurden. Min konnte zu ihrer Linken und Rechten durch die Bäume weitere Gruppen von Wächtern sehen. Unterhalb erstreckte sich das Lager in einem Staubschleier einen fast unbestandenen Hang, das Hügeltal entlang und den nächsten Hügel hinauf. Jedes der wenigen Zelte war groß und wies das Banner eines Adligen auf, das schlaff an einem Stab über der Zeltspitze hing. Fast ebenso viele Pferde standen an Pflockleinen angebunden, wie sich Menschen im Lager befanden, und Tausende von Männern und eine Handvoll Frauen schritten zwischen den Herdfeuern und den Wagen einher. Niemand jubelte, als ihre Anführer ins Lager ritten.

Min betrachtete sie über das Taschentuch hinweg, das sie zum Schutz vor dem Staub an ihre Nase preßte, ohne sich darum zu kümmern, ob Caraline sah, was sie tat. Entmutigte Gesichter beobachteten ihr Vorüberziehen, und grimmige Gesichter von Menschen, die wußten, daß sie in der Falle saßen. Hier und da ragte der *Con* eines Hauses starr über dem Kopf eines Mannes auf, aber die meisten schienen zu tragen, was immer sie finden konnten, zusammengestückelte Rüstungsteile, die häufig weder zusammenpaßten noch gut saßen. Eine beachtliche Anzahl Männer jedoch, die für Cairhiener zu groß waren, trugen rote Jacken unter ihren verbeulten Brustpanzern. Min erspähte einen fast verborgenen weißen Löwen auf einem schmutzigen roten Ärmel. Darlin konnte auf einem Großboot nur wenige Leute mitgenommen haben, vielleicht nicht mehr als seine Jagdgesellschaft. Caraline blickte stur geradeaus, während sie durch das Lager ritten, aber wann immer sie sich jenen Männern in den roten Jacken näherten, preßte sie die Lippen zusammen.

Darlin stieg vor einem riesigen Zelt ab, dem größten, das Min jemals gesehen hatte, größer, als sie es sich hätte vorstellen können, ein großes, rot gestreiftes Oval, das im Sonnenlicht wie Seide schimmerte, mit nicht weniger als vier hohen konischen Spitzen, über deren jeder sich die Aufgehende Sonne von Cairhien, Gold auf Blau, in einer milden Brise regte. Harfenklänge schwebten durch das Stimmengemurmel heran. Darlin bot Caraline seinen Arm, während Diener die Pferde davonführten. Nach sehr langem Zögern legte sie ihre Finger vollkommen ausdruckslos leicht auf sein Handgelenk und ließ sich von ihm ins Zelt geleiten.

»Meine Gattin?« murmelte Rand lächelnd und streckte den Arm aus.

Min rümpfte die Nase und legte ihre Hand auf seine. Sie hätte ihn am liebsten geschlagen. Er hatte kein Recht, sich über sie lustig zu machen. Er hatte kein Recht, sie hierher zu bringen, *Ta'veren* oder nicht *Ta'veren*. Er könnte hier getötet werden, verdammter

Kerl! Aber kümmerte es ihn, wenn sie den Rest ihres Lebens um ihn trauernd verbrachte? Sie berührte den gestreiften Zelteingang, während sie hineingingen, und schüttelte daraufhin verwundert den Kopf. Es *war* Seide. Ein *Seiden*zelt!

Sie spürte, wie Rand erstarrte, sobald sie das Zelt betreten hatten. Darlins und Caralines abgezehrtes Gefolge drängte sich mit unehrlichen Entschuldigungen um sie. Zwischen den vier Hauptzeltstangen standen auf farbenprächtigen Teppichen, die als Boden ausgelegt worden waren, lange, unter der Last von Speisen und Getränken ächzende Tische, und überall waren Menschen, cairhienische Adlige in ihrem Putz und einige wenige Soldaten mit vorn rasierten und gepuderten Köpfen, dem edlen Schnitt ihrer Jacken nach eindeutig Höherrangige. Einige Handvoll Barden schlenderten spielend durch die Menge und fielen durch ihre hochmütige Haltung auf wie auch durch ihre geschnitzten und vergoldeten Harfen. Und doch wurde Mins Blick, wie von der wahren Quelle von Rands Besorgnis, von drei Aes Sedai angezogen, die miteinander sprachen, die der Grünen, Braunen und Grauen Ajah angehörten. Bilder und Farben blitzten um sie herum auf, aber nichts, was für Min einen Sinn ergeben hätte. Eine Bewegung in der Menge offenbarte eine weitere Aes Sedai, eine Frau mit rundlichem Gesicht. Weitere Bilder, noch mehr aufblitzende Farben, aber Min brauchte nur die mit roten Fransen versehene Stola zu sehen, die über drallen Armen lag.

Rand zog ihre Hand unter seinen Arm und tätschelte sie. »Mach dir keine Sorgen«, sagte er leise. »Alles verläuft gut.« Sie hätte ihn gefragt, was sie hier taten, aber sie befürchtete, daß er es ihr sagen könnte.

Darlin und Caraline waren zusammen mit ihren Gefolgsleuten in der Menge verschwunden, aber als ein Diener mit roten, grünen und weißen Streifen an seinen dunklen Manschetten Rand und Min unter Verbeugungen ein Tablett mit Silberbechern darbot, erschien Caraline wieder, während sie die aufdringlichen Bitten eines abgezehrt erscheinenden Burschen in einer jener roten Jacken abwehrte. Er starrte auf ihren Rücken, als sie einen Becher gewürzten Wein nahm und den Diener fortwinkte, und Min hielt beim Anblick der Aura, die plötzlich mit fast schwarzen Schattierungen um ihn herum aufblitzte, den Atem an.

»Vertraut diesem Mann nicht, Lady Caraline.« Sie konnte nicht anders. »Er wird jedermann ermorden, der ihm seiner Ansicht nach im Weg ist. Er wird aus Launen heraus töten, jedermann töten.« Sie biß die Zähne zusammen, bevor sie noch mehr sagte.

Caraline schaute über ihre Schulter, woraufhin sich der hagere Mann hastig abwandte. »Das könnte ich mir bei Daved Hanlon ohne weiteres vorstellen«, sagte sie verzerrt. »Seine Weißen Löwen kämpfen um Gold, nicht um Cairhien, und plündern schlimmer als die Aiel. Andor wurde für sie anscheinend zu riskant.« Letzteres äußerte sie mit einem schelmischen Blick zu Rand. »Toram hat ihm vermutlich viel Gold versprochen, und, soweit ich weiß, auch Besitz.« Sie sah Min an. »Kennt Ihr den Mann, Jaisi?«

Min schüttelte nur den Kopf. Wie sollte sie erklären, was sie über Hanlon wußte? Daß seine Hände von weiterem Rauben und Morden rot gefärbt sein würden, bevor er starb? Wenn sie geahnt hätte, wann oder wer ... Aber sie wußte nur, daß er es tun würde. Eine Vision wurde ohnehin niemals dadurch verändert, daß man davon erzählte. Was sie sah, geschah, ungeachtet dessen, wen sie warnte. Manchmal war es, bevor sie es besser gelernt hatte, gerade deswegen geschehen, weil sie jemanden gewarnt hatte.

»Ich habe von den Weißen Löwen gehört«, sagte Rand kalt. »Sucht unter ihnen nach Schattenfreunden, und Ihr werdet nicht enttäuscht.« Einige von Gaebrils Soldaten waren Weiße Löwen gewesen. Das wußte Min, aber kaum mehr, außer daß Lord Gaebril in Wahrheit Rahvin gewesen war. Es war anzunehmen, daß sich unter Soldaten, die einem der Verlorenen dienten, auch Schattenfreunde befanden.

»Was ist mit ihm?« Rand deutete mit einer Kopfbewegung auf einen Mann auf der anderen Seite des Zelts, dessen lange dunkle Jacke genauso viele Streifen aufwies wie Caralines Gewand. Er war sehr groß für einen Cairhiener, weniger als einen Kopf kleiner als Rand, und bis auf breite Schultern schlank und auffallend gutaussehend, mit kräftigem Kinn und nur einer Spur Grau an den dunklen Schläfen. Mins Blick wurde jedoch aus einem unbestimmten Grund von seinem Begleiter angezogen, einem mageren kleinen Burschen mit langer Nase und großen Ohren in einer roten Seidenjacke, die ihm nicht sehr gut paßte. Er betastete ständig einen gebogenen Dolch an seinem Gürtel, eine auffallende Waffe mit goldener Scheide und einem das Heft krönenden, großen roten Stein, der das Licht undeutlich einzufangen schien. Sie sah keine Auren um ihn. Er schien ihr vage vertraut. Die beiden Männer blickten zu ihr und Rand.

»Das«, flüsterte Caraline mit angespannter Stimme, »ist Lord Toram Riatin persönlich mit seinem ständigen Begleiter während der letzten Zeit, Meister Jeraal Mordeth. Ein abscheulicher kleiner Mann. Sein Blick bewirkt, daß ich mich waschen möchte. Sie vermitteln mir beide das Gefühl, unrein zu sein.« Sie blinzelte, überrascht über ihre Worte, aber sie fing sich schnell wieder. Min hatte das Gefühl, daß nichts Caraline lange aus dem Gleichgewicht brachte. Darin war sie Moiraine sehr ähnlich. »Ich wäre vorsichtig, wenn ich an Eurer Stelle wäre, Cousin Tomas«, fuhr sie fort. »Ihr habt mich vielleicht mit einem Wunder oder dem

Ta'veren beeinflußt – und vielleicht sogar auch Darlin, obwohl ich nicht weiß, wohin das führen mag; ich mache keine Versprechungen –, aber Toram haßt Euch leidenschaftlich. Bevor Mordeth sich ihm anschloß, war es noch nicht so schlimm, aber seither... Toram würde die Stadt sofort angreifen, noch in der Nacht. Wenn Ihr tot wärt, sagt er, würden die Aiel weichen, aber ich glaube, Euch tot zu sehen, ist ihm in Wahrheit inzwischen wichtiger als der Thron.«

»Mordeth«, sinnierte Rand. Er betrachtete Toram Riatin und den mageren Burschen. »Sein Name ist Padan Fain, und auf seinen Kopf stehen eintausend Goldkronen.«

Caraline hätte beinahe ihren Becher fallen lassen. »Königinnen sind schon für weniger ausgelöst worden. Was hat er getan?«

»Er hat mein Heim verwüstet, weil es mein Heim war.« Rands Gesicht war erstarrt, seine Stimme wie Eis. »Er hat Trollocs veranlaßt, meine Freunde zu töten, weil sie meine Freunde waren. Er ist ein Schattenfreund... und ein toter Mann.« Er stieß die letzten Worte durch zusammengebissene Zähne hervor. Gewürzter Wein spritzte auf den Teppich, als der Silberbecher in seiner behandschuhten Faust geneigt wurde.

Min spürte sein Elend, seine Qual, aber sie legte Rand fast flehentlich eine Hand auf die Brust. Wenn er jetzt nachgab und die Macht lenkte, obwohl wer weiß wie viele Aes Sedai in der Nähe waren... »Um des Lichts willen – beherrsche dich«, begann sie, als hinter ihr die freundliche Stimme einer Frau erklang.

»Wollt Ihr mich Eurem großen, jungen Freund vorstellen, Caraline?«

»Natürlich, Cadsuane Sedai.« Caraline klang erschüttert, aber sie besänftigte ihre Stimme, bevor sie ihren zu Besuch erschienenen ›Cousin‹ und seine ›Frau‹ vorstellte. »Aber ich fürchte, Cairhien ist im

Moment kein geeigneter Ort für sie«, fuhr sie, wieder vollkommen beherrscht, fort und lächelte bedauernd, daß sie Rand und Min nicht länger bei sich behalten konnte. »Sie haben sich einverstanden erklärt, meinem Rat zu folgen und nach Andor zurückzukehren.«

»Tatsächlich?« fragte Cadsuane trocken. Mins Herz sank. Auch wenn Rand nicht von ihr gesprochen hatte, war aus der Art, wie sie ihn ansah, deutlich ersichtlich, daß sie ihn kannte. Winzige goldene Vögel und Monde und Sterne schwangen, als sie den Kopf schüttelte. »Die meisten Jungen lernen, ihre Finger nicht mehr in das hübsche Feuer zu strecken, wenn sie sich das erste Mal verbrannt haben, Tomas. Andere müssen geschlagen werden, um zu lernen. Besser ein wunder Hintern als eine verbrannte Hand.«

»Ihr wißt, daß ich kein Kind mehr bin«, beschied Rand ihr barsch.

»Tatsächlich?« Sie betrachtete ihn eindringlich von Kopf bis Fuß. »Nun, anscheinend werde ich bald erkennen, ob Ihr geschlagen werden müßt oder nicht.« Die kühlen Augen schweiften zu Min und zu Caraline, und dann entschwebte Cadsuane mit einem letzten Blick auf ihre Stola in die Menge.

Min schluckte den Kloß in ihrer Kehle hinunter und war erfreut, Caraline es ihr, trotz ihrer Selbstbeherrschung, gleichtun zu sehen. Rand – der blinde Narr! – sah der Aes Sedai nach, als wollte er ihr folgen. Dieses Mal legte Caraline eine Hand auf seine Brust.

»Anscheinend kennt Ihr Cadsuane«, sagte sie leise. »Nehmt Euch vor ihr in acht. Selbst die Schwestern haben gewaltigen Respekt vor ihr.« Caralines kehlige Stimme wurde ernst. »Ich habe keine Ahnung, was heute noch geschehen wird, aber was auch immer es ist, denke ich, daß Ihr aufbrechen solltet, ›Cousin Tomas‹. Es ist allerhöchste Zeit. Ich werde Pferde bereitstellen lassen ...«

»Ist dies Euer Cousin, Caraline?« fragte die tiefe, volltönende Stimme eines Mannes, und Min zuckte wider Willen zusammen.

Toram Riatin sah aus der Nähe noch besser aus als aus der Ferne, da er die starke männliche Schönheit und Weltgewandtheit besaß, die Min angezogen hätte, bevor sie Rand begegnete. Nun, sie fand ihn dennoch anziehend, wenn auch nicht so anziehend wie Rand. Seine festen, lächelnden Lippen waren recht reizvoll.

Torams Blick fiel auf Caralines noch immer auf Rands Brust ruhende Hand. »Lady Caraline wird meine Frau werden«, sagte er träge. »Wußtet Ihr das?«

Caralines Wangen röteten sich zornig. »Wagt es nicht, Toram! Ich habe Euch gesagt, daß ich Euch nicht heiraten werde, und ich werde meine Meinung nicht ändern!«

Toram sah Rand lächelnd an. »Ich glaube, Frauen erkennen niemals, was sie wollen, bis man es ihnen zeigt. Was meint Ihr, Jeraal? Jeraal?« Er sah sich stirnrunzelnd um. Min beobachtete ihn erstaunt. Er sah so gut aus, mit genau der richtigen Art von... Sie wünschte, sie könnte Visionen bewußt heraufbeschwören. Sie wollte zu gerne wissen, was die Zukunft für diesen Mann bereithielt.

»Ich habe Euren Freund in dieser Richtung davoneilen sehen, Toram.« Caraline deutete mit angewidert verzogenem Mund vage in eine Richtung. »Ich denke, Ihr werdet ihn in der Nähe der Getränke finden, wo er die Schankmädchen belästigt.«

»Später, meine Teure.« Er versuchte, ihre Wange zu berühren, und wirkte belustigt, als sie zurückwich. Er übertrug seine Belustigung augenblicklich auf Rand – und auf das Schwert an seiner Seite. »Hättet Ihr Lust auf einen kleinen Wettkampf, Cousin? Ich nenne Euch so, weil wir Cousins sein werden, wenn Caraline erst meine Frau ist. Mit Übungsschwertern natürlich.«

»Gewiß nicht«, erwiderte Caraline lachend. »Er ist ein Junge, Toram, und kann das eine Ende des Schwerts kaum vom anderen unterscheiden. Seine Mutter würde mir niemals verzeihen, wenn ich zuließe…«

»Ein Wettkampf«, sagte Rand jäh. »Ich könnte vielleicht ebensogut herausfinden, wohin dies führt. Ich nehme die Herausforderung an.«

KAPITEL 4

Klingen

Min wußte nicht, ob sie stöhnen oder schreien oder sich hinsetzen und weinen sollte. Caraline sah Rand mit geweiteten Augen an und befand sich anscheinend im gleichen Dilemma.

Toram rieb sich lachend die Hände. »Hört alle zu«, rief er. »Ihr werdet einen Wettkampf sehen. Macht Platz! Macht Platz!« Er scheuchte Leute aus der Zeltmitte zur Seite.

»Schafhirte«, grollte Min, »du bist nicht einfältig. Du besitzt *überhaupt kein* Gehirn!«

»So würde ich es nicht ausdrücken«, sagte Caraline *sehr* trocken, »aber ich schlage vor, daß Ihr jetzt geht. Welche... Tricks... auch immer Ihr anzuwenden gedenkt – in diesem Zelt befinden sich sieben Aes Sedai, von denen vier, die auf ihrem Weg nach Tar Valon kürzlich aus dem Süden eingetroffen sind, der Roten Ajah angehören. Sollte eine von ihnen auch nur den geringsten Verdacht hegen, fürchte ich sehr, daß niemals geschehen wird, was sich aus dem heutigen Tag ergeben könnte. Also geht jetzt besser.«

»Ich werde keine... Tricks... anwenden.« Rand löste seinen Schwertgürtel und reichte ihn Min. »Wenn ich Euch und Darlin in gewisser Weise beeinflußt habe, kann ich Toram vielleicht auf andere Art beeinflussen.« Die Menge drängte zurück und eröffnete eine zwanzig Schritt weite Fläche zwischen zwei der großen Zeltmittelstangen. Einige sahen Rand an, und viele stießen sich in die Rippen und lachten verstohlen. Den Aes Sedai wurden natürlich Ehrenplätze eingeräumt – Cadsuane und ihre beiden Freundinnen auf der einen und vier alterslosen Frauen mit der Stola der Roten Ajah auf der anderen Seite. Cadsuane und ihre Begleiterinnen betrachteten Rand mit offener Mißbilligung und fast so verärgert, wie eine Aes Sedai es nur zu zeigen vermochte, aber die Roten Schwestern schienen eher über ihre Mitschwestern besorgt. Zumindest gelang es ihnen, obwohl sie einander unmittelbar gegenüber standen, die Gegenwart jeglicher anderer Schwestern zu vergessen. Niemand konnte so blind sein, ohne sich zu bemühen.

»Hört mir zu, *Cousin*.« Caralines leise Stimme knisterte fast vor Eindringlichkeit. Sie stand sehr nahe und verrenkte sich fast den Hals, um zu ihm hochzublicken. Sie reichte ihm kaum bis zur Brust, wirkte aber bereit, ihn zu ohrfeigen. »Wenn Ihr keinen Eurer *speziellen* Tricks anwendet«, fuhr Caraline fort, »kann er Euch, selbst mit Übungsschwertern, ernsthaft verletzen, und er wird es tun. Er mochte es noch nie, wenn jemand anderer anrührt, wovon er glaubt, daß es ihm gehört, und er hegt den Verdacht, daß jeder hübsche, junge Mann, der mit mir spricht, mein Geliebter wäre. Als wir Kinder waren, stieß er einen Freund – einen Freund! – die Treppe hinab und brach ihm das Rückgrat, weil Derowin sein Pony geritten hatte, ohne ihn zu fragen. Geht, Cousin. Niemand wird Euch dafür verachten. Niemand erwartet von einem Jungen, sich einem Klingenmeister zu stellen. Jaisi… oder wie auch immer Euer wahrer Name lautet… helft mir, ihn zu überzeugen!«

Min öffnete den Mund, doch Rand legte ihr einen Finger auf die Lippen. »Ich bin, wer ich bin«, sagte er lächelnd. »Und ich glaube nicht, daß ich vor ihm davonlaufen könnte. Er ist also ein Klingenmeister.« Er knöpfte seine Jacke auf und betrat die freigeräumte Fläche.

»Warum müssen sie so stur sein, wenn man es am wenigsten will?« flüsterte Caraline enttäuscht. Min konnte nur zustimmend nicken.

Toram hatte sich bis auf Hemd und Hose ausgezogen und trug zwei Übungsschwerter bei sich, deren Klingen aus Bündeln zusammengebundener, dünner Latten bestanden. Er wölbte eine Augenbraue, als er Rand mit seiner offenstehenden Jacke sah. »Ihr werdet darin beeinträchtigt sein, Cousin.« Rand zuckte die Achseln.

Toram warf Rand ohne Vorwarnung eines der Schwerter zu. Rand fing es am langen Heft aus der Luft auf.

»Diese Handschuhe werden einen festen Griff um das Schwert verhindern.«

Rand nahm das Heft in beide Hände und wandte sich leicht seitwärts, die Klinge gesenkt und den linken Fuß vorgestellt.

Toram spreizte die Hände, als wollte er ausdrücken, er hätte alles in seiner Macht Stehende getan. »Nun, zumindest weiß er, wie man sich aufstellt«, sagte er lachend und stürmte beim letzten Wort vorwärts, wobei er das Übungsschwert mit aller Kraft auf Rands Kopf sausen ließ.

Zusammengebundene Latten trafen mit lautem Klappern aufeinander. Rand hatte nichts außer seinem Schwert bewegt. Toram starrte ihn einen Moment an, und Rand erwiderte seinen Blick ruhig. Dann begannen sie zu tanzen.

Nur so konnte Min diese gleitenden, schwebenden Bewegungen bezeichnen, bei denen die hölzernen Klingen zuckten und sich wanden. Sie hatte Rand mit den Besten, die er finden konnte, mit dem Schwert üben sehen, manchmal mit zwei oder drei oder vier

Männern zugleich, aber das war im Vergleich hierzu nichts gewesen. So wunderschön und so leicht zu vergessen, daß Blut hätte fließen können, wenn diese Latten Stahl gewesen wären. Nur daß keine der Klingen, ob nun aus Stahl oder Latten, Haut berührte. Sie tänzelten vor und zurück, umkreisten einander, die Schwerter mal erforschend, mal zuschlagend, während Rand angriff oder sich verteidigte, und jede Bewegung wurde von jenem lauten Klappern begleitet.

Caraline ergriff fest Mins Arm, ohne ihren Blick von dem Wettkampf zu wenden. »Er ist also auch ein Klingenmeister«, flüsterte sie. »Er muß es sein. Seht ihn Euch an!«

Min schaute hin und drückte Rands Schwertgürtel und in der Scheide steckende Klinge, als wären sie er. Wunderschöne Bewegungen, und was auch immer Rand dachte – Toram wünschte bereits, seine Klinge bestünde aus Stahl. Kalter Zorn brannte auf seinem Gesicht, und er drängte immer härter vorwärts. Dennoch berührte keine der Klingen etwas anderes als die jeweils andere, aber jetzt wich Rand zurück und verteidigte sich mit dem Schwert heftig, während Toram vorwärts drängte, angriff, die Augen vor eisigem Zorn glitzernd.

Außerhalb der freien Fläche schrie jemand, ein Aufheulen äußersten Entsetzens, und plötzlich wurde das Zelt aufwärts gerissen und verschwand in einem den Himmel verhüllenden, dichten Grau. Nebel wogte von allen Seiten heran, von fernen Schreien und Gebrüll erfüllt. Dünne Nebelschwaden wehten in den von dem Zelt hinterlassenen Leerraum. Alle blickten erstaunt. Fast alle.

Torams Lattenklinge traf Rand mit dem Geräusch brechender Knochen an der Seite und warf ihn um. »Ihr seid tot, Cousin«, höhnte Toram, hob sein Schwert hoch über den Kopf, um erneut zuzuschlagen – und erstarrte und sah gebannt zu, wie sich ein Teil des schweren, grauen Nebels über ihnen... verdichtete. Ein Nebeltentakel, was es vielleicht war, ein dicker Arm mit drei Gliedmaßen, griff herab, schloß sich um die stämmige Rote Schwester und riß sie in die Luft, bevor jemand die Möglichkeit hatte, sich zu regen.

Cadsuane überwand den Schock als erste. Sie hob die Arme, warf ihre Stola zurück und ballte die Hände zu Fäusten. Eine Feuerkugel schoß aus beiden Handflächen empor und traf den Nebel. Über ihnen brach jäh etwas in Flammen aus, ein sofort wieder verschwindender, gewaltiger Klumpen, und die Rote Schwester gelangte erneut in Sicht und fiel mit dem Gesicht nach unten nahe der Stelle auf die Teppiche, wo Rand kniete und sich die Seite hielt. Zumindest wäre sie auf dem Gesicht gelandet, wenn ihr Kopf nicht verdreht gewesen wäre, so daß ihre toten Augen in den Nebel hinaufstarrten.

Jegliche noch im Zelt verbliebene Fassung schwand dahin. Der Schatten hatte Gestalt angenommen. Schreiende Menschen flohen in alle Richtungen und stießen Tische um, und Adlige drängten sich an Dienern und Diener an Adligen vorbei. Min kämpfte sich mit Fäusten und Ellbogen und Rands Schwert als Knüppel zu Rand vor.

»Bist du verletzt?« fragte sie und half ihm aufzustehen. Sie war überrascht, Caraline auf seiner anderen Seite zu sehen, die ihm ebenfalls half. Zudem wirkte Caraline überrascht.

Er nahm die Hand unter seiner Jacke hervor, und seine Finger waren, dem Licht sei Dank, nicht blutverschmiert. Die so empfindliche, erst halbwegs verheilte Narbe war nicht wieder aufgebrochen. »Ich denke, wir sollten besser gehen«, sagte er und nahm seinen Schwertgürtel. »Wir müssen von hier fort.« Die Höhlung frischer Luft war jetzt merklich kleiner. Fast alle anderen waren geflohen. Draußen im Nebel stiegen Schreie auf, die meisten jäh unterbrochen, aber stets durch neuerliche Schreie ersetzt.

»Ich bin einverstanden, Tomas«, sagte Darlin. Das Schwert in der Hand pflanzte er sich, mit dem Rücken zu Caraline, zwischen ihr und dem Nebel auf. »Die Frage ist, in welche Richtung? Und wie weit müssen wir fliehen?«

»Dies ist sein Werk«, spie Toram aus. »Al'Thors Werk.« Er schleuderte sein Übungsschwert zu Boden, stolzierte zu seiner abgelegten Jacke und zog sie ruhig an. Was auch immer er sein mochte – er war kein Feigling. »Jeraal?« rief er in den Nebel, während er seinen Schwertgürtel schloß. »Jeraal, das Licht verdamme Euch, Mann, wo steckt Ihr? Jeraal!« Mordeth – Fain – antwortete nicht, und Toram rief weiter.

Außer ihnen waren nur noch Cadsuane und ihre beiden Begleiterinnen geblieben, deren Gesichter einen ruhigen Ausdruck zeigten, deren Hände aber nervös über ihre Stolen strichen. Cadsuane selbst wirkte, als wollte sie nur einen Spaziergang machen. »Ich glaube, wir sollten nach Norden gehen«, sagte sie. »In dieser Richtung ist der Hang näher, und wenn wir hinaufsteigen, können wir vielleicht einen Überblick über das Geschehen gewinnen. Hört auf zu schreien, Toram! Euer Mann ist entweder tot, oder er kann Euch nicht hören.« Toram sah sie an und stellte sein Rufen ein. Cadsuane schien es nicht zu bemerken, und es schien sie auch nicht zu kümmern, solange er still war. »Also dann nach Norden. Wir drei werden uns allem entgegenstellen, was Euer Stahl nicht bewältigen kann.« Sie sah Rand während dieser Worte an, und er nickte kaum merklich, bevor er seinen Gürtel schloß und das Schwert zog. Min bemühte sich um Haltung und wechselte Blicke mit Caraline, deren Augen geweitet waren. Die Aes Sedai wußte, wer er war, und sie würde verhindern, daß sonst noch jemand es erfuhr.

»Ich wünschte, wir hätten unsere Behüter nicht in der Stadt zurückgelassen«, sagte die schlanke Gelbe Schwester. Winzige Silberglöckchen in ihrem dunklen Haar klangen, als sie den Kopf zurückwarf. Sie gebärdete sich fast ebenso herrisch wie Cadsuane, daß man zunächst nicht bemerkte, wie hübsch sie war, nur daß diese Kopfbewegung... nun... ein wenig gereizt schien. »Ich wünschte, ich hätte Roshan bei mir.«

»Ein Zirkel, Cadsuane?« fragte die Graue. Sie wandte den Kopf hin und her, um in den Nebel zu spähen, und wirkte mit ihrer scharfgeschnittenen Nase und den neugierigen Augen dabei wie ein gedrungener Spatz. Kein ängstlicher Spatz, sondern ein entschieden angriffslustiger. »Sollen wir uns verbinden?«

»Nein, Niande«, erwiderte Cadsuane seufzend. »Wenn Ihr etwas seht, müßt Ihr in der Lage sein, es unverzüglich anzugreifen. Samitsu, hört auf, Euch um Roshan zu sorgen. Wir haben hier drei gute Schwerter, zwei davon mit dem Zeichen des Reihers, wie ich sehe. Sie werden genügen.«

Toram verzog das Gesicht, als er den auf Rands gezogener Klinge eingravierten Reiher sah. Wenn es ein Lächeln sein sollte, enthielt es jedoch keinerlei Heiterkeit. Auch seine gezogene Klinge war mit dem Reiher gekennzeichnet. Darlins Klinge entbehrte dieses Zeichen, aber er sah Rand und sein Schwert abschätzend an und nickte dann mit tieferem Respekt, als er ihn Tomas Trakand, aus einem niederen Zweig des Hauses, gewährt hatte.

Die grauhaarige Grüne hatte eindeutig die Führung übernommen, und sie behielt sie trotz versuchten Widerstands von Darlin bei, der wie viele Tairener Aes Sedai anscheinend nicht sehr mochte, und von Toram, der einfach jedermann zu verabscheuen schien, der außer ihm Befehle gab. Das gleiche galt im übrigen für Caraline, aber Cadsuane ignorierte ihr Stirnrunzeln ebenso gründlich wie die geäußerten Beschwerden der Männer. Anders als diese, schien Caraline zu erkennen, daß Beschwerden nichts nützen würden. Und Rand ließ sich – Wunder über Wunder – sanftmütig zu Cadsuanes Rechten aufstellen, als sie rasch alle anwies. Nun, nicht wirklich sanftmütig – er sah sie von oben herab auf eine Art an, die Min, wenn sie an Cadsuanes Stelle gewesen wäre, dazu veranlaßt hätte, ihn zu schlagen; Cadsuane schüttelte jedoch nur den Kopf und murmelte etwas, das ihn erröten ließ –, aber er hielt zumindest den Mund. In dem Moment erwartete Min halbwegs, daß er seine wahre Identität preisgeben würde. Und sie erwartete beinahe, daß der Nebel aus Angst vor dem Wiedergeborenen Drachen verschwinden würde. Rand lächelte ihr zu, als sei Nebel bei diesem Wetter vollkommen normal, selbst ein Nebel, der Zelte und Menschen fortriß.

Sie bewegten sich in dem dichten Dunst in der Formation eines sechszackigen Sterns, Cadsuane an einer Spitze, je eine Aes Sedai an jeweils zwei anderen und je ein Mann mit einem Schwert an den drei übrigen Spitzen. Toram protestierte natürlich lauthals dagegen, die Nachhut bilden zu sollen, bis Cadsuane etwas von der Ehre der Nachhut murmelte. Das stellte ihn ruhig. Min hatte keinerlei Einwände gegen ihre Position mit Caraline in der Mitte des Sterns. Sie hielt in beiden Händen einen Dolch und fragte sich, ob sie von Nutzen sein würden. Es erleichterte sie gewissermaßen, den Dolch in Caralines Faust zittern zu sehen. Zumindest ihre Hände waren ruhig. Andererseits, dachte sie, hatte sie vielleicht zu große Angst, um zu zittern.

Der Nebel verbreitete winterliche Kälte. Graue Nebelschwaden schlossen sich umherwirbelnd um sie, so schwer, daß es schwierig war, die anderen deutlich zu sehen. Hören konnte man jedoch nur allzu gut. Schreie hallten durch die Undurchdringlichkeit heran, das Aufschreien von Männern und Frauen und das Wiehern von Pferden. Der Nebel schien die schrecklichen Laute zu dämpfen, ließ sie hohl klingen, so daß sie dankenswerterweise fern schienen. Vor ihnen wurde der Nebel dichter, aber plötzlich schossen Feuerkugeln aus Cadsuanes Händen und zischten durch das eisige Grau, so daß der Nebel in ein einziges, brüllendes Flammenmeer ausbrach. Brüllen hinter ihnen und vor dem Nebel aufscheinendes Licht wie Blitze vor Wolken zeugten davon, daß auch die beiden anderen Schwestern am Werk waren. Min verspürte nicht den Wunsch zurückzublicken. Was sie vor sich sah, genügte vollkommen.

Sie zogen an niedergetretenen, halbwegs von grauem Dunst verborgenen Zelten und an Körpern oder Körperteilen vorbei, die vom Nebel kaum verhüllt wurden. Ein Bein. Ein Arm. Der Oberkörper eines Mannes. Einmal der Kopf einer Frau, der sie von der Ecke eines umgestürzten Wagens anzugrinsen schien. Die Landschaft begann immer steiler anzusteigen. Min sah die ersten Lebenden neben ihnen und wünschte, sie hätte sie nicht gesehen. Ein Mann, der eine der roten Jacken trug, stolperte auf sie zu und winkte schwach mit dem linken Arm. Der andere Arm war fort, und nasse weiße Knochen waren zu sehen, wo die rechte Gesichtshälfte gewesen war. Etwas, das wie Worte klang, drang durch seine Zähne hervor, und er brach zusammen. Samitsu kniete sich kurz neben ihn und legte einen Finger an die blutigen Überreste seiner Stirn. Als sie sich wieder erhob, schüttelte sie den Kopf, und sie zogen weiter. Es ging beständig aufwärts, bis Min sich zu fragen begann, ob sie einen Berg anstatt einen Hügel erklommen.

Unmittelbar vor Darlin nahm der Nebel jäh Gestalt an, eine mannshohe Erscheinung, die aber nur aus Tentakeln und gähnenden Schlünden voller scharfer Zähne bestand. Der Hohe Herr war vielleicht kein Schwertmeister, aber er war auch nicht langsam. Seine Klinge schnitt mitten durch die sich noch immer bildende Gestalt, vollführte eine Drehung und schlitzte sie dann von oben bis unten auf. Vier Nebelwolken, dichter als der umgebende Dunst, sanken zu Boden. »Nun«, sagte er, »zumindest wissen wir jetzt, daß Stahl diese ... Wesen zerschneiden kann.«

Aber die dicken Nebelklumpen verschmolzen miteinander und begannen erneut aufzusteigen.

Cadsuane streckte eine Hand aus. Feuertropfen fielen von ihren Fingerspitzen, und ein heller Flammenblitz verbrannte den sich verdichtenden Nebel. »Aber anscheinend nur zerschneiden«, murmelte sie.

Rechts vor ihnen erschien in dem umherwirbelnden Grau plötzlich eine Frau, die Seidenröcke im Lauf gerafft, und fiel halbwegs den Hügel herab auf sie zu. »Dem Licht sei Dank!« rief sie. »Dem Licht sei Dank! Ich dachte, ich wäre allein!« Unmittelbar hinter ihr zog sich der Nebel zusammen, ein nur aus Zähnen und Klauen bestehender Alptraum, und ragte über ihr auf. Min war sich sicher, daß Rand gewartet hätte, wenn sie ein Mann gewesen wäre.

Er hob die Hand, bevor Cadsuane sich regen konnte, und ein Balken von flüssigem weißem Feuer, das heller als die Sonne war, schoß über den Kopf der Frau hinweg. Das Wesen verschwand einfach. Einen Moment war an seiner Stelle klare Luft zu sehen wie auch entlang der Linie, die der Balken gebrannt hatte, bis sich der Nebel wieder zu verdichten begann. Die Frau war einen Moment am Fleck erstarrt. Dann wandte sie sich aus voller Kehle schreiend um und lief vor ihnen davon, noch immer hügelabwärts, floh vor dem, was sie mehr fürchtete als Alpträume im Nebel.

»Ihr!« brüllte Toram so laut, daß Min mit erhobenen Dolchen zu ihm herumfuhr. Er stand mit auf Rand gerichteter Schwertspitze da. »Ihr seid er! Ich hatte recht! Dies ist Euer Werk! Ihr werdet mich nicht fangen, al'Thor!« Er setzte sich plötzlich seitwärts ab und kletterte panisch den Hügel hinauf. »Ihr werdet mich nicht fangen!«

»Kommt zurück!« rief Darlin ihm nach. »Wir müssen zusammenbleiben! Wir müssen...« Er brach ab und sah Rand an. »Ihr *seid* al'Thor. Das Licht verdamme mich, Ihr seid es!« Er vollführte eine halbherzige Bewegung, als wollte er sich zwischen Rand und Caraline stellen, aber zumindest lief er nicht davon.

Cadsuane ging ruhig am Hang entlang zu Rand, und schlug ihm so fest ins Gesicht, daß sein Kopf zur Seite ruckte. Min hielt entsetzt den Atem an. »Das werdet Ihr nicht wieder tun«, sagte Cadsuane. Ihre Stimme klang nicht zornig, nur eisenhart. »Hört Ihr mich? Kein Baalsfeuer. Niemals wieder.«

Rand rieb sich überrascht die Wange. »Ihr hattet unrecht, Cadsuane. Er ist echt. Ich bin mir dessen sicher. Ich weiß, daß er real ist.« Noch überraschender war, daß er klang, als wollte er sie nur zu gern überzeugen.

Mins Herz flog ihm zu. Er hatte erwähnt, Stimmen zu hören. Das mußte er meinen. Sie hob ihre rechte Hand in seine Richtung, vergaß für einen Moment, daß sie einen Dolch hielt, und öffnete den Mund, um ihn zu trösten. Obwohl sie sich keineswegs sicher war, daß sie dieses besondere Wort jemals wieder in harmlosem Sinn gebrauchen könnte. Sie öffnete den Mund – und Padan Fain schien aus den Nebeln hinter Rand zu springen, während Stahl in seiner Faust glitzerte.

»Hinter dir!« schrie Min und gestikulierte mit dem

Dolch in ihrer ausgestreckten Hand, während sie den Dolch in ihrer linken warf. Alles schien gleichzeitig zu geschehen, im frostigen Nebel nur halbwegs erkennbar.

Rand wandte sich um und drehte sich, und Fain drehte sich ebenfalls, um auf ihn zuzuspringen. Durch diese Drehung verfehlte Mins Dolch sein Ziel, aber Fains Dolch traf Rand in die linke Seite. Er schien fast nur seine Jacke zu zerschneiden, und doch schrie Rand auf. Er schrie auf – ein Laut, bei dem sich Min das Herz zusammenzog –, umklammerte seine Seite, fiel gegen Cadsuane, klammerte sich an sie, um sich aufrecht zu halten, und zog sie mit zu Boden.

»Geht mir aus dem Weg!« schrie eine der anderen Schwestern – Samitsu, dachte Min –, und plötzlich wurden Min die Füße weggerissen. Sie stöhnte, als sie zusammen mit Caraline, die ein atemloses »Blut und Feuer!« fauchte, schwer auf den Hang prallte.

»Aus dem Weg!« schrie Samitsu erneut, als Darlin mit seinem Schwert auf Fain zusprang. Der knochendürre Mann bewegte sich mit erschreckender Schnelligkeit, warf sich nieder und rollte aus Darlins Reichweite. Seltsamerweise gackerte er vor Lachen, während er aufsprang und davonlief und fast augenblicklich von der Undurchdringlichkeit verschluckt wurde.

Min richtete sich zitternd auf.

Caraline war weitaus energischer. »Ich sage Euch jetzt Folgendes, Aes Sedai«, begann sie mit kalter Stimme, während sie heftig ihre Röcke abklopfte. »So lasse ich mich nicht behandeln. Ich bin Caraline Damodred, Hochsitz des Hauses ...«

Min hörte auf zu lauschen. Cadsuane saß auf dem Hang über ihnen und hielt Rands Kopf auf ihrem Schoß. Es war nur ein Schnitt gewesen. Fains Dolch konnte nicht mehr berührt haben als ... Min warf sich mit einem Aufschrei vorwärts. Aes Sedai oder nicht –

sie schob die Frau von Rand fort und barg seinen Kopf in ihren Armen. Seine Augen waren geschlossen, der Atem kam stoßweise, sein Gesicht fühlte sich heiß an.

»Helft ihm!« schrie sie Cadsuane wie ein Echo der fernen Schreie im Nebel an. »Helft ihm!« Ein Teil von ihr erkannte, daß es nicht viel Sinn ergab, nachdem sie die Aes Sedai fortgedrängt hatte, aber sein Gesicht schien ihre Hand zu verbrennen und ihren Verstand.

»Samitsu, schnell«, sagte Cadsuane, erhob sich und richtete ihre Stola. »Mein Talent des Heilens genügt bei seinem Zustand nicht.« Sie legte eine Hand auf Mins Kopf. »Kind, ich werde den Jungen kaum sterben lassen, solange ich ihm keine Manieren beigebracht habe. Hört auf zu weinen.«

Es war seltsam. Min war überzeugt, daß die Frau bei ihr keine Macht angewandt hatte, und doch glaubte sie ihr. Ihm Manieren beibringen. Das würde ein schöner Kampf. Sie ließ Rands Kopf los, wenn auch widerwillig, und zog sich auf Knien zurück. Sehr seltsam. Sie hatte nicht einmal bemerkt, *daß* sie geweint hatte, und doch genügte Cadsuanes Versicherung, den Tränenfluß einzudämmen. Sie rieb sich mit dem Handballen über die Wangen, während sich Samitsu neben Rand kniete und ihre Fingerspitzen an seine Stirn legte. Min fragte sich, warum sie seinen Kopf nicht in beide Hände nahm, wie Moiraine es getan hatte.

Plötzlich verkrampfte Rand sich, keuchte und schlug so fest um sich, daß er die Gelbe mit einem Arm umwarf. Sobald sie ihn nicht mehr berührte, beruhigte er sich. Min kroch näher heran. Er atmete leichter, aber er hatte die Augen noch immer geschlossen. Min berührte seine Wange. Sie war kühler als zuvor, aber immer noch zu warm. Und blaß.

»Etwas stimmt nicht«, sagte Samitsu verdrießlich, während sie sich aufsetzte. Sie zog Rands Jacke zur

Seite und riß eine große Lücke in sein blutgetränktes Hemd.

Der Schnitt von Fains Dolch, der nicht länger als ihre Hand und nicht tief war, verlief genau über der alten runden Narbe. Min konnte sogar in dem schwachen Licht erkennen, daß die Ränder des Schnittes angeschwollen und entzündet waren, als sei die Wunde tagelang nicht versorgt worden. Sie blutete nicht mehr, aber sie hätte verschwunden sein sollen. Das bewirkte die Heilung: Wunden schlossen sich unmittelbar vor jedermanns Augen.

»Dies«, verkündete Samitsu in belehrendem Tonfall, wobei sie leicht die Narbe berührte, »erweckt den Anschein einer Zyste, die aber voller Bösem anstatt voller Eiter ist. Und dies...« – Sie strich mit dem Finger die Wunde entlang –, »scheint voll eines anderen Übels.« Plötzlich sah sie die über ihr stehende Grüne stirnrunzelnd an, und ihre Stimme wurde störrisch und abwehrend. »Wenn ich die entsprechenden Worte kennen würde, Cadsuane, würde ich sie gebrauchen. Ich habe noch nie etwas Ähnliches gesehen. Niemals. Aber soviel kann ich Euch sagen: Er wäre jetzt bereits tot, wenn ich einen Augenblick langsamer gehandelt hätte oder Ihr es nicht zuerst versucht hättet. Wie es aussieht...« Die Gelbe Schwester schien mit einem Seufzen zusammenzusacken. »Wie es aussieht, glaube ich, daß er dennoch sterben wird.«

Min schüttelte den Kopf, versuchte, die Möglichkeit abzuwehren, aber sie konnte ihre Zunge anscheinend nicht zum Sprechen bewegen. Sie hörte Caraline ein Gebet sprechen. Die Frau stand da und umklammerte mit beiden Händen einen von Darlins Jackenärmeln. Darlin wiederum blickte stirnrunzelnd auf Rand hinab, als versuche er, einen Sinn in dem zu finden, was er sah.

Cadsuane beugte sich hinab und tätschelte Samitsus

Schulter. »Ihr seid die beste lebende Heilende, vielleicht die beste, die es jemals gegeben hat«, sagte sie ruhig. »Niemand kann sich darin mit Euch messen.« Samitsu stand auf und nickte, und bevor sie sich noch ganz erhoben hatte, zeigte sie bereits wieder die Gelassenheit der Aes Sedai. Cadsuane, die stirnrunzelnd und mit in die Hüften gestemmten Händen auf Rand hinabsah, zeigte sie nicht. »Pah! Ich werde Euch nicht gestatten zu sterben, Junge«, grollte sie und klang, als wäre es sein Fehler. Dieses Mal berührte sie Mins Kopf nicht sanft, sondern pochte mit dem Knöchel darauf. »Steht auf, Kind. Ihr seid nicht verzärtelt – das kann jeder Narr erkennen –, also hört auf, es vorzugeben. Darlin, Ihr werdet ihn tragen. Die Verbände müssen warten. Dieser Nebel verläßt uns nicht, als sollten wir ihn so bald wie möglich verlassen.«

Darlin zögerte. Vielleicht war es Cadsuanes gebieterisches Stirnrunzeln, vielleicht auch die halb zu seinem Gesicht erhobene Hand Caralines, aber er steckte jäh sein Schwert in die Scheide, murmelte leise vor sich hin und hob Rand auf seine Schulter, so daß dessen Arme und Beine herabbaumelten.

Min nahm die mit dem Reiher versehene Klinge und ließ sie vorsichtig in die an Rands Taille hängende Scheide gleiten. »Er wird sie brauchen«, belehrte sie Darlin, und kurz darauf nickte er. Er hatte mit dieser Reaktion Glück. Min hatte all ihr Vertrauen auf die Grüne Schwester konzentriert, und sie würde nicht zulassen, daß jemand etwas anderes darüber dachte.

»Seid vorsichtig, Darlin«, sagte Caraline mit ihrer kehligen Stimme, nachdem Cadsuane die Marschordnung geregelt hatte. »Achtet darauf, daß Ihr hinter mir bleibt, und ich werde Euch beschützen.«

Darlin lachte, bis er keuchen mußte, und kicherte noch immer, als sie erneut durch den kalten Nebel und die fernen Schreie aufzusteigen begannen, wobei er in der Mitte eines von den Frauen gebildeten Kreises ging.

Min erkannte, daß sie nur ein Paar zusätzliche Augen war, genau wie Caraline auf der anderen Seite von Cadsuane, und sie wußte, daß der Dolch, den sie gezogen hatte, nichts gegen die Nebelgestalten ausrichten konnte, aber Padan Fain könnte dort draußen noch leben. Sie würde ihn nicht wieder verfehlen. Caraline hatte ihren Dolch ebenfalls gezogen, und den Blicken nach zu urteilen, die sie dem unter Rands Gewicht den Berg hinaufstolpernden Darlin über die Schulter zuwarf, beabsichtigte sie den Wiedergeborenen Drachen vielleicht ebenfalls zu beschützen. Aber andererseits ging es vielleicht auch gar nicht um ihn. Eine Frau konnte für dieses Lachen fast alles verzeihen.

Noch immer bildeten sich Gestalten im Nebel und erstarben durch Feuer, und einmal riß ein riesiges Ungetüm ein Pferd zu ihrer Rechten entzwei, bevor eine Aes Sedai es vernichten konnte. Min zeigte ihre Übelkeit danach recht geräuschvoll und schämte sich nicht im geringsten dafür. Menschen starben, aber zumindest waren diese Menschen aus freien Stücken hierhergekommen. Auch der geringste Soldat hätte gestern davonlaufen können, wenn er gewollt hätte, aber dieses Pferd nicht. Gestalten bildeten sich und wurden vernichtet, und Menschen starben, die scheinbar stets in der Ferne schrien, obwohl sie immer wieder an zerfetztem Aas vorüberstolperten, das vor einer Stunde noch ein Mensch gewesen war. Min fragte sich allmählich, ob sie jemals wieder Tageslicht sehen würden.

Mit schockierender Plötzlichkeit stolperte sie hinein, einen Moment von Grau umgeben, im nächsten die golden brennende Sonne an einem blauen Himmel hoch über ihr, so hell, daß sie ihre Augen beschatten mußte.

Und dort, vielleicht fünf Meilen über fast baumlose Hügel, erhob sich Cairhien massiv und rechtwinklig auf seinen Vorsprüngen. Irgendwie schien es unwirklich zu sein.

Sie schaute zum Rand des Nebels zurück und erschauderte. Er war eine sich wölbende Wand, die sich zwischen den Bäumen auf dem Hügelkamm erstreckte und viel zu gerade war, ohne Luftwirbel oder Verdünnungen. Hier einfach nur klare Luft und dort dichtes Grau. Rechts vor ihr wurde der Wipfel eines Baumes sichtbar, und sie erkannte, daß sich der Nebel zurückzog, vielleicht von der Sonne fortgebrannt. Aber viel zu langsam, als daß der Rückzug hätte natürlich sein können. Die anderen, sogar die Aes Sedai, betrachteten den Nebel genauso gebannt wie sie.

Zwanzig Schritte zu ihrer Linken kroch plötzlich ein Mann auf allen vieren an die frische Luft. Die Vorderseite seines Kopfes war rasiert, und dem beschädigten schwarzen Brustpanzer nach zu urteilen, den er trug, war er ein gewöhnlicher Soldat. Er blickte wild um sich, schien sie nicht zu sehen und kroch weiterhin, noch immer auf Händen und Knien, den Hügel hinab. Weiter rechts tauchten im Laufschritt zwei Männer und eine Frau auf. Die Vorderseite des Gewands der Frau wies farbige Streifen auf, aber es war schwer zu sagen, wie viele, da sie ihre Röcke so hoch wie möglich gerafft hatte, um schneller laufen zu können, und sie hielt bei jedem Schritt mit den Männern mit. Niemand von ihnen blickte zur Seite, sondern sie stürmten nur hügelabwärts, fielen hin, überschlugen sich, richteten sich wieder auf und liefen weiter.

Caraline betrachtete einen Moment die schmale Klinge ihres Dolches und steckte ihn dann mit einer heftigen Bewegung in die Scheide. »So schwindet mein Heer dahin«, seufzte sie.

Darlin, der noch immer den bewußtlosen Rand über seiner Schulter trug, sah sie an. »In Tear steht ein Heer für Euch bereit.«

Sie betrachtete den leblosen Rand. »Vielleicht«, sagte sie. Darlin wandte den Kopf mit besorgtem Stirnrunzeln Rand zu.

Cadsuane war ganz um Sachlichkeit bemüht. »Die Straße liegt in dieser Richtung«, sagte sie und deutete nach Westen. »Dort werden wir schneller vorankommen, als wenn wir querfeldein gehen. Ein leichter Spaziergang.«

Min hätte es nicht so bezeichnet. Die Sonne brannte nach der Kälte des Nebels auf sie herab. Schweiß lief ihr über den Körper und schien ihr die Kraft zu rauben. Ihre Beine gaben nach. Sie strauchelte über freiliegende Wurzeln und fiel flach aufs Gesicht. Sie stolperte über Steine und fiel hin. Sie stolperte über ihre eigenen Füße und fiel ebenfalls hin. Einmal gehorchten ihr ihre Füße einfach nicht mehr, und sie glitt auf dem Hosenboden gute vierzig Schritt einen Hügel hinab, wild um sich schlagend, bis sie sich an einem jungen Baum festhalten konnte. Caraline fiel genauso oft, wenn nicht häufiger, hin. Ihr Gewand war für diese Art Fortbewegung nicht geschaffen, und es dauerte nicht lange – nachdem sich ihr Rock nach einem kopfüber erfolgten Sturz um ihren Kopf schlang –, bis sie Min nach der Näherin fragte, die ihr Jacke und Hose angefertigt hatte. Darlin fiel nicht hin. Oh, er taumelte und stolperte genauso häufig wie sie, aber wann immer er im Fallen begriffen war, schien ihn etwas abzufangen und aufrecht zu halten. Zu Beginn sah er die Aes Sedai trotzig an, ganz der stolze tairenische Hohe Herr, der Rand weiterhin ohne jegliche fremde Hilfe tragen würde. Cadsuane und die anderen gaben vor, nichts zu merken. Sie fielen niemals hin. Sie schritten einfach den Hang hinab, unterhielten sich leise miteinander und fingen Darlin auf, bevor er stürzen konnte. Als sie die Straße erreichten, wirkte er sowohl dankbar als auch gehetzt.

Cadsuane, die in Sichtweite des Flusses mitten auf der Straße auf der festgetretenen Erde stand, hob eine Hand, um das erste Fahrzeug anzuhalten, das auftauchte, ein von zwei mottenzerfressenen Maultieren gezogener, klappriger Wagen, von einem abgezehrten Bauern in einer geflickten Jacke gelenkt, der jetzt heftig an den Zügeln zog. Wo glaubte der zahnlose Bursche hineingefahren zu sein? Drei alterslose Aes Sedai einschließlich ihrer Stolen, die vielleicht einen Augenblick vorher aus einer Kutsche gestiegen waren. Eine schweißgetränkte Cairhienerin, den Streifen auf ihrem Gewand nach von hohem Rang – oder vielleicht eine Bettlerin, die sich, dem Zustand des Gewandes nach zu urteilen, in die abgelegten Fetzen einer Adligen gekleidet hatte. Ein offensichtlicher tairenischer Adliger, von dessen Nase und spitzem Bart der Schweiß tropfte und der einen anderen Mann wie einen Getreidesack über der Schulter trug. Und sie selbst. Mit an den Knien durchgescheuerter Hose und einem Riß im Hosenboden, der, dem Licht sei Dank, von ihrer Jacke verdeckt wurde, obwohl ein Jackenärmel nur noch an wenigen Fäden hing. Min wollte nicht wissen, wie schmutzig und staubig sie wirklich war.

Sie wartete nicht, bis jemand anderes handelte, sondern zog einen Dolch aus dem Ärmel – wobei sie die meisten der noch vorhandenen Fäden zerriß – und handhabte ihn, wie Thom Merrilin es ihr beigebracht hatte, das Heft durch die Finger schlängelnd, so daß die Klinge in der Sonne aufblitzte. »Wir brauchen eine Fahrt zum Sonnenpalast«, verkündete sie, und auch Rand selbst hätte es nicht besser machen können. Manchmal ersparte man sich eine Auseinandersetzung, indem man herrisch auftrat.

»Kind«, sagte Cadsuane tadelnd, »ich bin sicher, daß Kiruna und ihre Freundinnen alles in ihrer Macht Stehende tun würden, aber es ist keine Gelbe unter ihnen. Jedoch sind Samitsu und Corele wirklich zwei der Besten, die es jemals gegeben hat. Lady Arilyn hat uns freundlicherweise ihren Stadtpalast überlassen, so daß wir ihn…«

»Nein.« Min hatte keine Ahnung, woher sie den Mut nahm, jener Frau gegenüber dieses Wort zu äußern. Es sei denn… Sie sprachen immerhin über Rand. »Wenn er aufwacht…« Sie hielt inne, weil sie schlucken mußte. Er *würde* aufwachen. »Wenn er an einem fremden Ort und erneut von Aes Sedai umgeben aufwacht, weiß ich nicht, was er tun würde. Und Ihr wollt es sicher auch nicht wissen.« Sie hielt diesem kühlen Blick einen langen Augenblick stand, und dann nickte die Aes Sedai.

»Zum Sonnenpalast«, wies Cadsuane den Bauer an. »Und so schnell, wie Ihr diese Flohsäcke antreiben könnt.«

Es war natürlich selbst für eine Aes Sedai nicht ganz so einfach. Ander Tol transportierte eine Wagenladung Rüben, die er in der Stadt verkaufen wollte, und hatte nicht die Absicht, auch nur in die Nähe des Sonnenpalastes zu gelangen, wo der Wiedergeborene Drache, wie er ihnen erzählte, Menschen fraß, die von zehn Fuß großen Aielfrauen auf Spießen gebraten wurden. Er würde sich wegen keiner noch so großen Anzahl Aes Sedai näher als eine Meile an den Palast heranwagen. Aber Cadsuane warf ihm eine Geldbörse zu – seine Augen traten hervor, als er hineinsah – und beschied ihm, sie hätte soeben seine Rüben gekauft und ihn und seinen Wagen gemietet. Wenn ihm der Gedanke nicht gefiele, könne er die Geldbörse zurückgeben. Bei diesen Worten stemmte sie die Fäuste in die Hüften und nahm einen Gesichtsausdruck an, der besagte, daß er genausogut seinen Wagen auf der Stelle fressen könnte, wenn er die Geldbörse zurückzugeben versuchte. Ander Tol war ein vernünftiger Mann, wie sich herausstellte. Samitsu und Niande luden den Wagen ab, wobei die Rüben einfach durch die Luft flogen und dann abseits der Straße einen kleinen Stapel bildeten. Ihren frostigen Mienen nach zu urteilen, hatten sie niemals erwartet, die Eine Macht einmal auf diese Weise benutzen zu müssen. Darlin, der noch immer mit Rand über den Schultern dastand, war erleichtert, daß sie ihn nicht zu dieser Arbeit aufgefordert hatten. Ander Tol saß mit weit geöffnetem Mund auf dem Kutschbock und betastete die Geldbörse, als frage er sich, ob das Geld wirklich genügte.

Als sie sich auf der Ladefläche des Wagens niedergelassen hatten, wobei sie alles Stroh, das unter den Rüben gelegen hatte, als Bettstatt für Rand zusammenschoben, sah Cadsuane Min über Rand hinweg an. Meister Tol ließ die Zügel knallen und die Maultiere in überraschender Geschwindigkeit laufen. Der Wagen schlingerte und holperte entsetzlich, da die Räder nicht nur wackelten, sondern offensichtlich auch nicht rund liefen. Min wünschte, sie hätte nur ein wenig Stroh für sich bewahrt, und amüsierte sich darüber, daß Samitsus und Niandes Gesichter immer angespannter wurden, je länger sie durchgeschüttelt wurden. Caraline lächelte recht offen über sie – der Hochsitz des Hauses Damodred machte sich nicht die Mühe, ihr Vergnügen darüber zu verbergen, daß die Aes Sedai einmal unbequem reisen mußten. Obwohl sie selbst, da sie sehr schmächtig war, stärker durchgerüttelt wurde als sie. Darlin, der sich an der Wagenseite festhielt, schien unbeeindruckt, wie hart er auch erschüttert wurde. Er runzelte beständig die Stirn und schaute von Caraline zu Rand. Cadsuane kümmerte es offensichtlich ebenfalls nicht, daß ihre Zähne aufeinanderschlugen. »Ich erwarte, daß wir vor Einbruch der Nacht eintreffen, Meister Tol«, rief sie, wodurch sie noch stärker durchgeschüttelt, wenn auch nicht wesentlich schneller wurden. »Nun erzählt mir«, sagte sie an Min gewandt, »was genau beim *letzten* Mal geschehen ist, als der Junge von Aes Sedai umringt aufwachte.« Ihr Blick suchte Mins und hielt ihn fest.

Rand wollte das Geschehene nach Möglichkeit so lange wie möglich geheimhalten. Aber er lag im Sterben, und die einzige Chance, die Min für ihn sah, lag bei diesen drei Frauen. Vielleicht würde es nichts helfen, aber vielleicht würden sie ihn ein wenig besser verstehen, wenn sie es wüßten. »Sie haben ihn in eine Kiste gesperrt«, begann sie.

Sie war unschlüssig, wie sie fortfahren sollte, ohne in Tränen auszubrechen, aber irgendwie berichtete sie schließlich ohne Zittern in der Stimme von den Demütigungen und Schlägen, bis zu dem Moment, als Kiruna und die übrigen vor ihm niederknieten, um ihm Treue zu schwören. Darlin und Caraline wirkten benommen. Samitsu und Niande waren entsetzt, wenn auch nicht aus dem von Min vermuteten Grund, wie sich herausstellte.

»Er ... hat drei Schwestern *gedämpft*?« fragte Samitsu schrill. Sie schlug sich jäh eine Hand auf den Mund, drehte sich um, beugte sich über die Seitenwand des Wagens und erbrach sich geräuschvoll. Niande folgte ihr darin auf dem Fuße.

Und Cadsuane ... Cadsuane berührte Rands bleiches Gesicht und strich ihm eine Haarsträhne aus der Stirn. »Hab keine Angst, Junge«, sagte sie weich. »Sie haben meine und Eure Aufgabe erschwert, aber ich werde dich nicht stärker verletzten als nötig.« Min erstarrte innerlich.

Die Wächter an den Stadttoren schrien hinter dem vorüberrollenden Wagen her, aber Cadsuane befahl

Meister Tol, nicht anzuhalten, woraufhin er die Maultiere noch härter antrieb. Die Menschen auf den Straßen sprangen aus dem Weg, um nicht überfahren zu werden, und der Wagen ließ Schreie und Flüche, umgestürzte Sänften und von der Straße abgekommene Kutschen hinter sich. Schließlich ging es die breite Rampe zum Sonnenpalast hinauf, aus dem dermaßen viele Wächter in Lord Dobraines Farben hervordrangen, als wollten sie ganze Horden der Finsternis bekämpfen. Während Meister Tol aus voller Kehle schrie, daß die Aes Sedai ihn hierzu gezwungen hätten, erblickten die Soldaten Min. Dann sahen sie Rand. Min hatte geglaubt, sie habe sich schon vorher in einem Wirbelsturm befunden, aber sie hatte sich geirrt.

Zwei Dutzend Männer versuchten gleichzeitig, in den Wagen zu greifen und Rand herauszuheben, und jene, denen es gelang, ihn zu erreichen, behandelten ihn so sanft wie einen Säugling, vier Mann auf jeder Seite, die Arme unter ihn geschoben. Cadsuane mußte wohl tausendmal wiederholt haben, daß er nicht tot war, während sie in den Palast und Gänge entlang eilten, die Min länger erschienen, als sie sie in Erinnerung hatte, und immer mehr cairhienische Soldaten versammelten sich hinter ihnen. Adlige erschienen in jeder Tür und in jedem Quergang und beobachteten mit blutleeren Gesichtern, wie Rand vorübergetragen wurde. Min hatte Caraline und Darlin aus den Augen verloren. Sie konnte sich nicht erinnern, sie seit dem Wagen noch gesehen zu haben, wünschte ihnen Glück und vergaß sie. Rand war das einzige, was sie kümmerte. Das einzige auf der Welt.

Nandera stand bei den *Far Dareis Mai*, die die Türen zu Rands Räumen mit den vergoldeten Aufgehenden Sonnen bewachten. Als die ergrauende Tochter des

Speers Rand sah, zerbrach ihre steinerne Aes Sedai-Haltung. »Was ist passiert?« krächzte sie mit geweiteten Augen. »Was ist geschehen?« Einige der anderen Töchter des Speers begannen zu wehklagen, leise, die Haare zu Berge stehen lassende Laute.

»Seid still!« brüllte Cadsuane und schlug heftig die Hände zusammen. »Ihr, Mädchen. Er muß ins Bett. Los!« Nandera sprang herbei. Rand wurde entkleidet und im Handumdrehen in sein Bett verbracht, Samitsu und Niande beide in seiner Nähe. Die Cairhienerin wurde hinausgescheucht, und Nandera wiederholte an der Tür Cadsuanes Anweisungen, daß Rand von niemandem gestört werden dürfe, was alles so schnell geschah, daß sich Min benommen fühlte. Sie hoffte, eines Tages die Auseinandersetzung zwischen Cadsuane und der Weisen Frau Sorilea mitzuerleben. Sie mußte kommen, und sie würde denkwürdig verlaufen.

Und doch – wenn Cadsuane glaubte, ihre Anweisungen würden wirklich jedermann fernhalten, so irrte sie sich. Bevor sie auch nur mit Hilfe der Macht einen Stuhl verrückt hatte, um sich neben Rands Bett zu setzen, schritten Kiruna und Bera stolz herein, die Herrscherin eines Hofes und die Herrscherin ihres Bauernhofs.

»Was habe ich da gehört über…?« begann Kiruna zornig. Dann sah sie Cadsuane. Und Bera sah Cadsuane. Zu Mins Überraschung blieben sie mit offenen Mündern stehen.

»Er ist in guten Händen«, sagte Cadsuane. »Es sei denn, eine von Euch besitzt plötzlich ein stärkeres Talent des Heilens, als ich es in Erinnerung habe?«

»Ja, Cadsuane«, sagten sie demütig. »Nein, Cadsuane.« Min schloß ebenfalls den Mund.

Samitsu rückte einen elfenbeinverzierten Stuhl an die Wand, breitete ihre dunkelgelben Röcke aus, setzte sich mit gefalteten Händen hin und beobachtete, wie sich Rands Brust unter dem Laken hob und senkte. Niande trat zu Rands Bücherregal und wählte ein Buch aus, bevor sie sich in die Nähe der Fenster setzte. Jetzt zu lesen! Kiruna und Bera wollten sich ebenfalls hinsetzen, blickten aber dann wahrhaftig zu Cadsuane und warteten auf ihr ungeduldiges Nicken, bevor sie sich auch hinsetzten.

»Warum tut Ihr nichts?« rief Min.

»Das könnte ich auch fragen«, sagte Amys, die gerade den Raum betrat. Die jugendliche, weißhaarige Weise Frau sah einen Moment Rand an, richtete ihre tiefbraune Stola und wandte sich dann an Kiruna und Bera. »Ihr könnt gehen«, sagte sie. »Und Kiruna, Sorilea wünscht Euch erneut zu sehen.«

Kirunas dunkles Gesicht wurde blaß, aber die beiden erhoben sich, vollführten einen Hofknicks und murmelten noch demütiger als zuvor bei Cadsuane: »Ja, Amys«, bevor sie den Raum mit verlegenen Blikken zur Grünen Schwester verließen.

»Interessant«, bemerkte Cadsuane, als sie fort waren. Ihre dunklen Augen suchten Amys' blaue Augen, und zumindest Cadsuane gefiel anscheinend, was sie sah. Immerhin lächelte sie. »Ich würde diese Sorilea gern kennenlernen. Ist sie eine starke Frau?« Sie betonte das Wort ›stark‹ besonders.

»Die stärkste Frau, die ich jemals erlebt habe«, sagte Amys schlicht. Man hätte niemals geglaubt, daß Rand bewußtlos vor ihr lag. »Ich kenne Euer Talent des Heilens nicht, Aes Sedai. Ich vertraue darauf, daß Ihr getan habt, was getan werden konnte?« Ihre Stimme klang tonlos. Min hegte Zweifel darüber, wie weit Amys' Vertrauen ging.

»Was getan werden kann, wurde getan«, antwortete Cadsuane seufzend. »Jetzt können wir nur noch warten.«

»Während er stirbt?« fragte ein Mann mit barscher Stimme, und Min zuckte zusammen.

Dashiva betrat mit gefurchter Stirn den Raum. »Flinn!« fauchte er.

Niandes Buch fiel aus kraftlosen Fingern zu Boden. Sie starrte die drei Männer in den schwarzen Jacken an wie den Dunklen König selbst. Samitsu murmelte mit bleichem Gesicht etwas, das wie ein Gebet klang.

Auf Dashivas Befehl hin hinkte der grauhaarige Asha'man zum Bett gegenüber von Cadsuane und ließ seine Hände einen Fuß über dem Laken entlang Rands noch immer leblosem Körper gleiten. Der junge Narishma stand stirnrunzelnd an der Tür und betastete das Heft seines Schwerts, während jene großen dunklen Augen alle drei Aes Sedai auf einmal zu beobachten versuchten. Die Aes Sedai und Amys. Er wirkte nicht verängstigt, sondern nur wie ein Mann, der vertrauensvoll darauf wartete, daß sich diese Frauen als seine Feinde erweisen würden. Anders als die Aes Sedai ignorierte Amys die Asha'man bis auf Flinn. Ihr Blick folgte ihm, das glatte Gesicht vollkommen unbewegt. Aber sie fuhr auf sehr ausdrucksvolle Art mit dem Daumen am Heft ihres Gürteldolchs entlang.

»Was tut Ihr?« fragte Samitsu und sprang von ihrem Stuhl auf. Welches Unbehagen auch immer sie gegenüber den Asha'man hegte – die Sorge um ihren bewußtlosen Patienten überwog es. »Ihr, Flinn, oder wer immer Ihr seid.« Sie ging auf das Bett zu, und Narishma eilte heran, um ihr den Weg zu versperren. Sie versuchte stirnrunzelnd, an ihm vorbei zu gelangen, doch er legte ihr eine Hand auf den Arm.

»Noch ein Junge ohne Manieren«, murmelte Cadsuane. Nur sie schien von den drei Schwestern durch die Asha'man völlig unbeeindruckt. Sie betrachtete sie sogar über ihre zusammengelegten Hände hinweg.

Narishma errötete bei ihrer Bemerkung und zog seine Hand zurück, aber als Samitsu erneut um ihn herumzugelangen versuchte, stellte er sich ihr erneut in den Weg.

Sie beschränkte sich darauf, über seine Schulter zu blicken. »Ihr, Flinn, was tut Ihr? Ich will nicht, daß Ihr ihn mit Eurer Unkenntnis tötet! Hört Ihr mich?« Min tanzte geradezu von einem Fuß auf den anderen. Sie glaubte nicht, daß ein Asha'man Rand töten würde, nicht absichtlich, aber ... Er vertraute ihnen, gewiß ... Licht, selbst Amys schien zu zweifeln und blickte stirnrunzelnd von Flinn zu Rand.

Flinn zog das Laken bis auf Rands Taille herab und legte die Wunde frei. Der Schnitt sah weder besser noch schlechter aus, als sie ihn in Erinnerung hatte, eine klaffende, entzündete, blutlose Wunde, die über der runden Narbe verlief. Rand schien zu schlafen.

»Flinn kann seinen Zustand nicht verschlechtern«, sagte Min. Niemand achtete auf sie.

Dashiva stieß einen gutturalen Laut aus, und Flinn sah ihn an. »Seht Ihr etwas, Asha'man?«

»Ich habe kein Talent zum Heilen«, sagte Dashiva und verzog den Mund. »Ihr seid derjenige, der meinen Vorschlag aufgegriffen und darauf gehört hat.«

»Welchen Vorschlag?« fragte Samitsu. »Ich bestehe darauf, daß Ihr ...«

»Seid still, Samitsu«, sagte Cadsuane. Sie war anscheinend außer Amys die einzige im Raum, die ruhig war, aber der Art nach zu urteilen, wie die Weise Frau beständig über ihr Dolchheft strich, war sich Min nicht sicher. »Ich glaube, schaden will er dem Jungen als letztes.«

»Aber Cadsuane«, begann Niande drängend, »dieser Mann ist ...«

»Ich sagte, seid still«, erwiderte die grauhaarige Aes Sedai fest.

»Ich versichere Euch«, sagte Dashiva, wobei es ihm gelang, gleichzeitig schmeichlerisch und barsch zu klingen, »daß Flinn weiß, was er tut. Er kann bereits Dinge vollbringen, von denen Ihr Aes Sedai niemals träumen würdet.« Samitsu rümpfte angelegentlich die Nase. Cadsuane nickte nur und lehnte sich auf ihrem Stuhl zurück.

Flinn strich mit den Fingern die angeschwollene Wunde an Rands Seite und die alte Narbe entlang. Dies schien sanft zu geschehen. »Sie sind ähnlich, aber doch verschieden, als wären zwei Infektionen am Werk. Nur daß es keine Infektion ist. Es ist... das Böse. Mir fällt kein besseres Wort ein.« Er zuckte die Achseln und betrachtete Samitsus mit gelben Fransen versehene Stola, während sie ihn stirnrunzelnd ansah, aber es war jetzt ein nachdenklicher Blick.

»Macht weiter, Flinn«, murrte Dashiva. »Wenn er stirbt...« Er rümpfte die Nase, als nehme er einen unangenehmen Geruch wahr, und wandte den Blick nicht von Rand ab. Er bewegte die Lippen, während er zu sich selbst sprach, und einmal stieß er einen halb wie ein Schluchzen und halb wie ein verbittertes Lachen klingenden Laut aus, ohne daß sich seine Miene auch nur einen Deut geändert hätte.

Flinn atmete tief durch und sah sich im Raum um, zu den Aes Sedai, zu Amys. Als er Min erblickte, zuckte er zusammen, und sein ledriges Gesicht rötete sich. Er bedeckte Rand hastig wieder bis zum Hals und ließ nur die alte und die neue Wunde frei.

»Ich hoffe, es stört niemanden, wenn ich dabei rede«, sagte er und bewegte seine schwieligen Hände über Rands Seite. »Zu reden scheint ein wenig zu helfen.« Er blinzelte, konzentrierte sich auf Rands Verletzungen, und seine Finger wanden sich langsam. Ganz ähnlich, als verwebe er Fäden, erkannte Min. Seine Stimme klang fast abwesend, als achte er nur mit einem Teil seines Geistes auf die Worte. »Die Kunst des Heilens hat mich sozusagen zur Schwarzen Burg gebracht. Ich war Soldat, bis ich mir einen Speer im Oberschenkel einfing. Danach konnte ich mich nicht mehr angemessen im Sattel halten und auch nicht weit laufen. Es war die fünfzehnte Verletzung in fast vierzig Jahren in der Königlichen Garde. Zumindest die fünfzehnte von Belang. Verletzungen zählen nicht, wenn man hinterher noch reiten oder laufen kann. Ich habe in diesen vierzig Jahren viele Freunde sterben sehen. Also ging ich zur Burg, und der M'Hael lehrte mich das Heilen. Wie auch andere Dinge. Eine rauhe Art der Heilung. Ich wurde einmal von einer Aes Sedai geheilt – oh, vor inzwischen fast dreißig Jahren – und dies ist im Vergleich dazu schmerzhaft. Aber es wirkt ebensogut. Dann, eines Tages, sagte Dashiva – Verzeihung: Asha'man Dashiva – er wundere sich, warum alles gleich ist, ungeachtet des Umstands, ob es sich um ein gebrochenes Bein oder eine Erkältung handelt, und wir kamen ins Reden, und … Nun, er hat selbst kein Gefühl dafür, aber ich habe anscheinend das Talent. Also habe ich darüber nachgedacht, was wäre, wenn … Da. Mehr kann ich nicht tun.«

Dashiva brummte, als Flinn sich jäh auf die Fersen zurücksetzte und sich mit dem Handrücken über die Stirn wischte. Schweiß perlte auf seinem Gesicht, das erste Mal, daß Min einen Asha'man schwitzen sah. Der Schnitt an Rands Seite war nicht fort, aber er schien ein wenig kleiner zu sein, weniger rot und entzündet. Rand schlief noch immer, aber sein Gesicht schien jetzt weniger blaß.

Samitsu schoß so schnell an Narishma vorbei, daß er keine Gelegenheit hatte einzugreifen. »Was habt Ihr getan?« verlangte sie zu wissen und legte die Finger auf Rands Stirn. Was auch immer sie mit der Macht vorfand – sie wölbte die Brauen, und ihr Tonfall wurde statt herrisch ungläubig. »Was habt Ihr getan?«

Flinn zuckte bedauernd die Achseln. »Nicht viel. Ich konnte nicht wirklich anrühren, was falsch ist. Ich habe die bösen Kräfte in gewisser Weise vor ihm verschlossen, zumindest eine Zeitlang. Es wird nicht anhalten. Sie bekämpfen jetzt einander. Vielleicht werden sie sich gegenseitig töten, während er die restliche Heilung selbst vollzieht.« Er seufzte und schüttelte den Kopf. »Andererseits kann ich auch nicht sagen, daß sie ihn nicht töten werden. Aber ich glaube, er hat jetzt eine bessere Chance als zuvor.«

Dashiva nickte wichtigtuerisch. »Ja, er hat jetzt eine Chance.« Man hätte glauben können, er hätte die Heilung selbst vollzogen.

Zu Flinns offensichtlicher Überraschung trat Samitsu um das Bett herum und half ihm aufzustehen. »Ihr werdet mir erklären, was Ihr getan habt«, sagte sie, wobei ihr königlicher Tonfall in krassem Widerspruch zu der Art stand, wie ihre flinken Finger den Kragen des alten Mannes richteten und seine Aufschläge glätteten. »Wenn ihr es mir nur irgendwie *zeigen* könntet! Aber Ihr werdet es mir beschreiben. Ihr müßt es tun! Ich werde Euch alles Gold geben, das ich besitze, oder Euch ein Kind gebären oder was immer Ihr wollt, aber Ihr *werdet* mir alles erzählen, was Ihr mir erzählen könnt.« Sie war sich anscheinend selbst im unklaren, ob sie befahl oder bat, während sie einen sehr verwirrten Flinn hinüber zu den Fenstern führte. Er öffnete den Mund mehr als einmal, aber sie war zu sehr damit beschäftigt, ihn zum Reden zu bringen, um es zu bemerken.

Min kümmerte es nicht, was jedermann dachte; sie kletterte aufs Bett und legte sich so hin, daß sie Rands Kopf unter ihr Kinn nehmen und ihre Arme um ihn legen konnte. Eine Chance. Sie betrachtete verstohlen die drei um das Bett versammelten Menschen. Cadsuane auf ihrem Stuhl, Amys gegenüber von ihr stehend und Dashiva, der an einem der eckigen Pfosten am Fußende des Bettes lehnte, alle mit unlesbaren Auren und um sie herum tanzenden Bildern. Alle beobachteten Rand sehr angespannt. Amys sah zweifellos irgendeine Katastrophe für die Aiel voraus, wenn Rand starb, und Dashiva, der einzige, der überhaupt einen Ausdruck zeigte – ein düsteres, aber auch besorgtes Stirnrunzeln –, sah eine Katastrophe für die Asha'man voraus. Und Cadsuane... Cadsuane, die Bera und Kiruna nicht nur kannte, sondern sie wegen all ihrer Rand gegenüber geleisteten Eide wie kleine Mädchen zusammenzucken ließ. Cadsuane würde Rand nicht stärker verletzen, ›als es sein mußte‹.

Cadsuanes Blick begegnete Mins Blick einen Moment, und Min erschauderte. Sie würde ihn irgendwie beschützen, solange er sich nicht selbst beschützen konnte, vor Amys und Dashiva und Cadsuane. Irgendwie. Sie summte unbewußt ein Wiegenlied und wiegte Rand dabei sanft. Irgendwie.

KAPITEL 5

Eine Nachricht vom Palast

Der Tag nach dem Vogelfest dämmerte mit starken Winden vom Meer der Stürme herauf, welche die Hitze in Ebou Dar tatsächlich durchbrachen. Ein wolkenloser Himmel und die rotgoldene Sonne am Horizont versprachen jedoch neuerliche Hitze, wenn der Wind sich legen würde. Mat eilte durch den Tarasin-Palast hinab, seine grüne Jacke geöffnet und das Hemd vorahnungsvoll nur halbwegs geschlossen. Er zuckte zwar nicht bei jedem Laut zusammen, aber er erschrak mit erheblich stärker geweiteten Augen, als ihm lieb war, wann immer eine der Dienerinnen vorüberging, ihre Röcke rascheln ließ und ihn anlächelte. Jede einzelne von ihnen lächelte auf eine besondere… wissende… Art. Es kostete ihn Mühe, nicht zu laufen.

Schließlich verlangsamte er seine Schritte und betrat vorsichtig, fast auf Zehenspitzen, den schattigen Gang, der den Stallhof umsäumte. Zwischen den kannelierten Säulen des Ganges hingen gelbliche, lange schlanke Pflanzen aus großen roten Tontöpfen und Weinranken mit großen, rotgestreiften Blättern aus Metallkörben an Ketten herab, die einen dünnen Schirm bildeten. Er zog sich seinen Hut unbewußt tiefer ins Gesicht. Dann strich er mit den Händen über seinen Speer – ein *Ashandarei*, hatte Birgitte ihn genannt – und betastete gedankenlos das Heft, als müsse er sich vielleicht verteidigen. Die Würfel in seinem Kopf rollten wild umher, aber sie hatten nichts mit seinem Unbehagen zu tun. Die Quelle dessen war Tylin.

Sechs geschlossene Kutschen mit dem auf die Türen gemalten grünen Anker und Schwert des Hauses Mitsobar warteten bereits vor den hohen Außentoren, die Pferde eingespannt und die livrierten Diener aufgestiegen. Auf ihrer anderen Seite konnte er Nalesean in einer gelb gestreiften Jacke gähnen sehen, und Vanin saß nicht weit von den Stalltüren entfernt zusammengesunken auf einem umgedrehten Faß und schlief anscheinend. Die meisten der übrigen Rotwaffen hockten geduldig auf dem gepflasterten Hof. Einige würfelten im Schatten der gewaltigen weißen Ställe. Elayne stand zwischen Mat und den Kutschen, genau auf der anderen Seite des Schirms aus Pflanzen. Reanne Corly war bei ihr, und sieben weitere der Frauen, die an diesem seltsamen Treffen teilgenommen hatten, in das Mat am Vorabend hineingeplatzt war, befanden sich ganz in der Nähe. Reanne trug als einzige den roten Gürtel einer Weisen Frau. Er hatte halbwegs erwartet, daß sie heute morgen nicht erscheinen würden. Sie besaßen die Züge von Frauen, die es gewohnt waren, ihr eigenes Leben und das Leben anderer zu beherrschen, und die meisten hatten zumindest ein wenig Grau im Haar, und doch beobachteten sie Elayne mit dem frischen Gesicht in erwartungsvoller Haltung, anscheinend auf Zehenspitzen, als seien sie bereit, auf ihren Befehl hin zu springen. Sie alle zogen jedoch nicht einmal die Hälfte von Mats Aufmerksamkeit auf sich. Keine von ihnen war die Frau, bei der er am liebsten aus der Haut gefahren wäre. Tylin bewirkte, daß er sich fühlte wie… nun… ›hilflos‹ war das einzige Wort, das anscheinend paßte, wie lächerlich es auch schien.

»Wir brauchen sie nicht, Herrin Corly«, sagte Elayne. Die Tochter-Erbin klang wie eine Frau, die einem Kind den Kopf tätschelte. »Ich habe ihnen gesagt, sie sollen hierbleiben, bis wir zurückkehren. Wir werden weniger Aufmerksamkeit erregen, besonders bei der Überquerung des Flusses, wenn keine der älteren Aes Sedai dabei ist.« Ihre Vorstellung davon, was man beim Besuch des verrufensten Teils der Stadt tragen sollte, ohne Aufmerksamkeit auf sich zu ziehen, zeigte sich in einem breiten grünen Hut mit grün gefärbten Federn, einem leichtem Staubmantel aus grünem Leinen mit den Rücken hinab verlaufenden, eingearbeiteten goldenen Schnörkeln und einem hochgeschlossenen grünen Seidenreitgewand mit goldener Stickerei auf den geteilten Röcken und um den ovalen Ausschnitt, der die Hälfte ihres Busens freigab. Sie trug sogar eine jener Halsketten für einen Hochzeitsdolch. Das breite Band aus geflochtenem Gold würde die Hand jedes Diebes im Rahad zucken lassen. Außer einem kleinen Gürtelmesser hatte sie keine Waffe bei sich. Aber welche Waffe brauchte eine Frau auch, welche die Macht lenken konnte? Natürlich steckte in jedem jener roten Gürtel ein gebogener Dolch. Wie auch in Reannes Gürtel aus schlicht gearbeitetem Leder.

Reanne nahm ihren großen blauen Strohhut ab, betrachtete ihn stirnrunzelnd, setzte ihn dann wieder auf und band ihn erneut zu. Anscheinend störte sie Elaynes Tonfall nicht. Sie setzte ein zaghaftes Lächeln auf und fragte in schüchternem Tonfall: »Aber warum glaubt Merilille Sedai, daß wir lügen, Elayne Sedai?«

»Sie tun es alle«, erwiderte eine der Rotgürtel atemlos. Sie alle trugen Ebou Dari-Gewänder in gedeckten Farben mit schmalen, tiefen Ausschnitten und an einer Seite hochgenähten Röcken, die mehrere Unterröcke freigaben, aber nur diese hagere Frau mit mehr Weiß als Schwarz in ihrem langen Haar hatte die olivfarbene Haut und die dunklen Augen einer Ebou Dari. »Sareitha Sedai hat mir ins Gesicht gesagt, ich sei eine Lügnerin, was unsere Anzahl betrifft und unsere…«

Sie brach ab, als Reanne die Stirn runzelte und sagte: »Seid still, Tamarla.« Herrin Corly würde vielleicht bereitwillig einen Hofknicks vollführen und ein Kind einfältig anlächeln, wenn das Kind eine Aes Sedai war, aber ihre Begleiterinnen hatte sie fest im Griff.

Mat blickte stirnrunzelnd zu den Fenstern im Hof hinauf, die er von seinem Standort aus sehen konnte. Einige wurden von kunstvoll gearbeiteten, weißen, schmiedeeisernen Sichtschutzen verdeckt, andere von weißen Holzschirmen mit kunstvoll geschnitztem Lochmuster. Tylin war vermutlich nicht dort oben, und sie würde wahrscheinlich auch nicht im Stallhof auftauchen. Er hatte sich sehr leise angezogen, um sie nicht aufzuwecken. Außerdem würde sie hier nichts versuchen. Zumindest glaubte er nicht, daß sie es tun würde. Andererseits – würde die Frau, die ihn gestern abend in den Gängen von einem halben Dutzend Dienerinnen ergreifen und in ihre Räume zerren ließ, vor irgend etwas zurückschrecken? Die verdammte Frau behandelte ihn wie ein Spielzeug! Er würde sich das nicht mehr gefallen lassen. Er würde es nicht tun. Licht, wen wollte er zum Narren halten? Wenn sie nicht diese Schale der Winde fanden und Ebou Dar verließen, würde Tylin ihn heute abend erneut in den Hintern zwicken und ihn ihre kleine Taube nennen.

»Es liegt an Eurem Alter, Reanne.« Elayne klang eigentlich nicht zögernd – das tat sie niemals –, aber sie äußerte sich sehr vorsichtig. »Aes Sedai empfinden es als unhöflich, vom Alter zu sprechen, aber… Reanne, offensichtlich hat keine Aes Sedai solange gelebt, wie Ihr im Frauenzirkel behauptet.« Das war der seltsame Name, den diese Schwesternschaft ihrem herrschenden Konzil gegeben hatte. »In Eurem Fall seit über hundert Jahren nicht.« Die Rotgürtel keuchten, und ihre Augen weiteten sich. Eine schlanke Frau mit braunen Augen und honigfarbenem Haar kicherte nervös und bedeckte auf Reannes Peitschenhieb hin – ein rasches »Famelle!« – sofort den Mund.

»Das kann nicht sein«, sagte Reanne schwach zu Elayne. »Sicherlich müssen Aes Sedai ...«

»Guten Morgen«, sagte Mat und trat um dem Schirm aus Pflanzen herum. Die ganze Diskussion war idiotisch. Jedermann wußte, daß Aes Sedai länger lebten als jeder andere. Anstatt Zeit zu verschwenden, sollten sie bereits zum Rahad unterwegs sein. »Wo sind Thom und Juilin? Und Nynaeve?« Sie mußte gestern abend zurückgekommen sein, sonst wäre Elayne in Aufruhr gewesen. »Blut und Asche, ich sehe auch Birgitte nicht. Wir sollten schon längst unterwegs sein, Elayne, und nicht hier herumstehen. Kommt Aviendha auch mit?«

Sie sah mit leichtem Stirnrunzeln zunächst ihn, danach ein wenig unsicher Reanne an, und er erkannte, daß sie gerade überlegte, welche Darstellung sie ihm liefern wollte. Die großäugige Unschuld könnte ihr schaden, da sie mit diesen Frauen genauso stand, wie sie mit ihm stehen würde, wenn sie ihm ihr Grübchenlächeln gönnte. Elayne erwartete stets, daß dieses Grübchen wirkte, wenn alles andere fehlschlug. Sie reckte leicht das Kinn. »Thom und Juilin beobachten mit Aviendha und Birgitte Carridins Palast. Und Nynaeve wird gewiß gleich herunterkommen. Es gibt keinen Grund dafür, daß Ihr mitkommen müßtet, Mat. Nalesean und Eure Soldaten bilden eine mehr als angemessene Leibwache. Ihr könnt Euch hier im Palast vergnügen, bis wir zurückkommen.«

»Carridin!« brüllte er. »Elayne, wir sind nicht in Ebou Dar, um die Angelegenheit mit Jaichim Carridin zu regeln. Wir holen die Schale, dann bildet Ihr und Nynaeve ein Wegetor, und wir verschwinden. Ist das klar? Und ich begleite Euch zum Rahad.« Sich amüsieren! Nur das Licht wußte, was Tylin sich einfallen las-

113

sen würde, wenn er den ganzen Tag im Palast bliebe. Allein der Gedanke daran erweckte in ihm den Wunsch, hysterisch zu lachen.

Eisige Blicke der Weisen Frauen durchbohrten ihn. Die stämmige Sumeko schürzte verärgert die Lippen, und Melore, eine rundliche Domani in mittlerem Alter, deren Busen zu beäugen er gestern das Vergnügen hatte, stemmte mit finsterer Miene die Fäuste in die Hüften. Sie hätten von gestern noch wissen sollen, daß Aes Sedai ihn nicht einschüchtern konnten, und doch sah sogar Reanne ihn dermaßen stirnrunzelnd an, daß er halbwegs glaubte, sie würde ihn vielleicht zu ohrfeigen versuchen. Wenn sie sich in der Nähe von Aes Sedai alle miteinander entzweiten, dann mußten das offensichtlich auch alle anderen tun.

Elayne kämpfte sichtlich mit sich. Sie preßte die Lippen zusammen, aber eines mußte er ihr zugestehen: Sie war zu klug, um mit dem fortzufahren, was anscheinend nicht funktionierte. Andererseits war sie äußerst hochnäsig, auch wenn sie sich bemühte, es nicht zu sein. Die anderen Frauen beobachteten sie. »Mat, Ihr wißt, daß wir Ebon Dar nicht verlassen können, bevor wir die Schale nicht geprüft haben.« Das hochmütige Kinn blieb gereckt, und ihr Tonfall war bestenfalls gönnerhaft. »Es dauert vielleicht Tage, bis wir sicher sind, wie wir sie benutzen können, vielleicht sogar eine halbe Woche oder länger, und in der Zeit könnten wir, wenn möglich, genausogut noch mit Carridin zu einem Ende kommen.« Eine solche Anpassung trat bei der Nennung des Namens des Weißmantels in ihre Stimme, daß man hätte denken können, sie hege einen persönlichen Groll gegen den Mann, aber etwas anderes drang hervor und umklammerte fest Mats Gedanken.

»Eine halbe Woche!« Er fühlte sich beengt, schob

einen Finger hinter den um seinen Hals geknoteten Schal und zog daran, um ihn zu lockern. Tylin hatte dieses Stück schwarze Seide letzte Nacht benutzt, um ihm die Hände zu fesseln, bevor er erkannte, was sie tat. Eine halbe Woche. Oder länger! Seine Stimme wurde wider Willen ein wenig hektisch. »Elayne, Ihr könnt die Schale gewiß überall benutzen. Es muß nicht hier geschehen. Egwene ist sicher daran gelegen, daß Ihr so bald wie möglich zurückkommt. Sie kann eine oder zwei Freundinnen bestimmt brauchen.« Nach dem zu urteilen, was er zuletzt gesehen hatte, konnte sie einige hundert Freundinnen brauchen. Vielleicht würde Egwene, wenn er diese Frauen erst zurückgebracht hätte, bereit sein, den Unsinn mit der Amyrlin aufzugeben und zulassen, daß er sie zusammen mit Elayne und Nynaeve und Aviendha zu Rand brachte. »Und was ist mit Rand, Elayne? Caemlyn. Der Löwenthron. Blut und Asche, Ihr wißt, daß Ihr Caemlyn so bald wie möglich erreichen solltet, damit Rand Euch den Löwenthron übergeben kann.« Ihre Miene wurde aus einem unbestimmten Grund düsterer, und ihre Augen blitzten. Er hätte behauptet, sie sei empört, nur daß sie natürlich keinen Grund dazu hatte.

Sie öffnete verärgert den Mund, um mit ihm zu streiten, sobald er geendet hätte, und er beruhigte sich, bereit, ihre Versprechungen aufzuzählen. In den Krater des Verderbens mit dem, was das in den Augen Reannes und der übrigen für sie anrichtete. Ihren Gesichtern nach zu urteilen, hätten sie ihn an ihrer Stelle bereits kurz abgefertigt.

Bevor jedoch jemand etwas sagen konnte, vollführte eine rundliche, bereits ergrauende Frau in der Livree des Hauses Mitsobar einen Hofknicks, erst vor Elayne, dann vor den Frauen mit den roten Gürteln und zuletzt vor ihm. »Königin Tylin schickt dies, Meister

Cauthon«, sagte Laren und hielt ihm einen mit einem gestreiften Tuch abgedeckten und mit kleinen roten Blumen um den Henkel geschmückten Korb hin. »Ihr habt nicht gefrühstückt, und Ihr müßt Eure Kräfte bewahren.«

Mat errötete. Die Frau sah ihn nur an, aber sie hatte bereits erheblich mehr von ihm gesehen, als sie ihn das erste Mal in Tylins Gegenwart erblickte. Erheblich mehr. Sie hatte gestern abend das Abendessen gebracht, während er sich unter dem seidenen Bettlaken zu verbergen versuchte. Er verstand es nicht. Diese Frauen ließen ihn ständig zusammenfahren und wie ein Mädchen erröten. Er konnte es einfach nicht verstehen.

»Seid Ihr sicher, daß Ihr nicht lieber hierbleiben würdet?« fragte Elayne. »Tylin würde Eure Gesellschaft beim Frühstück gewiß genießen. Die Königin sagte, sie fände Euch wunderbar unterhaltsam und liebenswürdig willfährig«, fügte sie in zweifelndem Tonfall hinzu.

Mat floh mit dem Korb in einer Hand und seinem *Ashandarei* in der anderen zu den Kutschen.

»Sind alle nordischen Männer so schüchtern?« fragte Laren.

Er riskierte einen Blick über die Schulter, ohne aber stehenzubleiben, und seufzte dann erleichtert. Die Dienerin raffte bereits ihre Röcke und wandte sich zu dem Pflanzenschirm um, während Elayne die Weisen Frauen und Reanne in einem dichten Kreis um sich versammelte. Dennoch erschauderte er. Frauen würden noch einmal sein Tod sein.

Er umrundete die nächststehende Kutsche und ließ fast den Korb fallen, als er Beslan auf der Kutschentreppe sitzen sah. Das Sonnenlicht auf der schmalen Klinge seines Schwertes glitzerte, während er die Schneide prüfte. »Was tust du hier?« rief Mat aus.

Beslan ließ das Schwert in die Scheide gleiten und grinste breit. »Ich komme mit Euch in den Rahad. Dort haben wir vermutlich noch mehr Spaß.«

»Es sollte besser kurzweilig sein«, gähnte Nalesean hinter vorgehaltener Hand. »Ich habe letzte Nacht nicht viel geschlafen, und jetzt zerrt Ihr mich fort, obwohl Meervolkfrauen in der Nähe sind.« Vanin richtete sich auf seinem Faß auf, sah sich um, bemerkte keinerlei Bewegung und lehnte sich mit geschlossenen Augen wieder zurück.

»Es wird keinen *Spaß* geben, wenn ich es verhindern kann«, murrte Mat. *Nalesean* hatte nicht viel geschlafen? Ha! Sie alle waren während des Festes ausgegangen und hatten sich amüsiert. Nicht daß er sich nicht auch amüsiert hätte, aber nur, wenn er vergessen konnte, daß er mit einer Frau zusammen war, die ihn für eine verdammte Puppe hielt. »Welche Meervolkfrauen?«

»Als Nynaeve Sedai letzte Nacht zurückkam, brachte sie ein Dutzend oder mehr von ihnen mit.« Beslan stieß den Atem aus und machte mit den Händen wiegende Bewegungen. »Wie sie sich bewegen, Mat…«

Mat schüttelte den Kopf. Er konnte nicht klar denken. Tylin raubte ihm den Verstand. Nynaeve und Elayne hatten ihm von den Windsucherinnen erzählt, widerwillig und in verschwörerischem Tonfall, nachdem sie ihm zunächst nicht sagen wollten, wo Nynaeve hingehen wollte, und noch viel mehr warum. »Frauen halten Versprechen stets auf ihre eigene Art«, hieß ein Sprichwort. Wenn er darüber nachdachte, waren Lawtin und Belvyn nicht bei den übrigen Rotwaffen gewesen. Vielleicht wollte Nynaeve etwas wiedergutmachen, indem sie sie jetzt bei sich behielt. »Auf ihre eigene Art.« Aber wenn sie die Windsucherinnen bereits in den Palast gebracht hatte, würde es sicherlich keine halbe Woche dauern, die Schale zu benutzen. Licht, bitte nicht!

Als hätten seine Gedanken sie herbeigerufen, schritt Nynaeve durch den Pflanzenschirm in den Hof. Mats Kinn sank herab. Der große Mann in einer dunkelgrünen Jacke an ihrem Arm war Lan! Oder genauer gesagt ging sie an seinem Arm, klammerte sich mit beiden Händen daran und schaute lächelnd zu ihm auf. Bei jeder anderen Frau hätte Mat behauptet, es sei ein erstaunter und träumerischer Blick, aber hier ging es um Nynaeve.

Sie zuckte zusammen, als sie erkannte, wo sie sich befand, trat hastig einen Schritt zur Seite, hielt sich aber noch einen Moment an Lans Hand fest. Sie hatte ihre Kleidung nicht besser erwählt als Elayne, ganz in blauer Seide mit grüner Stickerei, ausreichend tief ausgeschnitten, um einen schweren Goldring freizugeben, der bequem über ihre beiden Daumen gepaßt hätte und an einer dünnen Goldkette in ihrem Dekolleté hing. Der breite Hut, den sie an den Bändern hielt, war mit blauen Federn geschmückt, und ihr Staubmantel war aus grünem Leinen mit blauer Stickerei. Nynaeve und Elayne ließen die anderen Frauen in ihrer Tuchkleidung vergleichsweise fade erscheinen.

Auf jeden Fall war Nynaeve, auch wenn sie eben noch große Augen gemacht hatte, jetzt wieder ganz sie selbst, während sie sich an ihrem Zopf zu schaffen machte. »Schließ dich jetzt den anderen Männern an, Lan«, sagte sie gebieterisch, »dann können wir gehen. Die letzten vier Kutschen sind für die Männer bestimmt.«

»Wie du meinst«, erwiderte Lan und verbeugte sich mit einer Hand auf dem Schwertheft.

Sie beobachtete mit verwundertem Gesichtsausdruck, wie er auf Mat zuschritt – wahrscheinlich konnte sie nicht glauben, daß er so sanftmütig gehorchte –, schüttelte sich dann und gewann ihr sprödes Selbst zurück. Sie versammelte Elayne und die anderen Frauen und drängte sie wie eine Gänsehirtin auf die ersten beiden Kutschen zu. So wie sie jemanden anschrie, er solle die Hoftore öffnen, hätte niemand vermutet, daß *sie* den Aufbruch verzögert hatte. Sie schrie auch die Kutscher an und veranlaßte sie damit, die Zügel hochzureißen und ihre langen Peitschen zu schwingen. Es war ein Wunder, daß sie noch warteten, bis jedermann eingestiegen war.

Mat kletterte hinter Lan und Nalesean und Beslan unbeholfen in die dritte Kutsche, lehnte seinen Speer quer vor die Tür und setzte sich mit dem Korb auf dem Schoß unsanft hin, als die Kutsche schwankend losfuhr. »Wo seid Ihr hergekommen, Lan?« platzte er heraus, sobald die Vorstellungen beendet waren. »Euch hätte ich als letzten hier erwartet. Wo wart Ihr? Licht, ich dachte, Ihr wärt tot. Ich weiß, daß Rand das auch befürchtet. Und Euch von Nynaeve herumkommandieren zu lassen. Warum, im Licht, tut Ihr das?«

Der Behüter mit dem starren Gesicht schien zu überlegen, welche Frage er zuerst beantworten sollte. »Nynaeve und ich wurden gestern abend von der Herrin der Schiffe getraut«, sagte er schließlich. »Die Atha'an Miere haben mehrere… unübliche… Hochzeitsbräuche. Sie waren für uns beide Überraschungen.« Ein leichtes Lächeln umspielte seine Lippen, wenn es auch nichts sonst mit einbezog. Er zuckte kaum merklich die Achseln. Anscheinend wollte er keine weiteren Antworten geben.

»Das Licht segne Euch und Eure Frau«, murmelte Beslan höflich und mit einer der Beengtheit der Kutsche angemessenen Verbeugung, und Nalesean murmelte etwas, obwohl seine Miene eindeutig vermittelte, daß er Lan für verrückt hielt. Nalesean hatte Nynaeves Gesellschaft oft genug genossen.

Mat saß nur da, paßte sich jedem Schwanken der Kutsche an und starrte vor sich hin. Nynaeve war *verheiratet? Lan* war mit *Nynaeve* verheiratet? Der Mann *war* verrückt. Kein Wunder, daß seine Augen so trübe wirkten. Nur ein Narr heiratete, und nur ein Wahnsinniger würde Nynaeve heiraten.

Wenn Lan bemerkte, daß nicht alle überglücklich waren, zeigte er es nicht. Bis auf seine Augen wirkte er nicht anders, als Mat ihn in Erinnerung hatte. Vielleicht noch ein wenig härter, wenn das möglich war. »Aber etwas anderes ist noch wichtiger«, sagte Lan. »Nynaeve möchte nicht, daß Ihr es erfahrt, Mat, aber Ihr müßt es wissen. Eure beiden Männer sind tot, von Moghedien getötet. Es tut mir leid, aber wenn es einen Trost für Euch bedeutet – sie waren wahrhaftig tot, bevor sie Schmerzen litten. Nynaeve glaubt, Moghedien müsse fort sein, sonst hätte sie es erneut versucht, aber ich bin mir dessen nicht so sicher. Anscheinend hegt sie eine persönliche Feindschaft gegen Nynaeve, obwohl es Nynaeve gelungen ist, mir den Grund dafür nicht zu verraten.« Erneut dieses Lächeln. Lan schien sich dessen nicht bewußt zu sein. »Zumindest nicht alles, und es spielt auch keine Rolle. Ihr solltet jedoch wissen, was uns vielleicht jenseits des Flusses bevorsteht.«

»Moghedien«, keuchte Beslan mit glänzenden Augen. Der Mann sah wahrscheinlich *Spaß* voraus.

»Moghedien«, keuchte auch Nalesean, aber in seinem Fall war es eher ein Stöhnen, und er riß dazu passend an seinem Spitzbart.

»Diese verdammten leidenschaftlichen Frauen«, murrte Mat.

»Ich hoffe, Ihr meint damit nicht auch meine Frau«, sagte Lan kalt, eine Hand um sein Schwertheft gelegt, und Mat hob schnell die Hände.

»Natürlich nicht. Nur Elayne und … die Schwesternschaft.«

Kurz darauf nickte Lan, und Mat seufzte erleichtert. Es sähe Nynaeve ähnlich, ihn durch ihren Ehemann – ihren Ehemann! – töten zu lassen, nachdem sie den Umstand verschwiegen hatte, daß vielleicht eine der Verlorenen in der Stadt war. Selbst Moghedien ängstigte ihn nicht wirklich, nicht solange er den Fuchskopf um den Hals trug, aber das Medaillon konnte Nalesean und die übrigen nicht schützen. Zweifellos dachte Nynaeve, sie und Elayne würden das übernehmen. Sie ließen ihn die Rotwaffen mitbringen, während sie sich die ganze Zeit über ihn ins Fäustchen lachten, während sie …

»Wollt Ihr die Nachricht meiner Mutter nicht lesen, Mat?«

Bis Beslan es erwähnte, hatte er nicht bemerkt, daß ein klein zusammengefalteter Zettel zwischen dem Korb und dem gestreiften Abdecktuch steckte. Es war gerade genug davon zu sehen, um das grüne Siegel mit dem aufgeprägten Anker und Schwert zu erkennen.

Er brach das Wachs mit dem Daumen, entfaltete das Blatt und hielt es so, daß Beslan nicht sehen konnte, was darauf stand. Aber andererseits war es, wenn man bedachte, wie der Mann die Dinge sah, vielleicht ohnehin egal. Wie auch immer – Mat war einfach froh, daß niemand anderer diese Worte sah. Sein Herz sank mit jeder Zeile tiefer.

Mat, mein Liebling!
Ich lasse Deine Sachen in meine Räume bringen. So ist es viel bequemer. Wenn Du zurückkehrst, wird Riselle Deine alten Räume bezogen haben, um sich um den jungen Olver zu kümmern. Er scheint ihre Gesellschaft zu genießen. Ich habe Näherinnen beauftragt, Deine Maße zu nehmen. Dabei werde ich gerne zusehen. Du mußt kürzere Jacken tragen. Und neue

Hosen natürlich. Du hast einen herrlichen Hintern.
Entchen, wer ist diese Tochter der Neun Monde, an
die ich Dich erinnert habe? Ich dachte an mehrere
köstliche Arten, Dich dazu zu bringen, es mir zu
erzählen.

Tylin

Die anderen sahen ihn alle erwartungsvoll an. Nun, Lan schaute nur, aber sein Blick war zermürbender als die Blicke der anderen. Dieser Blick schien fast... leblos.

»Die Königin ist der Ansicht, ich brauchte neue Kleidung«, sagte Mat und stopfte den Brief in seine Jackentasche. »Ich denke, ich werde ein wenig schlafen.« Er zog die Krempe seines Hutes tief über die Augen, aber er schloß sie nicht, sondern blickte aus dem Fenster, dort hinaus, wo die zurückgebundenen Vorhänge gelegentlich Staubwirbel hereinließen. Sie ließen jedoch auch Wind herein, was erheblich besser war als die Hitze in der geschlossenen Kutsche.

Moghedien und Tylin. Von diesen beiden würde er lieber Moghedien gegenübertreten. Er berührte den im geöffneten Halsausschnitt seines Hemdes hängenden Fuchskopf. Gegen Moghedien besaß er zumindest etwas Schutz. Gegen Tylin besaß er nicht mehr Schutz als gegen die Tochter der verdammten Neun Monde, wer auch immer sie war. Wenn er Nynaeve und Elayne nicht dazu bewegen könnte, Ebou Dar noch vor heute abend zu verlassen, würde jedermann es erfahren. Er zog seinen Hut verdrossen noch tiefer. Diese leidenschaftlichen Frauen ließen ihn sich wirklich wie ein Mädchen benehmen. Er fürchtete, daß er vielleicht jeden Moment zu weinen begänne.

Sechs Stockwerke

Mat wäre ausgestiegen und hätte die Kutsche selbst gezogen, wenn er gekonnt hätte. Er dachte, daß sie schneller hätten vorwärtskommen können. Die Straßen waren bereits von der Morgensonne ausgeleuchtet, Wagen und Karren bahnten sich geräuschvoll ihren Weg durch die Menge und durch vom Wind aufgewirbelten Staub, begleitet von den Rufen und Flüchen sowohl der Kutscher als auch jener, die aus dem Weg gehen mußten. So viele Lastkähne wurden auf den Kanälen entlanggestakt, daß ein Mensch die Kanäle fast wie Straßen hätte überqueren können, indem er von einem Lastkahn auf den nächsten gestiegen wäre. Ein lautes Summen schwebte über der gleißenden weißen Stadt. Ebou Dar schien die gestern verlorene Zeit wieder aufholen zu wollen, ganz zu schweigen von der Zeit während Hoch Chasaline und dem Lichterfest, und das sollte es wohl auch, wenn man bedachte, daß morgen abend das Fest der glühenden Kohle stattfand, zwei Tage später gefolgt vom Maddinstag, an dem man den Gründer Altaras feierte, und dem Fest des Halbmonds am darauffolgenden Abend. Südländer waren für ihren Fleiß bekannt, aber Mat vermutete den Grund dafür darin, daß sie so schwer arbeiten mußten, um alle diese Feste und Feiertage wieder wettzumachen. Wundersamerweise hatten sie die Kraft dafür.

Schließlich erreichten die Kutschen den Fluß und fuhren in langer Reihe an eine der gemauerten Anlegestellen, die ins Wasser hinausragten und mit Stufen versehen waren, damit man die dort verankerten Boote besteigen konnte. Mat steckte ein Stück dunklen, gelben Käse und einen Kanten Brot in seine Tasche und verstaute den Korb dann sorgfältig unter dem Sitz. Er hatte Hunger, aber jemand in den Küchen war zu sehr in Eile gewesen. Den meisten Raum im Korb nahm ein Tontopf voller Austern ein, welche die Köche aber zu kochen vergessen hatten.

Mat stieg hinter Lan aus und überließ es Nalesean und Beslan, Vanin und den anderen aus den letzten Kutschen zu helfen. Fast ein Dutzend Männer, von denen nicht einmal die Cairhiener als wirklich klein bezeichnet werden konnten, waren wie Äpfel in einem Faß hineingepfercht worden und kletterten jetzt steif hervor. Mat schritt vor dem Behüter auf die erste Kutsche zu, den *Ashandarei* schräg über der Schulter. Er würde Nynaeve und Elayne einen Teil seiner Gedanken mitteilen, ungeachtet dessen, wer zuhörte. Zu versuchen, Moghediens Gegenwart zu verheimlichen! Ganz zu schweigen davon, daß zwei seiner Männer tot waren! Er würde …! Er wurde sich jäh des hinter ihm wie eine Steinstatue aufragenden Lan mit dem Schwert an der Hüfte bewußt und berichtigte seine Gedanken. Die Tochter-Erbin würde zumindest etwas darüber zu hören bekommen, ein solches Geheimnis bewahrt zu haben.

Nynaeve stand am Landesteg, band ihren mit blauen Federn versehenen Hut fest und sprach gerade zur Kutsche gewandt, als er sie erreichte. »… wird sich natürlich herausstellen, aber wer würde glauben, daß ausgerechnet das Meervolk so etwas fordern würde, selbst wenn es unter vier Augen geschieht?«

»Aber Nynaeve«, sagte Elayne, während sie ausstieg, ihren mit grünen Federn geschmückten Hut in der Hand, »wenn der gestrige Abend so glorreich verlaufen ist, wie du sagst, wie kannst du dich dann beschweren über ...?«

In dem Moment bemerkten sie ihn und Lan. Hauptsächlich Lan. Nynaeves Augen wurden immer größer und füllten fast ihr ganzes, zutiefst errötetes Gesicht aus. Elayne erstarrte, den Fuß noch immer auf der Kutschentreppe, und sah den Behüter dermaßen finster an, daß man hätte denken können, er hätte sich an sie herangeschlichen. Lan blickte jedoch vollkommen ausdruckslos zu Nynaeve herab, und auch wenn Nynaeve bereit gewesen zu sein schien, unter die Kutsche zu kriechen und sich zu verstecken, schaute sie jetzt zu Lan auf, als existiere niemand sonst auf der Welt. Elayne erkannte, daß ihre finstere Miene hier verschwendet war, stieg aus und trat Reanne und den beiden Weisen Frauen aus dem Weg – Tamarla und eine bereits ergrauende saldaeanische Frau namens Janira –, welche die Kutsche mit ihnen geteilt hatten, aber die Tochter-Erbin gab nicht auf. O nein! Sie übertrug ihre finstere Miene auf Mat Cauthon, und wenn sie sich ein wenig änderte, dann nur noch zum Schlechteren. Er schnaubte und schüttelte den Kopf. Normalerweise konnte eine Frau, wenn sie im Unrecht war, so viele Dinge finden, die sie dem nächststehenden Mann vorwerfen konnte, daß er letztendlich glaubte, er selbst sei im Irrtum. Seiner Erfahrung nach, ob es um alte oder neue Erinnerungen ging, gab es nur zwei Gelegenheiten, bei denen eine Frau zugab, im Unrecht zu sein: wenn sie etwas wollte und wenn es mitten im Sommer schneite.

Nynaeve zog an ihrem Zopf, aber nur sehr halbherzig. Sie betastete ihn, ließ ihn dann wieder los und knetete statt dessen ihre Hände. »Lan«, begann sie unsicher, »du darfst nicht denken, daß ich reden würde über ...«

Der Behüter unterbrach sie sanft, verbeugte sich

und bot ihr seinen Arm. »Wir befinden uns in der Öffentlichkeit, Nynaeve. Was immer du vor allen Leuten sagen willst, kannst du auch sagen. Darf ich dich aufs Boot begleiten?«

»Ja«, antwortete sie und nickte so heftig, daß ihr fast der Hut vom Kopf fiel. Sie richtete ihn mit beiden Händen hastig wieder. »Ja. In der Öffentlichkeit. Du wirst mich begleiten.« Sie nahm seinen Arm und gewann ein gewisses Maß an Haltung zurück, zumindest was ihre Miene betraf. Sie nahm mit der freien Hand ihren Staubmantel zusammen und zog Lan über den Kai auf die Anlegestelle zu.

Mat fragte sich, ob sie vielleicht krank war. Es gefiel ihm durchaus zu erleben, wie Nynaeve einen Dämpfer bekam, aber sie ließ es kaum jemals zwei Atemzüge lang andauern. Aes Sedai konnten sich nicht selbst Heilen. Vielleicht sollte er Elayne vorschlagen, sich um Nynaeve zu kümmern. Er selbst mied das Heilen genauso wie den Tod und die Ehe, aber für andere Menschen war es, so wie er es sah, anders. Zunächst hatte er jedoch einige auserwählte Worte zu Geheimnissen zu sagen.

Er öffnete den Mund und hob mahnend einen Finger …

… und Elayne bohrte ihm ihren Finger in die Brust und blickte ihn unter ihrem Federhut hervor kalt an. »Herrin Corly«, sagte sie im eisigen Tonfall einer Königin, die ein Urteil verkündet, »hat Nynaeve und mir die Bedeutung jener roten Blumen auf dem Korb erklärt, die Ihr, wie ich sehe, wenigstens schamhaft verborgen habt.«

Sein Gesicht rötete sich stärker, als Nynaeve es sich hätte vorstellen können. Nur wenige Schritte entfernt banden Reanne Corley und die beiden anderen ihre Hüte fest und richteten ihre Gewänder so, wie Frauen es stets taten, wenn sie aufstanden, sich hinsetzten oder drei Stufen erklommen. Aber obwohl sie ihre Aufmerksamkeit auf ihre Kleidung richteten, warfen sie doch Blicke in seine Richtung, die dieses eine Mal weder mißbilligend noch bestürzend waren. Er hatte nicht gewußt, daß die verdammten Blumen etwas bedeuteten! Zehn Sonnenuntergänge hätten nicht gegen seine Gesichtsröte konkurrieren können.

»Also!« Elaynes Stimme erklang leise, nur für seine Ohren gedacht, aber sie troff vor Widerwillen und Verachtung. »Es stimmt tatsächlich! Ich konnte es nicht *glauben*, nicht einmal von Euch! Und Nynaeve konnte es gewiß auch nicht glauben. Jegliches Euch gegenüber gegebenes Versprechen ist *aufgehoben*! Ich werde kein einem Mann gegebenes Versprechen halten, der imstande ist, einer Frau seine Aufmerksamkeit aufzuzwingen, *irgendeiner* Frau, aber *besonders* einer Königin, die ihm angeboten hat ...«

»*Ich* soll *ihr meine* Aufmerksamkeit aufgezwungen haben!« schrie er. Oder vielmehr versuchte er zu schreien. Ein Würgen ließ es zu einem Keuchen werden.

Er ergriff Elaynes Schultern und zog sie ein Stück von den Kutschen fort. Dockarbeiter in fleckigen grünen Lederwesten ohne Hemd darunter eilten vorüber, die Säcke auf ihren Schultern trugen oder Fässer den Kai entlang rollten. Einige schoben niedrige, mit Kisten beladene Karren, und alle machten einen großen Bogen um die Kutschen. Die Königin von Altara hatte vielleicht nicht viel Macht, aber ihr Siegel an einer Kutschentür sorgte dafür, daß Bürgerliche ihr Platz machten. Nalesean und Beslan plauderten miteinander, während sie die Rotwaffen auf den Anlegesteg führten, während Vanin die Nachhut heranbrachte und düster auf den trüben Fluß starrte. Er behauptete, einen empfindlichen Magen zu haben, wenn es um Boote ging. Die Weisen Frauen aus beiden Kutschen hatten sich um Reanne versammelt und beobachteten sie, aber sie waren zu weit entfernt, um zu lauschen. Mat flüsterte dennoch rauh.

»Hört mir zu! Diese Frau läßt kein Nein als Antwort gelten. Ich sage nein, und sie *lacht* mich *aus*. Sie hat mich hungern lassen, mich tyrannisiert, mich wie einen Hirsch gejagt. Sie besitzt mehr Hände als jegliche andere Frauen, denen ich jemals begegnet bin. Sie drohte mir, mich von Dienerinnen ausziehen zu lassen, wenn ich nicht zuließe, daß sie ...« Plötzlich wurde ihm bewußt, was er sagen wollte. Und zu wem er es sagen wollte. Es gelang ihm, hastig den Mund zu schließen. Er interessierte sich auf einmal sehr für einen der dunklen Metallraben, die in das Heft des *Ashandarei* eingelassen waren, so daß er Elaynes Blick nicht begegnen mußte. »Ihr habt alles mißverstanden.« Er wagte es, sie unter seiner Hutkrempe hervor anzusehen.

Ihre Wangen waren leicht gerötet, aber ihre Miene wurde ernst. »Es ... scheint, als hätte ich tatsächlich etwas mißverstanden«, sagte sie sachlich. »Das ist ... sehr *ungezogen* von Tylin.« Er glaubte, ihre Lippen zucken gesehen zu haben. »Habt Ihr erwogen, vor dem Spiegel verschiedene Arten des Lächelns zu erproben, Mat?«

Er blinzelte überrascht. »Was?«

»Ich habe aus zuverlässiger Quelle gehört, daß junge Frauen, welche die Aufmerksamkeit von Königen erregen wollen, genau das tun.« Etwas sprengte die Nüchternheit in ihrer Stimme, und dieses Mal zuckten ihre Lippen eindeutig. »Ihr könntet vielleicht auch versuchen, die Lider niederzuschlagen.« Sie biß sich auf die Unterlippe, wandte sich mit zuckenden Schultern ab, und der Staubmantel wehte hinter ihr her, als sie auf den Anlegesteg zueilte. Bevor sie außer Hörweite geriet, hörte er sie glucksend etwas über

›Kostprobe seiner eigenen Medizin‹ murmeln. Reanne und die Weisen Frauen eilten hinter ihr her, eine Schar Hennen, die einem Küken folgten anstatt umgekehrt. Die wenigen Bootsleute mit bloßen Oberkörpern auf ihren Schiffen hielten damit inne, Taue aufzurollen oder was immer sie sonst gerade taten, und beugten respektvoll die Köpfe, während die Prozession vorüberzog.

Mat riß sich den Hut vom Kopf und erwog, ihn auf den Boden zu werfen und darauf herumzutrampeln. Frauen! Er hätte es besser wissen müssen, als Mitleid zu erwarten. Er hätte die verdammte Tochter-Erbin gern erwürgt. Und Nynaeve aus Prinzip ebenfalls. Nur daß er es natürlich nicht tun konnte. Er hatte sein Versprechen gegeben. Jene Würfel benutzten seinen Kopf noch immer als Würfelbecher, und eine der Verlorenen war vielleicht irgendwo in der Nähe. Er setzte seinen Hut auf, marschierte den Anlegeplatz hinab, fegte an den Weisen Frauen vorbei und holte Elayne ein. Sie bemühte sich noch immer, nicht zu lachen, aber jedesmal, wenn sie in seine Richtung blickte, errötete sie erneut und kicherte stärker.

Er blickte starr geradeaus. Verdammte Frauen! Verdammte Versprechen. Er nahm seinen Hut ausreichend lange ab, um das Lederband um seinen Hals zu lösen und schob es ihr widerwillig zu. Der silberne Fuchskopf schwang unter seiner Faust hin und her. »Ihr und Nynaeve werdet entscheiden müssen, wer von Euch beiden dies trägt. Aber ich will es zurückhaben, wenn wir Ebou Dar verlassen. Versteht Ihr? In dem Moment, in dem wir Ebou Dar verlassen …«

Plötzlich erkannte er, daß er allein weitergegangen war. Als er sich umwandte, sah er Elayne stocksteif zwei Schritte hinter ihm stehen, die ihn anstarrte, während Reanne und die übrigen sich hinter ihr zusammendrängten.

»Was ist jetzt los?« fragte er. »O ja, ich weiß über Moghedien Bescheid.« Ein magerer Bursche mit roten Steinen an seinen Messing-Creolen, der sich über eine Halteleine beugte, fuhr bei diesem Namen so schnell herum, daß er mit einem lauten Schrei und noch lauterem Platschen über Bord fiel. Es kümmerte Mat nicht, wer zuhörte. »Zu versuchen, es zu verheimlichen – und daß zwei meiner Männer tot sind! –, nachdem Ihr Euer Versprechen gegeben habt. Nun, darüber werden wir später reden. Ich habe auch ein Versprechen gegeben. Ich habe versprochen, Euch zu beschützen. Wenn Moghedien auftaucht, wird sie Euch jagen. Jetzt nehmt es.« Er schob ihr das Medaillon erneut zu.

Elayne schüttelte zögernd und verwundert den Kopf und wandte sich dann um, um sich flüsternd mit Reanne zu beraten. Erst nachdem die älteren Frauen auf dem Weg zu Nynaeve waren, die ihnen von einer Bootstreppe aus zuwinkte, nahm Elayne den Fuchskopf und drehte ihn in den Händen.

»Habt Ihr auch nur die geringste Ahnung, was ich alles getan hätte, um dies zu erforschen?« fragte sie leise. »Auch nur die geringste Ahnung?« Sie war groß für eine Frau, aber sie mußte dennoch zu ihm aufsehen. Sie hatte ihn vielleicht noch niemals zuvor wirklich gesehen. »Ihr seid ein schwieriger Mann, Mat Cauthon. Lini würde sagen, ich wiederhole mich, aber *Ihr* ...!« Elayne stieß geräuschvoll den Atem aus und langte aufwärts, um ihm den Hut abzunehmen und ihm das Band wieder über den Kopf zu streifen. Tatsächlich steckte sie den Fuchskopf in sein Hemd zurück und tätschelte ihn, bevor sie ihm seinen Hut zurückgab. »Ich werde ihn nicht tragen, solange Nynaeve keinen besitzt, oder Aviendha, und ich glaube, die beiden empfinden ähnlich. Tragt Ihr ihn. Immerhin könnt Ihr Euer Versprechen kaum halten, wenn Moghedien *Euch* tötet. Nicht daß ich glaube, daß sie noch hier ist. Wahrscheinlich denkt sie, Nynaeve getötet zu haben, und es würde mich nicht überraschen, wenn das der einzige Grund für ihr Kommen war. Ihr müßt dennoch vorsichtig sein. Nynaeve sagt, ein Sturm käme auf, und sie meint damit nicht diesen Wind. Ich…« Sie errötete erneut. »Es tut mir leid, daß ich über Euch gelacht habe.« Sie räusperte sich und wandte den Blick ab. »Manchmal vergesse ich meine Pflichten meinen Untertanen gegenüber. Ihr seid ein achtbarer Untertan, Matrim Cauthon. Ich werde dafür sorgen, daß Nynaeve erfährt, was mit… mit Euch und Tylin vorgeht. Vielleicht können wir Euch helfen.«

»Nein«, platzte er heraus. »Ich meine, ja. Ich meine… Das ist… Oh, verdammt sei ich, wenn ich weiß, was ich meine. Ich wünschte fast, Ihr würdet die Wahrheit nicht kennen.« Nynaeve und Elayne, die sich zusammensetzten und beim Tee über ihn und Tylin diskutierten. Könnte er jemals damit leben? Könnte er danach jemals wieder einer von ihnen in die Augen sehen? Aber wenn sie es nicht taten… Er saß ohne Ausweg in der Falle. »Oh, verdammt! Verdammt noch mal!« Er wünschte fast, sie würde ihn für seine Flüche rügen, wie Nynaeve es getan hätte, nur um das Thema zu wechseln.

Sie bewegte lautlos die Lippen, und er hatte einen Moment den seltsamen Eindruck, sie wiederhole, was er gerade gesagt hatte. Natürlich nicht. Er hatte Halluzinationen. Das war alles. Laut sagte sie: »Ich verstehe.« Und sie klang, als verstehe sie tatsächlich. »Nun kommt, Mat. Wir dürfen keine Zeit damit verschwenden, hier herumzustehen.«

Er beobachtete staunend, wie sie ihre Röcke und den Umhang raffte und über den Anlegeplatz schritt. Sie verstand? Sie verstand, und es kam kein bissiger Kommentar, nicht eine verletzende Bemerkung? Und er war ihr Untertan. Ihr *achtbarer* Untertan. Das Medaillon betastend, folgte er ihr. Er war sich sicher gewesen, daß er darum kämpfen müßte, es jemals wiederzubekommen. Und wenn er so lange lebte wie *zwei* Aes Sedai, würde er die Frauen doch niemals verstehen, und adlige Frauen waren die schlimmsten.

Als er die Stufen erreichte, die Elayne hinabgestiegen war, benutzten die beiden Ruderer des Bootes bereits ihre langen Ruder, um das Boot abzustoßen. Elayne drängte Reanne und die letzte der Weisen Frauen in die Kabine, und Lan stand mit Nynaeve am Bug. Beslan rief ihn zum nächsten Boot, in dem sich alle Männer außer dem Behüter befanden.

»Nynaeve sagte, es sei nicht genug Platz für einen von uns«, erklärte Nalesean, als das Boot schaukelnd auf den Eldar hinausfuhr. »Sie sagte, wir würden sie beengen.« Beslan lachte, während er sich auf dem Boot umsah. Vanin saß mit geschlossenen Augen neben der Kabinentür und gab vor, er befände sich woanders. Harnan und Tad Kandel, trotz seiner ebenso dunklen Hautfarbe wie die der Bootsleute ein Andoraner, waren auf das Kabinendach geklettert. Die übrigen Rotwaffen hockten an Deck und versuchten, den Ruderern aus dem Weg zu bleiben. Niemand betrat die Kabine, sondern alle warteten offensichtlich ab, ob Mat und Nalesean und Beslan hineingehen wollten.

Mat stellte sich neben den hohen Bugmast und spähte zu dem anderen Boot, das sich unmittelbar vor ihnen befand. Der Wind peitschte das düstere Wasser und seinen Schal ebenso, und er mußte seinen Hut festhalten. Was hatte Nynaeve vor? Die anderen neun Frauen auf dem zweiten Boot befanden sich alle in der Kabine und überließen ihr und Lan das Deck. Sie standen am Bug, Lan mit gekreuzten Armen und Nynaeve gestikulierend, als erkläre sie etwas. Nur daß Nynaeve äußerst selten etwas erklärte.

Was auch immer sie tat – es dauerte nicht lange. Draußen in der Bucht, wo die Klipper und Wogentänzer des Meervolks ihre Anker lichteten, waren weiße Schaumkronen zu sehen. Der Fluß war nicht sehr unruhig, aber das Boot schaukelte dennoch stärker, als Mat es von jeder vorangegangenen Fahrt in Erinnerung hatte. Es dauerte nicht lange, bis Nynaeve sich über die Reling beugte und sich von ihrem Frühstück befreite, während Lan sie festhielt. Das erinnerte Mat an seinen eigenen Magen. Er klemmte sich den Hut unter den Arm, damit er nicht davonwehen konnte, und nahm sein Stück Käse hervor.

»Beslan, wird dieser Sturm wohl losbrechen, bevor wir vom Rahad zurückkehren können?« Er biß ein Stück von dem würzigen Käse ab. Es gab in Ebou Dar fünfzig verschiedene Sorten Käse, die alle wohlschmeckend waren. Nynaeve hing noch immer über der Reling. Wieviel hatte die Frau heute morgen gegessen? »Ich weiß nicht, wo wir Schutz suchen sollen, wenn wir hineingeraten.« Er konnte sich an kein einziges Gasthaus im Rahad erinnern, in das er die Frauen mitnehmen würde.

»Es kommt kein Sturm auf«, sagte Beslan und setzte sich auf die Reling. »Dies sind nur die winterlichen Passatwinde. Diese Winde kommen zweimal im Jahr, im Spätwinter und im Spätsommer, aber sie müssen noch viel stärker werden, bevor ein Sturm daraus wird.« Er blickte verdrossen in die Bucht hinaus. »Jedes Jahr bringen – brachten – diese Winde Schiffe von Tarabon und Arad Doman heran. Ich frage mich, ob das jemals wieder geschehen wird.«

»Das Rad webt«, begann Mat und verschluckte sich dann an einem Krümel Käse. Blut und Asche – er klang bereits wie ein alter Mann, der seine schmerzenden Gelenke vor einem Kamin ausruhte. Sich darüber zu sorgen, die Frauen in ein schäbiges Gasthaus mitzunehmen. Vor einem Jahr, vor einem halben Jahr, hätte er sie mit hinein genommen, hätte gehöhnt, wenn ihnen die Augen herausfielen, und hätte über jedes gekünstelte Naserümpfen gelacht. »Nun, vielleicht wirst du im Rahad doch ein wenig Spaß haben. Zumindest wird jemand uns bestehlen wollen oder versuchen, Elayne die Halskette abreißen.« Vielleicht brauchte er das, um den Geschmack nach Nüchternheit auf seiner Zunge zu tilgen. Nüchternheit. Licht, welcher Begriff, um ihn auf Mat Cauthon anzuwenden! Er mußte sich mehr vor Tylin fürchten, als er gedacht hatte, wenn er so verkümmerte. Vielleicht brauchte er etwas von Beslans Art von Spaß. Das war verrückt – er hatte noch niemals einen Kampf gesehen, um den er nicht lieber einen Bogen gemacht hätte –, aber vielleicht...

Beslan schüttelte den Kopf. »Wenn jemand ihn finden kann, dann Ihr, aber... Wir werden sieben Weise Frauen bei uns haben, Mat. Sieben. Mit je einer an Eurer Seite könntet Ihr, sogar im Rahad, jemanden schlagen, und er würde seine Zunge verschlucken und davongehen. Und die Frauen. Was ist spaßig daran, eine Frau ohne das Risiko zu küssen, daß sie vielleicht einen Dolch in Euch versenken könnte?«

»Verdammt sei meine Seele«, murrte Nalesean in seinen Bart. »Das klingt, als hätte ich mich für einen langweiligen Vormittag aus dem Bett gequält.«

Beslan nickte mitleidig. »Aber wenn wir Glück haben... Die Bürgerwehr schickt gelegentlich Patrouillen in den Rahad, und wenn sie Schmuggler verfolgen, sind sie stets wie alle anderen gekleidet. Sie glauben anscheinend, daß niemand ein Dutzend Männer mit Schwertern bemerken wird, was auch immer sie tragen, und sind stets überrascht, wenn die Schmuggler sie aus dem Hinterhalt überfallen, was fast immer geschieht. Wenn Mats *Ta'veren*-Glück auch uns einschließt, werden wir vielleicht für die Bürgerwehr gehalten, und einige Schmuggler greifen uns vielleicht an, bevor sie die roten Gürtel sehen.« Nalesean strahlte und rieb sich die Hände.

Mat sah sie an. Vielleicht war Beslans Art von Spaß doch nicht das, was er brauchte. Außerdem hatte er genug von Frauen mit Dolchen. Nynaeve hing noch immer über die Reling des Bootes vor ihnen. Das würde sie lehren, nicht mehr so viel in sich hineinzuschlingen. Er aß gierig den letzten Rest Käse, griff dann zum Brot und versuchte, die Würfel in seinem Kopf zu ignorieren. Eine unbeschwerte Reise ohne Schwierigkeiten klang überhaupt nicht schlecht. Eine schnelle Reise, mit einem schnellen Aufbruch von Ebou Dar.

Der Rahad war alles, woran er sich erinnerte, und alles, was Beslan fürchtete. Der Wind ließ das Erklimmen der aufgesprungenen grauen Steinstufen am Bootsanlegeplatz zu einem gefährlichen Kraftakt werden, und danach wurde es noch schlimmer. Kanäle verliefen überall, genau wie auf der anderen Seite des Flusses, aber hier waren die Brücken schmal, die schmutzigen Steinbrüstungen zerfallen und brüchig. Zahlreiche Kanäle waren so verschlammt, daß Jungen bis zur Taille darin wateten, und kaum ein Lastkahn war zu sehen. Hohe Gebäude standen an engen Straßen mit aufgerissenem Straßenpflaster dicht zusammengedrängt, klotzige Gebilde mit rauhem, einst weißem Verputz, der in großen Flecken verwitterte rote Ziegelsteine freigab. In diesen Straßen erreichte das Morgenlicht die Schatten der Gebäude nicht wirklich. Schmuddelige Wäsche hing zum Trocknen vor jedem dritten Fenster, außer dort, wo ein Gebäude leerstand. Das galt für einige, deren Fenster wie Augenhöhlen in einem Schädel gähnten. Ein süß-saurer Geruch nach Verfall durchdrang die Luft, nach Nachttöpfen vom letzten Monat und uraltem Abfall, der verrottete, wo immer er hingeworfen wurde, und für jede Fliege auf der anderen Seite des Eldar summten hier hundert in grau-grünen Wolken umher. Er erspähte die abblätternde blaue Tür der *Goldenen Krone des Himmels* und erschauderte, trotz Beslans Worten, bei dem Gedanken, die Frauen dort hineinzubringen, wenn der Sturm losbräche. Dann erschauderte er erneut, weil er erschaudert war. Etwas geschah mit ihm, und es gefiel ihm nicht.

Nynaeve und Elayne bestanden darauf, mit Reanne die Führung zu übernehmen, während die Weisen Frauen dicht hinter ihnen gingen. Lan blieb wie ein Wolfshund an Nynaeves Seite. Die Hand am Schwertheft, die Blicke ständig schweifend, wirkte er bedrohlich. Tatsächlich bot er selbst hier wahrscheinlich ausreichenden Schutz für zwei Dutzend hübsche junge Mädchen mit Säcken voller Gold, aber Mat bestand darauf, daß Vanin und die übrigen ebenfalls die Augen offenhielten. Der frühere Pferdedieb und Wilderer blieb so dicht bei Elayne, daß man jedermann hätte verzeihen können, der ihn für ihren Behüter gehalten hätte, wenn auch ein eher dicker und abgerissener Behüter. Belan rollte bei Mats Anweisungen ausdrucksvoll mit den Augen, und Nalesean strich sich verärgert über den Bart und murrte, daß er noch immer im Bett liegen könnte.

Männer stolzierten, oft in zerlumpten Westen und ohne Hemd, die Straßen entlang, trugen große Messingcreolen in den Ohren und Messingringe mit eingelassenen Buntglassteinen an den Händen und hatten oft einen oder manchmal zwei Dolche hinter dem Gürtel stecken. Ihre Hände ruhten in der Nähe der Dolche, und sie schauten, als wollten sie jedermann warnen, sie nur nicht schief anzusehen. Andere schlichen mit gesenkten Blicken von Ecke zu Ecke, von

Eingang zu Eingang, ahmten die Hunde mit den hervorstehenden Rippen nach, die manchmal aus einem düsteren Eingang heraus knurrten, der kaum breit genug war, daß sich ein Mensch hindurchzwängen konnte. Jene Männer rechneten mit allem, und man konnte nicht sagen, welcher davonlaufen und welcher zustechen würde. Die Frauen ließen die Männer im großen und ganzen unauffällig erscheinen, da sie in abgetragenen Gewändern und mit doppelt soviel Messingschmuck wie die Männer einherstolzierten. Sie trugen natürlich auch Dolche, und ihre kühnen dunklen Augen forderten mit jedem Blick auf zehn verschiedene Arten heraus. Kurz gesagt, der Rahad war ein Ort, an dem niemand, der Seide trug, hoffen konnte, zehn Schritte gehen zu können, ohne niedergeschlagen zu werden. Bestenfalls konnten sie darauf hoffen, bis auf die Haut entkleidet in einer Gasse auf einem Haufen Abfall aufzuwachen, da die Alternative darin bestand, überhaupt nicht mehr aufzuwachen. Aber ...

Kinder mit angeschlagenen Steingutbechern mit Wasser schossen aus jedem zweiten Eingang, von ihren Müttern geschickt, falls die Weisen Frauen etwas zu trinken wünschten. Männer mit narbigen Gesichtern und mordgierigen Augen starrten die sieben Weisen Frauen mit offenem Mund an, verbeugten sich dann ruckartig und fragten höflich, ob sie helfen könnten, ob sie irgend etwas getragen haben wollten? Frauen, manchmal mit ebenso vielen Narben und mit Augen, die selbst Tylin hätten zusammenzucken lassen, vollführten unbeholfen Hofknickse und fragten atemlos, ob sie ihnen vielleicht die Richtung weisen sollten.

Die Soldaten betrachteten sie dennoch genauso feurig wie immer, obwohl selbst die Hartnäckigsten nach einem einzigen Blick vor Lan zurückzuckten.

Und seltsamerweise auch vor Vanin. Einige der Männer schimpften über Beslan und Nalesean, wann immer sie einer Frau zu lange in den tiefen Ausschnitt blickten. Einige schimpften auch über Mat, obwohl er nicht verstand warum. Anders als seine beiden Gefährten lief er niemals Gefahr, daß ihm die Augen in den Ausschnitt einer Frau fallen könnten. Er wußte, wie man taktvoll schaute. Nynaeve und Elayne wurden trotz all ihres Putzes ignoriert, und Reanne in ihrem roten Tuchgewand ebenso. Sie trugen keinen roten Gürtel, aber sie standen unter dem Schutz jener Gürtel. Mat erkannte, daß Beslan recht gehabt hatte. Er könnte seine Geldbörse auf den Boden ausschütten, und niemand würde eine Münze aufheben, zumindest so lange die Weisen Frauen in der Nähe waren. Er konnte jede in Sichtweite befindliche Frau in den Hintern zwicken, und sie würde lediglich davongehen, selbst wenn sie beinahe einen Schlaganfall erlitt.

»Welch erfreulicher Spaziergang«, sagte Nalesean trocken, »mit solch interessanten Ansichten und Gerüchen. Sagte ich Euch bereits, daß ich letzte Nacht nicht viel Schlaf bekommen habe, Mat?«

»Wollt Ihr im Bett sterben?« grollte Mat. Sie hätten ebenso gut alle im Bett bleiben können. Sie waren hier mit Sicherheit verdammt nutzlos. Der Tairener schnaubte ungehalten. Beslan lachte, aber er glaubte wahrscheinlich, Mat hätte etwas anderes gemeint.

Sie marschierten durch den Rahad, bis Reanne schließlich vor einem unscheinbaren Gebäude mit abblätterndem Verputz und zerbröckelnden Ziegelsteinen stehenblieb, dasselbe Gebäude, bis zu dem Mat gestern einer anderen Frau gefolgt war. Vor den Fenstern hing keine Wäsche. Hier lebten nur Ratten. »Hier drinnen«, sagte sie.

Elaynes Blick wanderte langsam bis zum Flachdach

des Hauses. »Sechs«, murmelte sie im Tonfall zutiefster Zufriedenheit.

»Sechs«, seufzte Nynaeve, und Elayne tätschelte ihren Arm, als fühle sie mit ihr.

»Ich war mir nicht wirklich sicher«, sagte sie, also lächelte Nynaeve und tätschelte ihr ebenfalls den Arm. Mat verstand kein Wort. Das Gebäude hatte also sechs Stockwerke. Frauen benahmen sich manchmal eigenartig. Nun, meistens.

In dem Gebäude verlief ein langer, mit abgewetzten Teppichen ausgelegter, düsterer Gang zur Rückseite, dessen Ende in Schatten verborgen lag. Nur wenige der Durchgänge besaßen Türen, und die wenigen vorhandenen bestanden nur aus groben Brettern. Eine Türöffnung, fast ein Drittel des Weges den Gang hinab, ging zu einer engen, steil aufwärts führenden Steintreppe. Das war der Weg, den Mat am Vortag genommen hatte, den Fußspuren im Staub folgend, aber er glaubte, daß einige der anderen Türen noch zu quer verlaufenden Gängen führen müßten. Er hatte sich gestern nicht die Zeit genommen , sich umzusehen, aber das Gebäude war zu tief und zu breit, als daß nur diese eine Treppe aus dem untersten Stockwerk nach oben konnte. Und es war zu groß, als daß es nur einen Eingang geben konnte.

»Wirklich, Mat«, sagte Nynaeve, als er Harnan und die Hälfte der Rotwaffen aussandte, um sich nach einem Hintereingang umzusehen und diesen zu bewachen. Lan blieb so nah an ihrer Seite, daß er dort festzuhaften schien. »Erkennt Ihr inzwischen nicht, daß dies nicht nötig ist?«

Ihre Stimme klang so sanft, daß Elayne die Wahrheit über Tylin weitererzählt haben mußte, aber wenn dies überhaupt etwas bewirkte, trübte es seine Stimmung eher noch stärker. Er wollte nicht, daß *irgend jemand* es wußte. Es war verdammt nutzlos! Aber jene Würfel rollten noch immer in seinem Kopf umher. »Vielleicht mag Moghedien Hintertüren«, sagte er trocken. Etwas pfiff am dunklen Ende des Ganges, und einer der Männer bei Harnan fluchte laut über Ratten.

»Du hast es ihm gesagt!« fuhr Nynaeve Lan wütend an, während sie mit einer Hand heftig an ihrem Zopf zog.

Elayne stieß einen aufgebrachten Laut aus. »Jetzt ist nicht die Zeit zu streiten, Nynaeve. Dort oben befindet sich die Schale! Die Schale der Winde!« Plötzlich erschien eine kleine Lichtkugel und schwebte vor ihr her, und sie raffte ihre Röcke und eilte die Treppe hinauf, ohne nachzusehen, ob Nynaeve ihr folgte oder nicht. Vanin eilte ihr in Anbetracht seines Leibesumfangs mit erstaunlicher Schnelligkeit hinterher, gefolgt von Reanne und den meisten der Weisen Frauen. Sumeko mit dem runden Gesicht und Ieine, groß und dunkel und trotz der Linien in den Augenwinkeln hübsch, zögerten, blieben aber dann bei Nynaeve.

Mat wäre auch mit hinaufgegangen, wenn ihm Nynaeve und Lan nicht im Weg gestanden hätten. »Würdet Ihr mich wohl vorbeilassen, Nynaeve?« fragte er. Er verdiente es dabeizusein, wenn diese verdammte Schale geborgen wurde. »Nynaeve?« Sie war so auf Lan konzentriert, daß sie alle anderen vergessen zu haben schien. Mat wechselte Blicke mit Beslan, der grinste. Er saß bei Corevin und den übrigen Rotwaffen bequem in der Hocke. Nalesean lehnte an der Wand und gähnte betont. Was bei all dem aufgewirbelten Staub ein Fehler war. Das Gähnen wurde zu einem Hustenanfall, und sein Gesicht rötete sich.

Selbst das lenkte Nynaeve nicht ab. Sie nahm die Hand bedacht von ihrem Zopf. »Ich bin nicht böse, Lan«, sagte sie.

»Doch, das bist du«, erwiderte er ruhig. »Aber er mußte es erfahren.«

»Nynaeve?« sagte Mat. »Lan?« Beide blickten ihn nicht einmal an.

»Ich hätte es ihm gesagt, wenn ich dazu bereit gewesen wäre, Lan Mandragoran!« Sie schloß jäh den Mund, aber ihre Lippen bewegten sich weiterhin, als spräche sie mit sich selbst. »Ich bin dir nicht böse«, fuhr sie in erheblich milderem Tonfall fort, und es schien ebenso an sie selbst gerichtet. Sie warf ihren Zopf ganz bewußt über ihre Schulter, richtete energisch den mit blauen Federn geschmückten Hut und stemmte die Hände in die Hüften.

»Wenn du es sagst«, antwortete Lan sanft.

Nynaeve bebte. »Sprich nicht in diesem Ton mit mir!« schrie sie. »Ich sagte dir, ich bin dir nicht böse! Hörst du mich?«

»Blut und Asche, Nynaeve«, grollte Mat. »Er denkt nicht, daß du böse bist. Ich denke nicht, daß du böse bist.« Es war gut, daß Frauen ihn gelehrt hatten, mit unbewegter Miene zu lügen. »Könnten wir jetzt hinaufgehen und diese verdammte Schale der Winde holen?«

»Eine fabelhafte Idee«, sagte die Stimme einer Frau von der Tür zur Straße aus. »Sollen wir zusammen hinaufgehen und Elayne überraschen?« Mat hatte die beiden Frauen, die den Gang betraten, noch nie zuvor gesehen, aber ihre Gesichter waren Aes Sedai-Gesichter. Das Antlitz der Sprecherin war länglich und kalt wie ihre Stimme, während das ihrer Begleiterin von einer Vielzahl dünner, dunkler Zöpfe eingerahmt wurde, die mit bunten Perlen verziert waren. Fast zwei Dutzend Männer drängten hinter ihnen herein, große Burschen mit breiten Schultern und Knüppeln und Dolchen in Händen. Mat verlagerte seinen Griff um den *Ashandarei*. Er erkannte Schwierigkeiten, wenn er sie sah, und der Fuchskopf auf seiner Brust lag kalt, fast kalt, an seiner Haut. Jemand umarmte die Eine Macht.

Die beiden Weisen Frauen fielen bei ihren Hofknicksen fast vornüber, sobald sie jene alterslosen Züge sahen, aber Nynaeve erkannte die Schwierigkeiten gewiß ebenfalls. Sie bewegte lautlos die Lippen, als die beiden den Gang herab kamen, das Gesicht vollkommen bestürzt und selbstanklagend. Mat hörte, wie hinter ihm ein Schwert gezogen wurde, aber er drehte sich nicht um, um nachzusehen, wessen Schwert es war. Lan stand nur da, was natürlich bedeutete, daß er wie ein sprungbereiter Leopard lauerte.

»Sie gehören der Schwarzen Ajah an«, sagte Nynaeve schließlich. Ihre Stimme klang zunächst schwach, gewann aber, als sie fortfuhr, an Festigkeit. »Falion Bhoda und Ispan Shefar. Sie haben in der Burg gemordet und seitdem noch Schlimmeres getan. Sie sind Schattenfreunde und ...« ihre Stimme stockte einen Moment »... haben mich abgeschirmt.«

Die Neuankömmlinge gingen gelassen weiter. »Habt Ihr schon jemals solchen Unsinn gehört, Ispan?« fragte die Aes Sedai mit dem länglichen Gesicht ihre Begleiterin, die den Blick vom Staub zu Nynaeve hob, um sie einfältig anzulächeln. »Ispan und ich kommen von der Weißen Burg, während Nynaeve und ihre Freunde sich gegen den Amyrlin-Sitz erheben. Sie werden ernstlich dafür bestraft werden, wie auch jedermann, der ihnen hilft.« Mat erkannte entsetzt, daß die Frauen nicht Bescheid wußten. Sie dachten, er und Lan und die übrigen seien nur verdungene Schläger. Falion gewährte Nynaeve ein Lächeln, das einen Wolf freundlich erscheinen ließ. »Es gibt jemanden, der hoch erfreut sein wird, Euch zu sehen, wenn wir Euch zurückbringen, Nynaeve. Sie glaubt, Ihr wärt tot. Ihr anderen solltet jetzt besser gehen. Ihr wollt doch nicht in Angelegenheiten der Aes Sedai verwickelt werden. Meine Leute bringen Euch zum Fluß.« Ohne ihren Blick von

Nynaeve abzuwenden, bedeutete Falion den Männern hinter ihr vorzutreten.

Lan regte sich. Er zog nicht sein Schwert, und gegen Aes Sedai hätte er damit auch keine Chance gehabt, wenn er es getan hätte, sondern stand in einem Moment still und hatte sich im nächsten Moment bereits auf die Frauen geworfen. Unmittelbar bevor er zuschlug, stöhnte er, als sei er hart getroffen worden, aber er prallte dennoch gegen sie und warf beide Schwarze Schwestern auf den staubigen Boden. Dadurch öffneten sich die Schleusentore weit.

Lan richtete sich auf Hände und Knie auf und schüttelte benommen den Kopf, und einer der großen Burschen hob einen eisenverstärkten Knüppel, um ihm den Schädel einzuschlagen. Mat stach dem Burschen mit seinem Speer in den Bauch, während Beslan und Nalesean und die fünf Rotwaffen dem barschen Angriff der Schattenfreunde ebenfalls rasch begegneten. Lan stand taumelnd auf, holte mit dem Schwert aus und schlitzte einen Schattenfreund vom Bauch bis zum Hals auf. Es war nicht viel Platz in dem Gang, um die Schwerter oder den *Ashandarei* zu führen, aber die Beengtheit erlaubte es ihnen auch, sich der Übermacht zu stellen, ohne schon im ersten Moment überwältigt zu werden. Schnaufende Männer kämpften von Angesicht zu Angesicht gegen sie, stießen sie mit den Ellbogen fort, um Platz für einen Dolchstoß oder das Schwingen eines Knüppels zu erlangen.

Rund um die Schwarzen Schwestern und Nynaeve blieb ein wenig Raum frei, wofür sie selbst sorgten. Ein drahtiger Andoraner der Rotwaffen prallte fast in Falion, aber im letzten Moment zuckte er in der Luft zusammen, flog durch den Gang, wobei er zwei der breitschultrigen Schattenfreunde niederschlug, bevor er gegen die Wand krachte, herabrutschte und sein Hinterkopf eine Blutspur auf dem aufgesprungenen, staubigen Verputz hinterließ. Ein kahlköpfiger Schattenfreund drängte sich durch die Linie der Verteidiger und stürmte mit ausgestrecktem Dolch auf Nynaeve zu. Er schrie auf, als seine Füße plötzlich unter ihm weggerissen wurden, ein Schrei, der abbrach, als sein Gesicht so hart auf den Boden aufschlug, daß sein Kopf abprallte.

Nynaeve war offensichtlich nicht mehr abgeschirmt, und wenn der kühle Fuchskopf, der auf Mats Brust umhertanzte, kein ausreichender Hinweis darauf war, daß sie und die Schwarzen Schwestern in einen Kampf verstrickt waren, so war es doch überdeutlich die Art, wie sie einander anstarrten und den Kampf um sich herum ignorierten. Die beiden Weisen Frauen beobachteten das Geschehen entsetzt. Sie hielten ihre gebogenen Dolche in der Faust, kauerten aber an der Wand und blickten mit geweiteten Augen und offenen Mündern von Nynaeve zu den beiden anderen.

»Kämpft«, fauchte Nynaeve sie an. Sie drehte den Kopf nur so weit, daß sie sowohl sie als auch Falion und Ispan sehen konnte. »Ich kann es nicht allein schaffen. Sie sind verbunden. Wenn Ihr sie nicht bekämpft, werden sie Euch töten. Ihr wißt doch jetzt über sie Bescheid!« Die Weisen Frauen sahen sie so erstaunt an, als hätte sie vorgeschlagen, der Königin ins Gesicht zu speien. Inmitten der Schreie und des Stöhnens lachte Ispan melodiös. Ein schriller Schrei hallte die Treppe herab.

Nynaeves Kopf fuhr herum. Sie stolperte plötzlich, und ihr Kopf ruckte wie der eines verletzten Dachses zurück, wobei sie so finster blickte, daß Falion und Ispan sofort hätten fliehen müssen, wenn sie bei Verstand gewesen wären. Nynaeve versagte sich einen gequälten Blick zu Mat. »Oben wurde die Macht gelenkt«, sagte sie durch zusammengebissene Zähne. »Dort gibt es Schwierigkeiten.«

Mat zögerte. Es war wohl wahrscheinlicher, daß Elayne eine Ratte gesehen hatte. Weitaus wahrscheinlicher. Es gelang ihm, einen auf seine Rippen zielenden Dolchstoß abzuwehren, aber es war kein Platz, den Stoß mit dem *Ashandarei* zu erwidern oder das Heft wie einen Stock zu benutzen. Beslan führte einen Stoß an ihm vorbei und traf seinen Angreifer mitten ins Herz.

»Bitte, Mat«, sagte Nynaeve angespannt. Sie bat niemals. Sie würde sich eher die Kehle durchschneiden. »Bitte.«

Mat entzog sich fluchend dem Kampf und jagte alle sechs steilen, engen Treppen hinauf, ohne auch nur einmal innezuhalten. Es gab kein einziges Fenster, das Licht gespendet hätte. Wenn es nur eine Ratte war, würde er Elayne schütteln, bis ihre Zähne ... Er stürzte über die letzte Stufe hinaus ins oberste Stockwerk, das nicht viel heller war als das Treppenhaus, da sich nur ein Fenster zur Straße hin befand, und lief in eine Szene aus einem Alptraum hinein.

Überall lagen Frauen am Boden. Elayne war eine davon, halbwegs auf dem Rücken an der Wand liegend, die Augen geschlossen. Vanin kauerte auf Knien, während ihm Blut aus Nase und Ohren strömte und er schwach versuchte, sich an der Wand hochzuziehen. Die letzte Frau, die noch stand, Janira, floh zu Mat, sobald sie ihn sah. Er hatte sie mit ihrer Hakennase und den scharfgeschnittenen Wangenknochen insgeheim mit einem Falken verglichen, aber jetzt drückte ihre Miene pures Entsetzen aus, die dunklen Augen geweitet und starr.

»Helft mir!« schrie sie ihm zu, als ein Mann sie von hinten packte. Er war ein gewöhnlich aussehender Bursche, vielleicht ein wenig älter als Mat, gleich groß und schlank in seiner einfachen grauen Jacke. Er nahm Janiras Kopf lächelnd zwischen beide Hände und drehte ihn scharf. Das Geräusch ihres brechenden Genicks klang wie ein knackender, trockener Zweig. Er ließ sie haltlos zu Boden sinken und blickte auf sie hinab. Sein Lächeln wirkte einen Moment... verzückt.

Einige Männer unmittelbar jenseits von Vanin stemmten beim Licht zweier Laternen eine sich mit quietschenden Scharnieren bewegende Tür auf, aber Mat bemerkte es kaum. Sein Blick wanderte von Janiras zusammengesunkenem Körper zu Elayne. Er hatte versprochen, sie für Rand zu beschützen. Er hatte es versprochen. Er stürzte sich mit einem Schrei auf den Mörder, den *Ashandarei* ausgestreckt.

Mat hatte schon Myrddraals gesehen, aber dieser Bursche war schneller, wie schwer das auch zu glauben war. Er schien fast vor der Speerspitze davonzufließen, drehte sich, während er das Heft ergriff, und schleuderte Mat fünf Schritte an sich vorbei den Gang hinab.

Mat entwich der Atem, als er in einer kleinen Staubwolke auf den Boden aufschlug. Wie auch der *Ashandarei*. Er rang nach Luft und stieß sich hoch, wobei der Fuchskopf aus seinem geöffneten Hemd baumelte. Er zog einen Dolch aus seiner Jacke hervor und warf sich genau in dem Moment erneut auf den Mann, als Nalesean mit dem Schwert in der Hand oben an der Treppe erschien. Jetzt hatten sie ihn, wie schnell auch immer er ...

Der Mann ließ einen Myrddraal linkisch erscheinen. Er glitt um Naleseans Stoß herum, als befände sich kein einziger Knochen in seinem Körper, während er die rechte Hand vorschnellen ließ, um Naleseans Kehle zu ergreifen. Seine Hand fiel mit reißendem Geräusch herab. Blut schoß an Naleseans Bart vorbei. Sein Schwert fiel klirrend auf den staubigen Steinboden, und er umklammerte mit beiden Händen seinen verletzten Hals, wobei Blut durch seine Finger quoll, während er zu Boden sank.

Mat krachte in den Rücken des Mörders, und sie prallten alle zusammen auf dem Boden auf. Er hatte keine Bedenken, einen Mann in den Rücken zu stechen, wenn es notwendig war, besonders einen Mann, der jemandem die Kehle herausreißen konnte. Er hätte Nalesean im Bett bleiben lassen sollen. Der Gedanke stellte sich mit einem traurigen Gefühl ein, während er die Klinge tief hineinstieß, und dann ein zweites und ein drittes Mal.

Der Mann wand sich in seinem Griff. Es hätte nicht möglich sein sollen, aber irgendwie rollte sich der Bursche unter ihm herum und riß ihm das Dolchheft aus der Hand. Naleseans starre Augen und seine blutige Kehle waren eine unmittelbar vor Mats Augen befindliche Mahnung. Er ergriff verzweifelt die Handgelenke des Mannes, wobei eine Hand durch das herablaufende Blut des Burschen ein wenig abglitt.

Der Mann lächelte ihn an. Er lächelte, obwohl ein Dolch aus seiner Seite hervorstach! »Er will Euch genauso sehr tot sehen, wie er sie will«, sagte er sanft. Und als ob Mat ihn überhaupt nicht festhielte, bewegten sich seine Hände auf Mats Kopf zu und drückten Mats Arme zurück.

Mat stieß sich heftig ab und warf sich dann mit seinem ganzen Gewicht nutzlos gegen die Arme des Burschen. Licht, er hätte genausogut ein Kind sein können, das gegen einen erwachsenen Mann ankämpfte. Der Bursche machte ein Spiel daraus, nahm sich verdammt viel Zeit. Hände berührten Mats Kopf. Wo war sein strahlendes Glück? Er stemmte sich mit letzter Kraft hoch – und das Medaillon berührte die Wange des Mannes. Der Mann schrie auf. Rauch stieg um die Ränder des Fuchskopfes auf, und ein Zischen erklang. Er schleuderte Mat mit Händen und Füßen krampfhaft von sich. Dieses Mal flog Mat zehn Fuß weit und glitt noch ein Stück weiter.

Als er sich halb benommen aufrichtete, stand der Mann da, die zitternden Hände am Gesicht. Ein offenes rotes Brandmal markierte die Stelle, wo der Fuchskopf ihn berührt hatte. Mat betastete das Medaillon behutsam. Es war kühl. Nicht die Kühle, als würde jemand in der Nähe die Macht lenken – vielleicht geschah dies im unteren Stockwerk noch immer, aber das war zu weit weg –, nur die Kühle des Silbers. Er hatte keine Ahnung, wer dieser Bursche war, nur daß er gewiß kein Mensch war, aber mit dieser Verbrennung und drei Stichwunden, wobei das Dolchheft noch immer unter seinem Arm hervorstach, hätte er ausreichend beeinträchtigt sein müssen, daß Mat an ihm vorbei zur Treppe hätte gelangen können. Elayne und Nalesean zu rächen, wäre schön und gut, aber es würde offensichtlich nicht heute geschehen, und es stand nicht an, einen Grund zu schaffen, Mat Cauthon zu rächen.

Der Mann riß den Dolch aus seiner Seite und schleuderte ihn auf Mat. Mat fing ihn aus der Luft auf, ohne darüber nachzudenken. Thom hatte ihm das Jonglieren beigebracht, und Thom hatte gesagt, Mat besäße die schnellsten Hände, die er jemals gesehen hätte. Er ließ den Dolch herumschnellen, so daß er ihn richtig festhielt, bewußt schräg nach oben gerichtet; er bemerkte die glänzende Klinge, und sein Herz sank. Kein Blut. Es hätte zumindest eine Spur Blut daran sein sollen, aber der Stahl schimmerte hell und sauber. Vielleicht konnten auch drei Stichwunden dieses Wesen nicht aufhalten.

Mat wagte einen Blick über die Schulter. Die übrigen Männer strömten aus der Tür, die sie aufgestemmt hatten, die Tür, zu der ihn gestern die Fußspuren geführt hatten, aber sie trugen anscheinend nur Abfall heraus, kleine, halbwegs verrottete Kisten, ein Faß mit stoffumwickelten Gegenständen, die durch fehlende Dauben hervorquollen, und sogar einen zerbrochenen Stuhl und einen ebensolchen Spiegel. Sie mußten Befehl erhalten haben, alles mitzunehmen. Sie beachteten Mat nicht im geringsten, sondern eilten auf das entgegengesetzte Ende des Ganges zu und verschwanden um eine Ecke. Dort mußte es noch eine Treppe geben. Vielleicht konnte er ihnen in einem gewissen Abstand nach unten folgen. Vielleicht… Unmittelbar vor der Tür, aus der sie herausgekommen waren, versuchte Vanin aufzustehen und fiel wieder zurück. Mat unterdrückte einen Fluch. Vanin hochzuhelfen, würde ihn aufhalten, aber wenn sein Glück wirkte… Es hatte Elayne nicht gerettet, aber vielleicht… Er sah aus dem Augenwinkel, daß sie sich bewegte, daß sie eine Hand an den Kopf hob.

Der Mann in der grauen Jacke sah es ebenfalls. Er wandte sich lächelnd ihr zu.

Mat steckte den nutzlosen Dolch seufzend in die Scheide. »Du kannst sie nicht haben«, sagte er laut. Versprechen. Ein Ruck zerriß das Lederband um seinen Hals. Der silberne Fuchskopf baumelte zwei Handbreit unter seiner Faust. Er summte leise, als er ihn in einer Doppelschleife umherwirbelte. »Du kannst sie, verdammt noch mal, nicht haben.« Er ging vorwärts, wobei er das Medaillon weiterhin umherschleuderte. Der erste Schritt war der schwerste, aber er mußte sein Versprechen halten.

Das Lächeln des Burschen schwand. Er beobachtete den aufblitzenden Fuchskopf argwöhnisch und wich auf Zehenspitzen zurück. Dasselbe Licht von dem einzigen Fenster, das um das umherwirbelnde Silber schimmerte, bildete auch einen Hof um ihn. Wenn Mat ihn so weit treiben könnte, würde er vielleicht erfahren, ob ein Fall aus dem sechsten Stock bewirken könnte, was ein Dolch nicht schaffte.

Mit dem bläulichen Brandmal auf dem Gesicht wich der Bursche zurück, wobei er manchmal halbwegs die Hand ausstreckte, als wollte er an dem Medaillon vorbeigreifen. Plötzlich trat er blitzschnell zur Seite in einen der Räume hinein. Dieser besaß eine Tür, die er hinter sich zuzog. Mat hörte den Riegel an seinen Platz rücken.

Vielleicht hätte er es dabei belassen sollen, aber ohne nachzudenken hob er einen Fuß und trat mit dem Stiefelabsatz gegen die Türmitte. Staub löste sich von dem rauhen Holz. Ein zweiter Tritt, und die verrotteten Riegelhalterungen gaben nach, zusammen mit einem verrosteten Scharnier. Die Tür fiel nach innen und blieb schief an einem Scharnier hängen.

Der Raum war nicht vollkommen dunkel. Von dem Fenster am Ende des Ganges, nur eine Tür entfernt, drang ein wenig Licht herein, und ein zerbrochenes Spiegeldreieck ermöglichte es ihm, alles zu sehen, ohne in den Raum hineinzugehen. Außer dem Spiegel und den Überresten eines Stuhls war nichts zu sehen. Die einzigen Zugänge waren die Tür und ein Rattenloch neben dem Spiegel, aber der Mann in der grauen Jacke war fort.

»Mat«, rief Elayne schwach. Er eilte genauso sehr von dem Raum fort wie zu ihr hin. Irgendwo in den unteren Stockwerken erklangen Rufe, aber Nynaeve und die übrigen würden sich im Moment selbst helfen müssen.

Elayne setzte sich auf, bewegte ihren Kiefer und zuckte zusammen, als Mat sich neben sie kniete. Ihr Gewand war staubbedeckt, ihr Hut hing schief – einige Federn waren gebrochen –, und ihr rot-goldenes Haar sah aus, als sei sie daran umhergezogen worden. »Er hat mich so fest geschlagen«, sagte sie unter

Schmerzen. »Ich glaube nicht, daß etwas gebrochen ist, aber ...« Ihr Blick verband sich mit seinem, und wenn er jemals gedacht hatte, sie sähe ihn an wie einen Fremden, erkannte er jetzt, daß es stimmte. »Ich habe gesehen, was Ihr mit ihm getan habt, Mat. Wir hätten genausogut mit einem Wiesel in einer Kiste eingesperrte Küken sein können. Die Macht gegen ihn zu lenken, war nutzlos. Die Stränge schmolzen genauso dahin wie bei Eurem ...« Sie betrachtete das noch immer von seiner Hand baumelnde Medaillon und atmete tief ein, was eine interessante Wirkung auf ihren ovalen Ausschnitt hatte. »Danke, Mat. Ich entschuldige mich für alles, was ich Euch jemals angetan oder über Euch gedacht habe.« Sie klang, als meinte sie es ernst. »Ich baue immer mehr *Toh* Euch gegenüber auf«, sagte sie kläglich lächelnd, »aber ich werde *nicht* zulassen, daß Ihr mich schlagt. Ihr werdet zulassen müssen, daß ich Euch wenigstens einmal rette, um es auszugleichen.«

»Ich werde sehen, was ich einrichten kann«, erwiderte er trocken, während er das Medaillon in seine Jackentasche steckte. *Toh*? Sie schlagen? Licht! Die Frau verbrachte entschieden zuviel Zeit mit Aviendha.

Als er ihr aufgeholfen hatte, blickte sie den Gang hinab zu Vanin mit seinem blutverschmierten Gesicht und den Frauen, die dort lagen, wo sie zu Boden gesunken waren. »Oh, Licht!« stöhnte sie. »Oh, Blut und verdammte lodernde Flammen!« Er zuckte trotz der Umstände zusammen. Nicht nur, daß er niemals erwartet hätte, jene Worte aus ihrem Mund zu hören. Es schien seltsam, als kenne sie den Klang, nicht aber die Bedeutung der Worte. Irgendwie hatten sie sie jünger klingen lassen.

Sie schüttelte seinen Arm ab, nahm ihren Hut, warf ihn einfach beiseite, kniete sich eilig neben die nächste Weise Frau, Reanne, und nahm ihren Kopf in beide

Hände. Die Frau lag leblos da, das Gesicht nach unten gewandt und die Arme ausgestreckt, als sei sie beim Laufen zu Fall gebracht worden, auf dem Weg zu dem Raum, zu dem alle gelangen wollten, auf ihren Angreifer zu, nicht von ihm fort.

»Hier reichen meine Fähigkeiten nicht«, murmelte Elayne. »Wo ist Nynaeve? Warum ist sie nicht mit Euch heraufgekommen, Mat? Nynaeve!« rief sie zur Treppe hin.

»Du brauchst nicht wie eine Katze zu kreischen«, grollte Nynaeve, die im Treppenhaus erschien. Sie schaute über die Schulter die Stufen hinab. »Ihr haltet sie fest, hört Ihr mich?« rief sie. Sie trug ihren Hut in der Hand und schüttelte ihn gegenüber demjenigen, wen auch immer sie meinte. »Wenn Ihr sie auch entkommen laßt, ohrfeige ich Euch!«

Dann wandte sie sich um, und ihr fielen fast die Augen aus dem Kopf. »Das Licht scheine auf uns«, keuchte sie und beugte sich eilig über Janira. Eine Berührung, und sie richtete sich mit schmerzverzerrtem Gesicht auf. Mat hätte ihr sagen können, daß die Frau tot war. Nynaeve nahm Tod anscheinend persönlich. Sie schüttelte sich und trat zur nächsten Frau, Tamarla, und es schien, als könnte sie bei ihr noch etwas Heilen. Es schien aber auch, als wäre Tamarla schwer verletzt, weil sie stirnrunzelnd über ihr kniete. »Was ist hier geschehen, Mat?« fragte sie, ohne sich nach ihm umzusehen. Ihr Tonfall veranlaßte ihn zu seufzen. Er hätte wissen sollen, daß sie ihn für all das verantwortlich machen würde. »Nun, Mat? Was ist geschehen? Werdet Ihr reden, Mann, oder muß ich…« Er erfuhr niemals, womit sie ihm drohen wollte.

Lan war Nynaeve natürlich aus dem Treppenhaus gefolgt, und Sumeko erschien gleich hinter ihm. Die rundliche Weise Frau blickte einmal den Gang entlang, raffte dann sofort ihre Röcke und lief zu Reanne.

Sie warf Elayne einen besorgten Blick zu, bevor sie auf die Knie sank und ihre Hände auf eigenartige Weise über Reanne zu bewegen begann. Das lenkte Nynaeve jäh ab.

»Was tut Ihr?« fragte sie scharf. Ohne in dem innezuhalten, was sie mit Tamarla tat, gönnte sie der rundlichen Frau nur kurze, aber bohrende Blicke. »Wo habt Ihr das gelernt?«

Sumeko zuckte zusammen, aber ihre Hände hielten nicht inne. »Verzeiht mir, Aes Sedai«, sagte sie atemlos. »Ich weiß, ich sollte nicht… Sie wird sterben, wenn ich nicht… Ich weiß, ich sollte nicht ständig versuchen… Ich wollte einfach lernen, Aes Sedai. Bitte.«

»Gut, gut, macht weiter«, sagte Nynaeve wie abwesend. Der größte Teil ihrer Aufmerksamkeit war auf die Frau unter ihren Händen gerichtet. »Ihr scheint einiges zu wissen, was nicht einmal ich… Das heißt, Ihr verwendet die Stränge auf sehr interessante Art. Ihr werdet vermutlich feststellen, daß viele Schwestern von Euch lernen wollen.« Und sie fügte leise hinzu: »Vielleicht werden sie mich dann in Ruhe lassen.« Sumeko konnte ihre letzten Worte nicht verstanden haben, aber was sie gehört hatte, ließ ihr Kinn auf ihre beachtliche Brust sinken. Ihre Hände hielten jedoch weiterhin nicht inne.

»Elayne«, fuhr Nynaeve fort, »würdest du bitte nach der Schale sehen? Vermutlich ist das die Tür.« Sie deutete mit dem Kopf auf die richtige Tür, die wie ein halbes Dutzend weitere offenstand. Daraufhin blinzelte Mat, bis er zwei kleine stoffumwickelte Bündel wahrnahm, die davor lagen, wo die Plünderer sie verloren haben mußten.

»Ja«, murrte Elayne. »Ja, zumindest das kann ich tun.« Sie hob zögernd eine Hand zu Vanin, der noch immer auf Knien kauerte, ließ sie dann mit einem Seufzen wieder sinken und schritt durch den Eingang, der fast augenblicklich eine Staubwolke und ein hustendes Geräusch freigab.

Die überaus rundliche Weise Frau war nicht die einzige, die Nynaeve und Lan gefolgt war. Ieine trat aus dem Treppenhaus und zwang die tarabonische Schattenfreundin, vor ihr herzugehen, indem sie ihr einen Arm auf den Rücken drehte und eine Faust in den Nacken drückte. Ieines Kiefer war angespannt, ihr Mund fest zusammengepreßt. Ihr Gesicht zeigte halbwegs die erschreckende Sicherheit, daß sie lebendig gehäutet würde, weil sie eine Aes Sedai mißhandelte, und halbwegs Entschlossenheit, ungeachtet dessen, was geschah, weiterzumachen. Nynaeve hatte manchmal diese Wirkung auf Menschen. Die Augen der Schwarzen Schwester waren vor Entsetzen geweitet, und sie sackte zusammen, so daß sie wohl hingefallen wäre, wenn Ieine sie nicht festgehalten hätte. Sie mußte gewiß abgeschirmt worden sein, und ebenso gewiß hätte sie gehäutet zu werden wahrscheinlich dem vorgezogen, was auch immer mit ihr geschehen würde. Tränen rannen über ihre Wangen, und sie schluchzte lautlos.

Hinter ihnen folgte Beslan, der beim Anblick Naleseans und der Frauen traurig aufseufzte, und dann kamen Harnan und drei der Rotwaffen, Fergin, Gorderan und Metwyn, die drei, die auf der Vorderseite des Gebäudes gewesen waren. Harnan und die beiden anderen wiesen blutige Risse in ihren Jacken auf, aber Nynaeve mußte sie unten bereits geheilt haben. Sie bewegten sich nicht, als wären sie noch verletzt. Sie schienen jedoch sehr bedrückt.

»Was ist auf der Rückseite geschehen?« fragte Mat.

»Verdammt sei ich, wenn ich es weiß«, erwiderte Harnan. »Wir sind im Dunkeln unmittelbar in eine Ansammlung von Männern mit Dolchen geraten. Einer hat sich wie eine Schlange bewegt ...« Er zuckte

die Achseln und berührte wie abwesend den blutbe-
fleckten Riß in seiner Jacke. »Einer rammte mir einen
Dolch in den Leib, und das nächste, woran ich mich
erinnere ist, daß ich die Augen öffnete, Nynaeve Sedai
sich über mich beugte und Mendai und die übrigen
tot waren.«

Mat nickte. Einer, der sich wie eine Schlange bewegte und auch wie eine Schlange aus Räumen hin-
ausgelangte. Er sah sich im Gang um. Reanne und
Tamarla waren aufgestanden – sie richteten natürlich
ihre Gewänder –, und Vanin ebenfalls, der in den
Raum spähte, in dem Elayne offensichtlich einige
weitere Flüche ausprobierte – anscheinend genauso
erfolglos wie zuvor, was aber wegen des Hustens
schwer zu sagen war. Nynaeve erhob sich und half Sibella auf, einer hageren blonden Frau. Sumeko war
noch mit Famelle mit ihrem honigfarbenen Haar und
den großen braunen Augen beschäftigt. Aber Melores
Busen könnte er nie wieder bewundern. Reanne kniete
sich hin, um deren Glieder auszustrecken und ihr die
Augen zu schließen, während Tamarla Janira denselben Dienst erwies. Zwei Weise Frauen waren tot, wie
auch sechs seiner Rotwaffen. Getötet von einem...
Mann, den die Macht nicht berühren konnte.

»Ich habe sie gefunden!« rief Elayne aufgeregt. Sie
trat wieder auf den Gang heraus und hielt ein rundes
Bündel zerschlissenen Stoffs in Händen, das sie sich
nicht von Vanin abnehmen lassen wollte. Von Kopf bis
Fuß von Grau umhüllt, wirkte sie, als hätte sie sich im
Staub gewälzt. »Wir haben die Schale der Winde,
Nynaeve.«

»In diesem Fall«, verkündete Mat, »sollten wir, verdammt noch mal, schleunigst von hier verschwinden.« Niemand erhob Einwände. Gewiß, Nynaeve
und Elayne bestanden darauf, daß alle Männer mit
ihren Jacken für Gegenstände Säcke bildeten, die sie in

dem Raum aufgestöbert hatten – sie bepackten sogar die Weisen Frauen und sich selbst –, und Reanne mußte hinabsteigen und Männer verdingen, um ihre Toten zum Bootssteg zu bringen, aber niemand erhob Einwände. Mat bezweifelte, daß der Rahad jemals schon eine solch seltsame Prozession gesehen hatte wie diejenige, die sich jetzt zum Fluß hinab bewegte – oder eine, die schneller vorangegangen wäre.

KAPITEL 7

Zu haltende Versprechen

Laßt uns verdammt noch mal verschwinden«, forderte Mat später erneut, doch dieses Mal wurden Einwände erhoben. Allgemein wurde während der letzten halben Stunde gestritten, und allmählich reichte es Mat. Die Sonne war schon über den Zenit hinausgelangt. Die Passatwinde milderten die Hitze ein wenig. Schwere gelbe Vorhänge, die über den hohen Fenstern angebracht waren, bauschten sich und flatterten im Wind geräuschvoll. Seit drei Stunden waren sie im Tarasin-Palast zurück. Die Würfel rollten noch immer in seinem Kopf umher, und er hatte das Bedürfnis, gegen etwas zu treten. Oder jemanden zu treten. Er zog an dem um seinen Hals befestigten Schal. Es fühlte sich so an, als ob das Seil, das die Narbe hinterlassen hatte, wieder um seinen Hals läge und sich langsam zuzöge. »Liebe des Lichts, seid Ihr alle blind? Oder nur taub?«

Tylin hatte einen großen, mit grünen Wänden und einer hohen blauen Decke und außer mit vergoldeten Stühlen und kleinen, mit Schildpatt verzierten Tischen unmöblierten Raum zur Verfügung gestellt, der aber dennoch überfüllt war. Tylin saß mit übereinandergeschlagenen Beinen vor einem der drei Marmorkamine und beobachtete Mat mit jenen dunklen Adleraugen und einem kleinen Lächeln, während sie müßig ihre blauen und gelben Röcke richtete und ebenso müßig mit dem mit Edelsteinen besetzten Heft ihres gebogenen Dolches spielte. Er vermutete, daß Elayne oder

Nynaeve mit ihr gesprochen hatten. Auch sie waren anwesend und saßen jetzt zu beiden Seiten der Königin. Irgendwann hatten sie saubere Kleidung angelegt und anscheinend sogar gebadet, obwohl sie nur jeweils für Minuten außer Sicht gewesen waren, seit sie zum Palast zurückgekehrt waren. Sie waren Tylin in ihrer leuchtenden Seide fast in ihrer königlichen Würde ebenbürtig. Mat war sich nicht sicher, wen sie mit all dieser Spitze und komplizierten Stickerei beeindrucken wollten. Sie schienen bereit für einen königlichen Ball, nicht für eine Reise. Er selbst trug noch immer seine schmutzige Kleidung, die staubige grüne Jacke geöffnet und der silberne Fuchskopf im Ausschnitt seines Hemdes verfangen. Dadurch, daß er das Lederband verknotet hatte, war es kürzer geworden, aber er wollte, daß das Medaillon seine Haut berührte. Er befand sich immerhin in Gegenwart von Frauen, welche die Macht lenken konnten.

Tatsächlich hätten diese drei Frauen den Raum wahrscheinlich allein überfüllt erscheinen lassen können. Auch Tylin allein hätte dies bewirken können, soweit es ihn betraf. Wenn Nynaeve oder Elayne *tatsächlich* mit ihr gesprochen hatten, war es ratsam, daß er fortging.

»Das ist lächerlich«, verkündete Merilille. »Ich habe niemals von irgendeinem Schattengezücht namens *Gholam* gehört. Und Ihr?« Die Frage war an Adeleas und Vandene, Sareitha und Careane gerichtet. Angesichts Tylin ließ die kühle Aes Sedai-Gelassenheit die Stühle mit den hohen Rückenlehnen fast wie Throne wirken. Mat konnte nicht verstehen, warum Nynaeve und Elayne so schwerfällig dasaßen, ebenfalls kühle Gelassenheit, aber vollkommen schweigsam. Sie erkannten, sie verstanden, und aus einem unbestimmten Grund verhielten sich die anderen ihnen gegenüber jetzt demütig. Mat Cauthon andererseits war ein grober Rüpel, der getreten werden mußte, und von Merilille abwärts waren alle bereit, dies zu übernehmen.

»Ich habe das Wesen gesehen«, fauchte er. »Elayne hat das Wesen gesehen, Reanne und die Weisen Frauen haben es gesehen. Fragt sie!«

An einem Ende des Raumes versammelt, wichen Reanne und die fünf überlebenden Weisen Frauen aus Angst vor den bohrenden Fragen wie sich duckende Hennen zurück. Zumindest alle außer Sumeko. Die Daumen hinter ihren langen roten Gürtel gesteckt, sah die rundliche Frau die Aes Sedai ständig stirnrunzelnd an, schüttelte dann den Kopf, runzelte erneut die Stirn und schüttelte erneut den Kopf. Nynaeve hatte auf dem Rückweg in der Bootskabine ein wichtiges Gespräch unter vier Augen mit ihr geführt, und Mat glaubte, daß diese etwas mit ihrer neu gefundenen Haltung zu tun hatte. Er hatte mehr als einmal Aes Sedai erwähnen hören – nicht daß er zu lauschen versucht hätte. Die übrigen fragten sich wohl, ob sie anbieten sollten, Tee zu holen. Nur Sumeko hatte anscheinend erwogen, Platz anzubieten. Sibella, die entsetzt mit den knochendürren Armen ruderte, war beinahe in Ohnmacht gefallen.

»Niemand zweifelt die Worte von Elayne Aes Sedai an, Meister Cauthon«, sagte Renaile din Calon Blauer Stern mit kühler, tiefer Stimme. Auch wenn die würdevolle Frau in einem Seidengewand, das zu den rot-gelben Bodenfliesen paßte, ihm nicht zuvor benannt worden wäre, hätten die sich mit seinen eigenen vermischenden alten Erinnerungen sie anhand der zehn schweren Goldringe in ihren Ohrläppchen, die jeweils mit einer goldenen Kette verbunden und halbwegs von den schmalen weißen Flügeln in ihrem glatten schwarzen Haar verborgen waren, als Windsucherin der Herrin der Schiffe ausgewiesen. Die dicht nebeneinander hängenden Medaillons an der dünneren Kette, die zu ihrem Nasenring verlief, hätten ihm unter anderem angezeigt, welchem Clan sie angehörte, wie auch die Tätowierungen auf ihren schlanken dunklen Händen. »Wir stellen die Gefahr in Frage«, fuhr sie fort. »Wir verlassen das Wasser nicht gern ohne Grund.«

Fast zwanzig Meervolk-Frauen standen hinter ihrem Stuhl versammelt, eine Orgie farbenprächtiger Seidenstoffe und Ohrringe und Medaillons an Ketten. Die erste Merkwürdigkeit, die Mat an ihnen bemerkt hatte, war ihre Haltung gegenüber den Aes Sedai. Sie verhielten sich vollkommen respektvoll, zumindest oberflächlich, aber er hatte niemals zuvor jemanden Aes Sedai *selbstgefällig* betrachten sehen. Die zweite Merkwürdigkeit fiel ihm durch die Erinnerungen jener anderen Menschen auf. Er wußte durch sie nicht viel über das Meervolk, aber genügend. Jeder Atha'an Miere, ob Mann oder Frau, begann als niedrigster Matrose, ungeachtet des Umstands, ob es ihm oder ihr bestimmt war, eines Tages der Meister der Klingen oder die Herrin der Schiffe zu werden, und auf jedem Schritt des Weges eiferte das Meervolk auf eine Art um Ränge, die jeden König und jede Aes Sedai gleichgültig wirken ließ. Die Frauen hinter Renaile waren nach jeglichen Maßstäben gemessen ein seltsamer Haufen, aber zwei trugen helle Blusen aus einfachem Tuch über dunklen, schmierigen Matrosenhosen und beide einen einzigen schmalen Ring im linken Ohr. Ein zweiter und dritter Ring im rechten Ohr deuteten an, daß sie zu Windsucherinnen ausgebildet wurden, die sich aber erst noch zwei weitere Ringe verdienen mußten, ganz zu schweigen vom Nasenring, weshalb sie noch lange aufgefordert würden, die Segel niederzuholen, wann immer der Decksmeister sie brauchte, und Schläge vom ihm einstecken würden, wenn sie sich nicht schnell genug rührten. Die beiden gehörten nach all seinen Erinnerungen nicht zu dieser Versammlung. Die Windsucherin der Herrin der Schiffe hätte normalerweise nicht einmal mit ihnen gesprochen.

»Genau wie ich gesagt habe, Renaile«, bemerkte Merilille frostig und herablassend. Sie hatte jene selbstgefälligen Blicke gewiß bemerkt. Ihr Tonfall änderte sich nicht, als sie ihre Aufmerksamkeit ihm zuwandte. »Seid nicht gereizt, Meister Cauthon. Wir sind bereit, Vernunftgründen zuzuhören. Wenn Ihr welche vorbringen könnt.«

Mat bemühte sich um Geduld. Er hoffte, daß er noch genug übrig hatte – vielleicht wenn er beide Hände und Füße zu Hilfe nahm. »*Gholam* wurden mitten im Krieg der Macht, während des Zeitalters der Legenden, geschaffen«, begann er fast am Anfang dessen, was Birgitte ihm erzählt hatte. Er wandte sich um und sah jede Gruppe von Frauen an, während er sprach. Verdammt sei er, wenn er einer Gruppe das Gefühl vermittelte, wichtiger zu sein als eine andere. Oder das Gefühl, er würde sie um etwas bitten, besonders weil dies der Fall war. »Sie wurden geschaffen, um Aes Sedai zu töten. Aus keinem anderen Grund. Um Menschen zu töten, welche die Macht lenken konnten. Die Eine Macht wird Euch nicht helfen. Die Macht berührt einen *Gholam* nicht. Tatsächlich können sie die Fähigkeit, die Macht zu lenken, erspüren, wenn sie sich in einem Umkreis von ungefähr fünfzig Fuß von Euch befinden. Sie können auch die Macht in *Euch* erspüren. Ihr werdet den *Gholam* erst bemerken, wenn es zu spät ist. Sie sehen genauso aus wie alle anderen Menschen. Äußerlich. Innerlich … *Gholam* besitzen keine Knochen. Sie können sich unter einer Tür hindurchquetschen, und sie sind ausreichend stark, eine Tür mit einer Hand aus den Angeln zu reißen.« Oder einem Menschen die Kehle herauszureißen. Licht, er hätte Nalesean ausschlafen lassen sollen.

Er unterdrückte einen Schauder und zwang sich zum Weitersprechen. Sämtliche Frauen beobachteten ihn und schienen nicht einmal zu blinzeln. Er würde sie sein Erschaudern nicht merken lassen. »Es wurden nur sechs *Gholam* erschaffen – drei männliche und drei weibliche. Zumindest sehen sie so aus. Anscheinend empfanden sogar die Verlorenen leichtes Unbehagen, oder vielleicht beschlossen sie auch einfach, daß sechs genügten. Wie auch immer – wir wissen, daß sich ein *Gholam* in Ebou Dar befindet, der wahrscheinlich seit der Zerstörung in einer Stasis-Kammer am Leben gehalten wurde. Wir wissen nicht, ob noch andere in diese Kammer verbracht wurden, aber einer ist mehr als genug. Wer auch immer ihn geschickt hat – und es muß einer der Verlorenen gewesen sein –, wußte, daß er uns über den Fluß folgen würde. Er mußte wegen der Schale der Winde geschickt worden sein, und nach dem, was er zu mir gesagt hat, auch, um Nynaeve oder Elayne oder vielleicht sogar beide zu töten.« Er warf ihnen kurz einen tröstenden Blick zu. Niemand konnte sich wohl fühlen, wenn er wußte, daß dieses Wesen hinter ihm her war. Als Reaktion sah Elayne ihn verwirrt an und runzelte leicht die Stirn, und Nynaeve machte eine flüchtige, ungeduldige Handbewegung, daß er fortfahren solle.

»Gut«, sagte er und warf den beiden jetzt einen finsteren Blick zu. Man hatte es schwer, wenn man mit Frauen zu tun hatte. »Wer auch immer den *Gholam* gesandt hat, muß wissen, daß sich die Schale jetzt hier im Tarasin-Palast befindet. Wenn derjenige den *Gholam* hierherschickt, werden einige von Euch sterben. Vielleicht viele von Euch. Ich kann Euch nicht alle gleichzeitig beschützen. Vielleicht bekommt er sogar die Schale, und das noch zusätzlich zu Falion Bhoda.

Es besteht nur eine geringe Wahrscheinlichkeit, daß sie allein ist, selbst wenn Ispan gefangengenommen wurde, und das bedeutet, daß wir uns auch um die Schwarze Ajah sorgen müssen. Nur für den Fall, daß Euch die Verlorenen und der *Gholam* nicht genügen.« Reanne und die Weisen Frauen richteten sich bei Erwähnung der Schwarzen Ajah noch empörter auf als Merilille und ihre Freundinnen, und die Aes Sedai, die starr dasaßen und ihre Röcke richteten, schienen bereit, den Raum verärgert zu verlassen. Er mußte sich zwingen weiterzusprechen. »Nun. Erkennt Ihr jetzt, warum Ihr den Palast verlassen und die Schale an einen Ort bringen müßt, den der Gholam nicht kennt? An einen Ort, den die Schwarze Ajah nicht kennt? Versteht Ihr, warum es jetzt sein muß?«

Renaile schnaubte laut. »Ihr wiederholt Euch, Meister Cauthon. Merilille Sedai sagt, sie hat niemals von diesem *Gholam* gehört. Elayne Sedai sagt, dort sei ein seltsamer Mann gewesen, ein Wesen, aber kaum mehr. Und was ist diese *Stasis*-Kammer? Das habt Ihr nicht erklärt. Woher wißt Ihr, was Ihr zu wissen vorgebt? Warum sollten wir uns auf das Wort eines Mannes hin, der Fabelwesen aus der Luft erschafft, noch weiter vom Wasser entfernen?«

Mat schaute zu Nynaeve und Elayne, wenn auch nur mit wenig Hoffnung. Wenn sie nur den Mund aufmachten, hätte dies schon lange beendet sein können, aber sie erwiderten seinen Blick nur und übten die ausdruckslose Aes Sedai-Maske. Er konnte ihr Schweigen nicht verstehen. Sie hatten nur einen kärglichen Bericht über die Ereignisse im Rahad abgegeben, und er war bereit zu wetten, daß sie die Schwarze Ajah überhaupt nicht erwähnt hätten, wenn es eine andere Möglichkeit gegeben hätte zu erklären, daß sie mit einer gebundenen und abgeschirmten Aes Sedai im Palast erschienen waren. Ispan wurde in einem anderen Teil des Palasts festgehalten, und ihre Anwesenheit war nur einer Handvoll Menschen bekannt. Nynaeve hatte irgendein Gebräu Ispans Kehle hinab gezwungen, eine übelriechende Mischung aus Kräutern, welche die Augen der Frau beim Schlucken hervortreten und sie kurz nacheinander kichern und stammeln ließ. Die übrigen Mitglieder des Frauenzirkels blieben als Wachen bei ihr. Unwillige Wachen, aber sehr aufmerksame. Nynaeve hatte überaus deutlich gemacht, daß sie, wenn sie Ispan entkommen ließen, besser davonlaufen sollten, bevor sie Hand an sie legte.

Mat achtete sehr darauf, nicht zu Birgitte zu blicken, die mit Aviendha neben der Tür stand. Die Aielfrau trug ein Ebou Dari-Gewand. Nicht das einfache Tuch, in dem sie zurückgekehrt war, sondern ein silbergraues, seidenes Reitgewand, das nicht zu ihrem in einer einfachen Scheide steckenden, mit einem Horngriff versehenen Gürtelmesser paßte. Birgitte hatte ihr Gewand rasch gegen ihre übliche kurze Jacke und weite Hose in Dunkelblau und Dunkelgrün eingetauscht. An ihrer Hüfte hing bereits ein Köcher. Abgesehen von dem, was er im Rahad mit eigenen Augen gesehen hatte, war sie die Quelle all dessen, was er über den *Gholam* wußte – und über Stasis-Kammern. Und was er gesehen hatte, hätte er selbst unter Folter nicht preisgegeben.

»Ich habe einmal ein Buch gelesen, das um...«, begann er, doch Renaile unterbrach ihn.

»Ein Buch«, höhnte sie. »Ich werde Salz nicht gegen ein Buch eintauschen, das Aes Sedai nicht kennen.«

Plötzlich fiel Mat auf, daß er der einzige anwesende Mann war. Lan war auf Nynaeves Befehl gegangen, ebenso folgsam wie Beslan auf den Befehl seiner Mutter. Thom und Juilin packten, um abzureisen, und waren inzwischen wahrscheinlich fertig.

Wenn es einen Sinn hatte. Wenn sie jemals abreisen würden. Der einzige Mann, von einer Mauer von Frauen umgeben, die anscheinend beabsichtigten, ihn den Kopf gegen die Wand schlagen zu lassen, bis sein Gehirn aufweichte. Es ergab keinen Sinn. Keinen. Sie sahen ihn abwartend an.

Nynaeve, in einem blauen, spitzenbesetzten und mit gelben Schlitzen versehenen Gewand, hatte ihren Zopf über die Schulter gezogen, so daß er zwischen ihren Brüsten herabhing, aber dieser schwere goldene Ring – Lans Ring, wie Mat erfahren hatte – war sorgfältig so plaziert, daß jedermann ihn sehen konnte. Ihr Gesicht war weich, und die Hände ruhten auf ihrem Schoß, und doch zuckten ihre Finger manchmal. Elayne, in grüner Ebou Dari-Seide, erwiderte seinen Blick mit Augen wie kühle Teiche tiefblauen Wassers. Ihre Hände ruhten ebenfalls auf ihrem Schoß, aber sie zog hin und wieder die Goldstickerei auf ihren Röcken nach und hielt dann jäh inne. Warum sagten sie nichts? Versuchten sie, sich an ihm zu rächen? »Mat will so sehr verantwortlich sein – soll er doch einmal sehen, wie er ohne uns zurechtkommt.« Ging es nur darum? Von Nynaeve hätte er das vielleicht geglaubt, aber nicht von Elayne – nicht mehr. Warum also?

Reanne und die Weisen Frauen wichen vor ihm nicht so zurück wie vor den Aes Sedai, aber ihre Haltung ihm gegenüber hatte sich geändert. Tamarla nickte ihm unaufdringlich respektvoll zu. Famelle mit dem honigfarbenen Haar ging so weit, freundlich zu lächeln. Reanne errötete seltsamerweise ein wenig. Aber sie waren nicht wirklich als Opposition anzusehen. Die sechs Frauen hatten kein Dutzend spontane Worte miteinander gewechselt, seit sie diesen Raum betreten hatten. Jedermann würde springen, wenn Nynaeve oder Elayne mit den Fingern schnippten, und würde weiterhin springen, bis man ihm aufzuhören befahl.

Er wandte sich an die übrigen Aes Sedai. Unendlich ruhige Gesichter, unendlich geduldig. Außer... Merililles Blick zuckte einen Moment an ihm vorbei zu Nynaeve und Elayne. Sareitha begann unter seinem Blick zögernd ihre Röcke zu glätten, wobei sie sich dessen nicht bewußt zu sein schien. Ein düsterer Verdacht kam in ihm auf. Hände, die sich auf Röcken bewegten. Reannes Erröten. Birgittes Köcher. Ein düsterer Verdacht. Er wußte eigentlich nicht, welcher Verdacht. Nur daß er dies falsch angegangen war. Er sah Nynaeve streng und Elayne noch strenger an. Butter wäre auf ihren verdammten Zungen nicht geschmolzen.

Er ging langsam auf die Meervolk-Frauen zu. Er ging nur voran, aber er hörte jemanden bei Merilille schnauben, und Sareitha murrte: »Solch eine Unverschämtheit!« Nun, er würde ihnen Unverschämtheit zeigen. Wenn es Nynaeve und Elayne nicht gefiel, hätten sie ihn ins Vertrauen ziehen sollen. Licht, er haßte es, benutzt zu werden. Besonders, wenn er nicht wußte wie oder warum.

Er blieb vor Renailes Stuhl stehen und betrachtete die dunklen Gesichter der Atha'an Miere-Frauen hinter ihr prüfend, bevor er zu ihr hinabblickte. Sie runzelte die Stirn und strich mit der Hand über einen mit Mondsteinen besetzten Dolch, der in ihrer Schärpe steckte. Sie war ein eher stattliche als hübsche Frau, ungefähr in mittlerem Alter, und er hätte es unter anderen Umständen vielleicht genossen, ihr in die Augen zu sehen. Es waren große dunkle Teiche, in deren Betrachtung ein Mann den ganzen Abend verbringen konnte. Unter anderen Umständen. Das Meervolk war in einem unbestimmten Sinne die Fliege im Sahnekrug, und er hatte keine Ahnung, wie er sie herausfischen sollte. Es gelang ihm, seine Verärgerung zu beherrschen. Gerade so. Was sollte er, verdammt noch mal, tun?

»Soweit ich es verstanden habe, könnt Ihr alle die Macht lenken«, sagte er ruhig. »Aber das besagt für mich nicht viel.« Er konnte genausogut von Anfang an offen reden. »Ihr könnt Adeleas oder Vandene fragen, wieviel es mir bedeutet, ob eine Frau die Macht lenken kann oder nicht.«

Renaile blickte an ihm vorbei zu Tylin, aber sie sprach nicht die Königin an. »Nynaeve Sedai«, sagte sie trocken, »ich glaube, bei Eurem Handel war nicht die Rede davon, daß ich diesem jungen Wergzupfer zuhören müßte...«

»Mich kümmern Eure Absprachen mit jemand anderem verdammt wenig, Ihr Tochter des Sandes«, fauchte Mat. Also beherrschte er seine Verärgerung doch nicht so gut. Ein Mann konnte nur ein gewisses Maß ertragen.

Keuchen erklang von den Frauen hinter ihr. Vor etwas über eintausend Jahren hatte eine Meervolk-Frau einen essenianischen Soldaten einen Sohn des Sandes genannt, unmittelbar bevor sie versucht hatte, ihm eine Klinge zwischen die Rippen zu stoßen. Die Erinnerung lag in Mat Cauthons Kopf verborgen. Es war nicht die schlimmste Beleidigung unter den Atha'an Miere, aber es kam dem nahe. Renailes Gesicht wurde puterrot. Mit einem Zischen und zornig hervortretenden Augen sprang sie auf, wobei der mit Mondsteinen besetzte Dolch in ihrer Faust aufblitzte.

Mat entriß ihn ihr, bevor die Klinge seine Brust berühren konnte, und stieß sie auf den Stuhl zurück. Er besaß schnelle Hände. Er konnte seine Verärgerung immer noch beherrschen. Ungeachtet dessen, wie viele Frauen glaubten, sie könnten ihn als Marionette benutzen, konnte er ... »Hört mir zu, verdammte Närrin.« In Ordnung, vielleicht konnte er sie doch nicht beherrschen. »Nynaeve und Elayne brauchen Euch, sonst würde ich es dem *Gholam* überlassen, Euch die Knochen zu brechen, und der Schwarzen Ajah, Eure Überreste aufzusammeln. Nun, soweit es Euch betrifft, bin ich der Meister der Klingen, und meine Klingen sind blankgezogen.« Er hatte keine Ahnung, was das genau bedeutete – er hatte es nur einmal gehört. »Wenn die Klingen blankgezogen sind, verbeugt sich selbst die Herrin der Schiffe vor dem Meister der Klingen. Das ist der Handel zwischen Euch und mir. Ihr geht dorthin, wohin Nynaeve und Elayne Euch hinschicken, und ich werde Euch im Gegenzug nicht auf Pferden festbinden wie Packtaschen und Euch dorthin schleppen!«

Es gab keine Möglichkeit fortzufahren. Renaile erschauderte unter der Anstrengung, ihn ungeachtet ihres Dolches in seiner Hand nicht mit bloßen Händen anzugreifen. »Einverstanden, unter dem Licht!« grollte sie. Ihr fielen fast die Augen aus dem Kopf. Sie bewegte mit verwirrter und ungläubiger Miene die Lippen. Dieses Mal klang das Keuchen, als würde der Wind die Vorhänge herabreißen.

»Einverstanden«, sagte Mat rasch, berührte mit den Fingern seine Lippen und drückte sie dann auf ihre.

Kurz darauf tat sie es ihm gleich, wobei ihre Finger an seinen Lippen zitterten. Er streckte den Dolch aus, und sie betrachtete ihn teilnahmslos, bevor sie ihn entgegennahm und die Klinge in die edelsteinbesetzte Scheide zurücksteckte. Es war nicht höflich, jemanden zu töten, mit dem man gerade einen Handel besiegelt hatte. Zumindest solange nicht, bis die Bedingungen erfüllt waren. Murmeln erhob sich von den Frauen hinter ihrem Stuhl, und Renaile klatschte einmal in die Hände. Das brachte die Frauen von den Windsucherinnen bis zu den Herrinnen der Wogen schnell zum Schweigen.

»Ich glaube, ich habe gerade einen Handel mit einem *Ta'veren* abgeschlossen«, sagte sie mit ihrer kühlen, tiefen Stimme. Die Frau konnte Aes Sedai noch lehren, wie man sich rasch wieder faßte. »Aber eines Tages, Meister Cauthon, wenn es dem Licht gefällt, werde ich Euch vernichten.«

Er wußte nicht, was das bedeutete, nur daß es von ihr unerfreulich klang. Er antwortete diplomatisch. »Alles ist möglich, wenn es dem Licht gefällt«, murmelte er. Die Höflichkeit zahlte sich letztendlich aus, obwohl sie beunruhigend hoffnungsvoll lächelte.

Als Mat sich wieder dem übrigen Raum zuwandte, hätte man den ihm gewährten Blicken nach glauben können, er habe neuerdings Hörner und Flügel. »Gibt es noch weitere Einwände?« fragte er sarkastisch, ohne auf Antworten zu warten. »Das dachte ich mir. In diesem Fall schlage ich vor, daß Ihr einen weit von hier entfernten Ort auswählt, damit wir uns auf den Weg machen können, sobald Ihr Eure Habe gepackt habt.«

Sie debattierten eifrig. Elayne erwähnte Caemlyn und klang dabei zumindest halbwegs ernst, und Careane schlug mehrere abgelegene Dörfer in den Schwarzen Bergen vor, die durch das Wegetor alle gut erreichbar wären. Licht, jeder Ort war durch das Wegetor gut erreichbar. Vandene sprach von Arafel, und Aviendha schlug Rhuidean in der Aiel-Wüste vor, wobei die Meervolk-Frauen um so verdrossener wurden, je weiter die genannten Orte vom Meer entfernt lagen. Alles nur Theater. Das wurde zumindest Mat durch die ungeduldige Art klar, in der Nynaeve sich an ihrem Zopf zu schaffen machte, obwohl eifrig und rasch Vorschläge gemacht wurden.

»Wenn ich etwas sagen dürfte, Aes Sedai?« schaltete sich Reanne schließlich zaghaft ein. Sie hob sogar eine

Hand. »Die Schwesternschaft unterhält auf der anderen Seite des Flusses, wenige Meilen nördlich, einen Bauernhof. Jedermann weiß, daß er ein Zufluchtsort für Frauen ist, die Zeit zum Nachdenken und Ruhe brauchen, aber niemand verbindet ihn mit uns. Die Gebäude sind groß und behaglich, wenn man länger bleiben muß, und…«

»Ja«, unterbrach Nynaeve sie. »Ja, ich denke, das ist ein guter Vorschlag. Was meinst du, Elayne?«

»Ich denke, es klingt wundervoll, Nynaeve. Ich weiß, daß Renaile es zu schätzen wissen wird, wenn sie in der Nähe des Meeres bleiben kann.« Die anderen fünf Schwestern übertrafen sie noch, indem sie sagten, wie angenehm es klang und wieviel besser als jeder andere Vorschlag.

Mat verdrehte die Augen. Tylin war geübt darin, nicht zu sehen, was vor ihrer Nase lag, aber Renaile schnappte danach wie eine Forelle nach einer Florfliege, was natürlich beabsichtigt gewesen war. Sie sollte aus einem unbestimmten Grund nicht wissen, daß Nynaeve und Elayne alles schon zuvor geregelt hatten. Sie führte die übrigen Meervolk-Frauen hinaus, um ihre mitgebrachte Habe zu packen, bevor Nynaeve und Elayne ihre Meinung ändern konnten.

Die beiden wären Merilille und den anderen Aes Sedai gefolgt, aber er winkte sie mit einer Handbewegung heran. Sie wechselten Blicke – er hätte eine Stunde gebraucht, um auszudrücken, was diese Blicke enthielten –, woraufhin sie, worüber er einigermaßen überrascht war, zu ihm kamen. Aviendha und Birgitte beobachteten sie von der Tür und Tylin von ihrem Stuhl aus.

»Es tut mir sehr leid, daß wir Euch benutzt haben«, sagte Elayne, bevor er ein Wort äußern konnte. Sie lächelte ihn mit diesen Grübchen an. »Wir hatten unsere Gründe, Mat, das müßt Ihr uns glauben.«

»Die Ihr nicht erfahren müßt«, wandte Nynaeve schroff ein und warf ihren Zopf mit einer gekonnten Kopfbewegung wieder über die Schulter, so daß der Goldring auf ihrem Busen hüpfte. Lan *mußte* verrückt sein. »Ich muß sagen, ich hätte niemals erwartet, daß Ihr tun würdet, was Ihr getan habt. Was, um alles in der Welt, hat Euch auf die Idee gebracht zu versuchen, sie *einzuschüchtern*? Ihr hättet alles verderben können.«

»Was wäre das Leben, wenn man nicht hin und wieder etwas wagte?« meinte er vergnügt. Wenn sie dachten, es sei geplant und nicht ein spontaner Ausbruch gewesen, sollte es ihm recht sein. Aber sie hatten ihn erneut benutzt, ohne ihm etwas davon zu sagen, und dafür wollte er ein wenig entschädigt werden. »Wenn Ihr das nächste Mal einen Handel mit dem Meervolk abschließen müßt, laßt mich es für Euch übernehmen. Dann wird es vielleicht nicht so schlimm wie beim letzten Mal.« Nynaeves leicht gerötete Wangen zeigten ihm, daß er genau ins Schwarze getroffen hatte. Nicht schlecht für einen Blindschuß.

Elayne murmelte im Tonfall kläglicher Belustigung jedoch nur: »Ein höchst aufmerksamer Untertan.« Gut bei ihr angeschrieben zu sein, könnte sich als weniger angenehm erweisen als das Gegenteil.

Sie strebten zur Tür, ohne ihm die Möglichkeit zu geben, noch mehr zu sagen. Nun, er hatte nicht wirklich erwartet, daß sie Erklärungen abgeben würden. Sie waren beide Aes Sedai bis auf die Knochen. Ein Mann lernte, mit dem zu leben, was er tun mußte.

Er hatte fast nicht mehr an Tylin gedacht, aber sie an ihn. Sie fing ihn ab, bevor er noch zwei Schritte getan hatte. Nynaeve und Elayne blieben mit Aviendha und Birgitte an der Tür stehen und beobachteten sie. Daher sahen sie, wie Tylin ihn in den Hintern zwickte. Mit einigen Dingen zu leben, konnte niemand lernen. Elayne setzte eine mitleidige und Nynaeve eine heftig mißbilligende Miene auf. Aviendha bekämpfte nicht sehr erfolgreich den Drang zu lachen, und Birgitte grinste offen. Sie wußten, verdammt noch mal, *alle* Bescheid.

»Nynaeve hält dich für einen kleinen Jungen, der Schutz braucht«, hauchte Tylin ihm zu. »Ich aber weiß, daß du ein erwachsener Mann bist.« Ihr rauchiges Kichern machte ihre Worte zum unflätigsten Kommentar, den er jemals gehört hatte. Die vier Frauen an der Tür wurden Zeuge, wie sein Gesicht purpurrot anlief. »Ich werde dich vermissen, Taube. Was du mit Renaile getan hast, war großartig. Ich bewundere gebieterische Männer sehr.«

»Ich werde dich auch vermissen«, murmelte er. Zu seinem Entsetzen war das die reine Wahrheit. Er verließ Ebou Dar gerade rechtzeitig. »Aber wenn wir uns wiedersehen, werde ich die Jagd übernehmen.«

Sie lachte glucksend, und die dunklen Adleraugen leuchteten fast. »Ich bewundere gebieterische Männer, Entchen. Aber nicht, wenn sie *mir* zu gebieten versuchen.« Sie zog seinen Kopf an den Ohren zu sich herunter, um ihn zu küssen.

Er sah Nynaeve und die anderen nicht gehen und verließ den Raum auf unsicheren Beinen, während er sein Hemd wieder in die Hose stopfte. Er mußte noch einmal umkehren, um seinen noch in einer Ecke lehnenden Speer und seinen Hut zu holen. Die Frau besaß kein Schamgefühl. Kein bißchen Schamgefühl.

Er fand Thom und Juilin, die aus Tylins Räumen kamen, gefolgt von Nerim und Lopin, Naleseans kräftigem Mann, die beide als Satteltaschen zu benutzende, große Weidenpacktaschen mit sich schleppten. Sie waren mit seiner Habe beladen, wie Mat erkannte. Juilin trug Mats Bogen und seinen Köcher über eine Schulter geschlungen. Nun, sie hatte gesagt, er würde umziehen.

»Ich fand dies auf Eurem Kissen«, sagte Thom und hielt ihm den Ring hin, den er vor einer Zeit, die ihm wie ein Jahr erschien, gekauft hatte. »Anscheinend ein Abschiedsgeschenk. Über *beide* Kissen waren Liebesbande und einige andere Blumen verstreut.«

Mat steckte sich den Ring mit einer heftigen Bewegung an den Finger. »Er gehört mir, verdammt. Ich habe ihn bezahlt.«

Der alte Gaukler zupfte an seinem Schnurrbart und hustete in dem mißlungenen Versuch, ein jähes breites Grinsen zu verbergen. Juilin riß sich diesen lächerlichen tarabonischen Hut vom Kopf und vertiefte sich in die Betrachtung von dessen Innenseite.

»Blut und flammende …!« Mat atmete tief durch. »Ich hoffe, Ihr beide habt auch einen Moment darauf verwendet, Eure eigene Habe zu packen«, sagte er ruhig, »denn sobald ich Olver am Wickel bekomme, werden wir aufbrechen, selbst wenn wir eine schimmelige Harfe oder einen rostigen Dolch zurücklassen müssen.« Juilin zog mit einem Finger einen Augenwinkel herab, was auch immer das bedeuten sollte, aber Thom runzelte augenblicklich die Stirn. Wer Thoms Flöte oder Harfe beleidigte, beleidigte Thom selbst.

»Mylord«, sagte Lopin düster. Er war ein dunkler, bereits kahl werdender Mann, rundlicher als Sumeko, und seine schwarze, tairenische Jacke eines Bürgerlichen, die bis zur Taille eng ansaß und dann ausgestellt war, paßte wirklich sehr genau. Er wirkte normalerweise beinahe ebenso würdevoll wie Nerim, aber jetzt waren seine Augen gerötet, als hätte er geweint. »Mylord, besteht eine Möglichkeit, daß ich zurückbleiben könnte, um der Bestattung Naleseans beizuwohnen? Er war ein guter Herr.«

Mat haßte es, nein zu sagen. »Jeder, den wir zurückließen, könnte vielleicht für lange Zeit zurückbleiben müssen, Lopin«, sagte er freundlich. »Hört zu, ich brauche jemanden, der mir bei Olvers Aufsicht hilft. Nerim hat schon mit mir alle Hände voll zu tun. Außerdem wird Nerim zu Talmanes zurückgehen. Wenn Ihr wollt, übernehme ich Euch selbst.« Er hatte sich daran gewöhnt, einen Diener zu haben, und es waren harte Zeiten für einen Mann auf Arbeitssuche.

»Das würde mir sehr gefallen, Mylord«, sagte der Bursche schwermütig. »Der junge Olver erinnert mich stark an den Sohn meiner jüngsten Schwester.«

Aber als sie Mats frühere Räume betraten, war Lady Riselle dort, die weitaus schicklicher gekleidet war als zu dem Zeitpunkt, als Mat sie das letzte Mal gesehen hatte, und sie war ganz allein.

»Warum hätte ich ihn an mich binden sollen?« sagte sie, während sich ihr wirklich erstaunlicher Busen vor Gemütsbewegung hob, als sie ihre Fäuste in die Hüften stemmte. Das Entchen der Königin sollte anscheinend Untergebenen der Königin gegenüber keinen schnippischen Ton anschlagen. »Wenn man einem Jungen die Flügel zu stark stutzt, wird er niemals ein richtiger Mann. Er hat seine Leseübungen auf meinen Knien gemacht – er hätte vielleicht den ganzen Tag gelesen, wenn ich es zugelassen hätte –, und er hat seine Zahlen geübt, so daß ich ihn gehen ließ. Warum sorgt Ihr Euch so? Er hat versprochen, bei Sonnenuntergang zurück zu sein, und er scheint großen Wert auf die Einhaltung seiner Versprechen zu legen.«

Mat stellte den *Ashandarei* in seine alte Ecke und wies die anderen Männer an, ihre Lasten abzulegen und Vanin und die übrigen Rotwaffen zu suchen. Dann ließ er von Riselles aufsehenerregendem Busen ab und ging zu den Räumen, die sich Nynaeve und die anderen Frauen teilten. Sie waren alle im Wohnzimmer und Lan ebenso, den Umhang des Behüters bereits über den Rücken gelegt und die Satteltaschen auf den Schultern. Anscheinend seine und Nynaeves Satteltaschen. Eine beachtliche Anzahl Kleiderbündel und nicht sehr kleiner Kisten lagen und standen überall auf dem Boden. Mat fragte sich, ob sie Lan dazu bringen könnten, diese auch zu tragen.

»Natürlich müßt Ihr ihn suchen, Mat Cauthon«, erklärte Nynaeve. »Glaubt Ihr, wir würden das Kind einfach im Stich lassen?« Wenn man sie hörte, hätte man glauben können, daß genau das *seine* Absicht gewesen wäre.

Er wurde jäh mit Hilfsangeboten überschwemmt, nicht nur, daß Nynaeve und Elayne vorschlugen, den Aufbruch zum Bauernhof zu verschieben, sondern Lan, Birgitte und Aviendha boten auch an, sich an der Suche zu beteiligen. Lan ging eiskalt daran, grimmig wie immer, aber Birgitte und Aviendha…

»Mir würde das Herz brechen, wenn dem Jungen etwas zustieße«, sagte Birgitte, und Aviendha fügte ebenso herzlich hinzu: »Ich habe schon immer gesagt, daß Ihr nicht richtig für ihn sorgt.«

Mat knirschte mit den Zähnen. Olver könnte in den Straßen der Stadt sehr wohl immer wieder in Gefahr geraten, bevor er bei Sonnenuntergang in den Palast zurückkehrte. Er hielt seine Versprechen, aber es bestand keine große Wahrscheinlichkeit, daß er auch nur einen Moment der Freiheit aufgeben würde, wenn es nicht sein müßte. Mehr Augen würden eine schnellere Suche bedeuten, besonders wenn alle Weisen Frauen sich daran beteiligten. Er zögerte drei Herzschläge lang. Er hatte eigene Versprechen zu halten, obwohl er klug genug war, es nicht zu sagen.

»Die Schale ist zu wichtig«, belehrte er sie. »Dieser *Gholam* ist noch immer dort draußen und vielleicht auch Moghedien, und natürlich die Schwarze Ajah.« Die Würfel polterten in seinem Kopf. Es würde Aviendha nicht gefallen, mit Nynaeve und Elayne in einen Topf geworfen zu werden, aber in diesem Moment kümmerte es ihn nicht. Er wandte sich an Lan und Birgitte. »Beschützt sie, bis ich zu Euch stoßen kann. Beschützt sie alle.«

Aviendha erwiderte überraschend: »Das werden wir. Ich verspreche es.« Sie betastete das Heft ihres Dolches. Sie erkannte anscheinend nicht, daß sie eine derjenigen war, die beschützt werden mußten.

Nynaeve und Elayne erkannten es. Nynaeves Blick schien sich jäh in seinen Schädel zu bohren. Er erwartete, daß sie an ihrem Zopf ziehen würde, aber seltsamerweise zuckte ihre Hand nur hin, bevor sie sie entschlossen wieder senkte. Elayne begnügte sich damit, das Kinn anzuheben, ihre großen blauen Augen waren eisig. Jetzt war kein Grübchen zu sehen.

Lan und Birgitte erkannten es ebenfalls.

»Nynaeve ist mein Leben«, sagte Lan schlicht, während er eine Hand auf ihre Schulter legte. Sie wirkte seltsamerweise plötzlich sehr traurig, und dann biß sie, fast ebenso unvermittelt, die Zähne zusammen.

Birgitte warf Elayne einen herzlichen Blick zu, richtete ihre Worte aber an Mat. »Ich werde sie beschützen«, sagte sie. »Ehrenwort.«

Mat zupfte unbehaglich an seiner Jacke. Er war sich noch immer nicht sicher, wieviel er ihr erzählt hatte, als er betrunken gewesen war. Licht, die Frau hatte es in sich aufgenommen wie trockene Erde. Dennoch gab er die angemessene Antwort für einen barashandanischen Herrn und nahm ihr Versprechen an. »Die Ehre des Blutes; die Wahrheit des Blutes.« Birgitte nickte, und den bestürzten Blicken nach zu urteilen, die Nynaeve und Elayne ihm zuwarfen, hatte sie seine Geheimnisse doch bewahrt. Licht, wenn irgendeine Aes Sedai jemals etwas über diese Erinnerungen herausfände, könnten sie vielleicht ebensogut auch wissen, daß er das Horn geblasen hatte. Ob Fuchskopf oder nicht – sie würden ihn bearbeiten, bis sie jedes letzte Warum und Wie aus ihm herausgequetscht hätten.

Als er sich zum Gehen wandte, ergriff Nynaeve seinen Ärmel. »Denkt an den Sturm. Er wird bald losbrechen. Ich weiß es. Paßt auf Euch auf, Mat Cauthon. Hört Ihr? Tylin hält Anweisungen für den Bauernhof bereit, wenn Ihr mit Olver zurückkommt.«

Er nickte und entfloh, das Klappern der Würfel in seinem Kopf wie das Echo des Klangs seiner schnellen Stiefelschritte. Sollte er während der Suche auf sich aufpassen oder während er die Anweisungen von Tylin erhielt? Nynaeve und Tylin hörten Flöhe husten. Glaubten sie, ein wenig Regen würde ihn schmelzen lassen? Tatsächlich würde es nach der Benutzung der Schale wieder regnen. Es schien Jahre her zu sein, daß der letzte Regen gefallen war. Etwas beanspruchte Mats Gedanken, etwas über das Wetter und auch über Elayne, was keinen Sinn ergab, also tat er es achselzuckend ab. Eines nach dem anderen, und das vordringliche war im Moment Olver.

Die Männer warteten in dem langen Raum der Rotwaffen in der Nähe der Ställe, und alle außer Vanin, der mit über dem Bauch verschränkten Fingern auf einem der Betten lag, standen. Vanin war der Ansicht, ein Mann müsse ruhen, wann immer er die Gelegenheit dazu bekäme. Er schwang jedoch seine Stiefel herum und setzte sich auf, als Mat eintrat. Er machte sich um Olver genauso viele Sorgen wie alle übrigen. Mat befürchtete nur, der Mann würde ihn lehren, Pferde zu stehlen und Fasane zu wildern. Sieben Augenpaare sahen Mat angespannt an.

»Riselle sagt, Olver trüge seine rote Jacke«, informierte er sie. »Er gibt seine Jacken manchmal her, aber jeder Bengel in einer guten roten Jacke weiß wahrscheinlich, wo sich Olver zuletzt aufgehalten hat.

Jeder sollte in eine andere Richtung gehen. Zieht vom Mol Hara aus Kreise und versucht, nach ungefähr einer Stunde wieder zurück zu sein. Wartet, bis alle wieder hier sind, bevor Ihr erneut losgeht. Auf diese Weise werden wir anderen nicht noch morgen suchen, wenn jemand ihn bereits gefunden hat. Habt Ihr das alle verstanden?« Sie nickten.

Manchmal erstaunten sie ihn: Der schlaksige Thom mit seinem weißen Haar und Schnurrbart, der einst der Geliebte einer Königin gewesen war – bereitwilliger als Mat selbst, ganz zu schweigen davon, daß er mehr als nur ihr Geliebter gewesen sein sollte, wenn man auch nur die Hälfte der Gerüchte glaubte. Harnan mit dem kantigen Kinn, einer Tätowierung auf der Wange und weiteren an anderen Körperstellen, der schon sein ganzes Leben lang Soldat war. Juilin mit seinem Bambusstock und dem Schwertbrecher an der Hüfte, der sich für ebenso gut wie jeden Herrn hielt, auch wenn ihm der Gedanke, selbst ein Schwert zu tragen, noch immer Unbehagen bereitete, und der dicke Vanin, der Juilin harmlos wirken ließ. Der hagere Fergin und Gorderan, der fast ebenso breite Schultern wie Perrin besaß, und Metwyn, dessen blasses cairhienisches Gesicht noch immer wie das eines Jungen anstatt wie das eines Mannes aussah, der Jahre älter war als Mat. Einige von ihnen folgten Mat Cauthon, weil sie glaubten, er habe Glück und sein Glück könne sie am Leben erhalten, wenn die Schwerter gezogen wurden, und einige folgten ihm aus Gründen, deren er sich nicht wirklich sicher war, aber sie folgten ihm. Nicht einmal Thom hatte jemals gewagt mehr als einmal gegen einen seiner Befehle zu protestieren. Vielleicht hatte Renaile großes Glück bedeutet. Vielleicht bewirkte sein *Ta'veren* mehr, als ihn nur stets in Schwierigkeiten zu bringen. Er fühlte sich plötzlich verantwortlich für diese Männer. Es war ein beunruhi-

gendes Gefühl. Mat Cauthon und Verantwortung paßten nicht zusammen. Es war unnatürlich.

»Paßt auf Euch auf und haltet die Augen offen«,
sagte er. »Ihr wißt, was dort draußen lauert. Ein Sturm
kommt auf.« Warum hatte er das gesagt? »Also los.
Wir verschwenden Tageslicht.«

Der Wind blies noch immer stark und fegte Staub
über den Mol Hara-Platz mit der Statue einer lange
verstorbenen Königin über dem Brunnen, und es gab
keine anderen Anzeichen für einen Sturm. Die Nachmittagssonne brannte hoch am wolkenlosen Himmel,
aber die Menschen eilten genauso schnell über den
Platz wie in der Morgenkühle, die hier unten am
Boden, trotz des Windes, verschwunden war. Die Pflastersteine brannten unter Mats Stiefeln.

Den Blick über den Platz zur *Wanderin* gerichtet,
strebte Mat dem Fluß zu. Olver war nicht halb so häufig mit den Straßenjungen unterwegs gewesen, als sie
noch in dem Gasthaus wohnten. Er war zufrieden
damit gewesen, sich mit den Schankmädchen und
Setalle Anans Töchtern zu beschäftigen. Soviel dazu,
daß ihm die Würfel gesagt hatten, er solle in den Palast ziehen. Alles, was er getan hatte, seit sie umgezo-
gen waren – alles, was er hatte tun wollen, verbesserte
er sich, als er an Tylin und ihre Augen dachte, und an
ihre Hände –, alles hätte genausogut von dort aus
getan werden können. Die Würfel rollten jetzt wieder,
und er wünschte, sie würden einfach verschwinden.

Er versuchte, schnell voranzugehen, wich ungeduldig rollenden Karren und Wagen aus, fluchte über be-
malte Sänften und Kutschen, die ihn fast umstießen,
und blickte sich überall nach einer roten Jacke um,
aber das Treiben auf den Straßen behinderte ihn erheblich. Was in Wahrheit ebensogut war, denn es hatte
keinen Sinn, an dem Jungen vorbei zu preschen, ohne
ihn zu sehen. Er wünschte, er hätte Pips aus den Pa-

lastställen mitgenommen, überlegte er stirnrunzelnd, während die Menschen an ihm vorüber strömten. Ein Reiter hätte sich in der Menge nicht schneller vorwärts bewegen können, aber er hätte vom Sattel aus weiter sehen können. Andererseits wäre es umständlich gewesen, vom Pferderücken aus Fragen zu stellen. Tatsächlich ritten in der Stadt nicht viele Leute, und einige Menschen neigten sogar dazu, vor Reitern zurückzuschrecken.

Stets dieselbe Frage. Das erste Mal stellte er sie an einer Brücke unmittelbar unterhalb des Mol Hara an einen Burschen, der Äpfel im Schlafrock von einem Tablett verkaufte, das er an einem Band um den Hals trug. »Habt Ihr einen Jungen gesehen, ungefähr so groß, in einer roten Jacke?« Olver liebte Süßigkeiten.

»Einen Jungen, Mylord?« Der Bursche saugte an seinen wenigen noch verbliebenen Zähnen. »Ich habe tausend Jungen gesehen. Ich erinnere mich aber an keine Jacke. Möchte Mylord einen Apfel, oder zwei?« Er hob mit knochigen Fingern zwei Äpfel hoch und schob sie Mat zu. So wie sie unter seinen Fingern nachgaben, waren sie weicher, als es nach dem Backen hätte sein sollen. »Hat Mylord von dem Aufruhr gehört?«

»Nein«, antwortete Mat gereizt und drängte weiter. Am anderen Ende der Brücke hielt er eine rundliche Frau mit einem Tablett voller Bänder an. Bänder interessierten Olver nicht, aber ihre roten Unterröcke blitzten unter einem fast bis zur linken Hüfte hochgenähten Rock auf, und der Schnitt ihres Mieders offenbarte ein rundliches Dekolleté, das dem Riselles gleichkam. »Habt Ihr einen Jungen gesehen …«

Auch von ihr hörte er von dem Aufruhr, und ebenso von den übrigen Leuten, die er befragte. Er vermutete, daß dieses Gerücht mit Ereignissen in einem bestimmten Haus im Rahad an diesem Morgen seinen Anfang genommen hatte. Eine Kutscherin mit einer langen, um den Hals geschlungenen Peitsche erzählte ihm, der Aufruhr habe auf der anderen Seite des Flusses stattgefunden, nachdem sie erwähnt hatte, daß sie niemals Jungen bemerke, wenn sie nicht unter ihre Maultiere gerieten. Ein Mann mit kantigem Gesicht, der Honigwaben verkaufte – unglaublich trocken aussehende Honigwaben –, erzählte, der Aufruhr habe in der Nähe des Leuchtturms am östlichen Ende der Mündung der Bucht stattgefunden, was ein genauso wahrscheinlicher Ort für einen Aufruhr war wie mitten in der Bucht selbst. Es gab immer tausend Gerüchte in jeder Stadt, wenn man aufmerksam zuhörte, und Mat war anscheinend gezwungen, sich Bruchstücke von allen anzuhören. Eine der bemerkenswert hübschesten Frauen, die er jemals gesehen hatte, die vor einer Taverne stand – Maylin war Schankmädchen im *Alten Schaf*, aber ihre einzige Aufgabe schien darin zu bestehen, vor der Tür zu stehen, um Gäste anzulocken, was ihr sicherlich gelang –, sagte ihm, daß am Morgen ein Kampf stattgefunden hätte, in den Cordese-Hügeln westlich der Stadt, wie sie glaubte. Oder vielleicht in den Rhannoh-Hügeln auf der anderen Seite der Bucht. Oder vielleicht... Bemerkenswert hübsch war Maylin, aber nicht sehr klug. Olver hätte sie vielleicht stundenlang betrachtet, solange sie nicht den Mund geöffnet hätte. Aber sie konnte sich nicht daran erinnern, einen Jungen in einer... Was hatte er noch gesagt, welche Farbe die Jacke hatte? Mat hörte von Aufruhr und Kämpfen, er hörte von ausreichend vielen seltsamen Wesen am Himmel oder in den Hügeln, um die Große Fäule zu bevölkern. Er hörte, daß der Wiedergeborene Drache mit Tausenden von Männern, welche die Macht lenken konnten, auf die Stadt herniederkommen würde, daß die Aiel kämen, ein Heer von Aes Sedai – nein, es war ein Heer Weißmäntel –, daß Pedron Niall tot sei und die Kinder ihn rächen wollten, wobei aber nicht ganz klar war, warum in Ebou Dar. Bei all diesen umgehenden Gerüchten hätte man glauben können, die Stadt wäre vollkommen in Panik, aber tatsächlich glaubten selbst jene, die eine Geschichte erzählten, sie üblicherweise nur halbwegs. So hörte er allen möglichen Unsinn, aber kein Wort über einen Jungen in einer roten Jacke.

Wenige Straßen vom Fluß entfernt hörte er den ersten Donner, ein gewaltiges hohles Dröhnen, das vom Meer heranzurollen schien. Menschen schauten neugierig in den wolkenlosen Himmel, kratzten sich den Kopf und wandten sich wieder ihrer Beschäftigung zu. Mat tat es ihnen gleich und befragte jeden Verkäufer von Süßigkeiten oder Obst, dem er begegnete, und jede hübsche Fußgängerin. Alles vergeblich. Er erreichte den langen Steinkai, der die gesamte Länge der Flußseite der Stadt entlang verlief, hielt inne und betrachtete die grauen, sich in den Fluß erstreckenden Docks und die an ihnen vertäuten Schiffe. Der Wind blies stark, ließ die Schiffe an ihren Halteseilen zerren und sich, trotz der als Puffer dazwischen hängenden, mit Baumwolle gefüllten Säcke, an den Steindocks reiben. Anders als Pferde interessierten Schiffe Olver außer als Beförderungsmittel von einem Ort zum anderen nicht, und Schiffe waren in Ebou Dar Männersache, auch wenn das für ihre Ladung häufig nicht galt. Frauen an diesen Docks waren entweder Kauffrauen, die ein Auge auf ihre Waren hielten, oder Mitglieder der Gilde der Schauerleute, und hier gäbe es keine Süßigkeitenverkäufer.

Mat wollte sich gerade abwenden, als er erkannte, daß sich niemand mehr regte. Normalerweise herrschte auf den Docks geschäftiges Treiben, und doch standen die Besatzungsmitglieder auf jedem in Sichtweite befindlichen Schiff an der Reling oder waren in die

Takelage geklettert, um auf die Bucht hinauszublikken. Fässer und Lattenkisten standen verwaist, während sich Männer mit nacktem Oberkörper und drahtige Frauen in grünen Lederwesten am Ende der Docks versammelt hatten, um zwischen den Schiffen hindurch gen Süden, in Richtung des Donners zu blicken. In dieser Richtung stieg schwarzer Rauch in dicken, hoch aufragenden Säulen auf, die sich durch den Wind scharf nach Norden bogen.

Mat zögerte einen Moment und trottete dann auf das nächstgelegene Dock hinaus. Zuerst verstellten die südlich daran vertäuten Schiffe die Sicht auf den Fluß. Durch den Verlauf der Küstenlinie ragte jedoch jedes Dock weiter hinaus als das nächste. Nachdem Mat die murmelnde Menschenmenge am Ende des Docks erreicht hatte, bot der breite Fluß offene Sicht über das aufgewühlte grüne Wasser auf die bewegte Bucht hinaus.

Mindestens zwei Dutzend Schiffe brannten auf der weiten Fläche der Bucht aus, vielleicht sogar mehr, von einem Ende zum anderen von Flammen vereinnahmt. Eine Anzahl anderer war bereits langsam abgesackt, so daß nur noch Bug oder Heck übers Wasser ragten, bis der Rest dann ebenfalls hinabglitt. Noch während Mat hinsah, brach der Bug eines großen Zweimasters mit einem großen rot-blau-goldenen Banner, dem Banner von Altara, plötzlich mit lautem Dröhnen auseinander, ein donnergleiches Dröhnen, und sich rasch verdichtende Rauchfäden wehten auf dem Wind, während das Schiff zu sinken begann. Hunderte von Schiffen waren im Aufbruch, jedes Schiff in der Bucht, Klipper und Gleiter mit drei Masten und Wogentänzer des Meervolks mit zwei Masten, Küstenschiffe mit ihren dreieckigen Segeln, Flußschiffe mit oder ohne Segel, die teilweise flußaufwärts flohen, aber die meisten versuchten aufs Meer hinaus zu gelangen. Hunderte anderer Schiffe trieben in der Bucht vor dem Wind umher. Große Schiffe mit schroffem Bug, so hoch wie jeder der Klipper, brachen durch die rollenden Wogen und versprühten Gischt. Mat hielt den Atem an, als er plötzlich quadratische, geriffelte Segel ausmachte.

»Blut und blutige Asche«, murrte er entsetzt. »Es sind die verdammten Seanchaner!«

»Wer?« fragte eine Frau mit hartem Gesicht, die in der Menge neben ihm stand. Ein dunkelblaues, gut geschnittenes Tuchgewand wies sie ebenso als Kauffrau aus wie die Ledermappe, die sie für ihre Frachtbriefe bei sich trug, oder die Gildennadel über einer Brust, ein silberner Federhalter. »Es sind die Aes Sedai«, verkündete sie im Tonfall der Überzeugung. »Ich erkenne Machtlenkung, wenn ich sie sehe. Die Kinder des Lichts werden es mit ihnen aufnehmen, sobald sie eintreffen. Ihr werdet sehen.«

Eine schlaksige, grauhaarige Frau in einer schmutzigen grünen Weste wandte sich zu ihr um und betastete dabei das hölzerne Heft ihres Dolches. »Hütet Eure Zunge, wenn es um Aes Sedai geht, Ihr verdammte Pfennigfuchserin, sonst wird es Euch schlecht ergehen!«

Mat überließ sie ihrem Streit, drängte sich aus der Menge heraus und lief den Kai entlang. Er konnte bereits drei – nein, vier – gewaltige Wesen mit fledermausähnlichen, großen Flügeln südlich über der Stadt kreisen sehen. Gestalten klammerten sich, offensichtlich auf irgendeiner Art Sattel, auf dem Rücken der Tiere fest. Ein weiteres Flugwesen erschien und noch mehr. Unter ihnen brachen über den Häuserdächern plötzlich brüllend Flammen auf.

Jetzt flüchteten die Menschen und stießen Mat herum, während er sich durch die Straßen kämpfte. »Olver!« rief er und hoffte, über den anderen Rufen und Schreien von allen Seiten gehört zu werden. »Olver!«

Plötzlich schienen alle in die entgegengesetzte Richtung zu fliehen und drängten gewaltsam an Mat vorbei. Er kämpfte stur gegen den Strom an und kam zu einer Straße, wo deutlich wurde, wovor all diese Leute flohen.

Eine seanchanische Kolonne zog vorbei, einhundert oder mehr Männer mit Helmen wie Insektenköpfe und Rüstungen aus einander überlappenden Platten, die alle auf pferdegroßen, katzenähnlichen Tieren ritten, die aber eher mit bronzefarbenen Schuppen anstatt mit Fell bedeckt waren. Die Männer beugten sich auf ihren Sätteln vor, die mit blauen Fahnen versehenen Speere gesenkt, und galoppierten, stur geradeaus blickend, über den Mol Hara-Platz. Obwohl ›galoppieren‹ nicht ganz der richtige Ausdruck für die Fortbewegung dieser Wesen war. Die Geschwindigkeit stimmte, aber sie … schwebten. Es war Zeit zu gehen. Längst Zeit. Sobald er Olver gefunden hätte …

Als das Ende der Kolonne vorüberzog, erregte ein hüfthoher roter Blitz in der Menge auf der Straße jenseits der Kreuzung seine Aufmerksamkeit. »Olver!« Er schoß fast auf den Fersen des letzten Schuppenwesens über die Kreuzung und drängte sich noch gerade rechtzeitig in die Menge, um eine Frau mit geweiteten Augen ein kleines Mädchen in einem roten Gewand hochreißen und mit dem an ihren Busen gepreßten Kind davonlaufen zu sehen. Mat drängte gewaltsam vorwärts, schob Menschen mit den Schultern beiseite, als sie gegen ihn stießen und stieß auch selbst gegen einige Leute. »Olver! Olver!«

Er sah noch zweimal Feuersäulen kurz über den Häuserdächern aufflammen, und Rauch stieg an einem Dutzend Stellen in den Himmel. Er hörte auch noch mehrere Male dieses donnernde Brüllen, jetzt weitaus näher als in der Bucht. Der Boden erschauderte mehr als einmal unter seinen Stiefeln.

Und dann lichtete sich die Straße erneut, Menschen flohen in alle Richtungen, Gassen hinab und in Häuser und Läden, weil Seanchaner auf Pferden kamen. Nicht alle trugen Rüstungen. Fast an der Spitze des kleinen Dickichts aus Speeren ritt eine dunkle Frau in einem blauen Gewand. Mat erkannte, daß die breiten roten Stoffstreifen auf ihren Röcken und dem Busen silberne Blitze aufwiesen. Eine silberne Koppel, die in der Sonne glänzte, verlief von ihrem linken Handgelenk zum Hals einer Frau in Grau, einer *Damane*, die neben dem Pferd der *Sul'dam* trottete wie ein Schoßhund. Er hatte in Falme mehr von den Seanchanern gesehen, als ihm lieb gewesen war, aber er blieb dennoch unbewußt am Eingang einer Gasse stehen und beobachtete sie. Das Brüllen und die Feuer hatten gezeigt, daß sich jemand in der Stadt zumindest zu wehren versuchte, und jetzt würde er Zeuge eines solchen Versuchs werden.

Die Seanchaner waren nicht der einzige Grund, warum jedermann sonst außer Sicht geeilt war. Am anderen Ende der Straße schwangen gut hundert berittene Männer Speere mit langen Spitzen. Sie trugen bauschige weiße Hosen und grüne Jacken, und die Goldkordeln am Helm des Befehlshabers glitzerten. Mit einem gemeinsamen Aufschrei warfen sich hundert oder mehr von Tylins Soldaten gegen die Angreifer. Sie waren den Seanchanern mindestens zwei zu eins überlegen.

»Verdammte Narren«, murrte Mat. »Nicht so. Diese *Sul'dam* wird ...«

Die einzige Bewegung unter den Seanchanern erfolgte von der Frau in dem mit Blitzen gekennzeichneten Gewand, die ihre Hand anhob, als würde sie einen Falken fliegen lassen oder einen Hund davonschicken.

Die blonde Frau am anderen Ende der silbrigen Koppel machte einen kleinen Schritt vorwärts, und das Fuchskopf-Medaillon an Mats Brust kühlte ab.

Die Straße brach unter der Spitze des Ebou Dari-Ansturms plötzlich auf, und Pflastersteine und Menschen und Pferde flogen mit ohrenbetäubendem Brüllen durch die Luft. Die Erschütterung warf Mat flach auf den Rücken, oder vielleicht geschah es auch dadurch, daß der Boden unter seinen Füßen aufsprang. Er zog sich gerade rechtzeitig hoch, um ein Gasthaus auf der anderen Straßenseite jäh in einer Staubwolke einstürzen zu sehen, so daß die Innenräume freigelegt wurden.

Rund um eine Öffnung im Boden, die halb so breit wie die Straße war, lagen überall Menschen und Pferde oder Teile davon, und wer noch lebte, schlug um sich. Schreie der Verwundeten erfüllten die Luft. Weniger als die Hälfte der Ebou Dari kam taumelnd, benommen und strauchelnd auf die Füße. Einige ergriffen zitternd die Zügel von Pferden, mühten sich in die Sättel und trieben die Tiere zu einem Trab an. Andere liefen zu Fuß davon. Alle wollten fort von den Seanchanern. Stahl konnten sie trotzen, aber dem nicht.

Mat erkannte, daß Davonlaufen im Moment eine ausgesprochen gute Idee war. Ein Blick zurück die Gasse hinab zeigte ihm Staub und Schutt in mindestens einem Stockwerk Höhe. Er rannte vor den fliehenden Ebou Dari die Straße hinab, hielt sich so nahe an den Mauern wie möglich und hoffte, daß keiner der Seanchaner ihn für einen von Tylins Soldaten hielt. Er hätte niemals eine grüne Jacke tragen sollen.

Die *Sul'dam* war offensichtlich noch nicht zufrieden. Der Fuchskopf kühlte erneut ab, und ein weiteres Dröhnen warf ihn erneut aufs Pflaster, das ihm entgegenkam. Er hörte durch das Klingen in seinen Ohren

hindurch Mauerwerk ächzen. Die weiß verputzte Zie-
gelwand über ihm begann sich nach außen zu neigen.

»Was ist aus meinem verdammten Glück geworden?« schrie er. Und dann hatte er gerade noch genug
Zeit, um zu erkennen, wie Ziegelsteine und Balken so
heftig auf ihn herniederprasselten, daß die Würfel in
seinem Kopf einfach anhielten.

KAPITEL 8

Speere

Berge stiegen rund um Galina Casban auf, oder eher hohe Hügel hinter voraus liegenden schneebedeckten Gipfeln, hinter denen wiederum höhere Gipfel lagen, aber sie sah in Wahrheit nichts von alledem. Die Steine des Hangs schmerzten an ihren bloßen Füßen. Sie keuchte, und ihre Lungen litten bereits. Die Sonne brannte über ihr wie schon scheinbar endlose Tage lang, brannte den Schweiß in Strömen aus ihr heraus. Alles andere als einen Fuß vor den anderen zu setzen, schien zuviel für sie. Seltsam, daß ihr Mund trotz all des aus ihr hervorströmenden Schweißes trocken war.

Sie war noch keine neunzig Jahre Aes Sedai, ihr langes, schwarzes Haar noch von Grau unberührt, aber sie war seit fast zwanzig Jahren das Oberhaupt der Roten Ajah – von den anderen Roten Schwestern inoffiziell die Höchste genannt und von Roten als dem Amyrlin-Sitz gleichgestellt angesehen –, und nur während fünf dieser Jahre, in denen sie die Stola trug, hatte sie in Wahrheit der Schwarzen Ajah angehört. Nicht unter Ausschluß ihrer Pflichten als Rote, sondern darüber hinaus. Ihr Platz im Höchsten Konzil der Schwarzen Ajah befand sich neben Alviarin selbst, und sie war eine der einzigen Drei, die den Namen der Frau kannten, die ihre verdeckten Treffen leitete. Sie konnte bei jenen Treffen jeden Namen aussprechen – auch den eines Königs – und wissen, daß der Name einem Toten gehörte. Es war geschehen, bei einem König und einer Königin. Sie hatte geholfen, zwei Amyrlins zugrunde zu richten, hatte zweimal geholfen, die mächtigste Frau der Welt in eine schreiende Wahnsinnige zu verwandeln, die bestrebt war, alles zu erzählen, was sie wußte, hatte geholfen, es so aussehen zu lassen, als wäre eine von ihnen im Schlaf gestorben, und hatte dafür gesorgt, daß die andere abgesetzt und gedämpft wurde. Solche Dinge waren eine Pflicht, wie auch die Notwendigkeit, Männer, welche die Macht lenken konnten, auszurotten, Handlungen, an denen sie über den Umstand hinaus, daß diese Aufgaben gut ausgeführt wurden, keine Freude hatte, aber es hatte ihr durchaus Vergnügen bereitet, den Zirkel zu leiten, der Siuan Sanche gedämpft hatte. All diese Dinge bedeuteten gewiß, daß Galina Casban selbst zu den Mächtigsten der Welt gehörte, zu den Allermächtigsten. Sicher war es so. Es mußte so sein.

Ihre Beine zitterten wie ungespannte Federn, und sie fiel schwer hin, konnte sich mit den fest hinter ihrem Rücken gefesselten Armen und Ellbogen nicht abfangen. Das einst weiße Seidenhemd, das einzige ihr verbliebene Kleidungsstück, riß erneut, als sie auf den losen Steinen entlangglitt, die über ihre Striemen schabten. Ein Baum hielt sie auf. Das Gesicht auf den Boden gepreßt, begann sie zu schluchzen. »Wie?« stöhnte sie mit belegter Stimme. »Wie kann mir dies geschehen?«

Nach einiger Zeit erkannte sie, daß sie nicht wieder hochgezogen worden war. Ungeachtet dessen, wie häufig sie hinfiel, hatte man ihr niemals zuvor auch nur einen Moment Aufschub gestattet. Sie blinzelte die Tränen fort und hob den Kopf.

Aielfrauen bedeckten den Hang, mehrere Hundert von ihnen standen mit ihren Speeren unter den kahlen Bäumen verstreut, und die Schleier, mit denen sie jeden Moment ihr Antlitz verbergen konnten, hingen über ihren Brüsten. Galina verspürte das Bedürfnis zu lachen. Töchter des Speers. Sie nannten diese gräßlichen Frauen Töchter des Speers. Sie wünschte, sie *könnte* lachen. Zumindest waren keine Männer anwesend, eine geringe Gnade. Männer ließen ihre Haut kribbeln, und wenn sie jetzt ein Mann sehen könnte, nicht einmal halbwegs bekleidet...

Ihr Blick suchte angespannt Therava, aber die meisten der ungefähr siebzig Weisen Frauen standen zusammen und beobachteten etwas, das weiter den Hügel hinauf geschah, wobei sie ihr die Sicht versperrten. Stimmengemurmel drang zu ihr. Vielleicht berieten die Weisen Frauen etwas. Weise Frauen. Sie hatten sie mit unmenschlicher Tüchtigkeit die richtigen Namen gelehrt. Sie konnten die Verachtung riechen, wie sehr sie diese auch zu verbergen versuchte. Natürlich brauchte man nichts zu verbergen, was aus einem herausgebrannt wurde.

Die meisten der Weisen Frauen schauten fort, aber nicht alle. Das Schimmern *Saidars* umgab eine junge, rothaarige Frau mit einem hübschen Mund, die Galina mit großen, aufmerksamen blauen Augen beobachtete. Vielleicht als Zeichen ihrer eigenen Verachtung hatten sie die Schwächste unter ihnen auserkoren, sie diesen Morgen abzuschirmen. Micara war nicht wirklich schwach im Gebrauch der Macht – keine von ihnen war es –, aber obwohl Micara sich sehr bemühte, hätte Galina ihren Schild ohne große Anstrengung durchbrechen können. Ein Muskel an Galinas Wange zuckte unkontrolliert. Das geschah stets, wenn sie an einen weiteren Fluchtversuch dachte. Der erste war schon schlimm genug verlaufen. Der zweite... Sie erschauderte und kämpfte gegen ein weiteres aufkommendes Schluchzen an. Sie würde keinen Versuch mehr unternehmen, bis sie sich nicht eines vollkommenen Erfolges sicher sein konnte. Sehr sicher. Vollkommen sicher.

Die Menge der Weisen Frauen teilte sich und wandte sich dann um, um Therava mit ihren Blicken zu folgen, während die Frau mit dem Adlergesicht auf Galina zuschritt. Galina keuchte und versuchte aufzustehen. Die Hände gefesselt, die Muskeln schlaff, gelang es ihr nur, sich auf die Knie aufzurichten, bis Therava sich über sie beugte, wobei ihre Halsketten aus Elfenbein und Gold leise klimperten. Therava ergriff eine Handvoll von Galinas Haar und zwang ihren Kopf scharf nach hinten. Sie drehte Galinas Hals schmerzhaft so weit, daß diese der Weisen Frau ins Gesicht sehen konnte. Therava war um einiges stärker in der Macht als sie, was für verhältnismäßig wenige Frauen galt, aber nicht das ließ Galina zittern. Kalte tiefblaue Augen stachen in ihre, hielten sie fester als Theravas grobe Hand. Sie schienen ihre Seele genauso leicht bloßzulegen, wie Therava mit ihr umging. Sie hatte bisher nicht gebettelt, nicht als sie sie den ganzen Tag ohne Wasser umhergehen ließen, nicht als sie sie zwangen, Schritt zu halten, während sie stundenlang liefen, nicht einmal als ihre Gerten sie aufheulen ließen. Theravas grausames, hartes Gesicht, das ungeduldig auf sie herabsah, erweckte in ihr jedoch den Wunsch zu betteln. Manchmal wachte sie nachts auf, zwischen den vier Pfosten ausgestreckt, an denen sie sie festbanden, erwachte wimmernd aus Träumen, daß ihr ganzes Leben unter Theravas Aufsicht ablaufen würde.

»Sie bricht bereits zusammen«, sagte die Weise Frau mit felsenharter Stimme. »Tränkt sie und bringt sie mit.« Während sie sich abwandte und ihre Stola richtete, war Galina Casban bereits vergessen, bis sie sich wieder an sie erinnern müßte. Für Therava war Galina Casban unwichtiger als ein streunender Hund.

Galina versuchte nicht aufzustehen. Sie war inzwischen schon oft genug ›getränkt‹ worden. Es war die einzige Art, wie sie sie trinken ließen. Es lechzte sie nach Wasser, und sie widerstand nicht, als eine kräftige Tochter des Speers sie am Haar packte, wie Therava es getan hatte, und ihren Kopf zurückzog. Sie öffnete nur den Mund, so weit sie konnte. Eine weitere Tochter des Speers, mit einer runzligen Narbe über Nase und Wange, neigte einen Wasserschlauch und ließ langsam ein kleines Rinnsal in Galinas wartenden Mund tröpfeln. Das Wasser war schal und warm. Es war köstlich. Sie schluckte krampfartig, unbeholfen, öffnete den Mund weit. Fast genauso sehr lechzte sie danach, ihr Gesicht unter diesen dünnen Strahl zu halten, das Wasser die Wangen und die Stirn hinablaufen zu lassen. Statt dessen hielt sie ihren Kopf starr, damit jeder Tropfen in ihre Kehle gelangte. Wasser zu verschwenden, wäre Anlaß für weitere Schläge. So hatten sie sie in Sichtweite eines sechs Schritte breiten Flusses verprügelt, weil sie einen Mundvoll Wasser über ihr Kinn hatte laufen lassen.

Als der Wasserschlauch schließlich fortgenommen wurde, riß die kräftige Tochter des Speers sie an ihren gefesselten Ellbogen hoch. Galina stöhnte. Die Weisen Frauen schlangen die Röcke über ihre Arme und offenbarten ihre Beine so bis ein gutes Stück über weichen, kniehohen Stiefeln. Sie konnten doch nicht wieder zu laufen beginnen. Nicht wieder! Nicht in diesen Bergen.

Die Weisen Frauen eilten so leichtfüßig vorwärts, als befänden sie sich auf ebenem Boden. Eine unsichtbare Tochter des Speers fuhr Galina mit einer Gerte über die Rückseite ihrer Oberschenkel, und sie nahm einen stolpernden Lauf auf, halb von der kräftigen Tochter des Speers gezogen. Die Gerte traf ihre Beine, wann immer sie nachgaben. Wenn dieser Lauf den Rest des

195

Tages andauerte, würden sie sich abwechseln, wobei eine Frau die Gerte führte und die andere zog. Galina mühte sich Hänge hoch und glitt sie fast hinab. Ein lohfarbener Rotluchs, mit Streifen in Braunschattierungen und schwerer als ein Mann, fauchte sie von einem Felssims über ihnen an. Ein Weibchen, ohne Pinsel an den Ohren und ohne die breiten Wangen. Galina wollte ihr zurufen zu fliehen, bevor Therava sie einfing. Die Aiel lief unbeteiligt an dem fauchenden Tier vorbei, und Galina weinte vor Eifersucht auf die Freiheit der Katze.

Sie würde letztendlich natürlich gerettet werden. Das wußte sie. Die Burg würde nicht zulassen, daß eine Schwester in Gefangenschaft blieb. Elaida würde nicht zulassen, daß eine Schwester gefangengehalten wurde. Alviarin würde gewiß Rettung schicken. Jemand, irgend jemand, würde sie vor diesen Ungeheuern, besonders vor Therava, retten. Für diese Rettung würde sie alles versprechen. Und sie würde diese Versprechen sogar halten. Sie war von den Drei Eiden losgesagt worden, nachdem sie sich der Schwarzen Ajah angeschlossen hatte, hatte sie durch eine neue Dreiheit ersetzt, aber in diesem Moment glaubte sie wirklich, daß sie ihr Wort halten würde, wenn es ihr die Rettung brächte. Jedes Versprechen gegenüber jedermann, der sie befreien würde. Sogar gegenüber einem Mann.

Als die niedrigen Zelte auftauchten, in ihren dunklen Farben an den Berghängen ebenso unauffällig, wie die Katze unauffällig gewesen war, mußte Galina von zwei Töchtern des Speers gestützt werden, die sie vorwärtszogen. Rufe erklangen von allen Seiten, frohe Begrüßungen, aber Galina wurde weiterhin hinter den Weisen Frauen hergezogen, tiefer in das Lager hinein, noch immer laufend und stolpernd.

Plötzlich wurde sie ohne Vorwarnung losgelassen.

Sie fiel aufs Gesicht und lag dann mit der Nase im Staub und sog durch den geöffneten Mund gierig Luft ein. Sie hustete, weil ihr ein Stück trockenes Laub in die Kehle geraten war, aber sie war nicht zu schwach, den Kopf zu wenden. Das Blut pochte in ihren Ohren, aber dennoch drangen Stimmen zu ihr hindurch und ergaben allmählich einen Sinn.

»...habt Euch Zeit gelassen, Therava«, sagte die vertraut klingende Stimme einer Frau. »Neun Tage. Wir sind schon lange zurück.«

Neun Tage? Galina schüttelte den Kopf, wobei ihr Gesicht über den Boden schabte. Seit die Aiel ihr Pferd unter ihr weggeschossen hatten, verschmolz die Erinnerung alle Tage zu einer Mischung aus Durst und Laufen und Geschlagenwerden, aber es war gewiß länger her als neun Tage. Sicherlich Wochen. Ein Monat oder mehr.

»Bringt sie herein«, sagte die vertraute Stimme ungeduldig.

Hände zogen sie hoch, schoben sie vorwärts, beugten sie, damit sie durch den Eingang eines großen Zeltes mit ringsum hoch aufragenden Wänden gelangte. Sie wurde auf übereinandergelegte Teppiche geworfen, wobei der Rand eines rot-blauen tairenischen Gewirrs bunte Blumen unter ihrer Nase überlappte. Sie hob mühsam den Kopf.

Zunächst sah sie nur Sevanna, die auf einem großen Kissen mit gelben Quasten vor ihr saß. Sevanna mit ihrem Haar wie fein gesponnenes Gold und ihren klaren smaragdgrünen Augen. Die heimtückische Sevanna, die ihr Wort gegeben hatte, die Aufmerksamkeit ablenken zu wollen, indem sie in Cairhien einfiel, und ihr Versprechen dann gebrochen hatte, indem sie versucht hatte, al'Thor zu befreien. Sevanna, die sie zumindest aus Theravas Klauen befreien könnte.

Galina erhob sich auf die Knie und erkannte erst

jetzt, daß sich auch noch andere Menschen in dem Zelt befanden. Therava saß auf einem Kissen zu Sevannas Rechten, die erste in einer gewundenen Reihe von Weisen Frauen, vierzehn Frauen, die alle die Macht lenken konnten. Die Hälfte von ihnen gehörte zu den Weisen Frauen, die sie mit solch verachtenswerter Leichtigkeit gefangengenommen hatten. Sie würde im Umgang mit Weisen Frauen niemals wieder so sorglos sein; niemals wieder. Kleine, blaßgesichtige Männer und Frauen in weißen Gewändern bewegten sich hinter den Weisen Frauen, boten schweigend Gold- oder Silbertabletts mit kleinen Bechern dar, und auf der anderen Seite des Zeltes, wo eine grauhaarige Frau in Aiel-Jacke und Hose in Braun und Grau zu Sevannas Linken saß, am Kopf einer Reihe von zwölf Aiel-Männern mit steinernen Gesichtern, taten weitere Menschen in weißen Gewändern denselben Dienst. Männer. Und sie trug nur ihr Hemd, das an mehreren Stellen zerrissen war. Galina biß die Zähne zusammen, um nicht zu schreien. Sie zwang sich zu einer aufrechten Haltung, um der Versuchung zu widerstehen, sich in den Teppichen zu verkriechen und sich vor diesen kalten männlichen Blicken zu verbergen.

»Anscheinend können Aes Sedai lügen«, bemerkte Sevanna, und alles Blut wich aus Galinas Gesicht. Die Frau konnte es nicht wissen, sie konnte es nicht wissen. »Ihr habt Versprechen gegeben, Galina Casban, und sie gebrochen. Dachtet Ihr etwa, Ihr könntet eine Weise Frau töten und dann aus der Reichweite unserer Speere gelangen?«

Einen Moment ließ Erleichterung Galinas Zunge erstarren. Sevanna wußte *nichts* von der Schwarzen Ajah. Wenn sie dem Licht nicht schon vor langer Zeit abgeschworen hätte, hätte sie ihm jetzt gedankt. Erleichterung und ein winziger Funke Entrüstung brachten sie zum Schweigen. Sie *attackierten* Aes Sedai und waren verärgert, wenn jemand von ihnen starb? Ein winziger Funke war alles, was sie aufbringen konnte. Was war schon Sevannas Verdrehung der Tatsachen gegenüber Tagen voller Schläge und Theravas Blikken? Ein gequälter, krächzender Laut der Heiterkeit entrang sich angesichts der Lächerlichkeit dieses Umstands in ihrer so trockenen Kehle.

»Seid dankbar, daß überhaupt noch jemand von Euch lebt«, gelang es ihr unter Lachen hervorzustoßen. »Es ist selbst jetzt noch nicht zu spät, Eure Fehler zu berichtigen, Sevanna.« Sie schluckte mühsam die klägliche Heiterkeit hinab, bevor sie zu Tränen würde. Sie war kurz davor. »Wenn ich zur Weißen Burg zurückkehre, werde ich mich trotz allem Vorgefallenen jener erinnern, die mir geholfen haben.« Sie hätte gern noch hinzugefügt »und jener, die anders handeln«, aber Theravas unerschütterlicher Blick machte ihr angst. Nach allem, was sie wußte, würde Therava vielleicht noch immer alles tun dürfen, was sie wollte. Es mußte eine Möglichkeit geben, Sevanna zu überreden, die Aufsicht über sie zu übernehmen. Das schmeckte bitter, aber alles war besser als Therava. Sevanna war ehrgeizig – und gierig. Während sie Galina stirnrunzelnd ansah, war ihr Blick auf ihre eigene Hand gefallen, und sie hatte kurz und mit bewunderndem Lächeln die Ringe mit den großen Smaragden und Feuertropfen betrachtet. Sie trug an der Hälfte ihrer Finger Ringe sowie Halsketten aus Perlen und Rubine und Diamanten über ihren Busen drapiert, die jeder Königin zur Ehre gereicht hätten. Man konnte Sevanna nicht trauen, aber vielleicht war sie käuflich. Therava hingegen war eine Naturgewalt. Genausogut konnte man versuchen, einen Strom oder eine Lawine zu bestechen. »Ich vertraue darauf, daß Ihr das Richtige tun werdet, Sevanna«, kam sie zum Schluß. »Die Weiße Burg belohnt Freundschaft großzügig.«

Einen langen Moment herrschte bis auf das Rascheln der weißen Gewänder, während die Diener die Tabletts darboten, Schweigen. Dann...

»Ihr seid *Da'tsang*«, sagte Sevanna. Galina blinzelte. Sie war eine Verachtete? Gewiß hatten sie ihre Verachtung deutlich gezeigt, aber warum...?

»Ihr seid *Da'tsang*«, wiederholte die Weise Frau mit dem rundlichen Gesicht, die sie nicht kannte, und eine Frau, die eine Handbreit größer als Therava war, wiederholte ebenfalls: »Ihr seid *Da'tsang*.«

Theravas falkenähnliches Gesicht hätte aus Holz geschnitzt sein können, aber ihre auf Galina gerichteten Augen funkelten anklagend. Galina fühlte sich auf dem Fleck festgenagelt und konnte keinen Muskel mehr rühren. Ein hypnotisierter Vogel, der eine Schlange näher gleiten sieht. Niemand hatte ihr dieses Gefühl jemals vermittelt. Niemand.

»Drei Weise Frauen haben gesprochen.« Sevannas zufriedenes Lächeln war fast angenehm. Theravas Gesicht war starr. Der Frau gefiel nicht, was auch immer gerade geschehen war. Etwas *war* geschehen, auch wenn Galina nicht wußte, was es zu bedenken hatte. Nur daß es sie anscheinend von Therava erlöst hatte. Das war im Moment mehr als ausreichend. Mehr als genug.

Als Töchter des Speers ihre Fesseln durchschnitten und sie in ein schwarzes Tuchgewand steckten, war sie so dankbar, daß es sie fast nicht kümmerte, daß sie vor jenen Männern mit den frostigen Blicken zunächst die Überreste ihres Hemdes fortrissen. Das dicke Tuch war heiß und kratzte über ihre Striemen, und sie hieß es genauso willkommen, als wäre es Seide. Obwohl Micara sie noch immer abschirmte, hätte sie lachen mögen, als die Töchter des Speers sie aus dem Zelt führten. Es dauerte nicht lange, bis sie den Wunsch verspürte, vollständig zu verschwinden. Sie begann sich zu fragen, ob es etwas nutzen würde, wenn sie Sevanna auf Knien bäte. Sie hätte es getan, wenn sie zu der Frau hätte gelangen können, nur daß Micara deutlich machte, daß sie nirgendwohin gehen würde, wohin sie nicht gehen sollte, oder ein Wort äußern würde, wenn sie nicht angesprochen wurde.

Sevanna beobachtete mit verschränkten Armen, wie die Aes Sedai, die *Da'tsang*, den Hang hinunterstolperte, neben einer Tochter des Speers stehenblieb, die mit einer Gerte auf den Fersen hockte, und den wie einen Kopf geformten Stein fallen ließ, den sie in Händen getragen hatte. Die schwarze Kapuze drehte sich einen Moment in Sevannas Richtung, aber dann beugte sich die *Da'tsang* schnell herab, um einen weiteren großen Stein aufzunehmen und sich dann wieder fünfzig Schritte bis zu der Stelle aufwärts zu mühen, wo Micara mit einer anderen Tochter des Speers wartete. Dort ließ sie auch diesen Stein fallen, nahm einen weiteren auf und stieg wieder hinab. *Da'tsang* wurden stets mit sinnlosen Arbeiten beschämt. Wenn es nicht nötig war, würde es der Frau nicht erlaubt sein, auch nur einen Becher Wasser zu tragen, sondern sinnlose Plackerei würde ihre Stunden erfüllen, bis sie vor Scham in Tränen ausbrach. Die Sonne war noch nicht lange auf ihrem höchsten Punkt angelangt, und viele weitere Tage der Mühen lagen vor ihr.

»Ich glaube nicht, daß sie sich selbst für schuldig erklärt hätte«, sagte Rhiale an Sevannas Schulter. »Efalin und die anderen sind sich nicht allzu sicher, daß sie offen zugegeben hat, Desaine getötet zu haben.«

»Sie gehört mir, Sevanna.« Therava preßte die Kiefer zusammen. Sie hatte die Frau zwar gefangengenommen, aber *Da'tsang* gehörten niemandem. »Ich hatte vor, sie in seidene *Gai'schain*-Gewänder zu kleiden«, murrte sie. »Welchen Sinn hat diese Behandlung, Sevanna? Ich hatte erwartet, dagegen Einspruch erheben zu müssen, daß ihr die Kehle durchschnitten würde, aber nicht das.«

Rhiale warf den Kopf zurück und gewährte Sevanna einen Seitenblick. »Sevanna will sie brechen. Wir haben lange darüber gesprochen, was wir tun sollten, wenn wir eine Aes Sedai gefangennähmen. Sevanna will eine zahme Aes Sedai aus ihr machen, die Weiß trägt und ihr dient. Aber jede Aes Sedai in Schwarz wird ebenso genügen.«

Verärgert über Rhiales Tonfall richtete Sevanna ihre Stola. Er hatte nicht spöttisch, aber doch des Umstands allzu bewußt geklungen, daß sie die Fähigkeit der Aes Sedai, die Macht zu lenken, irgendwie so benutzen wollte, als wäre es Sevannas eigene Fähigkeit. Es wäre vielleicht möglich. Zwei *Gai'schain* gingen mit einer großen messingbeschlagenen Kiste an den drei Weisen Frauen vorbei. Die kleinen, blaßgesichtigen Eheleute waren in den Ländern der Baummörder Adlige gewesen. Beide neigten demütiger die Köpfe, als jede Aiel in Weiß es jemals vermocht hätte. In ihren dunklen Augen lag Anspannung – mehr aus Angst vor einem harten Wort als vor der Gerte. Feuchtländer konnten wie Pferde gezähmt werden.

»Die Frau ist bereits gezähmt«, grollte Therava. »Ich habe ihr in die Augen gesehen. Sie ist ein in der Hand flatternder Vogel, der Angst vor dem Fliegen hat.«

»In neun Tagen?« fragte Rhiale ungläubig, und Sevanna schüttelte heftig den Kopf.

»Sie ist eine Aes Sedai, Therava. Ihr habt ihr Gesicht vor Zorn weiß werden sehen, als ich sie anklagte. Ihr habt sie lachen gehört, als sie von der Tötung Weiser Frauen sprach.« Sie stieß einen zornigen Laut aus.

»Und Ihr habt gehört, wie sie uns bedrohte. Es wird lange dauern, sie zu brechen, aber diese Aes Sedai wird darum betteln, gehorchen zu dürfen, und wenn es ein Jahr dauert.« Wenn sie das erst tat… Aes Sedai konnten natürlich nicht lügen. Sie hatte erwartet, daß Galina gegen ihre Anklage angehen würde. Wenn sie erst zu gehorchen geschworen hätte…

»Wenn Ihr erreichen wollt, daß Euch eine Aes Sedai gehorcht«, sagte die Stimme eines Mannes hinter ihr, »könnte dies vielleicht helfen.«

Sevanna fuhr ungläubig herum und sah Caddar und hinter ihm die Frau – Maisia, die Aes Sedai –, beide in dunkle Seide und edle Spitze gekleidet wie schon vor sechs Tagen, jeder mit einem unpassenderweise an einem Riemen von einer Schulter herabhängenden, ausgebeulten Sack. Caddar streckte mit einer dunklen Hand eine glatte, über einen Fuß lange Rute aus.

»Wie seid Ihr hierhergekommen?« fragte Sevanna und preßte dann verärgert die Lippen zusammen. Er war offensichtlich so gekommen wie schon zuvor. Sie war nur überrascht, daß er mitten im Lager auftauchte. Sie riß ihm die weiße Rute aus der Hand, und wie immer trat er außer Reichweite ihres Armes. »Warum seid Ihr gekommen?« fragte sie. »Was ist dies?« Die Rute war ein wenig schmaler als ihr Handgelenk und bis auf wenige, an einem Ende eingekerbte, seltsam fließende Symbole glatt. Sie fühlte sich nicht ganz wie Elfenbein und nicht ganz wie Glas an. Sie fühlte sich sehr kühl an.

»Man könnte sie eine Eidesrute nennen«, antwortete Caddar und setzte eine Miene auf, die einem Lächeln ähnlich war. »Ich habe sie erst gestern bekommen, und ich dachte augenblicklich an Euch.«

Sevanna verschränkte ihre Hände fest um die Rute, um sich daran zu hindern, sie von sich zu schleudern.

Jedermann wußte, was die Eidesrute der Aes Sedai bewirkte. Um nicht darüber nachdenken und noch viel weniger darüber sprechen zu müssen, steckte sie die Rute hinter ihren Gürtel und nahm die Hände fort.

Rhiale betrachtete die Rute an Sevannas Taille stirnrunzelnd und hob dann langsam den Blick zu Sevannas Gesicht. Therava richtete mit klingenden Armbändern ihre Stola und lächelte verbissen. Niemand von ihnen würde die Gelegenheit erhalten, die Rute zu berühren, und vielleicht würde nicht einmal eine der Weisen Frauen diese Gelegenheit bekommen. Aber da war noch immer Galina Casban. Sie würde eines Tages zerbrechen.

Maisia mit den rabenähnlichen Augen, die ein paar Schritte hinter Caddar stand, lächelte fast ebenso verbissen wie Therava. Sie hatte gesehen und verstanden. Sie war für eine Feuchtländerin aufmerksam.

»Kommt mit«, wies Sevanna Caddar an. »Wir werden in meinem Zelt Tee trinken.« Sie würde gewiß kein Wasser mit ihm teilen. Sie raffte ihre Röcke und stieg den Hang hinauf.

Auch Caddar war zu ihrer Überraschung aufmerksam. »Ihr müßt nur Eure Aes Sedai« – er schritt auf seinen langen Beinen leicht neben ihr aus und grinste Rhiale und Therava plötzlich an – »oder eine andere Frau, welche die Macht lenken kann, die Rute halten und die Versprechen äußern lassen, die Ihr hören wollt, während jemand derweil ein wenig Geist webt. Ihr könnt sie auch benutzen, um sie zu befreien, aber das ist schmerzhafter. Zumindest habe ich es so verstanden.«

Sevanna berührte die Rute leicht. Eher Glas als Elfenbein und sehr kühl. »Sie wirkt nur bei Frauen?« Sie betrat vor ihm gebückt das Zelt. Die Weisen Frauen und die Anführer der Kriegergemeinschaften waren gegangen, aber das Dutzend Baummörder-*Gai'schain* war geblieben und kniete geduldig auf einer Seite des Zeltes. Niemand hatte jemals zuvor ein Dutzend *Gai'schain* beschäftigt, und sie besaß noch weitere. Man würde sich jedoch einen neuen Namen für sie überlegen müssen, da sie das Weiß niemals ablegen würden.

»Frauen, welche die Macht lenken können, Sevanna«, erklärte Caddar, während er ihr ins Zelt folgte. Der Mann klang unglaublich anmaßend. Seine dunklen Augen schimmerten vor offener Belustigung. »Ihr werdet warten müssen, bis Ihr al'Thor habt, bevor ich Euch gebe, was ihn unter Kontrolle halten wird.«

Er nahm den Sack von seiner Schulter und setzte sich hin, natürlich auf kein in ihrer Nähe befindliches Kissen. Maisia fürchtete keine Klinge in ihren Rippen. Sie lehnte nahe Sevanna auf einem Ellbogen. Sevanna sah sie von der Seite an und öffnete dann beiläufig ihre Bluse etwas weiter. Sie hatte den Busen der Frau nicht so rundlich in Erinnerung. Auch ihr Gesicht erschien ihr jetzt hübscher. Sevanna versagte es sich, mit den Zähnen zu knirschen.

»Wenn Ihr natürlich einen anderen Mann meint …«, fuhr Caddar fort. »Es gibt einen sogenannten Bindungsstuhl. Menschen zu binden, die nicht die Macht lenken können, ist schwieriger als bei Machtlenkern. Vielleicht hat ein Bindungsstuhl die Zerstörung überstanden, aber Ihr werdet warten müssen, bis ich ihn finde.«

Sevanna berührte die Rute erneut und befahl dann einem der *Gai'schain* ungeduldig, Tee zu bringen. Sie konnte warten. Caddar war ein Narr. Früher oder später würde er ihr alles geben, was sie von ihm haben wollte. Und jetzt konnte die Rute Maisia von ihm lösen. Dann würde die Frau ihn gewiß nicht mehr beschützen. Er würde für seine Unverschämtheiten Schwarz tragen. Sevanna nahm einen kleinen grünen

Porzellanbecher von dem Tablett, das der *Gai'schain* ihr hinhielt, und reichte es der Aes Sedai eigenhändig. »Er ist mit Pfefferminze gewürzt, Maisia. Er wird Euch erfrischen.«

Die Frau lächelte, aber diese schwarzen Augen... Nun, was einer Aes Sedai angetan werden konnte, konnte auch zwei Aes Sedai angetan werden. Oder mehr.

»Was ist mit den Reisekammern?« fragte Sevanna schroff.

Caddar winkte den *Gai'schain* fort und tätschelte den neben ihm liegenden Sack. »Ich habe so viele *Nar'baha* mitgebracht – so wurden sie genannt –, wie ich auftreiben konnte. Genug, um Euch alle bei Einbruch der Nacht zu befördern, wenn Ihr es eilig habt. Und ich hätte es an Eurer Stelle eilig. Al'Thor will Euch anscheinend vernichten. Zwei Clans kommen von Süden heran, und zwei weitere nähern sich von Norden mit ihren Weisen Frauen, die alle bereit sind, die Macht zu lenken. Ihre Befehle lauten zu bleiben, bis auch die letzte von Euch tot oder gefangen ist.«

Therava schnaubte. »Das ist gewiß ein Grund, etwas zu unternehmen, Feuchtländer, aber kein Grund davonzulaufen. Selbst vier Clans können Brudermörders Dolch nicht an einem Tag leerfegen.«

»Habe ich es nicht erwähnt?« Caddar lächelte unangenehm. »Al'Thor hat offenbar auch einige Aes Sedai an sich gebunden, und diese haben die Weisen Frauen gelehrt, zumindest über kurze Entfernungen ohne *Nar'baha* zu reisen, zwanzig oder dreißig Meilen weit. Anscheinend wurde es erst kürzlich wiederentdeckt. Sie könnten – nun, heute hier sein. Alle vier Clans.«

Vielleicht log er, aber das Risiko... Sevanna konnte sich nur zu gut vorstellen, in Sorileas Gewalt zu sein. Sie unterdrückte ein Schaudern und schickte dann

Rhiale aus, die anderen Weisen Frauen zu benachrichtigen. Ihre Stimme verriet nichts.

Caddar griff in seine Tasche und zog einen grauen Steinwürfel heraus, kleiner als der Gegenstand, den sie verwandt hatte, um ihn zu rufen, und weitaus einfacher, aber mit einer in eine Seite eingelassenen hellroten Scheibe. »Dies ist ein *Nar'baha*«, sagte er. »Er benutzt *Saidin*, so daß niemand von Euch etwas sehen wird, und er hat Grenzen. Wenn eine Frau ihn berührt, wirkt er tagelang nicht mehr, und er hat noch andere Beschränkungen. Einmal eröffnet, bleibt das Wegetor eine bestimmte Zeit bestehen, ausreichend lange, damit wenige Tausend hindurchgelangen können, wenn sie keine Zeit verschwenden, und danach braucht der *Nar'baha* drei Tage, um sich zu erholen. Ich habe genügend in Reserve, um uns dorthin zu befördern, wo wir heute hingelangen müssen, aber ...«

Therava beugte sich so angestrengt vor, daß sie fast vornüber zu kippen schien, aber Sevanna hörte kaum zu. Sie bezweifelte Caddars Worte nicht. Er würde es nicht wagen, sie zu betrügen, nicht, solange es ihn nach dem Gold verlangte, das die Shaido ihm geben würden. Aber Kleinigkeiten fielen ihr auf. Maisia schien ihn über ihren Teebecher hinweg prüfend zu betrachten. Warum? Und wenn solche Eile geboten war – warum klang seine Stimme nicht dringlich? Er würde sie nicht betrügen, aber sie würde dennoch Vorsichtsmaßnahmen ergreifen.

Maeric betrachtete stirnrunzelnd den Steinwürfel, den der Feuchtländer ihm gegeben hatte, und sah dann zu der Öffnung, die erschienen war, als er auf den roten Fleck gedrückt hatte. Eine Öffnung mitten in der Luft, fünf Schritte breit und drei Schritte hoch. Jenseits lagen gewellte Hügel, nicht allzu niedrig, die mit braunem Gras bedeckt waren. Er hantierte nicht gern mit der Einen Macht, besonders nicht mit ihrem männlichen Teil. Sevanna trat mit dem Feuchtländer und einer dunklen Frau durch eine weitere, kleinere Öffnung, den Weisen Frauen folgend, die Sevanna und Rhiale auserwählt hatten. Nur eine Handvoll Weise Frauen blieben bei den Moshaine Shaido zurück. Maeric konnte Sevanna durch dieses zweite Tor mit Bendhuin sprechen sehen. Die Grüne Salze-Septime würde sich auch mit wenigen Weisen Frauen zurechtfinden. Dessen war sich Maeric sicher.

Dyrele berührte seinen Arm. »Ehemann«, murmelte sie, »Sevanna sagte, es würde nur kurze Zeit geöffnet bleiben.«

Maeric nickte. Dyrele behielt stets das Wesentliche im Auge. Er verschleierte sich, lief vorwärts und sprang durch die von ihm gestaltete Öffnung. Was auch immer Sevanna und der Feuchtländer sagten – er würde keine seiner Moshaine hindurchschicken, bevor er wußte, daß es sicher war.

Er landete schwer auf einem mit totem Gras bestandenen Hang und rollte fast kopfüber den Hügel hinab, bevor er sich fangen konnte. Er schaute einen Moment zu der Öffnung zurück. Sie befand sich auf dieser Seite mehr als einen Fuß über dem Boden.

»Frau!« rief er. »Da ist eine Stufe!«

Schwarzaugen sprangen hindurch, verschleiert und mit bereitgehaltenen Speeren, und Töchter des Speers ebenfalls. Es wäre genauso unsinnig zu versuchen, Sand zu trinken, wie es sinnlos war, die Töchter des Speers davon abzuhalten, unter den ersten zu sein. Die übrigen Moshaine folgten im Laufschritt, *Algai'd'siswai* und Frauen und Kinder sprangen hindurch, Handwerker und Händler und *Gai'schain*, die meisten schwer beladene Packpferde und Maultiere hinter sich herziehend, insgesamt fast sechstausend

Menschen. Seine Septime, seine Leute. Sie wären es immer noch, wenn er einst nach Rhuidean ginge. Sevanna konnte ihn nicht mehr lange daran hindern, Clanhäuptling zu werden.

Kundschafter schwärmten sofort aus, während die Septime noch immer aus der Öffnung drang. Maeric senkte seinen Schleier und rief Befehle, woraufhin eine Wand von *Algai'd'siswai* auf die Anhöhen der umliegenden Hügel zustrebte, während sich alle Verbleibenden unterhalb verbargen. Man konnte nicht wissen, wer oder was jenseits dieser Hügel lag. Üppige Länder, hatte der Feuchtländer behauptet, aber dieser Teil wirkte auf ihn nicht üppig.

Das Vorwärtsstürmen seiner Septime wurde zu einem Fluß von *Algai'd'siswai*, denen er nicht wirklich vertraute, Männer, die ihren eigenen Clans entflohen waren, weil sie nicht glaubten, daß Rand al'Thor wahrhaftig der *Car'a'carn* war. Maeric war sich nicht sicher, was er selbst glaubte, aber ein Mann ließ Septime und Clan nicht im Stich. Diese Männer nannten sich *Meradin*, die Bruderlosen, ein passender Name, und er hatte zweihundert...

Die Öffnung wurde jäh zu einem senkrechten Silberschlitz, der zehn der Bruderlosen durchschnitt. Körperteile fielen auf den Hang, Arme, Beine. Der Rumpf eines Mannes schlitterte fast vor Maerics Füße.

Er starrte die Stelle an, wo sich die Öffnung befunden hatte, und drückte mit dem Daumen auf den roten Fleck. Er wußte, daß es sinnlos war, aber... Darin, sein ältester Sohn, war einer der Steinsoldaten, die als Nachhut gewartet hatten. Sie wären als letzte hindurchgekommen. Suraile, seine älteste Tochter, war bei dem Steinsoldaten geblieben, für den sie vielleicht ihren Speer aufgeben wollte.

Sein Blick begegnete dem Dyreles, so grün und

wunderschön wie an dem Tag, an dem sie ihm den Kranz zu Füßen gelegt hatte – und gedroht hatte, ihm die Kehle durchzuschneiden, wenn er ihn nicht aufhöbe. »Wir können warten«, sagte er sanft. Der Feuchtländer hatte von drei Tagen gesprochen, aber vielleicht irrte er sich. Maeric drückte erneut mit dem Daumen auf den roten Fleck. Dyrele nickte ruhig. Er hoffte, daß sie einander nicht weinend in die Arme sinken müßten, wenn sie erst allein sein könnten.

Eine Tochter des Speers rutschte den Hang von oben herab, senkte eilig ihren Schleier und keuchte tatsächlich schwer. »Maeric«, sagte Naeise und wartete nicht einmal ab, bis er sie ansah, »im Osten stehen Speere, nur wenige Meilen entfernt und unmittelbar auf uns zustrebend. Ich glaube, es sind Reyn. Mindestens sieben- oder achttausend Reyn.«

Er konnte weitere *Algai'd'siswai* auf sich zulaufen sehen. Ein junger Bruder des Adlers, Cairdin, kam schlitternd zum Stehen und sprach, sobald Maeric ihn sah. »Ich grüße Euch, Maeric. Keine fünf Meilen nördlich stehen Speere und Feuchtländer auf Pferden. Vielleicht jeweils zehntausend. Ich glaube nicht, daß unsere Männer die Hügelkämme schon überschritten hatten, aber einige der Speere haben sich uns zugewandt.«

Maeric wußte es, bevor der grauhaarige Wassersucher namens Laerad den Mund öffnete. »Drei oder vier Meilen südlich kommen Speere über einen Hügel. Achttausend oder mehr. Einige von ihnen haben einen der Jungen gesehen.« Laerad verschwendete niemals Worte, und er würde niemals verraten, welcher Junge, der für Laerad tatsächlich jedermann ohne graues Haar sein konnte.

Maeric wußte auch, daß keine Zeit war, Worte zu verschwenden. »Hamal!« rief er. Es war auch keine

Zeit für angemessene Höflichkeit gegenüber einem Schmied.

Der große Mann begriff, daß etwas nicht stimmte. Er kletterte den Hang hinauf und bewegte sich dabei wahrscheinlich schneller als jemals zuvor, seit er zum ersten Mal den Hammer aufgenommen hatte.

Maeric reichte ihm den Steinwürfel. »Ihr müßt auf den roten Fleck drücken und ihn gedrückt halten, egal was geschieht und egal wie lange es dauert, bis sich diese Öffnung bildet. Das ist der einzige Ausweg für Euch alle.« Hamal nickte, aber Maeric wartete nicht einmal darauf, daß er die Anweisung bestätigen würde. Hamal würde verstehen. Maeric berührte Dyreles Wange, ungeachtet dessen, wie viele Augen sie beobachteten. »Schatten meines Herzens, du mußt darauf vorbereitet sein, Weiß zu tragen.« Sie streckte die Hand nach ihrem Gürteldolch aus – sie war eine Tochter des Speers gewesen, als sie ihm den Kranz zu Füßen gelegt hatte –, aber er schüttelte energisch den Kopf. »Du mußt leben, Frau, Dachherrin, um zusammenzuhalten, was verbleibt.« Sie nickte und preßte die Finger an seine Wange. Er war überrascht. Sie war in der Öffentlichkeit stets sehr zurückhaltend gewesen.

Maeric hob seinen Schleier und stieß den Speer hoch über den Kopf. »Moshaine!« brüllte er. »Wir tanzen!«

Sie folgten ihm den Hang hinauf, Männer und Töchter des Speers, fast eintausend Menschen, wenn man die Bruderlosen mitzählte – vielleicht konnte man sie zur Septime dazurechnen –, den Hang hinauf und westwärts. In dieser Richtung lag der nächste und zahlenmäßig geringste Feind. Vielleicht könnten sie genug Zeit herausschinden, obwohl er es nicht wirklich glaubte. Er fragte sich, ob Sevanna hiervon gewußt hatte. Ach, die Welt war sehr merkwürdig geworden, seit Rand al'Thor gekommen war. Einige Dinge konnten sich jedoch nicht ändern. Er begann lachend zu singen.

»Reinigt die Speere, während die Sonne aufsteigt.
Reinigt die Speere, während die Sonne sinkt.
Reinigt die Speere; wer fürchtet zu sterben?
Reinigt die Speere; niemand, den ich kenne!«

Die Moshaine Shaido zogen singend in ihren Todestanz.

Graendal beobachtete stirnrunzelnd, wie sich das Wegetor hinter den letzten der Jumai Shaido und vielen Weisen Frauen schloß. Anders als bei den anderen, hatte Sammael sein Netz nicht einfach so gewoben, daß es schließlich zerfallen mußte. Zumindest vermutete sie, daß er es bis zuletzt bestehen ließ. Die Schließung des Wegetors unmittelbar hinter den letzten braun und grau gekleideten Männern wäre sonst zu zufällig gewesen. Sammael warf den Sack lachend beiseite, hielt aber noch immer einige jener nutzlosen Steinstücke fest. Sie hatte ihren eigenen leeren Sack schon lange abgelegt. Die Sonne ging hinter den Bergen im Westen als rot glühende Halbkugel unter.

»An einem jener Tage«, sagte sie trocken, »werdet Ihr wider Willen zu gerissen sein. Vermutet Ihr, daß einer von ihnen verstanden hat?«

»Keiner«, sagte er schlicht, aber er rieb sich weiterhin die Hände und betrachtete die Stelle, an der das Wegetor gewesen war. Oder vielleicht etwas Dahinterliegendes. Er hielt noch immer die Spiegelmaske aufrecht, die ihm die Illusion zusätzlicher Größe vermittelte. Sie hatte ihre Maske fallenlassen, sobald sich das Wegetor geschlossen hatte.

»Nun, es ist Euch gewiß gelungen, sie in Panik zu versetzen.« Um sie herum lag der Beweis: wenige noch stehende niedrige Zelte, Decken, ein Kochtopf, eine Stoffpuppe und alle Arten verstreuten Abfalls. »Wo habt Ihr sie hingeschickt? Vermutlich irgendwo vor al'Thors Heer?«

»Einige«, sagte er wie abwesend. »Ausreichend viele.« Seine nachdenkliche Selbstprüfung verging jäh, wie auch seine Verkleidung. Die Narbe auf seinem Gesicht schien jetzt besonders fahl. »Ausreichend viele, um Schwierigkeiten zu bereiten, besonders wenn ihre Weisen Frauen die Macht lenken, aber nicht so viele, daß jemand mich verdächtigen wird. Die übrigen sind von Illian bis Ghealdan verstreut. Und wie und warum? Vielleicht hat al'Thor es aus eigenen Gründen getan, aber ich hätte sicherlich nicht die meisten von ihnen verschwendet, wenn es mein Werk gewesen wäre, nicht wahr?« Er lachte erneut, von seinem eigenen Scharfsinn beeindruckt.

Graendal richtete das Mieder ihres Gewandes, um ihre Bestürzung zu verbergen. Es war bemerkenswert dumm, auf diese Weise zu wetteifern – sie hatte sich das schon tausendmal gesagt und sich nicht einmal daran gehalten –, bemerkenswert dumm, und jetzt fühlte sich das Gewand an, als würde es abfallen, was jedoch nichts mit ihrer Bestürzung zu tun hatte. Er wußte nicht, daß Sevanna jede Shaido-Frau mitgenommen hatte, welche die Macht lenken konnte. War es letztendlich an der Zeit, ihn fallenzulassen? Wenn sie sich auf Demandreds Gnade verließ ...

Als hätte er ihre Gedanken gelesen, sagte er: »Ihr seid so fest an mich gebunden wie mein Gürtel, Graendal.« Ein Wegetor eröffnete sich und offenbarte seine Privaträume in Illian. »Die Wahrheit ist nicht mehr wichtig, wenn sie es überhaupt jemals war. Ihr steigt mit mir empor oder fallt mit mir. Der Dunkle

König belohnt Erfolg, und es hat ihn niemals gekümmert, wie er erreicht wurde.«

»Wie Ihr meint«, antwortete sie. Demandred ließ keine Gnade walten. Und Semirhage… »Ich steige mit Euch auf oder falle mit Euch.« Dennoch – etwas würde ersonnen werden müssen. Der Dunkle König belohnte Erfolg, aber sie würde nicht mit hinabgezogen werden, wenn Sammael versagte. Sie eröffnete ein Wegetor zu ihrem Palast in Arad Doman, zu dem langen, mit Säulen bestandenen Raum, wo sie ihre Lieblinge im Teich herumtollen sehen konnte. »Aber was ist, wenn al'Thor Euch selbst jagt? Was dann?«

»Al'Thor jagt niemanden«, erwiderte Sammael lachend. »Ich brauche nur abzuwarten.« Er betrat, noch immer lachend, sein Wegetor und schloß er hinter sich.

Der Myrddraal trat aus den tieferen Schatten und wurde sichtbar. Die Wegetore hatten in seinen Augen Spuren hinterlassen – drei Flecke leuchtenden Nebels. Er konnte einen Strang nicht vom anderen unterscheiden, aber er konnte *Saidin* dem Geruch nach von *Saidar* unterscheiden. *Saidin* roch wie die scharfe Klinge eines Dolches, wie die Spitze eines Dorns. *Saidar* roch sanft, aber wie etwas, das fester würde, je härter es gedrängt würde. Kein anderer Myrddraal konnte diesen Unterschied riechen. Shaidar Haran war nicht wie andere Myrddraal.

Shaidar Haran hob einen abgelegten Speer auf und benutzte ihn, um den von Sammael beiseite geworfenen Sack umzustülpen und dann die Steinstücke zu untersuchen, die herausfielen. Vieles geschah außerhalb des Plans. Würden diese Ereignisse das Chaos noch mehren, oder …

Zornige schwarze Flammen züngelten von Harans Hand, der Hand des Dieners des Schatten, auf das

Speerheft hinab. Der hölzerne Schaft war im Handumdrehen verkohlt und verbogen, und die Speerspitze fiel ab. Der Myrddraal ließ den geschwärzten Stock fallen und wischte sich Ruß von der Handfläche. Wenn Sammael dem Chaos diente, war alles gut. Wenn nicht...

Plötzlicher Schmerz kroch seinen Nacken hinauf. Leichte Schwäche vereinnahmte seine Glieder. Es war ein zu langer Weg von Shayol Ghul. Dieses Band mußte irgendwie getrennt werden. Der Myrddraal wandte sich knurrend um und suchte den Rand des Schattens, den er brauchte. Der Tag kam. Er würde kommen.

KAPITEL 9

Eine Schwerterkrone

Rand träumte wild um sich schlagend wirre Träume, in denen er mit Perrin stritt und Mat bat, Elayne zu finden, und in denen Farben gerade außer Sicht aufflammten und Padan Fain mit blitzender Klinge auf ihn zusprang, und manchmal glaubte er im Herzen eines Nebels eine Stimme um eine tote Frau trauern zu hören, Träume, in denen er sich Elayne, Aviendha, Min zu erklären versuchte, allen dreien gleichzeitig, und selbst Min sah ihn verächtlich an

»... nicht gestört werden!« Cadsuanes Stimme. Ein Bestandteil seiner Träume?

Die Stimme ängstigte ihn. Er rief in seinem Traum nach Lews Therin, und der Klang seiner Stimme hallte durch dichten Nebel, in dem sich Gestalten bewegten und Menschen und Pferde schreiend starben, ein Nebel, in dem Cadsuane ihm unerbittlich folgte, während er keuchend davonlief. Alanna versuchte, ihn zu beruhigen, aber sie fürchtete Cadsuane ebenfalls. Er konnte ihre Angst genauso stark spüren wie seine eigene. Sein Kopf schmerzte. Und seine Seite. Die alte Narbe brannte. Er spürte *Saidin*. Jemand hielt *Saidin* fest. War er es? Er wußte es nicht. Er bemühte sich aufzuwachen.

»Ihr werdet ihn töten!« rief Min. »Ich werde nicht zulassen, daß Ihr ihn tötet!«

Als er die Augen öffnete, blickte er in ihr Gesicht. Sie sah ihn nicht an. Sie umfaßte seinen Kopf mit beiden Armen und sah jemanden an, der ein Stück vom

Bett entfernt stand. Ihre Augen waren gerötet. Sie hatte geweint, weinte aber jetzt nicht mehr. Ja, er befand sich in seinem eigenen Bett, in seinen Räumen im Sonnenpalast. Er konnte einen wuchtigen, kantigen Bettpfosten aus Schwarzholz mit Elfenbeinkeilen sehen. Min lag in einer cremefarbenen Seidenbluse auf dem Leinenlaken, das ihn bis zum Hals bedeckte, schützend um ihn zusammengerollt. Alanna hatte Angst. Er spürte sie im Hinterkopf zittern. Angst um ihn. Dessen war er sich aus einem unbestimmten Grund sicher.

»Ich glaube, er ist wach, Min«, sagte Amys sanft.

Min schaute hinab, und ihr von dunklen Locken umrahmtes Gesicht erstrahlte in einem jähen Lächeln.

Vorsichtig, weil er sich schwach fühlte, nahm er ihre Arme fort und setzte sich auf. In seinem Kopf drehte sich alles vor Benommenheit, aber er zwang sich dazu, sich nicht wieder hinzulegen. Sein Bett war umringt.

Auf einer Seite stand Amys, flankiert von Bera und Kiruna. Amys' jugendliche Züge waren völlig ausdruckslos, aber sie strich ihr langes weißes Haar zurück und richtete ihre dunkle Stola, als hätte sie gerade einen Kampf bestanden. Die beiden Aes Sedai wirkten äußerlich gelassen, aber auch entschlossen – eine Königin, entschlossen, ihren Thron zu verteidigen, und eine Bäuerin, die bereit war, um ihren Hof zu kämpfen. Es schien ihm seltsamerweise, als wären es diese drei, die wie ein Mann zusammenstanden, wenn er jemals drei Menschen – und nicht nur physisch – hatte zusammenstehen sehen.

Auf der anderen Seite des Bettes standen Samitsu, mit Silberglocken in ihrem Haar, sowie eine schlanke Schwester mit dichten schwarzen Augenbrauen und einer rabenschwarzen Haarmähne und Cadsuane, welche die Fäuste in die Hüften stemmte. Samitsu und die Aes Sedai mit dem rabenschwarzen Haar trugen mit gelben Fransen versehene Stolen und preßten die Kiefer genauso fest zusammen wie Bera oder Kiruna, aber Cadsuanes strenger Blick ließ sie alle vier eher unschlüssig erscheinen. Die beiden Gruppen von Frauen sahen einander nicht an, aber die Männer.

Am Fußende des Bettes standen Dashiva mit dem Silberschwert und dem rot-goldenen Drachen am Kragen und Flinn und Narishma, die alle mit grimmigen Gesichtern versuchten, die Frauen auf beiden Seiten des Bettes gleichzeitig im Auge zu behalten. Jonan Adley stand neben ihnen, und seine schwarze Jacke war an einem Ärmel versengt. *Saidar* erfüllte alle vier Männer anscheinend im Überfluß. Dashiva hielt fast genauso viel davon fest, wie Rand hätte festhalten können. Rand schaute zu Adley, der leicht nickte.

In dem Moment erkannte er jäh, daß er unter dem Laken, das bis zu seiner Taille herabgerutscht war, nichts außer einem Verband um die Körpermitte trug. »Wie lange habe ich geschlafen?« fragte er. »Wie kommt es, daß ich lebe?« Er berührte vorsichtig den weißen Verband. »Fains Dolch kam aus Shadar Logoth. Ich habe gesehen, wie er einst einen Mann durch einen Kratzer in wenigen Momenten tötete. Er starb schnell, und er starb qualvoll.« Dashiva stieß murrend einen Fluch aus, der Padan Fains Namen beinhaltete.

Samitsu und die anderen Gelben wechselten bestürzte Blicke, aber Cadsuane nickte nur, wobei die goldenen Ornamente um ihren eisengrauen Knoten schwangen. »Ja, Shadar Logoth. Das würde manches erklären. Ihr habt es Sumeko zu verdanken, daß Ihr lebt, und Meister Flinn.« Sie sah den grauhaarigen Mann mit seinem Kranz weißen Haars nicht an, aber er grinste, als habe sie sich vor ihm verneigt. Tatsächlich nickten ihm die Gelben überraschenderweise alle zu. »Und Corele natürlich«, fuhr Cadsuane fort. »Jeder hat seinen Teil beigetragen, einschließlich einiger

Dinge, die vermutlich seit der Zerstörung nicht mehr getan wurden.« Ihre Stimme wurde hart. »Ohne diese drei wärt Ihr inzwischen tot, und Ihr könntet noch immer sterben, wenn Ihr Euch nicht an ihre Anweisungen haltet. Ihr müßt Euch ausruhen und dürft Euch nicht anstrengen.« Plötzlich knurrte Rands Magen laut, und sie fügte hinzu: »Wir konnten Euch nur ein wenig Wasser und Brühe einflößen, seit Ihr verletzt wurdet. Zwei Tage ohne Nahrung ist für einen kranken Mann eine lange Zeit.«

Zwei Tage. Nur zwei. Er vermied es, Adley anzusehen. »Ich stehe auf«, sagte er.

»Ich werde nicht zulassen, daß sie dich umbringen, Schafhirte«, sagte Min mit eigensinnigem Funkeln in den Augen, »und ich werde auch nicht zulassen, daß du dich umbringst.« Sie legte ihre Arme um seine Schultern, als wollte sie ihn am Fleck festhalten.

»Wenn der *Car'a'carn* aufstehen will«, sagte Amys tonlos, »werde ich Nandera die Töchter des Speers vom Gang hereinbringen lassen. Somera und Enaila werden ihm gern genau die Hilfe zuteil werden lassen, die er braucht.« Um ihren Mund spielte ein leichtes Lächeln. Sie war einst selbst Tochter des Speers gewesen und wußte ausreichend über diese besonderen Umstände Bescheid. Weder Kiruna noch Bera lächelten. Sie sahen Rand stirnrunzelnd wie einen vollkommen Narren an.

»Junge«, sagte Cadsuane trocken, »ich habe schon mehr von Euren unbehaarten Hinterbacken gesehen, als mir lieb ist, aber wenn Ihr sie vor uns allen zur Schau stellen wollt, wird vielleicht sogar jemand Gefallen daran finden. Wenn Ihr jedoch aufs Gesicht fallt, muß ich Euch den Hintern versohlen, bevor ich Euch wieder ins Bett stecke.« Samitsus und Coreles Mienen nach zu urteilen, würden sie ihr nur zu gern dabei helfen.

Narishma und Adley starrten Cadsuane entsetzt an, während Flinn an seiner Jacke zog, als ringe er mit sich. Dashiva brach jedoch in rauhes Lachen aus. »Wenn Ihr wollt, daß wir die Frauen hinausschaffen...« Der Mann mit dem glatten Gesicht begann Stränge vorzubereiten, keine Schilde, aber komplizierte Gewebe aus Geist und Feuer, die vermutlich jedermann, den sie berührten, zu große Schmerzen bereiten würden, als daß er noch daran denken könnte, die Macht zu lenken.

»Nein«, sagte er rasch. Bera und Kiruna würden der schlichten Aufforderung zu gehen gehorchen, und wenn Corele und Samitsu geholfen hatten, ihn am Leben zu erhalten, schuldete er ihnen mehr als Schmerzen. Wenn Cadsuane jedoch glaubte, seine Nacktheit würde ihn daran hindern aufzustehen, sollte sie sich auf eine Überraschung gefaßt machen. Er war ohnehin im Zweifel, ob die Töchter des Speers ihm überhaupt noch Anstand gelassen hatten. Mit einem Lächeln für Min entwand er sich ihren Armen, warf das Laken zurück und kletterte auf Amys' Seite aus dem Bett.

Die Weise Frau preßte den Mund zusammen. Er konnte fast sehen, wie sie überlegte, ob sie die Töchter des Speers rufen sollte. Bera warf Amys einen gequälten, unsicheren Blick zu, während Kiruna sich mit geröteten Wangen hastig umwandte. Rand schritt langsam zum Schrank. Langsam, weil er erwartete, daß er Cadsuane vielleicht eine Gelegenheit zum Eingreifen verschaffte, wenn er sich zu schnell bewegte.

»Pah!« murrte sie hinter ihm. »Ich schwöre, ich *sollte* dem sturen Jungen den Hintern versohlen.« Jemand brummte, was Zustimmung oder auch Mißbilligung für sein Handeln bedeuten konnte.

»Ah, aber es ist solch ein hübscher Hintern, nicht wahr?« sagte jemand anderer in singendem murandianischen Akzent. Es mußte Corele gewesen sein.

Gut, daß sein Kopf im Schrank steckte. Vielleicht hatten die Töchter des Speers ihm doch nicht soviel Anstand genommen, wie er geglaubt hatte. Licht! Sein Gesicht fühlte sich so heiß wie ein Hochofen an. In der Hoffnung, daß seine Bewegungen jegliches Schwanken verbergen würden, zog er sich eilig an. Sein Schwert stand an die Rückwand des Schranks gelehnt, der Schwertgürtel um die dunkle Scheide aus Wildschweinleder geschlungen. Er berührte das lange Heft und nahm seine Hand dann wieder fort.

Er wandte sich barfuß um, während er noch sein Hemd schloß. Min saß in ihrer engen grünen Seidenhose noch immer im Schneidersitz auf seinem Bett und konnte sich, ihrer Miene nach zu urteilen, nicht zwischen Anerkennung und Enttäuschung entscheiden. »Ich muß mit Dashiva und den anderen Asha'man sprechen«, sagte er. »Allein.«

Min stand auf und lief zu ihm, um ihn zu umarmen. Nicht fest; sie behandelte seine verbundene Seite sehr vorsichtig. »Ich habe zu lange darauf gewartet, dich wieder aufwachen zu sehen«, sagte sie und legte einen Arm um seine Taille. »Ich muß bei dir bleiben.« Sie betonte dies ein wenig. Sie mußte eine Vision gehabt haben, oder vielleicht wollte sie einfach helfen, ihn auf den Beinen zu halten. Ihr Arm schien ihn zu stützen. Wie auch immer – er nickte. Er war nicht sehr standfest. Rand legte eine Hand auf ihre Schulter und erkannte jäh, daß die Asha'man genauso wenig wie Cadsuane oder Amys wissen sollten, wie schwach er war.

Bera und Kiruna vollführten widerwillig Hofknickse und gingen auf die Tür zu, zögerten aber, als Amys sich nicht sofort rührte. »Solange Ihr diese Räume nicht zu verlassen beabsichtigt«, sagte die Weise Frau in einem Tonfall, der nicht im geringsten darauf schließen ließ, daß sie zu ihrem *Car'a'carn* sprach.

Rand hob einen nackten Fuß an. »Sehe ich so aus, als wollte ich irgendwo hingehen?« Amys schnaubte, aber mit einem Blick auf Adley schloß sie sich Bera und Kiruna an und ging.

Cadsuane und die beiden anderen folgten ihnen kurz darauf. Die grauhaarige Grüne sah ebenfalls zu Adley. Es war kein großes Geheimnis, daß er tagelang von Cairhien fortgewesen war. An der Tür hielt sie inne. »Unternehmt nichts Törichtes, Junge.« Sie klang wie eine strenge Tante, die einen unbeholfenen Neffen warnte, ohne zu erwarten, daß er zuhörte. Samitsu und Corele folgten ihr hinaus, während sie abwechselnd ihn und die Asha'man stirnrunzelnd ansahen. Als sie gegangen waren, lachte Dashiva ein scharfes, pfeifendes Lachen und schüttelte den Kopf. Er klang tatsächlich belustigt.

Rand trat von Min fort, um seine Stiefel neben dem Schrank aufzuheben und ein zusammengerolltes Paar Socken aus dem Schrank zu nehmen. »Ich folge Euch in den Vorraum, sobald ich die Stiefel angezogen habe, Dashiva.«

Der Asha'man mit dem glatten Gesicht zuckte zusammen. Er hatte Adley stirnrunzelnd betrachtet. »Wie Ihr befehlt, mein Lord Drache«, sagte er und preßte die Faust aufs Herz.

Rand wartete, bis die vier Männer ebenfalls gegangen waren, setzte sich dann mit einem Gefühl der Erleichterung in einen Sessel und begann sich die Strümpfe anzuziehen. Seine Beine fühlten sich bereits stärker an, nur weil er aufgestanden war und sich bewegt hatte. Stärker, aber sie wollten ihn noch immer nicht sehr gut tragen.

»Bist du sicher, daß dies klug ist?« fragte Min, während sie sich neben seinen Sessel kniete, und er sah sie bestürzt an. Wenn er während dieser zwei Tage im Schlaf gesprochen hatte, hätten die Aes Sedai es gewußt. Amys hätte Enaila und Somera und fünfzig weitere Töchter des Speers warten lassen, als er erwachte.

Er zog seine Socken hoch. »Hattest du eine Vision?«

Min setzte sich auf die Fersen zurück, kreuzte die Arme unter der Brust und sah ihn fest an. Kurz darauf sah sie ein, daß es nicht wirkte, und seufzte. »Es ist Cadsuane. Sie wird dich etwas lehren, dich und die Asha'man. Ich meine, alle Asha'man. Es ist etwas, das du lernen mußt, aber ich weiß nicht, was es ist, nur daß es keinem von euch gefallen wird, es von ihr zu lernen. Es wird euch überhaupt nicht gefallen.«

Rand hielt mit einem Stiefel in der Hand inne und zog ihn dann an. Was konnte Cadsuane oder jede andere Aes Sedai die Asha'man lehren? Frauen konnten Männer nichts lehren, und Männer konnten Frauen nichts lehren. Das war eine genauso feststehende Tatsache wie die Eine Macht selbst. »Wir werden sehen«, sagte er nur.

Das stellte Min offensichtlich nicht zufrieden. Sie wußte, daß es geschehen würde, und er ebenfalls. Sie irrte sich niemals. Aber was *konnte* Cadsuane ihn möglicherweise lehren? Was würde er sich von ihr beibringen lassen? Die Frau machte ihn seiner selbst ungewiß, eine Unsicherheit, wie er sie seit dem Fall des Steins von Tear nicht mehr empfunden hatte.

Er stampfte mit dem Fuß auf, damit er in den zweiten Stiefel gelangte, und holte dann seinen Schwertgürtel und eine rote, goldverzierte Jacke aus dem Schrank hervor, die gleiche Jacke, die er bei dem Besuch beim Meervolk getragen hatte. »Was hat Merana für mich ausgehandelt?« fragte er, und Min stieß tief in ihrer Kehle einen verärgerten Laut aus.

»Bis heute morgen noch nichts«, antwortete sie ungeduldig. »Sie und Rafela haben das Schiff seit unserem Weggang noch nicht wieder verlassen, aber sie haben ein halbes Dutzend Botschaften mit der Anfrage geschickt, ob es dir gut genug gehe, um zurückzukehren. Ich glaube nicht, daß sie ohne dich zurechtkommen. Es wäre vermutlich zuviel gehofft, daß du aufs Schiff gehen willst.«

»Noch nicht«, belehrte er sie. Min sagte nichts, aber sie hatte die Fäuste in die Hüften gestemmt und eine Augenbraue hoch gewölbt. Nun, sie würde bald fast alles erfahren.

Im Vorraum sprangen alle Asha'man außer Dashiva von ihren Stühlen auf, als Rand mit Min erschien. Dashiva blickte ins Leere, sprach mit sich selbst und bemerkte Rand erst, als dieser die in den Boden eingelassene Aufgehende Sonne erreicht hatte, woraufhin er mehrere Male blinzelte, bevor er sich erhob.

Rand sprach Adley an, während er die wie ein Drachen gestaltete Schnalle seines Schwertgürtels schloß. »Das Heer hat die Bergfestungen in Illian bereits erreicht?« Er hätte sich gern in einen der vergoldeten Lehnstühle gesetzt, erlaubte es sich aber nicht. »Wie? Es hätte bestenfalls noch einige weitere Tage dauern sollen. Bestenfalls.« Flinn und Narishma waren genauso bestürzt wie Dashiva. Keiner von ihnen hatte gewußt, wohin Adley und Hopwil gegangen waren – oder Morr. Es war immer schwierig zu entscheiden, wem man trauen konnte, und Vertrauen war gefährlich.

Adley erhob sich. Seine Augen unter den dichten Augenbrauen blickten seltsam. Er hatte den Wolf gesehen, wie man in Cairhien sagte. »Der Hohe Herr Weiramon hat die Fußsoldaten zurückgelassen und ist mit den Reitern vorgeprescht«, erstattete er nüchtern Bericht. »Die Aiel haben natürlich Schritt gehalten.« Er runzelte die Stirn. »Wir sind gestern auf Aiel gestoßen. Shaido. Ich weiß nicht, wie sie dorthin gelangt sind. Es waren insgesamt vielleicht neun- oder zehntausend

Mann, aber sie hatten anscheinend keine Weisen Frauen bei sich, welche die Macht lenken konnten, und sie haben uns auch nicht behindert. Wir haben die Bergfestungen heute um die Mittagszeit erreicht.«

Rand war wütend. Die Fußsoldaten zurückzulassen! Glaubte Weiramon, er könnte palisadenverstärkte Festungen auf Berggipfeln mit Reitern einnehmen? Wahrscheinlich. Der Mann hätte gewiß auch die Aiel zurückgelassen, wenn er schneller als sie hätte sein können. Überhebliche Adlige und ihre törichte Ehre! Dennoch – es war unwichtig. Bis auf die Männer, die starben, weil der Hohe Herr Weiramon verächtlich auf all jene herabblickte, die nicht vom Pferderücken aus kämpften.

»Eben und ich haben die ersten Palisaden zerstört, sobald wir eintrafen«, fuhr Adley fort. »Das gefiel Weiramon nicht sehr. Ich glaube, er hätte uns am liebsten aufgehalten, aber er hatte Angst, es zu tun. Wie dem auch sei – wir begannen, das Holz in Brand zu stecken und Löcher in die Mauern zu sprengen, aber bevor wir weitermachen konnten, kam Sammael. Zumindest ein Mann, der *Saidin* lenkte und erheblich stärker war als Eben oder ich. Ich würde sagen, so stark wie Ihr, mein Lord Drache.«

»Er war sofort da?« fragte Rand ungläubig, aber dann verstand er. Er war davon überzeugt gewesen, daß Sammael sicher hinter mit Macht gewobenen Schutzvorrichtungen bleiben würde, wenn er Rand gegenübertreten zu müssen glaubte. Zu viele der Verlorenen hatten es versucht, und die meisten waren jetzt tot. Rand lachte wider Willen – und mußte sich die Seite halten. Lachen schmerzte. All diese kunstvolle Täuschung, um Sammael davon zu überzeugen, daß er überall sein würde, nur nicht beim einfallenden Heer, um den Mann aus Illian hervorzulocken, und das alles durch ein Messer in Padan Fains Hand unnötig gemacht. Zwei Tage. Inzwischen wußte jedermann, der Augen-und-Ohren in Cairhien hatte – was gewiß auch für die Verlorenen galt –, daß der Wiedergeborene Drache mit dem Tode kämpfte. Das war vollkommen sicher. »Männer planen und Frauen intrigieren, aber das Rad webt, wie das Rad es wünscht«, lautete ein Sprichwort in Tear. »Fahrt fort«, sagte er.

»Morr war letzte Nacht bei Euch?«

»Ja, mein Lord Drache. Fedwin kommt jede Nacht, genau wie vorgesehen. Es war gestern abend schon abzusehen, daß wir die Festungen heute erreichen würden.«

»Ich verstehe nichts von alledem.« Dashiva klang aufgebracht. Ein Muskel an seiner Wange zuckte. »Ihr habt Sammael hervorgelockt, aber zu welchem Zweck? Sobald er spürt, daß ein Mann mit auch nur annähernd Eurer Stärke die Macht lenkt, wird er zurück nach Illian fliehen. Dort werdet Ihr ihn nicht erwischen. Er wird Euch bemerken, sobald Ihr innerhalb einer Meile der Stadt ein Wegetor eröffnet.«

»Wir können das Heer retten«, platzte Adley heraus. »Weiramon hat noch immer Angriffe gegen diese Festung angeordnet, als ich ging, und Sammael zerschlägt jedermann in Stücke, ungeachtet dessen, was Eben und ich tun können.« Er verlagerte den Arm mit dem versengten Ärmel. »Wir mußten zurückschlagen und uns sofort wieder zurückziehen, und selbst dann hat er uns mehr als einmal fast am Fleck in Brand gesetzt. Auch die Aiel haben Verluste erlitten. Sie bekämpfen nur die Illianer, die hervorkommen – die anderen Bergfestungen müssen sich rasch leeren, weil so viele hervorkamen, als ich ging –, aber jedesmal, wenn Sammael fünfzig von uns zusammen erspäht, Aiel oder andere, reißt er sie in Stücke. Wenn es drei oder auch nur zwei von ihm gäbe, wäre ich mir nicht sicher, ob ich noch jemanden lebend anträfe, wenn ich zurückgehe.« Dashiva sah ihn an wie einen Wahnsinnigen, und Adley zuckte jäh die Achseln, als spüre er die Leichtheit seines leeren Kragens verglichen mit dem Schwert und Drachen am Kragen des älteren Mannes. »Verzeiht, Asha'man«, murrte er beschämt und fügte dann mit noch leiserer Stimme hinzu: »Aber wir können sie wenigstens retten.«

»Das werden wir«, versicherte Rand ihm. Nur nicht auf die von Adley erwartete Art. »Ihr werdet mir alle helfen, Sammael heute zu töten.« Nur Dashiva wirkte bestürzt. Die übrigen Männer nickten nur. Nicht einmal die Verlorenen ängstigten sie mehr.

Rand erwartete von Min Streit und vielleicht die Forderung mitzukommen, aber sie überraschte ihn. »Du willst vermutlich, daß niemand herausfindet, daß du gegangen bist, bevor es sein muß, Schafhirte.« Er nickte, und sie seufzte. Vielleicht mußten sich die Verlorenen genauso auf Brieftauben und Augen-und-Ohren verlassen wie jedermann sonst, aber sich zu sehr darauf zu verlassen, konnte verhängnisvoll werden.

»Die Töchter des Speers werden mitkommen wollen, wenn sie es erfahren, Min.« Sie würden es wollen, und es würde ihm schwerfallen, es ihnen zu verweigern. Wenn er es ihnen überhaupt abschlagen konnte. Und doch mochte das Verschwinden Nanderas und derer, wen auch immer sie als Wache einsetzte, verräterisch sein.

Min seufzte erneut. »Ich könnte vermutlich mit Nandera reden. Ich könnte sie vielleicht eine Stunde lang draußen im Gang festhalten, aber sie werden mir nicht gut gesonnen sein, wenn sie es herausfinden.« Rand mußte fast erneut lachen, bevor er sich an seine Seite erinnerte. Sie würden ihr entschieden schlecht gesonnen sein, oder ihm. »Genauer gesagt, Bauernjunge, wird Amys mir nicht gut gesonnen sein, und

Sorilea desgleichen. In was du mich immer hinein-
ziehst!«

Er öffnete den Mund, um ihr zu sagen, daß er sie
um nichts gebeten hätte, aber bevor er auch nur ein
Wort äußern konnte, trat sie sehr nahe an ihn heran.
Sie sah durch ihre langen Wimpern zu ihm auf, legte
eine Hand auf seine Brust und tippte mit den Fingern.
Sie lächelte innig und sprach sanft, aber ihre Finger
verrieten sie. »Wenn du zuläßt, daß dir etwas passiert,
Rand al'Thor, werde ich Cadsuane beistehen, ob sie
Hilfe braucht oder nicht.« Ihr Lächeln erhellte sich
einen Moment, wirkte fast heiter, bevor sie sich zur
Tür wandte. Er sah ihr nach. Sie verwirrte ihn vielleicht manchmal – fast jede Frau, der er jemals begegnet war, hatte dies mindestens ein- oder zweimal ge-
schafft –, aber sie hatte eine Art zu Gehen, die in ihm
den Wunsch erweckte, sie zu betrachten.

Er erkannte jäh, daß Dashiva ihr auch nachsah und
sich die Lippen leckte. Rand räusperte sich ausreichend laut, daß es über das Geräusch der sich schlie-
ßenden Tür hinweg zu hören war. Aus einem unbestimmten Grund hob der Mann mit dem glatten Gesicht trotzig den Kopf. Nicht daß Rand ihn angesehen
hätte. Er konnte nicht umhergehen und Männer an-
starren, nur weil Min enge Hosen trug. Er umgab sich
mit der Leere des Nichts, ergriff *Saidin* und zwang ge-
frorenes Feuer und geschmolzene Erde in die Gewebe
für ein Wegetor. Dashiva sprang zurück, als es sich
öffnete. Vielleicht würde der Mann lernen, sich nicht
mehr die Lippen zu lecken wie ein Ziegenbock, wenn
man ihm eine Hand abschlug. Etwas gewundenes
Rotes überzog das Äußere des Nichts.

Rand trat hindurch auf kahles Erdreich, gefolgt von
Dashiva und den übrigen, und ließ die Quelle los, sobald der letzte Mann ins Freie trat. Ein Verlustgefühl
durchströmte ihn, als *Saidin* schwand, wie auch die

Bewußtheit Alannas schwand. Der Verlust war nicht so groß erschienen, als Lews Therin noch dagewesen war. Nicht so gewaltig.

Die goldene Sonne über ihnen hatte schon mehr als die Hälfte ihres Abstiegs bewältigt. Ein Windstoß fegte Staub unter seinen Stiefeln hervor, ohne jegliche Kühle zurückzulassen. Das Wegetor hatte sich auf freier Fläche geöffnet, durch ein zwischen vier Holzpfosten gespanntes Seil abgesteckt. An jeder Ecke standen zwei Wächter in kurzen Jacken und bauschigen, in ihren Stiefeln steckenden Hosen und mit flammenden Schwertern an den Seiten. Einige hatten buschige Schnurrbärte, die bis auf ihr Kinn herabhingen, oder dichte Bärte, und alle besaßen kühne Nasen und schrägstehende Augen. Einer von ihnen lief herbei, sobald Rand erschien.

»Was tun wir hier?« fragte Dashiva und sah sich ungläubig um.

Um sie herum erstreckten sich Hunderte von spitzen Zelten, grau und staubig weiß, sowie Zelte und Pflockseile mit bereits gesattelten Pferden. Caemlyn lag nur wenige Meilen entfernt hinter Bäumen verborgen, und die Schwarze Burg nicht viel weiter, aber Taim würde hiervon nichts erfahren, wenn er sie nicht durch einen Spion beobachten ließ. Eine von Fedwin Moors Aufgaben hatte darin bestanden, darauf zu lauschen – zu erspüren –, ob jemand zu spionieren versuchte. Während sich von den Pflockseilen Gemurmel ausbreitete, erhoben sich Männer mit kühnen Nasen und gewundenen Schwertern aus der Hocke und wandten sich erwartungsvoll zu Rand um. Hier und da standen auch Frauen auf. Saldaeanische Frauen zogen häufig mit ihren Männern in Kriege, zumindest unter den Adligen und Offizieren. Heute wären von ihnen jedoch keine dabei.

Rand duckte sich unter einem Seil hindurch und

schritt geradewegs auf ein Zelt zu, das sich nur durch das davor an einem Stab gehißte Banner – drei einfache rote Blüten auf blauem Feld – von allen anderen unterschied. Die Königsmünze starb selbst in saldaeanischen Wintern nicht ab, und wenn Feuer die Wälder schwärzten, erschienen jene roten Blumen stets als erste wieder. Eine Blüte, die nichts ausrotten konnte: das Zeichen des Hauses Bashere.

Im Zelt war Bashere selbst bereits gestiefelt und gespornt und trug sein Schwert an der Hüfte. Deira war bedenklicherweise bei ihm, in einem Reitgewand derselben Schattierung wie die graue Jacke ihres Mannes, und wenn sie auch kein Schwert trug, würde der lange, aus schwerem Silber gearbeitete Dolch an ihrem Gürtel fürs erste genügen.

»Ich hatte dies erst in Tagen erwartet«, begann Bashere, während er sich von einem Faltstuhl erhob. »Tatsächlich hoffte ich sogar, daß es noch Wochen dauern würde. Außerdem hatte ich gehofft, die meisten von Taims Reserveleuten bewaffnet zu haben, wie der junge Mat und ich es geplant hatten. Ich habe alle Armbrustbauer, die ich auftreiben konnte, zu einer Werkstatt zusammengeschlossen, und sie beginnen sie gerade in Massen zu fertigen. Aber wie die Dinge stehen, haben bisher nur fünfzehntausend Männer Armbruste und wissen auch, wie sie damit umgehen sollen.« Er hob mit fragendem Blick einen Krug von den auf seinem Falttisch ausgebreiteten Landkarten an. »Haben wir noch Zeit für etwas gewürzten Wein?«

»Keinen gewürzten Wein«, sagte Rand ungeduldig. Bashere hatte schon zuvor über die Männer gesprochen, die Taim gefunden hatte und die nicht lernen konnten, die Macht zu lenken, aber er hatte kaum zugehört. Wenn Bashere sie ausreichend gut ausgebildet zu haben glaubte, war nur das wichtig. »Dashiva und drei weitere Asha'man warten draußen. Sobald Morr sich ihnen anschließt, werden wir bereit sein.« Er sah Deira ni Ghaline t'Bashere an, die mit ihrer Hakennase und den Augen, die einen Falken gütig erscheinen ließen, über ihrem kleinen Mann aufragte. »Keinen gewürzten Wein, Lord Bashere. Und keine Frauen. Nicht heute.«

Deira öffnete den Mund, und ihre dunklen Augen glühten förmlich.

»Keine Frauen«, sagte Bashere und strich sich über seinen stark von Grau durchzogenen Schnurrbart. »Ich werde den Befehl weitergeben.« Er wandte sich Deira zu und streckte die Hand aus. »Frau«, sagte er sanft. Rand zuckte zusammen, wie sanft es auch geklungen hatte, und wartete auf den Ausbruch.

Deira preßte die Lippen zusammen. Sie sah ihren Mann stirnrunzelnd an, ein Falke, der auf eine Maus herabstürzen wollte. Natürlich wirkte Bashere nicht wie eine Maus, sondern lediglich wie ein kleinerer Falke. Sie atmete tief durch. Deira konnte dies klingen lassen, als würde die Erde dabei erzittern. Sie löste den in einer Scheide steckenden Dolch von ihrem Gürtel und legte ihn in die Hand ihres Mannes. »Wir werden später darüber sprechen, Davram«, sagte sie. »Ausführlich.«

Rand beschloß, daß er sich eines Tages, wenn Zeit dazu wäre, von Bashere erklären lassen würde, wie er das machte. Wenn jemals Zeit dazu war.

»Ausführlich«, stimmte Bashere ihr zu und grinste durch seinen Schnurrbart, während er den Dolch hinter seinen Gürtel steckte. Vielleicht war der Mann einfach selbstzerstörerisch.

Draußen war das Seil abgenommen worden, und Rand wartete mit Dashiva und den anderen Asha'man, während neuntausend Saldaeaner der leichten Kavallerie sich in Dreierreihen hinter Bashere aufreihten. Irgendwo hinter ihnen würden sich fünfzehntausend

Fußsoldaten, die sich die Legion des Drachen nannten, sammeln. Rand hatte sie gesehen, alle in blauen Jakken, die so gearbeitet waren, daß sie den rot-goldenen Drachen über der Brust in geschlossenem Zustand nicht verdeckten. Die meisten waren mit stahlverstärkten Armbrusten bewaffnet. Einige trugen statt dessen schwere, unhandliche Schilde, aber niemand einen Langspieß. Welche seltsame Vorstellung Mat und Bashere sich auch ausgedacht hatten – Rand hoffte, daß sie nicht einen großen Teil seiner Legion in den Tod führen würde.

Morr grinste eifrig, während er wartete, und hätte beinahe sogar auf den Zehen gewippt. Vielleicht war er einfach froh, seine schwarze Jacke mit dem Silberschwert am Kragen wieder tragen zu können, obwohl Adley und Narishma fast genauso grinsten und Flinn ebenfalls nicht weit davon entfernt war. Sie wußten, wohin sie jetzt zogen und was sie dort tun sollten. Dashiva blickte, wie üblich, stirnrunzelnd auf nichts Bestimmtes und bewegte schweigend die Lippen. Ebenfalls schweigend und stirnrunzelnd standen die hinter Deira versammelten saldaeanischen Frauen beisammen und beobachteten das Geschehen. Adler und Falken mit zornig gesträubten Federn. Rand kümmerte es nicht, wie sie die Gesichter verzogen und die Stirn in Falten legten. Wenn er sich Nandera und den übrigen Töchtern des Speers stellen könnte, nachdem er sie hiervon zurückgehalten hatte, dann könnten es die saldaeanischen Männer auch mit jeder Anzahl ausführlicher Streitgespräche aufnehmen. Heute würde, wenn das Licht es wollte, keine Frau für ihn sterben.

So viele Männer konnten nicht in einer Minute aufgestellt werden, selbst wenn sie den Befehl erwartet hatten, aber bereits nach bemerkenswert kurzer Zeit hob Bashere sein Schwert in die Höhe und rief: »Mein Lord Drache!«

Ein Ruf setzte sich durch die langen Reihen hinter ihm fort. »Der Lord Drache!«

Rand ergriff die Quelle, bildete zwischen den Pfosten ein Wegetor, vier mal vier Schritte weit, und lief hindurch, während er das Gewebe abband, von *Saidin* erfüllt und die Asha'man unmittelbar hinter ihm. Sie betraten einen großen offenen, von gewaltigen weißen Säulen, deren jede von einem Olivenzweigkranz aus Marmor gekrönt war, umgebenen Platz. An beiden Enden des Platzes standen fast identische Paläste mit purpurfarbenen Dächern, Säulengängen, hohen Balkonen und schmalen Erkern. Es waren der Palast des Königs und der nur geringfügig kleinere Saal des Konzils. Sie befanden sich auf dem Tammuz-Platz im Herzen Illians.

Ein hagerer Mann in einer blauen Jacke mit einem Bart, der seine Oberlippe freiließ, stand da und starrte auf die Stelle, wo Rand und die schwarzgewandeten Asha'man aus einer Öffnung in der Luft hervorgesprungen waren, und eine beleibte Frau in einem grünen Gewand, das ihre grünen Schuhe und ihre Knöchel in grünen Strümpfen freigab, preßte beide Hände aufs Gesicht und stand wie angewurzelt unmittelbar vor ihnen, während ihr die dunklen Augen fast aus dem Kopf fielen. Alle Menschen hielten inne und starrten sie an, Straßenhändler mit ihren Bauchläden, Fuhrleute, die ihre Ochsen angehalten hatten, Männer und Frauen und Kinder, deren Münder offenstanden.

Rand hob die Hände hoch über den Kopf und lenkte die Macht. »Ich bin der Wiedergeborene Drache!« Die Worte hallten, von Luft und Feuer verstärkt, über den Platz, und Flammen brachen hundert Fuß hoch von seinen Händen auf. Hinter ihm erfüllten die Asha'man den Himmel mit in alle Richtungen schießenden Feuerkugeln. Alle bis auf Dashiva, der blaue Blitze in einem gezackten Gewebe über den Platz prasseln ließ.

Mehr war nicht nötig. Ein schreiender Strom Menschen stob in alle Richtungen vom Tammuz-Platz fort. Sie flohen gerade rechtzeitig. Rand und die Asha'man entfernten sich schnell vom Wegetor, und Davram Bashere führte seine wild schreienden Saldaeaner nach Illian hinein, ein Strom von Reitern, die ihre Schwerter schwenkten, während sie aus dem Wegetor hervorbrachen. Bashere führte die mittlere Reihe strikt geradeaus, genauso wie sie es vor anscheinend so langer Zeit geplant hatten, während die beiden anderen Reihen zu beiden Seiten abschwenkten. Sie eilten vom Wegetor fort, teilten sich wiederum in kleinere Gruppen auf und galoppierten in die von dem Platz abgehenden Straßen hinein.

Rand wartete nicht ab, bis der letzte Reiter hervorkam. Nachdem knapp ein Drittel der Männer aus dem Wegetor gedrungen war, wob er sofort eine weitere kleine Öffnung. Man mußte einen Ort nicht kennen, um schnell dorthin zu reisen, wenn man nur eine sehr kurze Entfernung zurücklegen wollte. Rand spürte Dashiva und die übrigen um sich herum ebenfalls Wegetore weben, aber er trat bereits durch seines hindurch und ließ es sich auf einem der schmalen Türme des Palasts des Königs hinter sich schließen. Er fragte sich beiläufig, ob sich Mattin Stepaneos den Balgar, der König von Illian, in diesem Moment irgendwo unter ihm befand.

Die Spitze des Turmes war nur fünf Schritte breit und von einer ihm nicht ganz bis zur Brust reichenden Sandsteinmauer umgeben. Der Turm war mit fünfzig Schritt Höhe der höchste Punkt der ganzen Stadt. Von hier aus konnte Rand über die unter der Nachmittagssonne in Rot und Grün und allen Farben glitzernden Dächer bis zu den langen erhöhten Fußwegen sehen, die den gewaltigen, die Stadt und den Hafen umgebenden Sumpf durchschnitten. Ein scharfer Salzgeruch hing in der Luft. Illian brauchte keine Mauern, da dieser alles umgebende Sumpf Angreifer abhielt. Jeglichen Angreifer, der keine Öffnungen in der Luft gestalten konnte.

Es war eine hübsche Stadt, die Gebäude aus hellem, behauenem Stein, eine Stadt, die von genauso vielen Kanälen wie Straßen durchzogen wurde, was aus dieser Höhe wie blau-grünes Flechtwerk erschien, aber Rand hielt nicht inne, um es zu bewundern. Er sandte Stränge aus Luft und Wasser, Feuer und Erde und Geist tief über die Dächer von Wirtshäusern und Läden und mit Erkern versehenen Palästen und drehte sich dabei. Er versuchte, die Stränge nicht zu verweben, sondern sandte sie einfach über die Stadt und gut eine Meile über den Sumpf aus. Von fünf weiteren Türmen senkten sich ebenfalls Stränge über die Stadt, und wo sie einander unkontrolliert berührten, blitzte Licht und flammten Funken und Wolken farbigen Dampfes auf, eine Darbietung, um die jeder Feuerwerker sie beneidet hätte. Rand konnte sich keine bessere Möglichkeit vorstellen, die Menschen unter ihren Bettdecken zu ängstigen und sie von Basheres Soldaten fernzuhalten, obwohl das nicht der Grund war.

Rand hatte vor langer Zeit erkannt, daß Sammael Schutzvorrichtungen in der Stadt verteilt haben mußte, die Alarm auslösen sollten, wenn jemand *Saidin* lenkte. Schutzvorrichtungen, die so angebracht waren, daß niemand außer Sammael sie finden könnte, Schutzvorrichtungen, die Sammael genau anzeigen würden, wo jemand die Macht lenkte, so daß dieser sofort vernichtet werden konnte. Mit etwas Glück wurde jetzt jede einzelne dieser Schutzvorrichtungen ausgelöst. Lews Therin war sich sicher gewesen, daß Sammael sie spüren würde, wo immer er war, selbst auf eine gewisse Entfernung. Daher sollten die Schutzvorrichtungen jetzt nutzlos geworden sein, und diese Art mußte erneuert werden, wenn sie erst einmal ausgelöst worden waren. Sammael würde kommen. Er hatte noch niemals in seinem Leben kampflos etwas aufgegeben, was er als sein Eigentum betrachtete, wie unsicher sein Anspruch auch war. All das wußte Rand von Lews Therin. Wenn er real war. Er mußte es sein. Die Erinnerungen waren zu genau. Aber konnte ein Wahnsinniger nicht auch seine Phantasien bis in alle Einzelheiten träumen?

Lews Therin! rief er lautlos. Nur der über Illian hinwegwehende Wind antwortete.

Der Tammuz-Platz unter ihm lag verlassen und still und bis auf wenige zurückgelassene Karren leer da. Das Wegetor war bis auf die Gewebe unsichtbar.

Rand griff zu jenen Geweben hinab, löste den Knoten und ließ *Saidin* widerwillig los, als das Wegetor erlosch. Alle Stränge verschwanden vom Himmel. Vielleicht hielt noch einer der Asha'man an der Quelle fest, aber er hatte es ihnen untersagt. Er hatte ihnen angedroht, daß er jeden Mann ohne Vorwarnung töten würde, den er noch die Macht lenken spürte, nachdem er selbst damit aufgehört hatte. Er wollte nicht im nachhinein herausfinden, daß der Machtlenker einer von ihnen gewesen war. Er lehnte sich abwartend an die Mauer und wünschte, er könnte sich hinsetzen. Seine Beine schmerzten, und seine Seite brannte, wie auch immer er sich drehte, und doch könnte es sein, daß er ein Gewebe sowohl sehen als auch spüren müßte.

Die Stadt war nicht vollkommen still. Er konnte aus mehreren Richtungen entfernte Schreie und das schwache Zusammenklingen von Metall hören. Trotz der vielen zur Grenze beorderten Männer hatte Sammael Illian nicht vollkommen ungeschützt gelassen. Rand wandte sich um in dem Versuch, alle Richtungen im Auge zu behalten. Er glaubte, daß Sammael zum Palast des Königs oder zu jenem anderen Palast am entgegengesetzten Ende des Platzes kommen würde, aber er konnte nicht sicher sein. Eine Straße hinab sah er eine Horde Saldaeaner mit einer gleichen Anzahl berittener Männer in schimmernden Brustharnischen zusammenprallen. Weitere Saldaeaner galoppierten plötzlich von einer Seite heran, und der Kampf geriet hinter Gebäuden außer Sicht. In einer anderen Richtung erblickte Rand einige Mitglieder der Legion des Drachen, die über eine niedrige Kanalbrücke marschierten. Ein Offizier, der durch eine hohe rote Feder an seinem Helm erkennbar war, schritt mehreren zwanzig Männern mit wuchtigen Schilden voran, gefolgt von vielleicht zweihundert weiteren Soldaten mit schweren Armbrusten. Wie würden sie kämpfen? Rufe und der Klang von Stahl in der Ferne sowie die schwachen Schreie sterbender Menschen.

Die Sonne sank tiefer, und längliche Schatten legten sich über die Stadt. In der Abenddämmerung war die Sonne eine niedrige karmesinrote Scheibe im Westen. Nur wenige Sterne erschienen. Hatte er sich geirrt? Würde Sammael einfach woanders hingehen, um ein anderes Land zu beherrschen? Hatte er etwas anderem als seinen eigenen wahnsinnigen, weitschweifigen Gedanken gelauscht?

Jemand lenkte die Macht. Rand erstarrte einen Moment und blickte zum Großen Saal des Konzils. Es war genug *Saidin* für ein Wegetor gewesen. Weitaus schwächeres Machtlenken den Platz entlang hätte er vielleicht nicht gespürt. Es mußte Sammael sein.

Rand ergriff im Handumdrehen die Quelle, wob ein Wegetor und sprang hindurch; in seinen Händen hielt er Blitze bereit. Er fand sich in einem großen

Raum wieder, der von widergespiegelten hohen goldenen Stehlampen erleuchtet wurde, und weitere Lampen hingen an Ketten von der Decke herab. Schlachten und der vom Sumpf begrenzte Hafen Illians mit unzähligen Schiffen war auf Marmorfriesen an den Wänden dargestellt. Am entgegengesetzten Ende des Raumes standen neun geschnitzte und vergoldete Lehnstühle wie Throne auf einem hohen weißen Podest mit einer Treppe an der Vorderseite, wobei der in der Mitte stehende Stuhl eine höhere Rückenlehne aufwies als alle anderen. Bevor Rand das Wegetor hinter sich loslassen konnte, explodierte die Turmspitze, auf der er gestanden hatte. Er spürte Feuer und Erde über sich hinwegfegen, noch während ihn ein Sturm aus Steinsplittern und Staub durch das Wegetor hindurch traf und ihn zu Boden warf. Schmerz brach an seiner Seite auf, als er landete, und ein scharfer roter Speer bohrte sich in das Nichts, in dem er schwebte, was ihn ebenso wie alles andere veranlaßte, das Wegetor loszulassen. Der Schmerz eines anderen Menschen. Die Schwäche eines anderen Menschen. Er konnte sie im Nichts ignorieren.

Er regte sich, zwang die Muskeln eines anderen Menschen zur Bewegung, stieß sich hoch und lief unsicher auf das Podest zu, während sich Hunderte roter Drähte durch die Decke und in weitem Kreis überall dort durch den meerblauen Marmorboden hindurch brannten, wo noch immer die Überreste seines Wegetors flimmerten. Ein Draht stach durch den Absatz seines Stiefels und durch seine Ferse, und er hörte sich aufschreien, als er hinfiel. Nicht sein Schmerz, an der Seite oder am Fuß. Nicht sein Schmerz.

Als er sich auf den Rücken rollte, konnte er noch die Überreste der brennenden roten Drähte sehen, ausreichend frisch, daß er Feuer und Luft auf eine Art gewoben erkennen konnte, die ihm unbekannt war, und er genau die Richtung ausmachen konnte, aus der sie gekommen waren. Schwarze Löcher im Boden und Risse in der kunstvoll gearbeiteten weißen Stuckdecke hoch über ihm zischten und knisterten bei jedem Luftzug laut.

Er hob die Hände und wob Baalsfeuer. Die Wange eines anderen Menschen brannte von einem erinnerten Schlag, und Cadsuanes Stimme zischte und knisterte in seinem Kopf wie die Löcher, welche die roten Drähte gebrannt hatten. *Niemals wieder, Junge. Das wirst du niemals wieder tun.* Anscheinend hörte er Lews Therin in ferner Angst vor dem, was er verlieren würde, was die Welt einst fast zerstört hatte, wimmern. Alle Stränge außer Feuer und Luft schwanden, und er wob, wie er es gesehen hatte. Eintausend feine rote Fasern blühten zwischen seinen Händen auf und schossen fächerförmig ausgebreitet empor. Ein Kreissegment der Decke von zwei Fuß Durchmesser zerfiel in Steintrümmer und Stuckstaub.

Erst nachdem er dies getan hatte, dachte er, es könnte sich vielleicht jemand zwischen ihm und Sammael befinden. Er beabsichtigte, Sammael heute tot zu sehen, aber wenn er dies erreichen könnte, ohne noch jemand anderen zu töten... Die Gewebe schwanden, während er sich erneut aufrichtete und eilig auf die Seitentüren des Saals zuhumpelte, hohe Türen mit neun goldenen Bienen von der Größe seiner Faust auf jedem Paneel.

Ein kleiner Strang Luft stieß eine Tür auf, bevor er sie erreichte, zu geringfügig, um in einiger Entfernung bemerkt zu werden. Er hinkte auf den Gang hinaus und sank auf ein Knie. Die Seite des anderen Menschen brannte, und seine Ferse schmerzte. Rand zog sein Schwert und lehnte sich abwartend darauf. Ein glattrasierter Bursche mit dicken rötlichen Wangen spähte den Gang hinab um eine Ecke. Es war genug von seiner Jacke zu sehen, daß er als Diener erkennbar war. Zumindest sah die auf einer Seite grüne und auf der anderen Seite gelbe Jacke wie eine Livree aus. Der Bursche sah Rand und glitt dann ganz langsam, als glaube er, er würde vielleicht nicht bemerkt, wenn er sich nur vorsichtig genug bewegte, wieder außer Sicht. Früher oder später müßte Sammael ...

»Illian gehört mir!« Die Stimme dröhnte in der Luft aus allen Richtungen heran, und Rand fluchte. Das mußte dasselbe Gewebe sein, das er selbst auf dem Platz benutzt hatte, oder ein sehr ähnliches. Es erforderte so wenig der Macht, daß er die tatsächlichen Stränge vielleicht nicht einmal in zehn Schritt Entfernung des Mannes gespürt hätte. »Illian gehört mir! Ich werde nicht zerstören, was mir gehört, indem ich Euch töte, und ich werde es auch Euch nicht zerstören lassen. Ihr hattet den Mut, mir hierher zu folgen? Habt Ihr auch den Mut, mit erneut zu folgen?« Ein leicht spöttischer Unterton schlich sich in die dröhnende Stimme. »Habt Ihr den Mut?« Irgendwo über Rand eröffnete sich ein Wegetor und schloß sich wieder. Rand zweifelte nicht daran, daß es das war.

Den Mut? Hatte er den *Mut*? »Ich bin der Wiedergeborene Drache«, murrte er, »und ich werde Euch töten.« Er wob ein Wegetor und trat hindurch, zu einem mehrere Stockwerke höher gelegenen Ort.

Er fand sich in einem weiteren, von Wandteppichen gesäumten Gang wieder, die Schiffe auf See zeigten. Am entgegengesetzten Ende des Ganges schimmerten die Überreste einer karmesinroten Scheibe durch einen Säulengang. Die Überreste von Sammaels Wegetor hingen in der Luft, die schwindenden Stränge wie schwach glühende Geister. Jedoch nicht so schwach, daß Rand sie nicht mehr hätte ausmachen können. Er begann zu weben und hielt dann inne. Er war hier herauf gesprungen, ohne an eine Falle zu denken.

Wenn er genau kopierte, was er sah, würde er heraus-
kommen, wo auch immer Sammael hingelangt war,
oder zumindest so in der Nähe, daß es keinen Unterschied machte. Aber mit einer kleinen Änderung. Er
konnte nicht sicher sein, ob die Entfernung fünfzig
oder fünfhundert Fuß betrüge, und doch war beides
ausreichend nahe.

Der senkrechte Silberschlitz begann sich zu einer
Öffnung zu drehen und gab die schattenumhüllten
Ruinen der Erhabenheit frei, nicht ganz so dunkel
wie der Gang. Durch das Wegetor betrachtet war die
Sonne eine etwas breitere rote Scheibe, die zur Hälfte
von einer eingestürzten Kuppel verborgen wurde. Er
kannte diesen Ort. Als er das letzte Mal hierhergekommen war, hatte er jener Liste von Töchtern des
Speers in seinem Kopf einen weiteren Namen hinzugefügt; das erste Mal war Padan Fain gefolgt, und er
war mehr als ein Schattenfreund, schlimmer als ein
Schattenfreund geworden. Daß Sammael nach Shadar Logoth geflohen war, schien auf mehr als eine
Art wie die Vollendung eines Kreises. Rand durfte
jetzt, wo er den Weg eröffnete, keine Zeit mehr verschwenden. Noch bevor das Wegetor aufhörte, sich
auszudehnen, lief er hinkend hindurch in die ver-
heerte Stadt, die einst Aridhol genannt worden war,
und ließ das Wegetor im Lauf los, während seine
Stiefel auf zerbrochenen Pflastersteinen und totem
Laub knirschten.

Er duckte sich um die erste Ecke, die er erreichte.
Der Boden erbebte unter seinen Füßen, als ihm
Donnergrollen aus der Richtung nachhallte, aus der er
gekommen war. Lichtblitz auf Lichtblitz flammte in
der dämmerigen Dunkelheit auf. Er spürte Erde und
Feuer und Luft über sich hinwegfegen. Schreie und
Gebrüll übertönten das donnernde Krachen. Er hinkte
davon, ohne sich umzusehen, während *Saidin* in ihm

pulsierte. Er lief, und da die Macht ihn erfüllte, konnte er sogar in den dunklen Schatten deutlich sehen.

Rund um die große Stadt lagen riesige Marmorpaläste mit jeweils vier oder fünf Kuppeln verschiedener Formen, die durch die untergehende Sonne karmesinrot leuchteten. Brunnen und Statuen aus Bronze standen an jedem Kreuzungspunkt, und es gab große Flächen mit Säulen, die zu hoch vor der Sonne aufragenden Türmen verliefen. Zumindest die heilen Säulen ragten vor ihr auf, aber weitaus mehr endeten jäh gezackt. Für jede heile Kuppel gab es zehn zerborstene, deren Gewölbe ganz oder teilweise zerstört waren. Auch Statuen waren umgestürzt, oder es fehlten Arme oder Köpfe. Die sich rasch verdichtende Dunkelheit zog schnell über die weit verstreuten Schutthaufen, und die wenigen verkümmerten Bäume, die sich als verdrehte Gestalten an die Hänge klammerten, erschienen vor dem Himmel wie abgebrochene Finger.

Ziegel und Steine breiteten sich fächerförmig über den Weg aus, der von einem Gebäude wegführte, das vielleicht einmal ein kleiner Palast gewesen war. Die halbe Vorderfront fehlte, und der Rest der mit Säulen versehenen Fassade war der Straße zugeneigt. Rand blieb mitten auf der Straße kurz vor dem Fächer stehen, wartete und versuchte, jemand anderen *Saidin* lenken zu spüren. Es war keine gute Idee, sich an den Straßenrand zu halten, und das nicht nur, weil sämtliche Gebäude jederzeit einstürzen konnten. Tausend unsichtbare Augen schienen ihn aus den Fenstern wie aus tiefen Augenhöhlen zu beobachten, schienen ihn mit einem fast greifbaren Gefühl der Erwartung anzustarren. Er spürte vage, daß die frische Wunde an seiner Seite pochte, ein Aufflammen, welches das selbst dem Staub Shadar Logoths anhaftende Böse nachahmte. Die alte Narbe krampfte sich wie eine Faust zusammen. Der Schmerz in seinem Fuß schien unwirklich und sehr fern. In der Nähe pulsierte das Nichts selbst um ihn herum, der Makel des Dunklen Königs auf Saidin im Gleichklang mit dem Dolchriß über seinen Rippen. Shadar Logoth war bei Tage ein gefährlicher Ort. Bei Nacht ...

Die Straße hinab, jenseits eines spitz zulaufenden Denkmals, das wundersamerweise noch aufrecht stand, bewegte sich eine Schattengestalt, die in der Dunkelheit über den Weg huschte. Rand hätte fast die Macht gelenkt, aber er konnte nicht glauben, daß Sammael so unvorsichtig sein würde. Als er die Stadt betreten hatte, als Sammael alles rund um sein Wegetor zu vernichten versuchte, hatte Rand schreckliche Schreie gehört. Sie hatten es dort kaum bemerkt. Nichts lebte in Shadar Logoth, nicht einmal Ratten. Sammael mußte Gefolgsleute herbeigebracht haben, Burschen, die er ohne Zögern töten würde, um Rand zu erreichen. Vielleicht konnte einer von ihnen Rand zu Sammael führen. Er eilte so schnell und lautlos wie möglich voran. Das zerbrochene Pflaster knirschte mit dem Geräusch brechender Knochen unter seinen Stiefeln. Er hoffte, daß es nur für sein durch *Saidin* verfeinertes Gehör laut klang.

Er hielt am Fuß des Denkmals inne, ein Obelisk, der mit schwungvoller Schrift bedeckt war, und spähte voraus. Wer auch immer sich dort bewegt hatte, war fort. Nur Narren oder überaus Tapfere betraten Shadar Logoth bei Nacht. Das Böse, das Shadar Logoth befleckte und Aridhol vernichtet hatte, war nicht mit Aridhol gestorben. Weiter die Straße entlang schwebte eine Ranke silbergrauen Nebels aus einem Fenster und kroch auf eine weitere Ranke zu, die aus einem breiten Spalt in einer hohen Steinmauer heranwehte. Die Tiefe dieses Spalts schimmerte, als reiche das Licht des Vollmonds hinein. Mit der Nacht durchstreifte Mashadar sein Stadtgefängnis, eine gewaltige Gegenwart, die an einem Dutzend, an hundert Orten gleichzeitig erscheinen konnte. Mashadars Berührung war keine erfreuliche Art zu sterben. Der Makel *Saidins* pochte härter in Rand. Das ferne Feuer an seiner Seite flackerte wie zehntausend Blitze auf, einer nach dem anderen. Selbst der Boden unter seinen Stiefeln schien zu pochen.

Er wandte sich um und erwog halbwegs, jetzt zu gehen. Sammael war sehr wahrscheinlich fort, jetzt wo sich Mashadar gezeigt hatte. Der Mann hatte ihn sehr wahrscheinlich in der Hoffnung hierher gelockt, daß er die Ruinen durchsuchen würde, bis Mashadar ihn tötete. Rand wandte sich um, blieb stehen und kauerte sich dann an dem Denkmal zusammen. Zwei Trollocs schlichen jene Straße hinab, wuchtige Gestalten in schwarzen Harnischen, eineinhalb mal so groß wie er oder größer. Dornen ragten an Schultern und Ellbogen ihrer Rüstungen hervor, und sie trugen Speere mit langen schwarzen Spitzen und gefährlichen Haken. Ihre Gesichter waren durch seine von *Saidin* erfüllten Augen gut erkennbar, eines durch einen Adlerschnabel, wo Mund und Nase hätten sein sollen, das andere durch die Hauer der Schnauze eines Keilers entstellt. Jeder ihrer Bewegungen zeugte von Angst. Trollocs liebten es zu töten, liebten Blut, aber Shadar Logoth ängstigte sogar sie. Es würden auch Myrddraal dasein. Kein Trolloc hätte diese Stadt betreten, ohne von Myrddraals dazu getrieben zu werden. Und kein Myrddraal hätte diese Stadt betreten, ohne wiederum von Sammael dazu getrieben zu werden. Was letztlich bedeutete, daß Sammael noch immer hier sein mußte, sonst wären diese Trollocs zu den Toren gelaufen und befänden sich nicht auf der Jagd. Und sie waren auf der Jagd. Die Keilerschnauze schnupperte in die Luft.

Plötzlich sprang eine in Lumpen gehüllte Gestalt aus einem Fenster über den Trollocs hervor und fiel mit bereits stoßbereitem Speer auf sie herab. Eine Aiel, eine Frau, die *Shoufa* um den Kopf gewickelt, aber mit gesenktem Schleier. Der Trolloc mit dem Adlerschnabel schrie auf, als ihre Speerspitze tief in seine Seite eindrang und sie dann erneut zustieß. Als sein Begleiter um sich tretend hinfiel, fuhr die Keilerschnauze knurrend herum und wurde drohend vorgereckt, aber die Frau duckte sich tief unter der schwarzen, mit einem Haken versehenen Spitze des Trolloc hindurch, stach aufwärts in den Magen des Wesens; es fiel wie das andere in sich zusammen.

Rand war aufgesprungen und lief voran, bevor er darüber nachdenken konnte. »Liah!« rief er. Er hatte sie für tot gehalten, von ihm im Stich gelassen, für ihn gestorben. Liah von den Cosaida Chareen. Dieser Name flammte auf der Liste in seinem Kopf auf.

Sie wirbelte kampfbereit zu ihm herum, den Speer angriffsbereit in einer Hand, den runden Schild aus Ochsenhaut in der anderen. Das Gesicht, das er trotz der Narben auf beiden Wangen als hübsch in Erinnerung hatte, war vor Zorn verzerrt. »Mein!« stieß sie drohend hervor. »Mein! Niemand darf hierher kommen! Niemand!«

Er blieb jäh stehen. Der Speer wartete darauf, auch seine Rippen zu erforschen. »Liah, Ihr kennt mich«, sagte er sanft. »Ihr kennt mich. Ich werde Euch zu den Töchtern des Speers zurückbringen, zu Euren Speerschwestern.« Er streckte die Hand aus.

Ihr Zorn wurde zu einem Stirnrunzeln. Sie neigte den Kopf zu einer Seite. »Rand al'Thor?« fragte sie zögernd. Ihre Augen weiteten sich, ihr Blick senkte sich auf die toten Trollocs, und ein Ausdruck des Entsetzens breitete sich auf ihrem Gesicht aus. »Rand al'Thor«, flüsterte sie und hob mit der Hand, die den Speer hielt, rasch den Schleier über ihr Gesicht. »Der *Car'a'carn*!« wimmerte sie und floh.

Er humpelte hinter ihr her, mühte sich über Schutthaufen, fiel hin, zerriß sich die Jacke, fiel erneut hin
und zerriß sie sich noch mehr, rollte sich herum und
stand wieder auf, um weiterzulaufen. Er spürte entfernt die Schwäche und die Schmerzen seines Körpers,
aber obwohl er tief im Nichts schwebte, mußte er seinen Körper hart antreiben. Liah verschwand in der
Nacht. Hinter der nächsten, von schwarzen Schatten
verhüllten Ecke, dachte er.

Er humpelte so schnell er konnte um diese Ecke und
lief fast in vier mit schwarzen Rüstungen bekleidete
Trollocs und einen Myrddraal, dessen pechschwarzer
Umhang unnatürlich still seinen Rücken hinabhing.
Die Trollocs knurrten überrascht, aber ihr Erschrecken
dauerte keinen Herzschlag lang. Mit Haken versehene
Speere und wie Sicheln gebogene Schwerter wurden
angehoben. Eine totenschwarze Klinge lag in der
Faust des Myrddraal, eine Klinge, die fast ebenso töd-
liche Wunden verursachte wie Fains Dolch.

Rand versuchte nicht einmal, das mit einem Reiher
gekennzeichnete Schwert an seiner Seite zu ziehen.
Der Tod in einer zerrissenen roten Jacke, lenkte er die
Macht, und ein Feuerschwert lag in seinen Händen,
pulsierte im Takt *Saidins* dunkel und fegte einen augenlosen Kopf von den Schultern. Es wäre einfacher
gewesen, sie alle auf diese Art zu vernichten, wie er es
die Asha'man bei den Brunnen von Dumai hatte tun
sehen, aber die Gewebe jetzt zu verändern, könnte
einen todbringenden Moment zu lange dauern. Jene
Schwerter konnten sogar ihn töten. Er tanzte die Figu-
ren in der von der Flamme in seinen Händen erleuch-
teten Dunkelheit, während Schatten über die vor ihm
aufragenden Gesichter flohen, Gesichter mit Wolfs-
schnauzen und Ziegengesichter, schreiend verzerrte
Gesichter, als seine Feuerklinge durch schwarze Rüstungen und die darunterliegende Haut schnitt, als

wären sie Wasser. Trollocs waren von ihrer Anzahl und überwältigenden Wildheit abhängig. Ihm und diesem Schwert der Macht gegenüberstehend, hätten sie ebenso gut stocksteif dastehen und unbewaffnet sein können.

Der Schwert verschwand aus Rands Händen. Am Ende einer Figur ausbalancierend, die *den Wind verkehren* genannt wurde, stand er mitten im Tod. Der als letzter gefallene Trolloc schlug noch um sich und kratzte mit seinen Ziegenhörnern auf den zerbrochenen Pflastersteinen. Selbst der kopflose Myrddraal schlug noch immer mit den Armen um sich und scharrte wild mit den Stiefeln. Halbmenschen starben nicht schnell, auch kopflose nicht.

Kaum verschwand das Schwert, als ein Silberblitz aus dem wolkenlosen Sternenhimmel herabfuhr.

Er schlug mit ohrenbetäubendem Brüllen keine vier Schritte von Rand entfernt ein. Die Welt wurde weiß, und das Nichts brach zusammen. Der Boden bewegte sich heftig unter ihm, als ein weiterer Blitz einschlug und noch einer. Rand hatte bis dahin nicht bemerkt, daß er auf dem Gesicht lag. Die Luft knisterte. Er stieß sich benommen hoch und fiel dann beinahe wieder hin, als er vor einem Blitzhagel davonlief, der die Straße beim Donnerklang einstürzender Gebäude aufriß. Er taumelte stur geradeaus, ohne sich darum zu kümmern, wohin ihn das führte, solange er nur von hier fort gelangte.

Plötzlich klärte sich sein Kopf ausreichend weit, daß er erkennen konnte, wo er sich befand, während er über einen weiten, mit aufeinandergetürmten Plattenfragmenten, von denen einige so groß wie er selbst waren, bedeckten Steinboden schwankte. Hier und da gähnten dunkle, unebene Öffnungen im Boden. Rundum erhoben sich hohe Mauern, und Reihe auf Reihe tiefer Balkone verliefen auf ganzer Länge. Nur ein kleiner Teil dessen, was einst ein weites Dach gewesen war, war an einer Ecke übriggeblieben. Sterne schimmerten über ihm hell.

Er stolperte einen weiteren Schritt vorwärts, als der Boden unter ihm nachgab. Er warf verzweifelt die Hände hoch. Die rechte Hand bekam ruckartig eine rauhe Kante zu fassen. Er baumelte in pechschwarzer Dunkelheit. Er konnte nicht erkennen, ob unter ihm vielleicht nur wenige Spann bis zu einem nächsten Stockwerk oder eine Meile Raum war. Er konnte Stränge Luft in den gezackten Rand der Öffnung über seinem Kopf einhängen, um sich selbst hinauszuziehen, aber … Sammael hatte die vergleichsweise geringe Menge *Saidin* in dem Schwert irgendwie gespürt. Es hatte eine Verzögerung gegeben, bevor die Blitze einschlugen, aber er wußte nicht, wie lange er gebraucht hatte, um die Trollocs zu töten. Eine Minute? Sekunden?

Er schwang seinen linken Arm mühsam hoch und versuchte, die Kante der Öffnung zu ergreifen. Der Schmerz, der nicht mehr durch das Nichts gedämpft wurde, stach an seiner Seite wie ein eindringender Dolch. Flecken tanzten vor seinen Augen. Schlimmer noch – seine rechte Hand glitt auf dem bröckelnden Gestein ab, und er konnte seine Finger schwächer werden spüren. Er würde etwas tun müssen, was …

Eine Hand ergriff sein rechtes Handgelenk. »Ihr seid ein Narr«, sagte die tiefe Stimme eines Mannes. »Betrachtet Euch als Glückskind, daß ich Euch heute nicht sterben sehen will.« Die Hand begann, ihn hochzuziehen. »Wollt Ihr nicht mithelfen?« forderte die Stimme. »Ich beabsichtige nicht, Euch auf den Schultern zu tragen oder Sammael für Euch zu töten.«

Vor Schreck zitternd griff Rand aufwärts, bekam den Rand der Öffnung zu fassen und zog sich trotz der Schmerzen an seiner Seite hoch. Trotz der Schmerzen gelang es ihm auch, das Nichts wiederzuerlangen und *Saidin* zu ergreifen. Er lenkte die Macht nicht, aber er wollte vorbereitet sein.

Er schob Kopf und Schultern über den Rand der Öffnung und konnte dann den anderen Mann sehen, ein großer Bursche, kaum älter als er, mit nachtschwarzem Haar und einer schwarzen Jacke wie die eines Asha'man. Rand hatte ihn noch niemals zuvor gesehen. Zumindest war er keiner der Verlorenen. Jene Gesichter kannte er. Er glaubte es zumindest. »Wer seid Ihr?« fragte er.

Der Mann lachte bellend. »Ich bin einfach ein vorüberziehender Wanderer. Wollt Ihr Euch jetzt wirklich unterhalten?«

Rand sparte seinen Atem und kämpfte sich weiter hoch, gelangte mit der Brust über den Rand und dann mit der Hüfte. Er erkannte jäh, daß ein Schimmern wie das Leuchten eines vollen Mondes den Boden um sie herum umgab.

Er drehte sich, um über die Schulter zu sehen, und erblickte Mashadar. Keine Ranke, sondern eine silbergraue Woge rollte von einem der Balkone heran, wölbte sich über ihren Köpfen und stieg herab.

Rand hob ohne nachzudenken seine freie Hand. Baalsfeuer schoß aufwärts, und ein Balken flüssigen weißen Feuers schnitt durch die auf sie herabsinkende Woge. Er war sich vage eines weiteren Balkens hellen massiven Feuers bewußt, der von der Hand des anderen Mannes, die nicht die seine festhielt, aufstieg, ein Balken, der die Woge in entgegengesetzter Richtung zu seinem durchschnitt. Die beiden berührten sich.

In Rands Kopf hallte es wie bei einem angeschlagenen Gong. Er verkrampfte sich, und *Saidin* und das Nichts zerfielen. Er sah alles doppelt, die Balkone, die Steinfragmente, die auf dem Boden umherlagen. Auch der andere Mann schien zweimal, sich einander überschneidend, da zu sein, deren jeder seinen Kopf mit beiden Händen umfaßte. Rand suchte blinzelnd nach Mashadar. Die Woge schimmernden Dunstes war fort. Ein Glühen blieb auf den Balkonen über ihm, aber es nahm jetzt ab und zog sich zurück, während sich Rands Sicht klärte. Anscheinend floh selbst der geistlose Mashadar vor Baalsfeuer.

Rand erhob sich schwankend und bot eine Hand dar. »Ich glaube, wir sollten besser von hier verschwinden. Was ist dort geschehen?«

Der andere Mann stieß sich mit verzerrtem Blick auf Rands dargebotene Hand hoch. Er war so groß wie Rand, was außer unter Aiel selten war. »Ich weiß nicht, was geschehen ist«, fauchte er. »Aber Ihr solltet laufen, wenn Ihr überleben wollt.« Er folgte seinem Rat augenblicklich auch selbst und schoß auf eine Reihe offener Bögen zu, jedoch nicht in der nächstgelegenen Mauer. Mashadar war von dort gekommen.

Rand bemühte sich um das Nichts und hinkte hinter ihm her, so schnell er konnte, aber bevor sie den Plattenboden noch vollständig überquert hatten, fielen die Blitze erneut in einem Sturm von Silberpfeilen. Sie eilten beide durch die Bogengänge, gefolgt vom Donnern der hinter ihnen einstürzenden Mauern und Bögen und von Wolken von Staub und einem Steinhagel. Die Schultern zusammengezogen und einen Arm über sein Gesicht gelegt, lief Rand hustend durch einen weiten Raum, dessen zitternde Gewölbe die Decke noch trugen und wo nur kleine Steine herabregneten.

Er geriet auf eine Straße hinaus, bevor er es merkte, und stolperte drei Schritte, bevor er innehielt. Der Schmerz an seiner Seite wollte ihn sich vornüber beugen lassen, aber er dachte, seine Beine könnten vielleicht nachgeben, wenn er es täte. Sein verletzter Fuß pochte. Es schien ein Jahr her, daß jener rote Draht aus Feuer und Luft ihn in die Ferse gestochen hatte. Sein Retter beobachtete ihn. Von Kopf bis Fuß staubbedeckt, gelang es dem Burschen, wie ein König dazustehen.

»Wer seid Ihr?« fragte Rand erneut. »Einer von Taims Männern? Oder habt Ihr Euch selbst gelehrt? Ihr könntet nach Caemlyn gehen, wißt Ihr, zur Schwarzen Burg. Ihr müßt nicht in Angst vor den Aes Sedai leben.« Diese Worte veranlaßten ihn aus einem unbestimmten Grund, die Stirn zu runzeln. Er konnte nicht verstehen warum.

»Ich habe noch niemals Angst vor den Aes Sedai gehabt«, fauchte der Mann und atmete dann tief durch. »Ihr wärt gut beraten, von hier fortzugehen, aber wenn ihr zu bleiben und Sammael zu töten beabsichtigt, solltet Ihr versuchen, wie er zu denken. Ihr habt gezeigt, daß Ihr es könnt. Es gefiel ihm schon immer, einen Menschen im Angesicht dessen zu vernichten, was einer der Triumphe dieses Menschen war. Ist dies nicht möglich, genügt auch irgendein Ort, den dieser Mensch beansprucht.«

»Das Wegetor«, sagte Rand. Wenn man behaupten konnte, daß er etwas in Shadar Logoth gekennzeichnet hatte, dann mußte es das Wegetor sein. »Er wartet in der Nähe des Wegetors, und er hat Fallen errichtet.« Anscheinend auch Wachvorrichtungen wie jene in Illian, um jemanden zu entdecken, der die Macht lenkt. Sammael hatte dies gut vorbereitet.

Der Mann lachte verzerrt. »Ihr könnt den Weg offensichtlich finden, wenn Ihr an der Hand geführt werdet. Versucht, nicht zu stolpern. Viele Pläne werden neu überdacht werden müssen, wenn Ihr Euch jetzt töten laßt.« Er wandte sich um und ging die Straße hinab auf eine Gasse unmittelbar vor ihnen zu.

»Wartet«, rief Rand. Der Bursche ging weiter, ohne

zurückzuschauen. »Wer seid Ihr? Welche Pläne?« Der Mann verschwand.

Rand schwankte hinter ihm her, aber als er den Eingang zu der schmalen Gasse erreichte, war sie leer. Unversehrte Mauern verliefen gut hundert Schritt bis zu einer weiteren Straße, wo ein Glühen von einem weiteren Teil Mashadars weithin sichtbar war, aber der Mann war fort. Was einfach unmöglich war. Der Bursche hatte natürlich Zeit gehabt, ein Wegetor zu eröffnen, aber die Überreste dessen hätten noch zu sehen sein müssen, und außerdem wäre es Rand gewiß nicht entgangen, wenn jemand so nahe soviel *Saidin* gewoben hätte.

Plötzlich erkannte er, daß er *Saidin* auch nicht gespürt hatte, als der Mann Baalsfeuer wob. Nur daran zu denken, daß sich die beiden Stränge berührten, ließ ihn erneut doppelt sehen. Nur einen Augenblick lang konnte er das Gesicht des Mannes erneut deutlich erkennen, obwohl alles andere verschwommen war. Er schüttelte den Kopf, bis sich seine Sicht wieder klärte. »Wer, im Licht, seid Ihr?« flüsterte er. Und kurz darauf: »Was, im Licht, seid Ihr?«

Wer oder was auch immer er war – der Mann war fort. Aber Sammael befand sich weiterhin in Shadar Logoth. Rand gelang es mühsam, das Nichts erneut zurückzuerlangen. Der Makel auf *Saidin* vibrierte jetzt, bahnte sich seinen Weg summend tief in ihn hinein. Das Nichts selbst vibrierte. Aber die Schwäche der Muskeln und der Schmerz der Verletzungen schwanden. Er *würde* einen der Verlorenen töten, bevor diese Nacht vorüber war.

Er geisterte humpelnd durch die dunklen Straßen, wobei er seine Füße mit großer Sorgfalt setzte. Er verursachte noch immer Geräusche, aber die Nacht war jetzt erfüllt von Geräuschen. Schreie und gutturale Rufe klangen in der Ferne. Der geistlose Mashadar tötete, was immer er fand, und Trollocs starben heute nacht in Shadar Logoth, wie es auch schon vor langer, langer Zeit gewesen war. Manchmal sah Rand eine kreuzende Straße hinab Trollocs, zwei oder fünf oder ein Dutzend, gelegentlich zusammen mit einem Halbmenschen, aber meist allein. Niemand bemerkte ihn, und er störte sie nicht. Nicht nur, weil Sammael jegliches Machtlenken entdecken würde. Jene Trollocs und Myrddraals, die Mashadar nicht tötete, waren dennoch tot. Sammael hatte sie zweifellos über die Kurzen Wege hierher gebracht, aber er erkannte offensichtlich nicht, wie Rand sein Wegetor hier gekennzeichnet hatte.

Kurz vor dem Platz, wo sich das Wegetor befand, hielt Rand inne und sah sich um. In der Nähe stand ein anscheinend intakter Turm. Nicht halb so hoch wie manche andere, ragte seine Spitze noch immer mehr als fünfzig Schritte über dem Boden auf. Der dunkle Eingang zu ebener Erde war leer, das Holz war schon lange verrottet und die Scharniere zu Staub zerfallen. Im durch die Fenster scheinenden schwachen Sternenlicht stieg Rand langsam die gewundene Treppe hinauf, wobei kleine Staubwolken unter seinen Stiefeln aufstoben und bei jedem zweiten Schritt ein schmerzhaftes Stechen sein Bein hinaufschoß. Entfernter Schmerz. Unter der Turmspitze lehnte sich Rand gegen die Brustwehr und rang nach Atem. Ein müßiger Gedanke kam ihm in den Sinn, daß er es ständig vorgehalten bekäme, wenn Min hiervon erführe. Min oder auch Amys oder Cadsuane.

Er konnte über zerstörte Dachfirste hinweg den großen Platz sehen, der einer der wichtigsten Plätze in Aridhol gewesen war. Einst hatte ein Ogierhain diesen Teil des Landes bedeckt, aber innerhalb von dreißig Jahren, nachdem die Ogier, welche die ältesten Teile der Stadt errichtet hatten, gegangen waren, hatten die

Bewohner die Bäume gefällt, um Raum für das sich ausbreitende Aridhol zu schaffen. Paläste oder deren Überreste umgaben den gewaltigen Platz, das Glühen Mashadars schimmerte tief hinter einigen Fenstern, und ein gewaltiger Schutthaufen bedeckte ein Ende des Platzes, aber in der Mitte stand das Wegetor, anscheinend ein hoher, breiter Stein. Rand war nicht nahe genug, um die kunstvoll eingravierten Blätter und Ranken darauf zu erkennen, aber er konnte die herabgestürzten Teile des hohen Zaunes ausmachen, der es einst umgeben hatte. Durch Macht gestaltetes Metall, das zusammengesunken dalag, schimmerten sie in der Nacht ungetrübt. Er konnte auch die Falle erkennen, die Sammael um das Wegetor gewoben hatte, umgekehrt, damit niemand anderes es sehen konnte. Rand konnte von hier aus in keiner Weise bestimmen, ob die Trollocs und Halbmenschen wirklich hindurchgegangen waren, aber wenn sie es getan hatten, würden sie bald sterben. Eine häßliche Sache. Welche Fallen auch immer Sammael errichtet hatte – sie waren für ihn unsichtbar, aber das war zu erwarten gewesen. Außerdem waren sie wahrscheinlich nicht sehr angenehm.

Zuerst konnte er Sammael nicht sehen, aber dann bewegte sich jemand zwischen den kannelierten, aufleuchtenden Säulen eines Palastes. Rand wartete ab. Er wollte sichergehen. Er hatte nur eine Chance. Die Gestalt trat vorwärts aus dem Säulengang und einen Schritt auf den Platz heraus, den Kopf hierhin und dorthin wendend. Sammael, an dessen Kehle schneeweiße Spitze schimmerte, wartete darauf, daß Rand den Platz beträte und ihm in die Fallen ginge. Das Leuchten in den Fenstern des Palastes hinter ihm wurde heller. Sammael spähte in die den Platz umgebende Dunkelheit, und Mashadar sickerte aus den Fenstern. Dichte Wogen silbergrauen Nebels glitten ineinander und verbanden sich, während sie über seinem Kopf aufragten. Sammael trat ein Stück zur Seite, und die Woge begann herabzusinken und im Fallen allmählich schneller zu werden.

Rand schüttelte den Kopf. Sammael gehörte ihm. Die für das Baalsfeuer benötigten Stränge schienen sich, trotz des fernen Widerhalls von Cadsuanes Stimme, zu sammeln. Er hob die Hand.

Ein Schrei zerriß die Dunkelheit – eine Frau schrie in unsäglicher Seelenangst. Rand sah Sammael sich im gleichen Moment umwenden, um den großen Schutthaufen zu betrachten, als auch sein Blick in diese Richtung zuckte. Auf dem Schutthaufen zeichnete sich eine Gestalt in Jacke und Hose vor dem Nachthimmel ab, deren Bein eine einzelne dünne Ranke Mashadars berührte. Sie schlug mit ausgestreckten Armen um sich, unfähig, sich vom Fleck zu bewegen, und ihr stummes Klagen schien Rand zu rufen.

»Liah«, flüsterte er. Rand streckte unbewußt die Hand aus, als könnte er seinen Arm über die dazwischenliegende Entfernung hinweg ausdehnen und sie fortziehen. Nichts konnte jedoch retten, was Mashadar berührte, nicht mehr, als etwas ihn hätte retten können, wenn Fains Dolch in sein Herz eingedrungen wäre. »Liah«, flüsterte er, und Baalsfeuer entsprang seiner Hand.

Weniger als einen Herzschlag lang schien ihre Gestalt noch vorhanden zu sein, ganz in starrem Schwarz und Schneeweiß, und dann war sie fort, tot, noch bevor ihr Todeskampf begonnen hatte.

Rand schleuderte schreiend Baalsfeuer auf den Platz zu – der Schutthaufen brach in sich zusammen, löschte den Tod aus der Zeit – und ließ *Saidin* los, bevor der weiße Balken den See aus Mashadar berührte, der jetzt über den Platz schwappte und am Wegetor vorbei auf Ströme glühenden Graus zuwogte, die aus einem wei-

teren Palast an der anderen Seite des Platzes hervordrangen. Sammael mußte tot sein. Er mußte es sein. Er
hatte keine Zeit gehabt davonzulaufen, keine Zeit, ein
Wegetor zu weben, und wenn er es getan hätte, hätte
Rand *Saidin* gespürt. Sammael war tot, von etwas
Bösem getötet, das fast ebenso gewaltig war wie er
selbst. Empfindungen durchströmten das Äußere des
Nichts. Rand wollte lachen, oder vielleicht weinen. Er
war hierher gekommen, um einen der Verlorenen zu
töten, aber statt dessen hatte er eine Frau getötet, die er
hier ihrem Schicksal überlassen hatte.

Er stand lange Zeit oben auf dem Turm, während
der abnehmende Mond am Himmel entlangzog und
dann fast die Hälfte seines Weges zurückgelegt hatte,
und er beobachtete, wie Mashadar den Platz vollkommen ausfüllte, bis nur noch der oberste Teil des Wegetors über dem Nebel aufragte. Dann begann der Dunst
langsam abzuebben, um woanders zu jagen. Wenn
Sammael noch am Leben gewesen wäre, hätte er den
Wiedergeborenen Drachen in diesem Moment leicht
töten können. Rand war sich nicht sicher, ob es ihm
etwas ausgemacht hätte. Schließlich eröffnete er ein
Wegetor und bildete zum Gleiten eine Plattform, eine
geländerlose Scheibe, halb weiß und halb schwarz.
Gleiten geschah langsamer als das Reisen. Er brauchte
mindestens eine halbe Stunde, um Illian zu erreichen,
und er brannte auf dem ganzen Weg immer wieder
Liahs Namen in seinen Geist ein und strafte sich
damit. Er wünschte, er könnte weinen. Er glaubte, die
Fähigkeit verloren zu haben.

Im Königspalast warteten sie im Thronraum auf
ihn, Bashere und Dashiva und die Asha'man. Es war
genau der gleiche Raum, den er am anderen Ende des
Platzes gesehen hatte, sogar bis zu den Stehlampen,
den in die Marmorwände eingemeißelten Szenen und
das lange weiße Podest. Genau der gleiche Raum, nur

daß er in jeder Hinsicht ein wenig größer war und auf dem Podest anstatt neun Stühlen nur ein großer vergoldeter Thron mit Leoparden als Armlehnen und neun faustgroßen goldenen Bienen oben an der Rückenlehne stand. Rand setzte sich erschöpft auf die Stufen vor dem Podest.

»Also ist Sammael tot«, sagte Bashere und betrachtete ihn in seiner zerrissenen und staubigen Kleidung von Kopf bis Fuß.

»Er ist tot«, bestätigte Rand. Dashiva seufzte vor Erleichterung laut.

»Die Stadt gehört uns«, fuhr Bashere fort. »Oder Euch, sollte ich besser sagen.« Er lachte plötzlich. »Die Kämpfe haben nur zu rasch geendet, als die richtigen Leute erst einmal herausgefunden hatten, daß Ihr es wart.« Getrocknetes Blut bildete einen schwarzen Fleck auf einem zerrissenen Ärmel seiner Jacke. »Das Konzil hat gespannt auf Eure Rückkehr gewartet. Angstvoll, könnte man sogar sagen«, fügte er mit verzerrtem Grinsen hinzu.

Acht schwitzende Männer hatten am entgegengesetzten Ende des Thronraums gestanden, als Rand hereingekommen war. Sie trugen dunkle, an den Aufschlägen und Ärmeln gold- oder silberbestickte Seidenjacken und Spitze an Hals und Handgelenken. Einige trugen einen Bart, der die Oberlippe freiließ, aber alle trugen eine breite Schärpe aus grüner Seide mit neun goldenen Bienen schräg über der Brust.

Sie traten auf Basheres Zeichen hin vor und verbeugten sich bei fast jedem dritten Schritt vor Rand, als trüge er die edelste Kleidung. Ein großer Mann schien der Anführer zu sein, ein Bursche mit rundlichem Gesicht mit einem jener Bärte und einer natürlicher Würde, die durch Sorge beeinträchtigt schien. »Mein Lord Drache«, sagte er, während er sich erneut verbeugte und beide Hände auf sein Herz preßte.

»Verzeiht, aber Lord Brend war nirgends zu finden, und...«

»Er kann auch nicht zu finden sein«, sagte Rand tonlos.

Ein Muskel im Gesicht des Mannes zuckte bei Rands Tonfall, und er schluckte. »Sehr wohl, mein Lord Drache«, murmelte er. »Ich bin Lord Gregorin den Lushenos, mein Lord Drache. Ich spreche in Abwesenheit Lord Brends für das Konzil der Neun. Wir bieten Euch...« Neben ihm deutete jemand eindringlich auf einen kleineren, bartlosen Mann, der mit einem Kissen vortrat, auf dem sich ein grünes Seidentuch wölbte. »Wir bieten Euch Illian an.« Der kleinere Mann zog das Seidentuch fort und enthüllte ein schweres goldenes, zwei Zoll breites Diadem aus Lorbeerblättern. »Die Stadt gehört natürlich Euch«, fuhr Gregorin eifrig fort. »Wir haben allen Widerstand niedergeschlagen und bieten Euch nun den Thron von ganz Illian an.«

Rand betrachtete regungslos die Krone auf ihrem Kissen. Die Leute hatten gedacht, er wolle sich in Tear zum König ernennen, und sie hatten auch gefürchtet, er wolle es in Cairhien und Andor tun, aber niemand hatte ihm bisher eine Krone angeboten. »Warum? Gibt Mattin Stepaneos seinen Thron so bereitwillig auf?«

»König Mattin ist vor zwei Tagen verschwunden«, antwortete Gregorin. »Einige von uns fürchten... Wir fürchten, daß Lord Brend etwas damit zu tun haben könnte. Er hat...« Er hielte inne, weil er schlucken mußte. »Er hatte großen Einfluß auf den König, einige würden vielleicht sagen zuviel, aber er war in den letzten Monaten abgelenkt, und Mattin hatte sich zu behaupten begonnen.«

Streifen seines schmutzigen Jackenärmels und Stücke seines Hemdsärmels baumelten herab, als Rand die

Hand nach der Lorbeerkrone ausstreckte. Der Drache, der sich um seinen Unterarm wand, glänzte im Lampenlicht genauso hell wie die goldene Krone. Er drehte sie in den Händen. »Ihr habt mir noch immer nicht erklärt warum. Weil ich Euch erobert habe?« Er hatte Tear erobert, und Cairhien ebenfalls, aber einige wandten sich in beiden Ländern noch immer gegen ihn. Doch es schien die einzige Möglichkeit zu sein.

»Zum Teil«, sagte Gregorin trocken. »Wir hätten dennoch jemanden aus unseren eigenen Reihen erwählen können. Es wurden schon zuvor Könige aus dem Konzil erhoben. Aber das Korn, das auf Euren Befehl von Tear hierhergeschickt wurde, ist, mit dem Licht, in aller Munde. Ohne es wären viele verhungert. Lord Brend hat dafür gesorgt, daß jedes Stück Brot dem Heer zugeteilt wurde.«

Rand blinzelte und zog die Hand ruckartig von der Krone zurück, um an einem Stich im Finger zu saugen. Fast zwischen den Lorbeerblättern der Krone verborgen, befanden sich die scharfen Spitzen von Schwertern. Vor wie langer Zeit hatte er den Tairenern befohlen, Korn an ihre alten Feinde zu verkaufen oder zu sterben, wenn sie es verweigerten? Er hatte nicht gewußt, daß sie damit weitergemacht hatten, nachdem er Vorbereitungen getroffen hatte, in Illian einzumarschieren. Vielleicht hatten sie sich gefürchtet, die Angelegenheit zur Sprache zu bringen, aber sie hatten auch nicht gewagt, damit aufzuhören. Vielleicht hatte er ein gewisses Recht auf diese Krone erworben.

Er setzte den Kreis aus Lorbeerblättern vorsichtig auf seinen Kopf. Die Schwerter deuteten jeweils zur Hälfte nach oben und unten. Niemand würde diese Krone beiläufig oder leichtfertig tragen.

Gregorin verbeugte sich glatt. »Das Licht bescheine Rand al'Thor, den König von Illian«, stimmte er an, und die sieben anderen Lords verbeugten sich mit ihm und murmelten ebenfalls: »Das Licht bescheine Rand al'Thor, den König von Illian.«

Bashere begnügte sich mit einer Neigung des Kopfes – er war immerhin der Onkel einer Königin –, aber Dashiva rief aus: »Alles Heil Rand al'Thor, dem König der Welt!« Flinn und die anderen Asha'man nahmen den Ruf auf.

»Alles Heil Rand al'Thor, dem König der Welt!«

»Alles Heil dem König der Welt!«

Das klang gut.

Die Geschichte verbreitete sich, wie Geschichten es tun, und sie veränderte sich, wie sich Geschichten mit der Zeit und der Entfernung verändern; sie verbreitete sich mit den Küstenschiffen von Illian, mit Händlerzügen auf Wagen und mit heimlich gesandten Brieftauben, verbreitete sich in Wellen, die mit anderen Wellen zusammentrafen und wiederum neue schufen. Ein Heer war nach Illian gekommen, besagten die Geschichten, ein Heer von Aiel, von Aes Sedai, die aus der dünnen Luft erschienen, von Männern, welche die Macht lenken konnten und beflügelte Wesen ritten, sogar ein Heer Saldaeaner, obwohl nicht viele Menschen diese Geschichte glaubten. Einige Geschichten besagten, der Wiedergeborene Drache habe vom Konzil der Neun die Krone Illians überreicht bekommen, und andere besagten, Mattin Stepaneos selbst habe sie ihm auf Knien dargeboten. Einige besagten, der Wiedergeborene Drache habe Mattin die Krone vom Kopf gerissen und diesen dann auf einen Speer aufgespießt. Nein, der Wiedergeborene Drache hatte Illian dem Erdboden gleichgemacht und den alten König im Schutt begraben. Nein, er und sein Heer von Asha'man hatten Illian aus der Erde herausgebrannt. Nein, er hatte Ebou Dar zerstört, nach Illian.

Eine Tatsache tauchte in jenen Geschichten jedoch immer wieder auf. Die Lorbeerkrone von Illian war neu benannt worden. Sie hieß jetzt die Schwerterkrone.

Und aus einem unbestimmten Grund erachteten die Männer und Frauen, welche die Geschichten erzählten, es häufig für notwendig, fast gleichlautende Worte hinzuzufügen. Der Sturm zieht auf, sagten sie, während sie besorgt südwärts schauten. Der Sturm zieht auf.

Meister der Blitze, Sturmreiter,
Träger einer Schwerterkrone, Verkünder des Schicksals.
Wer das Rad der Zeit zu drehen glaubt,
erfährt die Wahrheit vielleicht zu spät.

Aus einer bruchstückhaften Übersetzung
der *Prophezeiungen des Drachen,* die vermutlich
von Lord Mangore Kiramin, Schwertbarde
von Aramelle und Behüter Caraighan
Maconars, in der später so genannten Volks-
sprache verfaßt wurde (circa 300 NZ).

VORBEMERKUNG ZUR DATIERUNG

Der Tomanische Kalender (von Toma dur Ahmid entworfen) wurde ungefähr zwei Jahrhunderte nach dem Tod des letzten männlichen Aes Sedai eingeführt. Er zählte die Jahre nach der Zerstörung der Welt (NZ). Da aber die Jahre der Zerstörung und die darauf folgenden Jahre über fast totales Chaos herrschte und dieser Kalender erst gut hundert Jahre nach dem Ende der Zerstörung eingeführt wurde, hat man seinen Beginn völlig willkürlich gewählt. Am Ende der Trolloc-Kriege waren so viele Aufzeichnungen vernichtet worden, daß man sich stritt, in welchem Jahr der alten Zeitrechnung man sich überhaupt befand. Tiam von Gazar schlug die Einführung eines neuen Kalenders vor, der am Ende dieser Kriege einsetzte und die (scheinbare) Erlösung der Welt von der Bedrohung durch Trollocs feierte. In diesem zweiten Kalender erschien jedes Jahr als sogenanntes Freies Jahr (FJ). Innerhalb der zwanzig auf das Kriegsende folgenden Jahre fand der Gazareische Kalender weitgehend Anerkennung. Artur Falkenflügel bemühte sich, einen neuen Kalender durchzusetzen, der auf seiner Reichsgründung basierte (VG = Von der Gründung an), aber dieser Versuch ist heute nur noch den Historikern bekannt. Nach weitreichender Zerstörung, Tod und Aufruhr während des Hundertjährigen Krieges entstand ein vierter Kalender durch Uren din Jubai Fliegende Möwe, einem Gelehrten der Meerleute, und wurde von dem Panarchen Farede von Tarabon weiterverbreitet. Dieser Farede-Kalender zählt die Jahre der Neuen Ära (NÄ) von dem willkürlich angenommenen Ende des Hundertjährigen Kriegs an und ist während der geschilderten Ereignisse in Gebrauch.

A'dam (aidam): Ein Gerät, mit dessen Hilfe man Frauen kontrollieren kann, die die Macht lenken, und das nur von Frauen benützt werden kann, die entweder selbst die Fähigkeit besitzen, mit der Macht umzugehen, oder die das zumindest erlernen können. Er verknüpft die beiden Frauen. Der von den Seanchan verwendete Typus besteht aus einem Halsband und einem Armreif, die durch eine Leine miteinander verbunden sind. Alles besteht aus einem silbrigen Metall. Falls ein Mann, der die Macht lenken kann, mit Hilfe eines *A'dam* mit einer Frau verknüpft wird, wird das wahrscheinlich zu beider Tod führen. Selbst die bloße Berührung eines *A'dam* durch einen Mann mit dieser Fähigkeit verursacht ihm große Schmerzen, falls dieser *A'dam* von einer Frau mit Zugang zur Wahren Quelle getragen wird (*siehe auch:* Seanchan, Verknüpfung).

Aes Sedai (Aies Sehdai): Träger der Einen Macht. Seit der Zeit des Wahnsinns sind alle überlebenden Aes Sedai Frauen. Von vielen respektiert und verehrt, mißtraut man ihnen und fürchtet, ja, haßt sie weitgehend. Viele geben ihnen die Schuld an der Zerstörung der Welt, und allgemein glaubt man, sie mischten sich in die Angelegenheiten ganzer Staaten ein. Gleichzeitig aber findet man nur wenige Herrscher ohne Aes Sedai-Berater, selbst in Ländern, wo schon die Existenz einer solchen Verbindung geheimgehalten werden muß. Nach einigen Jahren, in denen sie die Macht gebrauchen, beginnen die Aes Sedai alterslos zu wirken, so daß auch eine Aes Sedai, die bereits Großmutter sein könnte, keine Alterserscheinungen zeigt, außer vielleicht ein paar grauen Haaren (*siehe auch:* Ajah; Amyrlin-Sitz; Zerstörung der Welt).

Aiel (Aiiehl): die Bewohner der Aiel-Wüste. Gelten als wild und zäh. Vor dem Töten verschleiern sie ihre Gesichter. Sie nehmen kein Schwert in die Hand, nicht einmal in tödlichster Gefahr, und sie reiten nur unter Zwang auf einem Pferd, sind aber tödliche Krieger, ob mit Waffen oder nur mit bloßen Händen. Die Aielmänner benützen für den Kampf die Bezeichnung ›der Tanz‹ und ›der Tanz der Speere‹. Sie sind in zwölf Clans zersplittert: die Chareen, die Codarra, die Daryne, die Goshien, die Miagoma, die Nakai, die Reyn, die Shaarad, die Shaido, die Shiande, die Taardad und die Tomanelle. Jeder Clan ist wiederum in Septimen eingeteilt. Manchmal sprechen sie auch von einem dreizehnten Clan, dem Clan, Den Es Nicht Gibt, den Jenn, die einst Rhuidean erbauten. Es gehört zum Allgemeinwissen, daß die Aiel einst den Aes Sedai den Dienst versagten und dieser Sünde wegen in die Aiel-Wüste verbannt wurden, und daß sie der Vernichtung anheimfallen, sollten sie noch einmal die Aes Sedai im Stich lassen (*siehe auch:* Aiel-Kriegergemeinschaften; Aiel-Wüste; Trostlosigkeit; *Gai'schain*; Rhuidean).

Aielkrieg (976–78 NÄ): Als König Laman von Cairhien den Avendoraldera fällte, überquerten vier Clans der Aiel das Rückgrat der Welt. Sie eroberten und brandschatzten die Hauptstadt Cairhien und viele andere kleine und große Städte im Land. Der Konflikt weitete sich schnell nach Andor und Tear aus. Im allgemeinen glaubt man, die Aiel seien in der Schlacht an der Leuchtenden Mauer vor Tar Valon endgültig besiegt worden, aber in Wirklichkeit fiel König Laman in dieser Schlacht, und die Aiel, die damit ihr Ziel erreicht hatten, kehrten über das Rückgrat der Welt in ihre Heimat zurück (*siehe auch: Avendoraldera;* Cairhien; Rückgrat der Welt).

Aiel-Kriegergemeinschaften: Alle Aiel-Krieger sind Mitglieder einer von zwölf Kriegergemeinschaften. Es sind die Schwarzaugen *(Seia Doon),* die Brüder des Adlers *(Far Aldazar Din),* die Läufer der Dämmerung *(Rahien Sorei),* die Messerhände *(Sovin Nai),* die Töchter des Speers *(Far Dareis Mai)*, die Bergtänzer *(Hama N'dore)*, die Nachtspeere *(Core Darei)*, die Roten Schilde *(Aethan Dor)*, die Steinhunde *(Shae'en M'taal)*, die Donnergänger *(Sha'mad Conde)*, die Blutabkömmlinge *(Tain Shari)* und die Wassersucher *(Duahde Mahdi'in)*. Jede Gemeinschaft hat eigene Gebräuche und manchmal auch ganz bestimmte Pflichten. Zum Beispiel fungieren die Roten Schilde als Polizei. Steinsoldaten werden häufig als Nachhut bei Rückzugsgefechten eingesetzt. Die Töchter des Speers sind gute Kundschafterinnen. Die Clans der Aiel bekämpfen sich auch gelegentlich untereinander, aber Mitglieder der gleichen Gemeinschaft kämpfen nicht gegeneinander, selbst wenn ihre Clans im Krieg miteinander liegen. So gibt es jederzeit, sogar während einer offenen kriegerischen Auseinandersetzung, Kontakt zwischen den Clans *(siehe auch:* Aiel; Aiel-Wüste; *Far Dareis Mai)*.

Aiel-Wüste: das rauhe, zerrissene und fast wasserlose Gebiet östlich des Rückgrats der Welt, von den Aiel auch das Dreifache Land genannt. Nur wenige Außenseiter wagen sich dorthin, nicht nur, weil es für jemanden, der nicht dort geboren wurde, fast unmöglich ist, Wasser zu finden, sondern auch, weil die Aiel sich im ständigen Kriegszustand mit allen anderen Völkern befinden und keine Fremden mögen. Nur fahrende Händler, Gaukler und die Tuatha'an dürfen sich in die Wüste begeben, und sogar ihnen gegenüber sind die Kontakte eingeschränkt, da sich die Aiel bemühen, jedem Zusammentreffen mit den Tuatha'an aus dem Weg zu gehen, die von ihnen auch als ›die Verlorenen‹ bezeichnet werden. Es sind keine Landkarten der Wüste bekannt.

Ajah: Sieben Gesellschaftsgruppen unter den Aes Sedai. Jede Aes Sedai außer der Amyrlin gehört einer solchen Gruppe an. Sie unterscheiden sich durch ihre Farben: Blaue Ajah, Rote Ajah, Weiße Ajah, Grüne Ajah, Braune Ajah, Gelbe Ajah und Graue Ajah. Jede Gruppe folgt ihrer eigenen Auslegung in bezug auf die Anwendung der Einen Macht und die Existenz der Aes Sedai. Zum Beispiel setzen die Roten Ajah all ihre Kraft dazu ein, Männer zu finden und zu beeinflussen, die versuchen, die Macht auszuüben. Eine Braune Ajah andererseits leugnet alle Verbindung zur Außenwelt und verschreibt sich ganz der Suche nach Wissen. Die Weißen Ajah meiden soweit wie möglich die Welt und das weltliche Wissen und widmen sich Fragen der Philosophie und Wahrheitsfindung. Die Grünen Ajah (die man während der Trolloc-Kriege auch Kampf-Ajah nannte) stehen bereit, jeden neuen Schattenlord zu bekämpfen, wenn Tarmon Gai'don naht. Die Gelben Ajah konzentrieren sich auf alle Arten der Heilkunst. Die Blauen beschäftigen sich vor allem mit der Rechtsprechung. Die Grauen sind die Mittler, die sich um Harmonie und Übereinstimmung bemühen. Es gibt Gerüchte über eine Schwarze Ajah, die dem Dunklen König dient. Die Existenz dieser Ajah wird jedoch von offiziellen Stellen energisch dementiert.

Altara: Nation am Meer der Stürme, die aber in Wirklichkeit nur durch den Namen überhaupt nach außen hin als Einheit dargestellt wird. Die Menschen in Altara betrachten sich zuallererst als Bürger einer Stadt oder eines Dorfes, oder als Dienstleute dieses Lords und jener Lady, und erst in zweiter Linie als Einwohner Altaras. Nur wenige Adlige zahlen der Krone ihre Steuern, und ihre Dienstverpflichtung ist höchstens als Lippenbekenntnis aufzufassen. Der Herrscher Altaras (zur Zeit Königin Tylin Quintara aus dem Hause Mitsobar) ist nur selten mehr als eben der mächtigste Adlige im Land, und manche waren noch nicht einmal das. Der Thron der Winde ist so bedeutungslos, daß ihn viele mächtige Adlige bereits verschmähten, obwohl sie in der Lage gewesen wären, ihn zu besteigen.

Alte Sprache, die: die vorherrschende Sprache während des Zeitalters der Legenden. Man erwartet im allgemeinen von Adligen und anderen gebildeten Menschen, daß sie diese Sprache erlernt haben. Die meisten aber kennen nur ein paar Wörter. Eine Übersetzung stößt auf Schwierigkeiten, da sehr häufig Wörter oder Ausdrucksweisen mit vielschichtigen, subtilen Bedeutungen vorkommen (*siehe auch:* Zeitalter der Legenden).

Al'Thor, Tam: ein Bauer und Schäfer von den Zwei Flüssen. Als junger Mann zog er aus, um Soldat zu werden. Er kehrte später mit seiner Frau (Kari, mittlerweile verstorben) und einem Kind (Rand) nach Emondsfeld zurück.

Amyrlin-Sitz, der: (1) Titel der Führerin der Aes Sedai. Auf Lebenszeit vom Turmrat, dem höchsten Gremium des Aes Sedai, gewählt; dieser besteht aus je drei Abgeordneten (Sitzende genannt, wie z.B. in ›Sitzende der Grünen‹) der sieben Ajahs. Der Amyrlin-Sitz hat, jedenfalls theoretisch, unter den Aes Sedai uneingeschränkte Macht. Sie hat in etwa den Rang einer Königin. Etwas weniger formell ist die Bezeichnung: die Amyrlin. (2) Thron der Führerin der Aes Sedai.

Amys: die Weise Frau der Kaltfelsenfestung. Sie ist eine Traumgängerin, eine Aiel der Neun-Täler-Septime der Taardad Aiel. Verheiratet mit Rhuarc, Schwesterfrau der Lian, der Dachherrin der Kaltfelsenfestung, und der Schwestermutter der Aviendha.

Angreal: ein Überbleibsel aus dem Zeitalter der Legenden. Es erlaubt einer Person, die die Eine Macht lenken kann, einen stärkeren Energiefluß zu meistern, als das sonst ohne Hilfe und Lebensgefahr möglich ist. Einige wurden zur Benützung durch Frauen hergestellt, andere für Männer. Gerüchte über *Angreal*, die von beiden Geschlechtern benützt werden können, wurden nie bestätigt. Es ist heute nicht mehr bekannt, wie sie angefertigt wurden. Es existieren nur noch sehr wenige (*siehe auch: sa'Angreal, ter'Angreal*).

Arad Doman: Land und Nation am Aryth-Meer. Im Au-

genblick durch einen Bürgerkrieg und gleichzeitig aus-
getragene Kriege gegen die Anhänger des Wiedergeborenen Drachen und gegen Tarabon zerrissen. Domani-
Frauen sind berühmt und berüchtigt für ihre Schönheit, Verführungskunst und für ihre skandalös offen-
herzige Kleidung.

Atha'an Miere: *siehe* Meervolk.

Aufgenommene: junge Frauen in der Ausbildung zur
Aes Sedai, die eine bestimmte Stufe erreicht und
einige Prüfungen bestanden haben. Normalerweise
braucht man zirka fünf bis zehn Jahre, um von der
Novizin zur Aufgenommenen erhoben zu werden.
Die Aufgenommenen sind in ihrer Bewegungsfreiheit
weniger eingeschränkt als die Novizinnen, und es ist
ihnen innerhalb bestimmter Grenzen sogar erlaubt,
eigene Studiengebiete zu wählen. Eine Aufgenommene hat das Recht, einen Großen Schlangenring zu
tragen, aber nur am dritten Finger ihrer linken Hand.
Wenn eine Aufgenommene zur Aes Sedai erhoben
wird, wählt sie ihre Ajah, erhält das Recht, deren
Stola zu tragen und darf den Ring an jedem Finger
oder auch gar nicht tragen, je nachdem, was die Umstände von ihr verlangen (siehe auch: Aes Sedai).

Avendoraldera: ein in Cairhien aus einem *Avendesora*-
Keim gezogener Baum. Der Keimling war ein Ge-
schenk der Aiel im Jahre 566 NÄ. Es gibt aber keinen
zuverlässigen Bericht über eine Verbindung zwischen
den Aiel und dem legendären Baum des Lebens.

Bair: Weise Frau der Haido-Septime der Shaarad Aiel;
eine Traumgängerin. Sie kann die Macht nicht lenken
(*siehe auch:* Traumgänger).

Behüter: ein Krieger, der einer Aes Sedai zugeschworen
ist. Das geschieht mit Hilfe der Einen Macht, und er
gewinnt dadurch Fähigkeiten wie schnelles Heilen von
Wunden, er kann lange Zeiträume ohne Wasser, Nahrung und Schlaf auskommen und den Einfluß des
Dunklen Königs auf größere Entfernung spüren. So-

lange er am Leben ist, weiß die mit ihm verbundene Aes Sedai, daß er lebt, auch wenn er noch so weit entfernt ist, und sollte er sterben, dann weiß sie den genauen Zeitpunkt und auch den Grund seines Todes. Allerdings weiß sie nicht, wie weit von ihr entfernt er sich befindet oder in welcher Richtung. Die meisten Ajahs gestatten einer Aes Sedai den Bund mit nur einem Behüter. Die Roten Ajah allerdings lehnen die Behüter für sich selbst ganz ab, während die Grünen Ajah eine Verbindung mit so vielen Behütern gestatten, wie die Aes Sedai es wünscht. An sich muß der Behüter der Verbindung freiwillig zur Verfügung stehen, es gab jedoch auch Fälle, in denen der Krieger dazu gezwungen wurde. Welche Vorteile die Aes Sedai aus der Verbindung ziehen, wird von ihnen als streng gehütetes Geheimnis behandelt (*siehe auch*: Aes Sedai).

Berelain sur Paendrag: die Erste von Mayene, Gesegnete des Lichts, Verteidigerin der Wogen, Hochsitz des Hauses Paeron. Eine schöne und willensstarke junge Frau und eine geschickte Herrscherin (*siehe auch*: Mayene).

Birgitte: legendäre Heldin, sowohl ihrer Schönheit wegen, wie auch ihres Mutes und ihres Geschicks als Bogenschützin halber berühmt. Sie trug einen silbernen Bogen, und ihre silbernen Pfeile verfehlten nie ihr Ziel. Eine aus der Gruppe von Helden, die herbeigerufen werden, wenn das Horn von Valere geblasen wird. Sie wird immer in Verbindung mit dem heldenhaften Schwertkämpfer Gaidal Cain genannt. Außer, was ihre Schönheit und ihr Geschick als Bogenschützin betrifft, ähnelt sie den Legenden allerdings kaum (*siehe auch*: Horn von Valere).

Cadin'sor: Uniform der Aielsoldaten: Mantel und Hose in Braun und Grau, so daß sie sich kaum von Felsen oder Schatten abheben. Dazu gehören weiche, bis zum Knie hoch geschnürte Stiefel. In der Alten Sprache ›Arbeitskleidung‹, was allerdings eine etwas ungenaue Übersetzung darstellt.

Cairhien: sowohl eine Nation am Rückgrat der Welt, wie auch die Hauptstadt dieser Nation. Die Stadt wurde im Aielkrieg (976–978 NÄ) wie so viele andere Städte und Dörfer niedergebrannt und geplündert. Als Folge wurde sehr viel Agrarland in der Nähe des Rückgrats der Welt aufgegeben, so daß seither große Mengen Getreide importiert werden müssen. Auf den Mord an König Galldrian (998 NÄ) folgten ein Bürgerkrieg unter den Adelshäusern um die Nachfolge auf dem Sonnenthron, die Unterbrechung der Lebensmittellieferungen und eine Hungersnot. Die Stadt wird während einer Periode, die mittlerweile als ›zweiter Aielkrieg‹ bezeichnet wird, von den Shaido belagert, doch dieser Belagerungsring wurde von anderen Aielclans unter der Führung Rand al'Thors gesprengt. Im Wappen führt Cairhien eine goldene Sonne mit vielen Strahlen, die sich vom unteren Rand eines himmelblauen Feldes erhebt (*siehe auch:* Aielkrieg).

Callandor: ›Das Schwert, das kein Schwert ist‹ oder ›Das unberührbare Schwert‹. Ein Kristallschwert, das im Stein von Tear aufbewahrt wurde in einem Raum, der den Namen ›Herz des Steins‹ trägt. Es ist ein äußerst mächtiger *Sa'Angreal*, der von einem Mann benützt werden muß. Keine Hand kann es berühren, außer der des Wiedergeborenen Drachen. Den Prophezeiungen des Drachen zufolge war eines der wichtigsten Zeichen für die erfolgte Wiedergeburt des Drachen und das Nahen von Tarmon Gai'don, daß der Drache den Stein von Tear einnahm und *Callandor* in seinen Besitz brachte. Es wurde von Rand al'Thor wieder ins Herz des Steins zurückgebracht und in den Steinboden hineingerammt (*siehe auch:* Wiedergeborener Drache; *Sa'Angreal;* Stein von Tear).

Car'a'carn: in der Alten Sprache ›Häuptling der Häuptlinge‹. Den Weissagungen der Aiel nach ein Mann, der bei Sonnenaufgang aus Rhuidean zu ihnen kommen werde, mit Drachenmalen auf beiden Armen, und der

sie über die Drachenmauer führen werde. Die Prophezeiung von Rhuidean sagt aus, er werde die Aiel einen
und sie vernichten, bis auf den Rest eines Restes (*siehe
auch:* Aiel; Rhuidean).

Caraighan Maconar: legendäre Grüne Schwester
(212–373 NZ), Heldin von hundert Abenteuergeschich-
ten, der man Unternehmungen zuschreibt, die selbst
von einigen Aes Sedai für unmöglich gehalten werden,
obwohl sie in den Chroniken der Weißen Burg erwähnt
werden. So soll sie ganz allein einen Aufstand in Mo-
sadorin niedergeschlagen und die Unruhen in Comai-
din unterdrückt haben, obwohl sie zu dieser Zeit über
keinen einzigen Behüter verfügte. Die Grünen Ajah betrachten sie als den Urtyp und das Vorbild aller Grünen Schwestern (*siehe auch:* Aes Sedai; Ajah).

Carridin, Jaichim: ein Inquisitor der Hand des Lichts,
also ein hoher Offizier der Kinder des Lichts, der in
Wirklichkeit ein Schattenfreund ist.

Cauthon, Abell: ein Bauer von den Zwei Flüssen, Vater
des Mat Cauthon. Frau: Natti. Töchter: Eldrin und
Bodewhin, Bode genannt.

dämpfen (einer Dämpfung unterziehen): Wenn ein Mann
die Anlage zeigt, die Eine Macht zu beherrschen, müssen die Aes Sedai seine Kräfte ›dämpfen‹, also vollständig unterdrücken, da er sonst wahnsinnig wird,
vom Verderben des *Saidin* getroffen, und möglicherweise schreckliches Unheil mit seinen Kräften anrichten wird. Eine Person, die einer Dämpfung unterzogen
wurde, kann die Eine Macht immer noch spüren, sie
aber nicht mehr benützen. Wenn vor der Dämpfung
der beginnende Wahnsinn eingesetzt hat, kann er
durch den Akt der Dämpfung aufgehalten, jedoch
nicht geheilt werden. Hat die Dämpfung früh genug
stattgefunden, kann das Leben der Person gerettet
werden. Dämpfungen bei Frauen sind so selten gewesen, daß man von den Novizinnen der Weißen Burg
verlangt, die Namen und Verbrechen aller auswendig

zu lernen, die jemals diesem Akt unterzogen wurden. Die Aes Sedai dürfen eine Frau nur dann einer Dämpfung unterziehen, wenn diese in einem Gerichtsverfahren eines Verbrechens überführt wurde. Eine unbeabsichtigte oder durch einen Unfall herbeigeführte Dämpfung wird auch als ›Ausbrennen‹ bezeichnet. Ein Mensch, der einer Dämpfung unterzogen wurde, gleich, ob als Bestrafung oder durch einen Unfall, verliert im allgemeinen jeden Lebenswillen und stirbt nach wenigen Jahren, wenn nicht schon früher durch Selbstmord. Nur in wenigen Fällen gelingt es einem solchen Menschen, die Leere, die der ausbleibende Kontakt mit der Wahren Quelle in seinem Innern hinterläßt, mit anderen Zielen zu füllen und so neuen Lebensmut zu gewinnen. Die Folgen einer jeglichen Dämpfung gelten als endgültig und nicht mehr heilbar (*siehe auch:* Eine Macht).

Deane Aryman: eine Amyrlin, welche die Weiße Burg vor schlimmerem Schaden bewahrte, nachdem ihre Vorgängerin Bonwhin versucht hatte, die Kontrolle über Artur Falkenflügel zu erlangen. Sie wurde etwa im Jahr 920 FJ im Dorf Salidar in Eharon geboren und aus den Blauen Ajah 992 zur Amyrlin erhoben. Man sagt ihr nach, sie habe Souran Maravaile dazu gebracht, die Belagerung von Tar Valon (die 975 FJ begonnen hatte) nach Falkenflügels Tod zu beenden. Deane stellte den Ruf der Burg wieder her, und es wird allgemein angenommen, daß sie zum Zeitpunkt ihres Todes nach einem Sturz vom Pferd im Jahre 1084 FJ kurz vor dem erfolgreichen Abschluß von Verhandlungen mit den sich um die Nachfolge Falkenflügels als Herrscher seines Imperiums streitenden Adligen stand, die Führung der Weißen Burg zu akzeptieren, um die Einheit des Reichs zu erhalten (*siehe auch:* Amyrlin-Sitz; Artur Falkenflügel).

Drache, der: Ehrenbezeichnung für Lews Therin Telamon während des Schattenkrieges vor mehr als dreitausend Jahren. Als der Wahnsinn alle männlichen Aes Sedai befiel, tötete Lews Therin alle Personen, die etwas von seinem Blut in sich trugen und jede Person, die er liebte. So bezeichnete man ihn anschließend als Brudermörder (*siehe auch:* Wiedergeborener Drache; Prophezeiungen des Drachen).

Drache, falscher: Manchmal behaupten Männer, der Wiedergeborene Drache zu sein, und manch einer davon gewinnt so viele Anhänger, daß eine Armee notwendig ist, um ihn zu besiegen. Einige davon haben schon Kriege begonnen, in die viele Nationen verwickelt wurden. In den letzten Jahrhunderten waren die meisten falschen Drachen nicht in der Lage, die Eine Macht richtig anzuwenden, aber es gab doch ein paar, die das konnten. Alle jedoch verschwanden entweder oder wurden gefangen oder getötet, ohne eine der Prophezeiungen erfüllen zu können, die sich um die Wiedergeburt des Drachen ranken. Diese Männer nennt man falsche Drachen. Unter jenen, die die Eine Macht lenken konnten, waren die mächtigsten Raolin Dunkelbann (335–36 NZ), Yurian Steinbogen (ca. 1300–1308 NZ), Davian (FJ 351), Guaire Amalasan (FJ 939–943), Logain (997 NÄ) und Mazrim Taim (998 NÄ) (*siehe auch:* Wiedergeborener Drache).

Dunkler König: gebräuchlichste Bezeichnung, in allen Ländern verwendet, für Shai'tan: die Quelle des Bösen, Antithese des Schöpfers. Im Augenblick der Schöpfung wurde er vom Schöpfer in ein Verlies am Shayol Ghul gesperrt. Ein Versuch, ihn aus diesem Kerker zu befreien, führte zum Schattenkrieg, dem Verderben des *Saidin*, der Zerstörung der Welt und dem Ende des Zeitalters der Legenden (*siehe auch:* Prophezeiungen des Drachen).

Eide, Drei: die Eide, die eine Aufgenommene ablegen muß, um zur Aes Sedai erhoben zu werden. Sie werden gesprochen, während die Aufgenommene eine

276

Eidesrute in der Hand hält. Das ist ein *Ter'Angreal*, der sie an die Eide bindet. Sie muß schwören, daß sie (1) kein unwahres Wort ausspricht, (2) keine Waffe herstellt, mit der Menschen andere Menschen töten können, und (3) daß sie niemals die Eine Macht als Waffe verwendet, außer gegen Abkömmlinge des Schattens oder um ihr Leben oder das ihres Behüters oder einer anderen Aes Sedai in höchster Not zu verteidigen. Diese Eide waren früher nicht zwingend vorgeschrieben, doch nach verschiedenen Geschehnissen vor und nach der Zerstörung hielt man sie für notwendig. Der zweite Eid war ursprünglich der erste und kam als Reaktion auf den Krieg um die Macht. Der erste Eid wird wörtlich eingehalten, aber oft geschickt umgangen, indem man eben nur einen Teil der Wahrheit ausspricht. Man glaubt allgemein, daß der zweite und dritte nicht zu umgehen sind.

Eine Macht, die: die Kraft aus der Wahren Quelle. Die große Mehrheit der Menschen ist absolut unfähig zu lernen, wie man die Eine Macht anwendet. Eine sehr geringe Anzahl von Menschen kann die Anwendung erlernen, und noch weniger besitzen diese Fähigkeit von Geburt an. Diese wenigen müssen ihren Gebrauch nicht lernen, denn sie werden die Wahre Quelle berühren und die Eine Macht benützen, ob sie wollen oder nicht, vielleicht sogar, ohne zu bemerken, was sie da tun. Diese angeborene Fähigkeit taucht meist zuerst während der Pubertät auf. Wenn man dann nicht die Kontrolle darüber erlernt – durch Lehrer oder auch ganz allein (äußerst schwierig, die Erfolgsquote liegt bei eins zu vier) –, ist die Folge der sichere Tod. Seit der Zeit des Wahns hat kein Mann es gelernt, die Eine Macht kontrolliert anzuwenden, ohne dabei auf die Dauer auf schreckliche Art dem Wahnsinn zu verfallen. Selbst wenn er in gewissem Maß die Kontrolle erlangt hat, stirbt er an einer Verfallskrankheit, bei der er lebendigen Leibs verfault. Auch diese Krankheit wird, genau wie der Wahnsinn, von dem Verderben hervorgerufen, das der Dunkle König über *Saidin* brachte. Bei Frauen ist der Tod mangels Kontrolle der Einen Macht etwas erträglicher, aber sterben müssen auch sie. Die Aes Sedai suchen nach Mädchen mit diesen angeborenen Fähigkeiten, zum einen, um ihr Leben zu retten und zum anderen, um die Anzahl der Aes Sedai zu vergrößern. Sie suchen nach Männern mit dieser Fähigkeit, um zu verhindern, daß sie Schreckliches damit anrichten, wenn sie dem Wahn verfallen (*siehe auch:* Zerstörung der Welt; Fünf Mächte; Zeit des Wahns; die Wahre Quelle).

Elaida do Avriny a'Roihan: eine Aes Sedai, die einst zu den Roten Ajah gehörte, vormals Ratgeberin der Königin Morgase von Andor. Sie kann manchmal die Zukunft vorhersagen. Mittlerweile zum Amyrlin-Sitz erhoben.

Erstschwester; Erstbruder: Diese Verwandtschaftsbezeichnungen bei den Aiel bedeuten einfach, die gleiche Mutter zu haben. Das ist für die Aiel eine engere Verwandtschaftsbeziehung als vom gleichen Vater abzustammen.

Fäule, die: *siehe* Große Fäule.

Falkenflügel, Artur: ein legendärer König (Artur Paendrag Tanreall, 943–994 FJ), der alle Länder westlich des Rückgrats der Welt und einige von jenseits der Aiel-Wüste einte. Er sandte sogar eine Armee über das Aryth-Meer (992 FJ), doch verlor man bei seinem Tod, der den Hundertjährigen Krieg auslöste, jeden Kontakt mit diesen Soldaten. Er führte einen fliegenden goldenen Falken im Wappen (*siehe auch:* Hundertjähriger Krieg).

Far Dareis Mai: in der Alten Sprache wörtlich ›von den Speertöchtern‹, meist einfach ›Töchter des Speers‹ genannt. Eine von mehreren Kriegergemeinschaften der Aiel. Anders als bei den übrigen werden ausschließlich Frauen aufgenommen. Sollte sie heiraten, darf eine

Frau nicht Mitglied bleiben. Während einer Schwangerschaft darf ein Mitglied nicht kämpfen. Jedes Kind eines Mitglieds wird von einer anderen Frau aufgezogen, so daß niemand mehr weiß, wer die wirkliche Mutter war. (»Du darfst keinem Manne angehören und kein Mann oder Kind darf dir angehören. Der Speer ist dein Liebhaber, dein Kind und Dein Leben.«) Diese Kinder sind hochangesehen, denn es wurde prophezeit, daß ein Kind einer Tochter des Speers die Clans vereinen und zu der Bedeutung zurückführen wird, die sie im Zeitalter der Legenden besaßen (*siehe auch:* Aiel-Kriegergemeinschaften).

Flamme von Tar Valon: das Symbol für Tar Valon, den Amyrlin-Sitz und die Aes Sedai. Die stilisierte Darstellung einer Flamme: eine weiße, nach oben gerichtete Träne.

Fünf Mächte, die: Das sind die Stränge der Einen Macht. Diese Stränge nennt man nach den Dingen, die man durch ihre Anwendung beeinflussen kann: Erde, Luft, Feuer, Wasser, Geist – die Fünf Mächte. Wer die Eine Macht anwenden kann, beherrscht gewöhnlich einen oder zwei dieser Stränge besonders gut und hat Schwächen in der Anwendung der übrigen. Einige wenige beherrschen auch drei davon, aber seit dem Zeitalter der Legenden gab es niemand mehr, der alle fünf in gleichem Maße beherrschte. Und auch dann war das eine große Seltenheit. Das Maß, in dem diese Stränge beherrscht werden und Anwendung finden, ist individuell ganz verschieden; einzelne dieser Personen sind sehr viel stärker als die anderen. Wenn man bestimmte Handlungen mit Hilfe der Einen Macht vollbringen will, muß man einen oder mehrere bestimmte Stränge beherrschen. Wenn man beispielsweise ein Feuer entzünden oder beeinflussen will, braucht man den Feuer-Strang; will man das Wetter ändern, muß man die Bereiche Luft und Wasser beherrschen, während man für Heilung Wasser und Geist benutzen muß. Während im

Zeitalter der Legenden Männer und Frauen in gleichem Maße den Geist beherrschten, war das Talent in bezug auf Erde und/oder Feuer besonders oft bei Männern ausgeprägt und das für Wasser und/oder Luft bei Frauen. Es gab Ausnahmen, aber trotzdem betrachtete man Erde und Feuer als die männlichen Mächte, Luft und Wasser als die weiblichen.

Gaidin: in der Alten Sprache ›Bruder der Schlacht‹. Ein Titel, den die Aes Sedai den Behütern verleihen (*siehe auch:* Behüter).

Gai'schain: in der Alten Sprache ›dem Frieden im Kampfe verschworen‹, soweit dieser Begriff überhaupt übersetzt werden kann. Von einem Aiel, der oder die während eines Überfalls oder einer bewaffneten Auseinandersetzung von einem anderen Aiel gefangengenommen wird, verlangt das *Ji'e'toh*, daß er oder sie dem neuen Herrn gehorsam ein Jahr und einen Tag lang dient und dabei keine Waffe anrührt und niemals Gewalt benützt. Eine Weise Frau, ein Schmied oder eine Frau mit einem Kind unter zehn Jahren können nicht zu *Gai'schain* gemacht werden (*siehe auch:* Trostlosigkeit).

Galad; Lord Galadedrid Damodred: Halbbruder von Elayne und Gawyn. Sie haben alle den gleichen Vater: Taringail Damodred. Im Wappen führt er ein geflügeltes silbernes Schwert, dessen Spitze nach unten zeigt.

Gareth Bryne (Ga-ret Brein): einst Generalhauptmann der Königlichen Garde von Andor. Von Königin Morgase ins Exil verbannt. Er wird als einer der größten lebenden Militärstrategen betrachtet. Das Siegel des Hauses Bryne zeigt einen wilden Stier, um dessen Hals die Rosenkrone von Andor hängt. Gareth Brynes persönliches Abzeichen sind drei goldene Sterne mit jeweils fünf Zacken.

Gaukler: fahrende Märchenerzähler, Musikanten, Jongleure, Akrobaten und Alleinunterhalter. Ihr Abzeichen ist die aus bunten Flicken zusammengesetzte

Kleidung. Sie besuchen vor allem Dörfer und Klein-
städte, da in den größeren Städten schon zuviel andere Unterhaltung geboten wird.

Gawyn aus dem Hause Trakand: Sohn der Königin Morgase, Bruder von Elayne, der bei Elaynes Thronbestei-
gung Erster Prinz des Schwertes wird. Halbbruder von
Galad. Er führt einen weißen Keiler im Wappen.

Gewichtseinheiten: 10 Unzen = 1 Pfund; 10 Pfund =
1 Stein; 10 Steine = 1 Zentner; 10 Zentner = 1 Tonne.

Grauer Mann: jemand, der freiwillig seine oder ihre
Seele dem Schatten geopfert hat und ihm nun als At-
tentäter dient. Graue Männer sehen so unauffällig aus,
daß man sie sehen kann, ohne sie wahrzunehmen. Die
große Mehrheit der Grauen Männer sind tatsächlich
Männer, aber es gibt darunter auch einige Frauen. Sie
werden auch als die ›Seelenlosen‹ bezeichnet.

Grenzlande: die an die Große Fäule angrenzenden Nationen: Saldaea, Arafel, Kandor und Schienar. Sie
haben eine Geschichte unendlich vieler Überfälle und
Kriegszüge gegen Trollocs und Myrddraal (*siehe auch:*
Große Fäule).

Große Fäule: eine Region im hohen Norden, die durch
den Einfluß des Dunklen Königs vollständig verwüstet
wurde. Sie stellt eine Zuflucht für Trollocs, Myrddraal
und andere Kreaturen des Schattens dar.

Großer Herr der Dunkelheit: Diese Bezeichnung ver-
wenden die Schattenfreunde für den Dunklen König.
Sie behaupten, es sei Blasphemie, seinen wirklichen
Namen zu benutzen.

Große Schlange: ein Symbol für die Zeit und die Ewig-
keit, das schon uralt war, bevor das Zeitalter der Legenden begann. Es zeigt eine Schlange, die ihren eigenen Schwanz verschlingt. Man verleiht einen Ring in
der Form der Großen Schlange an Frauen, die unter
den Aes Sedai zu den Aufgenommenen erhoben werden.

Hochlords von Tear: Die Hochlords von Tear regieren als

Rat diesen Staat, der weder König noch Königin aufweist. Ihre Anzahl steht nicht fest. Im Laufe der Jahre hat es Zeiten gegeben, wo nur sechs Hochlords regierten, aber auch zwanzig kamen bereits vor. Man darf sie nicht mit den Landherren verwechseln, niedrigeren Adligen in den ländlichen Bezirken Tears.

Horn von Valere: das legendäre Ziel der Großen Jagd nach dem Horn. Das Horn kann tote Helden zum Leben erwecken, damit sie gegen den Schatten kämpfen. Eine neue Jagd nach dem Horn wurde in Illian ausgerufen, und man kann nun in vielen Ländern Jäger des Horns antreffen.

Hundertjähriger Krieg: eine Reihe sich überschneidender Kriege, geprägt von sich ständig verändernden Bündnissen, ausgelöst durch den Tod von Artur Falkenflügel und die darauf folgenden Auseinandersetzungen um seine Nachfolge. Er dauerte von 994 FJ bis 1117 FJ. Der Krieg entvölkerte weite Landstriche zwischen dem Aryth-Meer und der Aiel-Wüste, zwischen dem Meer der Stürme und der Großen Fäule. Die Zerstörungen waren so schwerwiegend, daß über diese Zeit nur noch fragmentarische Berichte vorliegen. Das Reich Artur Falkenflügels zerfiel und die heutigen Staaten bildeten sich heraus (*siehe auch:* Falkenflügel, Artur).

Illian: ein großer Hafen am Meer der Stürme, Hauptstadt der gleichnamigen Nation. Im Wappen von Illian findet man neun goldene Bienen auf dunkelgrünem Feld.

Juilin Sandar: ein Diebefänger aus Tear.

Kalender: Die Woche hat zehn Tage, der Monat 28 und es gibt 13 Monate im Jahr. Mehrere Festtage gehören keinem bestimmten Monat an: der Sonntag oder Sonnentag (der längste Tag des Jahres), das Erntedankfest (einmal alle vier Jahre zur Frühlingssonnwende) und das Fest der Rettung aller Seelen, auch Allerseelen genannt (einmal alle zehn Jahre zur Herbstsonnwende).

Kesselflicker: volkstümliche Bezeichnung für die Tuatha'an, die man auch das ›Fahrende Volk‹ nennt. Ein Nomadenvolk, das in bunt gestrichenen Wohnwagen lebt und einer absolut pazifistischen Weltanschauung folgt, die man den ›Weg des Blattes‹ nennt. Sie gehören zu den wenigen, die unbehelligt die Aiel-Wüste durchqueren können, da die Aiel jeden Kontakt mit ihnen strikt vermeiden. Nur wenige Menschen vermuten überhaupt, daß die Tuatha'an Nachkommen von Aiel sind, die sich während der Zerstörung der Welt von den anderen absetzten, um einen Weg zurück in eine Zeit des Friedens zu finden (*siehe auch:* Aiel).

Kinder des Lichts: eine übernationale Gemeinschaft von Asketen, die sich den Sieg über den Dunklen König und die Vernichtung aller Schattenfreunde zum Ziel gesetzt hat. Die Gemeinschaft wurde während des Hundertjährigen Kriegs von Lothair Mantelar gegründet, um gegen die ansteigende Zahl der Schattenfreunde als Prediger anzugehen. Während des Kriegs entwickelte sich daraus eine vollständige militärische Organisation, extrem streng ideologisch ausgerichtet und fest im Glauben, nur sie dienten der absoluten Wahrheit und dem Recht. Sie hassen die Aes Sedai und halten sie, sowie alle, die sie unterstützen oder sich mit ihnen befreunden, für Schattenfreunde. Sie werden geringschätzig Weißmäntel genannt. Im Wappen führen sie eine goldene Sonne mit Strahlen auf weißem Feld (*siehe auch:* Zweifler).

Krieg um die Macht: *siehe* Schattenkrieg.

Längenmaße: 10 Finger = 1 Hand; 3 Hände = 1 Fuß; 3 Fuß = 1 Schritt; 2 Schritte = 1 Spanne; 1000 Spannen = 1 Meile.

Lan, al'Lan Mandragoran: ein Behüter, der Moiraine im Jahre 979 NÄ zugeschworen wurde. Ungekrönter König von Malkier, Dai Shan (Schlachtenführer), und der letzte Überlebende Lord von Malkier. Dieses Land wurde im Jahr seiner Geburt (953 NÄ) von der Großen Fäule verschlungen. Im Alter von sechzehn Jahren be-

283

gann er seinen Ein-Mann-Krieg gegen die Fäule und den Schatten, den er bis zu seiner Berufung zu Moiraines Behüter fortführte (*siehe auch:* Behüter; Moiraine).

Lews Therin Telamon; Lews Therin Brudermörder: *siehe* Drache

Lini: Kindermädchen der Lady Elayne in ihrer Kindheit. Davor war sie bereits Erzieherin ihrer Mutter Morgase und deren Mutter. Eine Frau von enormer innerer Kraft, einigem Scharfsinn und sehr wortgewaltig in bezug auf Redensarten.

Logain: ein Mann, der einst behauptete, der Wiedergeborene Drache zu sein. Er überzog Ghealdan, Altara und Murandy mit Krieg, bevor er gefangengenommen, zur Weißen Burg gebracht und einer Dämpfung unterzogen wurde. Später entkam er inmitten der Wirren um die Absetzung Siuan Sanches. Ein Mann, dem immer noch Großes bevorsteht (*siehe auch:* Drache, falscher).

Manetheren: eine der Zehn Nationen, die den Zweiten Pakt schlossen; Hauptstadt des gleichnamigen Staates. Sowohl die Stadt wie auch die Nation wurden in den Trolloc-Kriegen vollständig zerstört. Das Wappen Manetherens zeigte einen Roten Adler im Flug (*siehe auch:* Trolloc-Kriege).

Mayene (Mai-jehn): Stadtstaat am Meer der Stürme, der seinen Reichtum und seine Unabhängigkeit der Kenntnis verdankt, die Ölfischschwärme aufspüren zu können. Ihre wirtschaftliche Bedeutung kommt der der Olivenplantagen von Tear, Illian und Tarabon gleich. Ölfisch und Oliven liefern nahezu alles Öl für Lampen. Die augenblickliche Herrscherin von Mayene ist Berelain. Ihr Titel lautet: die Erste von Mayene. Der Titel Zweite/ Zweiter stand früher nur einem einzigen Lord oder einer Lady zu, wurde aber während der letzten etwa vierhundert Jahre von bis zu neun Adligen gleichzeitig geführt. Die Herrscher von Mayene führen ihre Abstammung auf Artur Falkenflügel zurück. Das Wappen von Mayene zeigt einen fliegenden goldenen

Falken. Mayene wurde traditionell von Tear wirtschaftlich und politisch eingeengt und unterdrückt.

Mazrim Taim: ein falscher Drache, der in Saldaea viel Unheil anrichtete, bevor er geschlagen und gefangen wurde. Er ist nicht nur in der Lage, die Eine Macht zu benützen, sondern besitzt außerordentliche Kräfte (*siehe auch:* Drache, falscher).

Meerleute, Meervolk: genauer: Atha'an Miere, das »Volk des Meeres«. Geheimnisumwitterte Bewohner der Inseln im Aryth-Meer und im Meer der Stürme. Sie verbringen wenig Zeit auf diesen Inseln und leben statt dessen zumeist auf ihren Schiffen. Sie beherrschen den Seehandel fast vollständig.

Melaine (Mehlein): Weise Frau der Jhirad Septime der Goshien Aiel. Eine Traumgängerin. Relativ stark, was den Gebrauch der Einen Macht angeht. Verheiratet mit Bael, dem Clanhäuptling der Goshien. Schwesterfrau der Dorhinda, der Dachherrin der Dampfende-Quellen-Feste (*siehe auch:* Traumgänger).

Merillin, Thom: ein ziemlich vielschichtiger Gaukler, einst Hofbarde und Geliebter von Königin Morgase (*siehe auch:* Spiel der Häuser; Gaukler).

Moiraine Damodred (Moarän): eine Aes Sedai der Blauen Ajah. Sie benützt nur selten ihren Familiennamen und hält ihre Beziehung zu dem Hause Damodred meist geheim. Geboren 956 NÄ im Königlichen Palast von Cairhien. Nachdem sie 972 NÄ als Novizin in die Weiße Burg kam, machte sie dort rasch Karriere. Sie wurde nach nur drei Jahren zur Aufgenommenen erhoben und drei Jahre später, am Ende des Aielkriegs, zur Aes Sedai. Von diesem Zeitpunkt an begann sie ihre Suche nach dem jungen Mann, der – den Prophezeiungen der Aes Sedai Gitara Morose nach – während der Schlacht an der Leuchtenden Mauer am Abhang des Drachenbergs geboren wurde und der zum Wiedergeborenen Drachen bestimmt war. Sie war es auch, die Rand al'Thor, Mat Cauthon, Perrin Aybara und Egwene al'Vere von den

Zwei Flüssen fortbrachte. Sie verschwand während eines Kampfes mit Lanfear in Cairhien in einem *Ter'Angreal* und wurde, dem Anschein nach, genauso getötet wie die Verlorene.

Morgase (Morgeis): Von der Gnade des Lichts, Königin von Andor, Verteidigerin des Lichts, Beschützerin des Volkes, Hochsitz des Hauses Trakand. Im Wappen führt sie drei goldene Schlüssel. Das Wappen des Hauses Trakand zeigt einen silbernen Grundpfeiler. Sie mußte ins Exil gehen und wird allgemein für tot gehalten. Viele glauben, sie sei vom Wiedergeborenen Drachen ermordet worden.

Muster eines Zeitalters: Das Rad der Zeit verwebt die Stränge menschlichen Lebens zum Muster eines Zeitalters, oftmals vereinfacht als ›das Muster‹ bezeichnet, das die Substanz der Realität dieser Zeit bildet; auch als Zeitengewebe bekannt (*siehe auch: Ta'veren*).

Myrddraal: Kreaturen des Dunklen Königs, Kommandanten der Trolloc-Heere. Nachkommen von Trollocs, bei denen das Erbe der menschlichen Vorfahren wieder stärker hervortritt, die man benutzt hat, um die Trollocs zu erschaffen. Trotzdem deutlich vom Bösen dieser Rasse gezeichnet. Sie sehen äußerlich wie Menschen aus, haben aber keine Augen. Sie können jedoch im Hellen wie im Dunklen wie Adler sehen. Sie haben gewisse, vom Dunklen König stammende Kräfte, darunter die Fähigkeit, mit einem Blick ihr Opfer vor Angst zu lähmen. Wo Schatten sind, können sie hineinschlüpfen und sind nahezu unsichtbar. Eine ihrer wenigen bekannten Schwächen besteht darin, daß sie Schwierigkeiten haben, fließendes Wasser zu überqueren. Man kennt sie unter vielen Namen in den verschiedenen Ländern, z. B. als Halbmenschen, die Augenlosen, Schattenmänner, Lurk und die Blassen. Wenig bekannt ist die Tatsache, daß Myrddraal in einem Spiegel nur ein verschwommenes Bild erzeugen.

Nächstschwester; Nächstbruder: Mir diesen Begriffen bezeichnen die Aiel eine Beziehung, die so eng ist wie zwischen Erstschwestern und/oder Erstbrüdern. Nächstschwestern adoptieren einander häufig als Erstschwestern. Bei den Nächstbrüdern ist das kaum jemals der Fall.

Ogier: (1) Eine nichtmenschliche Rasse. Typisch für Ogier sind ihre Größe (männliche Ogier werden im Durchschnitt zehn Fuß groß), ihre breiten, rüsselartigen Nasen und die langen mit Haarbüscheln bewachsenen Ohren. Sie wohnen in Gebieten, die sie *Stedding* nennen. Nach der Zerstörung der Welt (von den Ogiern das Exil genannt) waren sie aus diesen *Stedding* vertrieben, und das führte zu einer als ›das Sehnen‹ bezeichneten Erscheinung: Ein Ogier, der sich zu lange außerhalb seines *Stedding* aufhält, erkrankt und stirbt schließlich. Sie sind in informierten Kreisen bekannt als extrem gute Steinbaumeister, die fast alle großen Städte der Menschen nach der Zerstörung erbauten. Sie selbst betrachten diese Kunst allerdings nur als etwas, das sie während des Exils erlernten und das nicht so wichtig ist wie das Pflegen der Bäume in einem *Stedding,* besonders der hochaufragenden Großen Bäume. Außer zu ihrer Arbeit als Steinbaumeister verlassen sie ihr *Stedding* nur selten und wollen wenig mit der Menschheit zu tun haben. Man weiß unter Menschen nur sehr wenig über sie, und viele halten die Ogier sogar für bloße Legenden. Obwohl sie als Pazifisten gelten und nur sehr schwer aufzuregen sind, heißt es in einigen alten Berichten, sie hätten während der Trolloc-Kriege Seite an Seite mit den Menschen gekämpft. Dort werden sie als mörderische Feinde bezeichnet. Im großen und ganzen sind sie ungemein wissensdurstig, und ihre Bücher und Berichte enthalten oftmals Informationen, die bei den Menschen längst verlorengegangen sind. Die normale Lebenserwartung eines Ogiers ist etwa drei- oder viermal so hoch wie bei Menschen. (2) Jedes Individuum dieser nichtmenschlichen Rasse (*siehe auch:* Zerstörung der Welt; *Stedding*).

Padan Fain: Einst als Händler in das Gebiet der Zwei Flüsse gekommen, stellte er sich bald als Schattenfreund heraus. Er wurde zum Schayol Ghul geholt und dort so in seiner ganzen Persönlichkeit beeinflußt, daß er nicht nur in der Lage sein sollte, den jungen Mann zu finden, der zum Wiedergeborenen Drachen werden sollte, so wie der Jagdhund die Beute für den Jäger aufspürt, sondern sogar ein dauerndes inneres Bedürfnis spüren sollte, fast eine Art von Besessenheit, diese Suche erfolgreich abzuschließen. Dies verursachte Fain solche psychischen Schmerzen, daß er sowohl den Dunklen König wie auch Rand al'Thor zu hassen begann. Bei der Verfolgung al'Thors traf er in Shadar Logoth auf die dort gefangene Seele von Mordeth, die versuchte, Fains Körper zu übernehmen. Der veränderten Persönlichkeit Fains wegen resultierte das in einer Art von Vereinigung beider Seelen mit Fain als Führenden und mit Fähigkeiten, die weit jenseits derer liegen, die beide Männer vorher besaßen. Fain durchschaut diese selbst noch keineswegs in vollem Maße. Die meisten Menschen werden von Angst gepackt, wenn sie dem augenlosen Blick eines Myrddraal ausgesetzt sind, doch Fains Blick wiederum jagt selbst einem Myrddraal Angst ein.

Prophezeiungen des Drachen: ein nur unter den ausgesprochen Gebildeten bekannter Zyklus von Weissagungen, der auch selten erwähnt wird. Man findet ihn im größeren *Karaethon Zyklus*. Es wird dort vorausgesagt, daß der Dunkle König wieder befreit werde, und daß Lews Therin Telamon, der Drache, wiedergeboren werde, um in Tarmon Gai'don, der Letzten Schlacht gegen den Schatten, zu kämpfen. Es wird prophezeit, daß er die Welt erneut retten und erneut zerstören wird (*siehe auch:* Drache).

Rad der Zeit: Die Zeit stellt man sich als ein Rad mit sieben Speichen vor – jede Speiche steht für ein Zeitalter. Wie sich das Rad dreht, so folgt Zeitalter auf Zeitalter. Jedes hinterläßt Erinnerungen, die zu Legenden verblassen, zu bloßen Mythen werden und schließlich vergessen sind, wenn dieses Zeitalter wiederkehrt. Das Muster eines Zeitalters wird bei jeder Wiederkehr leicht verändert, doch auch wenn die Änderungen einschneidender Natur sein sollten, bleibt es das gleiche Zeitalter. Bei jeder Wiederkehr sind allerdings die Veränderungen gravierender.

Rashima Kerenmosa: Man nennt sie auch die ›Soldatenamyrlin‹. Geboren ca. 1150 NZ und aus den Reihen der Grünen Ajah im Jahre 1251 NZ zur Amyrlin erhoben. Sie führte persönlich die Heere der Weißen Burg in den Kampf und errang unzählige Siege, die berühmtesten am Kaisin-Paß, an der Sorellestufe, bei Larapelle, Tel Norwin und Maighande, wo sie 1301 NZ ums Leben kam. Man entdeckte ihre Leiche nach Ende der Schlacht, umgeben von den Leichen ihrer fünf Behüter und einem wahren Wall aus den Leibern von Trollocs und Myrddraal, unter denen sich nicht weniger als neun Schattenlords befanden (siehe auch: Aes Sedai; Ajah; Amyrlin-Sitz; Schattenlords; Behüter).

Rhuidean: eine Große Stadt, die einzige in der Aiel-Wüste und der Außenwelt völlig unbekannt. Sie lag fast dreitausend Jahre lang verlassen in einem Wüstental. Einst wurde den Aielmännern nur gestattet, einmal in ihrem Leben Rhuidean zum Zweck einer Prüfung zu betreten. Die Prüfung fand innerhalb eines großen *Ter'Angreal* statt. Wer bestand, besaß die Fähigkeit zum Clanhäuptling, doch nur einer von dreien überlebte. Frauen durften Rhuidean zweimal betreten. Sie wurden beim zweiten Mal im gleichen *Ter'Angreal* geprüft, und wenn sie überlebten, wurden sie zu Weisen Frauen. Bei ihnen war die Überlebensrate erheblich höher als bei den Männern. Mittlerweile ist die Stadt wieder von den Aiel bewohnt, und ein Ende des Tals von Rhuidean ist von einem großen See ausgefüllt, der aus einem enormen unterirdischen Reservoir gespeist wird und aus dem wiederum der einzige Fluß der Wüste entspringt (*siehe auch:* Aiel).

Rückgrat der Welt: eine hohe Bergkette, über die nur wenige Pässe führen. Sie trennt die Aiel-Wüste von den westlichen Ländern. Wird auch Drachenmauer genannt.

Sa'angreal: ein extrem seltenes Objekt, das es einem Menschen erlaubt, die Eine Macht in viel stärkerem Maße als sonst möglich zu benützen. Ein *Sa'angreal* ist ähnlich, doch ungleich stärker als ein *Angreal.* Die Menge an Energie, die mit Hilfe eines *Sa'angreals* eingesetzt werden kann, verhält sich zu der eines *Angreals* wie die mit dessen Hilfe einsetzbare Energie zu der, die man ganz ohne irgendwelche Hilfe beherrschen kann. Relikte des Zeitalters der Legenden. Es ist nicht mehr bekannt, wie sie angefertigt wurden. Wie bei den *Angreal* können sie nur entweder von einer Frau oder von einem Mann eingesetzt werden. Es gibt nur noch eine Handvoll davon, weit weniger sogar als *Angreal.*

Saidar, Saidin: *siehe* Wahre Quelle.

Schattenfreunde: die Anhänger des Dunklen Königs. Sie glauben, große Macht und andere Belohnungen, darunter sogar Unsterblichkeit, zu empfangen, wenn er aus seinem Kerker befreit wird. Untereinander gebrauchen sie gelegentlich die alte Bezeichnung: ›Freunde der Dunkelheit‹.

Schattenkrieg: auch als der Krieg um die Macht bekannt; mit ihm endet das Zeitalter der Legenden. Er begann kurz nach dem Versuch, den Dunklen König zu befreien und erfaßte bald schon die ganze Welt. In einer Welt, die selbst die Erinnerung an den Krieg vergessen hatte, wurde nun der Krieg in all seinen Formen wiederentdeckt. Er war besonders schrecklich, wo die Macht des Dunklen Königs die Welt berührte, und auch die Eine Macht wurde als Waffe verwendet. Der Krieg wurde beendet, als der Dunkle König wieder in seinen Kerker verbannt und dieser versiegelt werden konnte. Diese Unternehmung führte Lews Therin Telamon, der Drache, zusammen mit hundert männlichen Aes Sedai durch, die man auch die Hundert Gefährten nannte. Der Gegenschlag des Dunklen Königs verdarb *Saidin* und trieb Lews Therin und die Hundert Gefährten in den Wahnsinn. So begann die Zeit des Wahns und die Zerstörung der Welt (*siehe auch:* Eine Macht; Drache).

Schattenlords: diejenigen Männer und Frauen (Aes Sedai), die der Einen Macht dienten, aber während der Trolloc-Kriege zum Schatten überliefen und dann die Heere von Trollocs und Schattenfreunden als Generäle kommandierten. Weniger Gebildete verwechseln sie gelegentlich mit den Verlorenen.

Schwesterfrau: Verwandtschaftsgrad bei den Aiel. Aielfrauen, die bereits Nächstschwestern oder Erstschwestern sind und entdecken, daß sie den gleichen Mann lieben, oder einfach nicht wollen, daß ein Mann zwischen sie tritt, heiraten ihn beide und werden so zu Schwesterfrauen. Frauen, die den gleichen Mann lieben, versuchen manchmal herauszufinden, ob sie Nächstschwestern oder durch Adoption Erstschwestern werden können, denn das ist die erste Voraussetzung, um Schwesterfrauen werden zu können.

Seanchan (Schantschan): (1) Nachkommen der Armeemitglieder, die Artur Falkenflügel über das Aryth-Meer sandte und die die dort gelegenen Länder eroberten. Sie glauben, daß man aus Sicherheitsgründen jede Frau, die mit der Macht umgehen kann, durch einen *A'dam* kontrollieren muß. Aus dem gleichen Grund werden solche Männer getötet. (2) Das Land, aus dem die Seanchan kommen.

Seherin: eine Frau, die vom Frauenzirkel bzw. der Versammlung der Frauen ihres Dorfs berufen und zu dessen Vorsitzender bestimmt wird, weil sie die Fähigkeit des Heilens besitzt, das Wetter vorhersagen kann und auch sonst als kluge Frau und Ratgeberin anerkannt ist. Ihre Position fordert großes Verantwortungsbewußtsein und verleiht ihr viel Autorität. Allgemein wird sie dem Bürgermeister gleichgestellt, in manchen Dörfern steht sie sogar über ihm. Im Gegensatz zum Bürgermeister wird sie auf Lebenszeit erwählt. Es ist äußerst selten, daß eine Seherin vor ihrem Tod aus ihrem Amt entfernt wird. Ihre Auseinandersetzungen mit dem Bürgermeister sind auch zur Tradition geworden. Je nach dem Land wird sie auch als Führerin, Heilerin, Weise Frau, Sucherin oder einfach als Weise bezeichnet.

Shayol Ghul: ein Berg im Versengten Land jenseits der Großen Fäule; dort befindet sich der Kerker, in dem der Dunkle König gefangengehalten wird.

Spanne: *siehe* Längenmaße.

Spiel der Häuser: Diese Bezeichnung wurde dem Intrigenspiel der Adelshäuser untereinander verliehen, mit dem sie sich Vorteile verschaffen wollen. Großer Wert wird darauf gelegt, subtil vorzugehen, auf eine Sache abzuzielen, während man ein ganz anderes Ziel vortäuscht, um sein Ziel schließlich mit geringstmöglichem Aufwand zu erreichen. Es ist auch als das ›Große Spiel‹ bekannt und gelegentlich unter seiner Bezeichnung in der Alten Sprache: *Daes Dae'mar.*

Stedding, das: eine Ogier-Enklave. Viele Stedding sind seit der Zerstörung der Welt verlassen worden. In Erzählungen und Legenden werden sie als Zufluchtsstätte bezeichnet, und das aus gutem Grund. Auf eine heute nicht mehr bekannte Weise wurden sie abgeschirmt, so daß in ihrem Bereich keine/kein Aes Sedai die Eine Macht anwenden kann und nicht einmal eine Spur der Wahren Quelle wahrnimmt. Versuche, von außerhalb eines Stedding mit Hilfe der Einen Macht in deren Innerem einzugreifen, blieben erfolglos. Kein

Trolloc wird ohne Not ein Stedding betreten, und selbst ein Myrddraal betritt es nur, wenn er dazu gezwungen ist, und auch dann nur zögernd und mit größter Abscheu. Sogar echte und hingebungsvolle Schattenfreunde fühlen sich in einem Stedding äußerst unwohl.

Stein von Tear: eine große Festung in der Stadt Tear, von der berichtet wird, sie sei bald nach der Zerstörung der Welt mit Hilfe der Einen Macht erbaut worden. Sie wurde unzählige Male angegriffen und belagert, doch nie erobert. Erst unter dem Angriff des Wiedergeborenen Drachen mit wenigen hundert Aielkriegern fiel die Festung innerhalb einer einzigen Nacht. Damit wurden zwei Voraussagen aus den Prophezeiungen des Drachen erfüllt (*siehe auch:* Drache; Prophezeiungen des Drachen).

Talente: Fähigkeit, die Eine Macht auf ganz spezifische Weise zu gebrauchen. Selbst bei gleich gelagerten Talenten ergeben sich von Person zu Person große individuelle Unterschiede, die nur selten mit der Stärke zu tun haben, die diese Person in bezug auf die Anwendung der Einen Macht besitzt. Das naturgemäß populärste und am meisten verbreitete Talent ist das des Heilens. Weitere Beispiele sind das ›Wolkentanzen‹, womit die Beeinflussung des Wetters gemeint ist, und der ›Erdgesang‹, mit dessen Hilfe Erdbewegungen gesteuert werden können und so beispielsweise Erdbeben und Lawinen verhindert oder ausgelöst werden. Es gibt auch eine Reihe weniger bedeutsamer Talente, wie die Fähigkeit *Ta'veren* wahrzunehmen, oder die Fähigkeit, die das Schicksal verändernde Wirkung *Ta'verens* zu verdoppeln, wenn auch nur auf sehr kleinem und begrenztem Raum, der selten mehr als wenige Quadratfuß abdeckt. Von manchen Talenten kennt man heute nur noch die Bezeichnung und besitzt eventuell noch eine vage Beschreibung, wie z. B. beim Reisen, einer Fähigkeit, sich von einem Ort zu einem anderen zu bewegen, ohne den Zwischenraum durchqueren zu müssen. Andere wie z. B. das Vorhersagen (die Fähigkeit, zukünftige Ereignisse zumindest auf allgemeinere Art und Weise vorhersehen zu können) oder das Schürfen (Aufspüren und manchmal sogar Gewinnen von Erzen) sind mittlerweile selten oder beinahe verschwunden. Ein weiteres Talent, das man seit langem für verloren hielt, ist das Träumen. Unter anderem lassen sich hier die Träume des Träumers so deuten, daß sie eine genauere Vorhersage der Zukunft erlauben. Manche Träumer hatten die Fähigkeit, *Tel'aran'rhiod*, die Welt der Träume, zu erreichen und sogar in die Träume anderer Menschen einzudringen. Die letzte bekannte Träumerin war Corianin Nedeal, die im Jahre 526 NÄ starb, doch nur wenige wissen, daß es jetzt eine neue gibt. Viele solcher Talente werden jetzt erst wiederentdeckt (*siehe auch: Tel'aran'rhiod*).

Tallanvor, Martyn: Leutnant der Königlichen Garde in Andor, der seine Königin mehr liebt als Ehre oder Leben.

Tarabon: Land und Nation am Aryth-Meer. Hauptstadt: Tanchico. Einst eine große Handelsmacht und Ursprungsort von Teppichen, Textilfarben und Feuerwerkskörpern, die von der Gilde der Feuerwerker hergestellt werden. Jetzt von einem Bürgerkrieg und gleichzeitigen kriegerischen Auseinandersetzungen mit Arad Doman und den Anhängern des Wiedergeborenen Drachen zerrissen und deshalb weitgehend vom Ausland abgeschnitten.

Tarmon Gai'don: die Letzte Schlacht (*siehe auch:* Prophezeiungen des Drachen; Horn von Valere).

Ta'veren: eine Person im Zentrum des Gewebes von Lebenssträngen aus ihrer Umgebung, möglicherweise sogar *aller* Lebensstränge, die vom Rad der Zeit zu einem Schicksalsgewebe zusammengefügt wurden (*siehe auch:* Muster eines Zeitalters).

Tear: ein großer Hafen und ein Staat am Meer der

Stürme. Das Wappen von Tear zeigt drei weiße Halbmonde auf rot- und goldgemustertem Feld (*siehe auch:* Stein von Tear).

Telamon, Lews Therin: *siehe* Drache.

Tel'aran'rhiod: in der Alten Sprache: ›die unsichtbare Welt‹, oder ›die Welt der Träume‹. Eine Welt, die man in Träumen manchmal sehen kann. Nach den Angaben der Alten durchdringt und umgibt sie alle möglichen Welten. Im Gegensatz zu anderen Träumen ist das in ihr real, was dort mit lebendigen Dingen geschieht. Wenn man also dort eine Wunde empfängt, ist diese beim Erwachen immer noch vorhanden, und einer, der dort stirbt, erwacht nie mehr. Ansonsten hat aber das, was dort geschieht, keinerlei Einfluß auf die wachende Welt. Viele Menschen können *Tel'aran'rhiod* kurze Augenblicke lang in ihren Träumen berühren, aber nur wenige haben je die Fähigkeit besessen, aus freien Stücken dort einzudringen, wenn auch letztlich einige *Ter'Angreal* entdeckt wurden, die eine solche Fähigkeit unterstützen. Mit Hilfe eines solchen *Ter'Angreal* können auch Menschen in die Welt der Träume eintreten, die nicht die Fähigkeit zum Gebrauch der Macht besitzen (*siehe auch: Ter'Angreal*).

Ter'angreal: Gegenstände aus dem Zeitalter der Legenden, die die Eine Macht verwenden oder bei deren Gebrauch helfen. Im Gegensatz zu *Angreal* und *Sa'angreal* wurde jeder *Ter'angreal* zu einem ganz bestimmten Zweck hergestellt, z. B. macht einer jeden Eid, der in ihm geschworen wird, zu etwas endgültig Bindendem. Einige werden von den Aes Sedai benützt, aber über ihre ursprüngliche Anwendung ist kaum etwas bekannt. Für die Verwendung ist bei manchen ein Benützen der Einen Macht notwendig, bei anderen wieder nicht. Einige töten sogar oder zerstören die Fähigkeit einer Frau, die sie benützt, die Eine Macht zu lenken. Wie bei den *Angreal* und *Sa'angreal* ist auch bei ihnen nicht mehr bekannt, wie man sie herstellt. Dieses Geheimnis ging seit der Zerstörung der Welt verloren *(siehe auch: Angreal, Sa'angreal).*

Tochter-Erbin: Titel der Erbin des Löwenthrons von Andor. Ohne eine überlebende Tochter fällt der Thron an die nächste weibliche Verwandte der Königin. Unstimmigkeiten darüber, wer die nächste in der Erbfolge sei, haben mehrmals bereits zu Machtkämpfen geführt. Der letzte davon wird in Andor einfach ›die Thronfolge‹ genannt und außerhalb des Landes ›der Dritte Andoranische Erbfolgekrieg‹. Durch ihn kam Morgase aus dem Hause Trakand auf den Thron.

Träumer: *siehe* Talente.

Traumgänger: Bezeichnung der Aiel für eine Frau, die *Tel'aran'rhiod* aus eigenem Willen erreichen, die Träume anderer auslegen und mit anderen in deren Traum sprechen kann. Auch die Aes Sedai benützen diese Bezeichnung gelegentlich im Zusammenhang mit dem Talent eines ›Träumers‹ *(siehe auch: Talente; Tel'aran'rhiod).*

Trolloc-Kriege: eine Reihe von Kriegen, die etwa gegen 1000 NZ begannen und sich über mehr als 300 Jahre hinzogen. Trolloc-Heere unter der Führung von Myrddraal und Schattenlords verwüsteten die Welt. Schließlich aber wurden die Trollocs entweder getötet oder in die Große Fäule zurückgetrieben. Mehrere Staaten wurden im Rahmen dieser Kriege ausgelöscht oder entvölkert. Alle Aufzeichnungen aus dieser Zeit sind fragmentarisch *(siehe auch:* Schattenlords; Myrddraal; Trollocs).

Trollocs: Kreaturen des Dunklen Königs, die er während des Schattenkriegs erschuf. Sie sind körperlich sehr groß und extrem bösartig. Sie stellen eine hybride Kreuzung zwischen Tier und Mensch dar und töten aus purer Mordlust: Nur diejenigen, die selbst von den Trollocs gefürchtet werden, können diesen trauen. Trollocs sind schlau, hinterhältig und verräterisch. Sie essen alles, auch jede Art von Fleisch, das von Menschen und anderen Trollocs eingeschlossen. Da sie zum Teil von Menschen abstammen, sind sie zum Geschlechtsverkehr mit Menschen imstande, doch die meisten einer solchen Verbindung entspringenden Kinder werden entweder tot geboren oder sind kaum lebensfähig. Die Trollocs leben in stammesähnlichen Horden. Die wichtigsten davon heißen: Ahf'frait, Al'ghol, Bhan'sheen, Dha'vol, Dhai'mon, Dhjin'nen, Ghar'ghael, Ghob'hlin, Gho'hlem, Ghraem'lan, Ko'bal und Kno'mon (*siehe auch:* Trolloc-Kriege).

Trostlosigkeit: Bezeichnung für die Auswirkung der folgenden Erkenntnis auf viele Aiel: Die Aiel waren keineswegs immer furchterregende Krieger. Ihre Vorfahren waren strikte Pazifisten, die sich während und nach der Zerstörung der Welt dazu gezwungen sahen, sich selbst zu verteidigen. Viele glauben, gerade darin habe ihr Versagen den Aiel gegenüber gelegen. Einige werfen daraufhin ihre Speere weg und rennen davon. Andere weigern sich, das Weiße *Gai'schain* abzulegen, obwohl ihre Dienstzeit vorüber ist. Wieder andere weigern sich, dies als Wahrheit anzuerkennen, und folgerichtig erkennen sie auch Rand al'Thor nicht als den wahren *Car'a'carn* an. Diese Aiel kehren entweder in die Wüste zurück oder schließen sich den Shaido an, die gegen Rand al'Thor kämpfen (*siehe auch:* Aiel; Aiel-Wüste; *Car'a'carn*; *Gai'schain*).

Verknüpfung: die Fähigkeit von Frauen, ihre Stränge der Einen Macht miteinander zu vereinigen. Diese kombinierten Stränge sind insgesamt wohl nicht ganz so stark wie die Summe der einzelnen Stränge, werden aber von der Person gelenkt, die diese Verknüpfung leitet und können auf diese Weise viel präziser und effektiver eingesetzt werden als einzelne Stränge. Männer können ihre Fähigkeiten nicht miteinander verknüpfen, wenn keine Frauen im Zirkel mitwirken. Dagegen können sich bis zu dreizehn Frauen verknüpfen, ohne die Mitwirkung eines Mannes zu benötigen. Nimmt ein Mann an diesem Zirkel teil, können sich bis zu sechsundzwanzig Frauen verknüpfen. Zwei Männer können den Zirkel auf vierunddreißig Frauen erweitern, und so geht es weiter bis zu einer Obergrenze von sechs Männern und sechsundsechzig Frauen. Es gibt Verknüpfungen, an denen mehr Männer, aber dafür weniger Frauen teilnehmen, aber abgesehen von der Verknüpfung nur einer Frau mit einem Mann muß sich immer mindestens eine Frau mehr im Zirkel befinden als Männer. Bei den meisten Zirkeln kann entweder ein Mann oder eine Frau die Leitung übernehmen, doch bei einem Maximalzirkel von zweiundsiebzig Personen oder bei gemischten Zirkeln unter dreizehn Mitgliedern muß jeweils ein Mann die Führung übernehmen. Obwohl im allgemeinen Männer stärker sind, was den Gebrauch der Macht betrifft, sind die stärksten Zirkel diejenigen mit soweit wie möglich ausgeglichener Anzahl an Männern und Frauen (*siehe auch:* Aes Sedai).

Verlorene: Name für die dreizehn der mächtigsten Aes Sedai aus dem Zeitalter der Legenden und damit auch zu den mächtigsten zählend, die es überhaupt jemals gab. Während des Schattenkriegs liefen sie zum Dunklen König über, weil er ihnen dafür die Unsterblichkeit versprach. Sie bezeichnen sich selbst als die ›Auserwählten‹. Sowohl Legenden wie auch fragmentarische Berichte stimmen darin überein, daß sie zusammen mit dem Dunklen König eingekerkert wurden, als dessen Gefängnis wiederversiegelt wurde. Ihre Namen werden heute noch benützt, um Kinder zu erschrekken. Es waren: Aginor, Asmodean, Balthamel, Be'lal, Demandred, Graendal, Ishamael, Lanfear, Mesaana, Moghedien, Rahvin, Sammael und Semirhage.

Wahre Quelle: die treibende Kraft des Universums, die das Rad der Zeit antreibt. Sie teilt sich in eine männliche (*Saidin*) und eine weibliche Hälfte (*Saidar*), die gleichzeitig miteinander und gegeneinander arbeiten. Nur ein Mann kann von *Saidin* Energie beziehen und nur eine Frau von *Saidar*. Seit dem Beginn der Zeit des Wahns vor mehr als dreitausend Jahren ist *Saidin* von der Hand des Dunklen Königs gezeichnet (*siehe auch: Eine Macht*).

Weise Frau: Unter den Aiel werden Frauen von den Weisen Frauen zu dieser Berufung ausgewählt und angelernt. Sie erlernen die Heilkunst, Kräuterkunde und anderes, ähnlich wie die Seherinnen. Gewöhnlich gibt es in jeder Septimenfestung oder bei jedem Clan eine Weise Frau. Manchen von ihnen sagt man wundersame Heilkräfte nach und sie vollbringen auch andere Dinge, die als Wunder angesehen werden. Sie besitzen große Autorität und Verantwortung, sowie großen Einfluß auf die Septimen und die Clanhäuptlinge, obwohl diese Männer sie oft beschuldigen, daß sie sich ständig einmischten. Die Weisen Frauen stehen über allen Fehden und kriegerischen Auseinandersetzungen, und *Ji'e'toh* entsprechend dürfen sie nicht belästigt oder irgendwie behindert werden. Würde sich eine Weise Frau an einem Kampf beteiligen, stellte das eine schwere Verletzung aller guten Sitten und Traditionen dar. Eine Reihe der Weisen Frauen besitzen in gewissem Maße die Fähigkeit, die Eine Macht benützen zu können, aber der Brauch will es, daß sie nicht darüber sprechen. Es ist ebenfalls bei ihnen üblich, noch strenger als die anderen Aiel jeden Kontakt mit den Aes Sedai zu vermeiden. Sie suchen nach anderen Aielfrauen, die mit dieser Fähigkeit geboren werden oder sie erlernen können. Drei im Moment lebende Weise Frauen sind Traumgängerinnen, können also *Tel'aran'rhiod* betreten und sich im Traum u.a. mit anderen Menschen verständigen (*siehe auch: Traumgänger; Tel'aran'rhiod*).

Weiße Burg: Zentrum und Herz der Macht der Aes Sedai. Sie befindet sich im Herzen der großen Inselstadt Tar Valon.

Weißmäntel: *siehe* Kinder des Lichts.

Wiedergeborener Drache: Nach der Prophezeiung und der Legende der wiedergeborene Lews Therin Telamon. Die meisten, jedoch nicht alle Menschen, erkennen Rand al'Thor als den Wiedergeborenen Drachen an (*siehe auch:* Drache; Drache, falscher; Prophezeiungen des Drachen).

Wilde: eine Frau, die allein gelernt hat, die Eine Macht zu lenken, und die ihre Krise überlebte, was nur etwa einer von vieren gelingt. Solche Frauen wehren sich gewöhnlich gegen die Erkenntnis, daß sie die Macht tatsächlich benützen, doch durchbricht man diese Sperre, gehören die Wilden später oft zu den mächtigsten Aes Sedai. Die Bezeichnung ›Wilde‹ wird häufig abwertend verwendet.

Zeitalter der Legenden: das Zeitalter, welches von dem Krieg des Schattens und der Zerstörung der Welt beendet wurde. Eine Zeit, in der die Aes Sedai Wunder vollbringen konnten, von denen man heute nur träumen kann (*siehe auch:* Zerstörung der Welt; Schattenkrieg).

Zerstörung der Welt: Als Lews Therin Telamon und die Hundert Gefährten das Gefängnis des Dunklen Königs wieder versiegelten, fiel durch den Gegenangriff ein Schatten auf *Saidin*. Schließlich verfiel jeder männliche Aes Sedai auf schreckliche Art dem Wahnsinn. In ihrem Wahn veränderten diese Männer, die die Eine Macht in einem heute unvorstellbaren Maße beherrschten, die Oberfläche der Erde. Sie riefen furchtbare Erdbeben hervor, Gebirgszüge wurden eingeebnet, neue Berge erhoben sich. Wo sich Meere befunden hatten, entstand Festland, und an anderen Stellen drang der Ozean in bewohnte Länder ein. Viele Teile der Welt wurden vollständig entvölkert und die Überlebenden wie Staub vom Wind verstreut. Diese Zerstörung wird in Geschichten, Legenden und Geschichtsbüchern als die Zerstörung der Welt bezeichnet.

Zweifler: ein Orden innerhalb der Gemeinschaft der Kinder des Lichts. Sie sehen ihre Aufgabe darin, die Wahrheit im Wortstreit zu finden und Schattenfreunde zu erkennen. Ihre Suche nach der Wahrheit und dem Licht, so wie sie die Dinge sehen, wird noch eifriger betrieben, als bei den Kindern des Lichts allgemein üblich. Ihre normale Befragungsmethode ist Folter, wobei sie der Auffassung sind, daß sie selbst die Wahrheit bereits kennen und ihre Opfer nur dazu bringen müssen, sie zu gestehen. Die Zweifler bezeichnen sich als die ›Hand des Lichts‹, die Hand, welche die Wahrheit ausgräbt, und sie verhalten sich gelegentlich so, als seien sie völlig unabhängig von den Kindern und dem Rat der Gesalbten, der die Gemeinschaft leitet. Das Oberhaupt der Zweifler ist der Hochinquisitor, der einen Sitz im Rat der Gesalbten hat. Im Wappen führen sie einen blutroten Hirtenstab (*siehe auch:* Kinder des Lichts).

Die Zukunft in Gefahr

Iain Banks
Die Spur der toten Sonne
Roman
559 Seiten. Gebunden
ISBN 3-453-12901-1

Vor zweieinhalb Jahrtausenden tauchte in einem entlegenen
Sektor des Raums eine riesige schwarze Kugel auf, die eine uralte
Sonne umkreiste. Messungen ergaben, daß dieses Gestirn über
tausend Milliarden Jahre alt sein mußte, also mindestens
fünfzigmal älter war als unser bekanntes Universum.
Ein fulminanter Roman, der bis an die Grenzen des sprachlich
Ausdrückbaren vorstößt.

HEYNE